都市奇谈推理集

冰河猛犸　著

上海文艺出版社

图书在版编目（CIP）数据

都市奇谈推理集 / 冰河猛犸著. -- 上海 : 上海文艺出版社，2021
ISBN 978-7-5321-8119-3

Ⅰ. ①都… Ⅱ. ①冰… Ⅲ. ①推理小说－中国－当代
Ⅳ. ①I247.5

中国版本图书馆 CIP 数据核字（2021）第 203202 号

出 版 人：毕　胜
策划编辑：李　娟　王　维
责任编辑：崔　莉
特邀编辑：吕　晴
营销编辑：滕　瑶
封面插画：杨羊羊
封面设计：马顾本

书　　名：都市奇谈推理集
作　　者：冰河猛犸
出　　版：上海世纪出版集团　上海文艺出版社
地　　址：上海市闵行区号景路 159 弄 A 座 2 楼　201101
发　　行：天津华文天下图书有限公司
印　　刷：三河市中晟雅豪印务有限公司
开　　本：700mm×970mm　1/16
印　　张：21.25
字　　数：368 千字
印　　次：2021 年 12 月第 1 版　2021 年 12 月第 1 次印刷
I S B N：978-7-5321-8119-3/I・6429
定　　价：48.00 元

目 录

第一辑

十二个故事

第一个故事

大兔子玩偶

今天是周末，天气出奇得好，位于TAZUKI市的某高端住宅小区在和煦的阳光下显得一片祥和。在一栋栋独立住宅之中，上演着一幕幕家庭剧场。

“老公，你有听说KIMO市那个反社会杀人案吗？”林太太在厨房煎着鸡蛋。

“没。”林先生头也没回地盯着手里的业务文件。

“据说是一个人潜伏到别人家里待了两天，伺机杀人，还学着电视里的样子，把尸体塞到大毛绒玩具里，你说可怕不可怕，啧啧。”林太太说着还打了个寒战。

“少关注这种变态的事情。”林先生似乎很不喜欢接触凶杀类的信息。

“哎呀！”林太太把鸡蛋煎煳了，“保姆探亲还不回来，真是的，我们还是叫外卖吧。”林家的住家保姆说这几天家里有事，请假回老家几天，要后天才能回来。

“今天妈妈在家吗？我们去宴会的话，把艾伦送过去吧。”林先生今早才告诉太太下午宴会的事情，临时不好找帮手，林太太打算求助婆婆帮忙照看他们的儿子。

“打电话问问。”林先生依旧沉浸在一张张报表中，没有意识到妻子的焦虑。

遗憾的是，婆婆说一早就去乡下探亲了。

唉，林太太在心里叹了口气，愁眉苦脸地托着下巴，现在临时去家政中心找幼儿看护吗？最近那么多虐待幼儿的新闻，林太太可不敢找陌生人。

“问问谁有认识的保姆。”林先生终于抬头看了太太一眼，转身去了书房。

“对！”林太太拍了一下脑门，拨通了同小区周太太的电话。

“周太太，是我啦！你有没有认识的可以临时带孩子的幼儿看护，介绍给我救个急。”

“真巧，我本来约了小王姑娘下午来的，钱都预结了，但我家孩子外婆一早把孩子接去家里玩了，这样的话就用不上了，幸好还没告诉人家，我就干脆让她去你那里好了。”

“哎呀，那太好了！稍后我把钱转给你。”运气真是太好了，林太太喜出望外。

“不用这么客气，下午一点过来，来得及吗？我一共约了五个小时，够不够？”

“够的够的。”

“对了，你今天下午会忙到很晚吗？”周太太问。

“还不知道呢，这种宴会也说不准。”

“如果你回来得早，能不能来我家坐一坐，这几天孩子一直在念叨上次你烤的奶油曲奇，我试着烤过几次，都失败了，你来教教我好吗？”

“没问题的，回来得早我就过来。”人家刚帮了个大忙，肯定要还个人情，林太太想着。

时至中午，林先生和太太坐在餐桌旁吃着外送意面，小艾伦则在一旁的地毯上自己搭积木玩。

林先生很快吃完，揩了揩嘴，去了书房。

就在林太太收拾餐桌的工夫，门铃响了。监控屏幕上是一位肤色健康、笑容明朗的大眼睛女孩儿正冲着摄像头挥手，简单利落的马尾发型让人很有好感。

“您好，是林太太家吗？我是周太太介绍的幼儿看护！”

林太太忙把人让进来，拿拖鞋、让座、倒水，一气呵成。

艾伦这会儿已经开始玩起了他的摇摇马。

“艾伦，来和小王姐姐问好！”林太太招手对儿子笑道。

“好可爱啊！”小王主动走到艾伦身边，对他挤挤眼睛。

艾伦仍然专注于摇摇马，于是小王摸了摸他的头，又坐回到沙发上。

“多亏你过来，不然我还真不知道该怎么办。”寒暄了几句之后，林太太花了几分钟领着小王各个房间走了一圈，告知她孩子几点喝奶粉、几点吃饭，又把冰箱里已经做好的宝宝餐指给她看。

“吃的时候用微波炉加热一下就可以了。”

最后，林太太一脸溺爱地指着起居室墙角堆的小山一样的毛绒玩具说：“小艾伦很喜欢毛绒玩具，只要他想要，我们就一定会想办法买回来。”

小王仔细看了看，从造型可爱的小昆虫玩偶到让人想依偎的巨型大熊玩偶，应有尽有。

“林太太，可以用一下您家洗手间吗？”小王不好意思地问。

“当然，当然可以。”林太太热情地笑笑。

就在小王去洗手间的工夫，林先生从书房出来对太太说：“出发吧，时间差不多了。”

“刚来的幼儿看护还在洗手间……”

“那我在车里等你。”说完，林先生向外走去。

林太太等小王出来后又叮嘱了几句，也跟着出门去了。

为了避免对方心里不舒服，林太太并没有向她提起每个房间都有监控的事情。

车刚开出小区没多久，林太太就用手机打开了远程监控系统，看看小王和艾伦的相处情况。屏幕中，小王正尝试着加入艾伦的游戏，然而此时艾伦还和刚才一样，对小王并不怎么理睬。

“艾伦不喜欢小王吗？”林太太不由得担心起来，“老公，今天宴会上有我认识的人吗？”

“好像没几个你认识的。”林先生打开了车载音响，里面传出悠扬的交响乐。

宴会一如既往的无趣。一群信息行业的理工男，聊来聊去都是那些听不懂的东西，能有什么意思。

林太太笑得脸都有些僵了，席间她忙里偷闲地查看家中的监控，看到小王依照她的嘱托按时给孩子泡奶粉、加热宝宝餐，两个人甚至变得热络起来，一起玩起了毛绒玩具，看到此景的林太太心里放心了不少。

宴会刚过一半，林先生看到了手机上弹出的新消息，对太太说道：“公司有急事，我们先走吧。”

大家正在觥筹交错的兴头上，两人只和两三个关键人物点头道别，便率先离席了。

“我先送你回家，这里打车不方便。”林先生揽过太太的肩膀。

林太太愣了一下，转而脸上浮现出幸福的笑容。

车行半路，林太太想起去周家的事情，时间尚早，于是让丈夫把她载到周家门前。

“也不知道周太太打算什么时候再婚，总这样一个人带孩子多不方便。”热心的林太太替丈夫早逝的周太太操着心。

林先生像是在认真思考着什么，没有回应。

他将车停在周家门口，体贴地说道：“我看你进去我再走，要是她不在家我就送你回家。”

“哎呀，就几步路的事情。”林太太笑着嗔怪道。

林先生看到周太太开了门，便一脚油门开走了。

周太太从事艺术行业，把家里布置得舒适又彰显品位，这让林太太一直羡慕不已。两位太太一边享用着红茶闲聊，一边动手烤奶油曲奇。

“搬来时间太短了，幸亏认识你，不然连个说话的人都没有。”林太太揉着面团。

两人是在一个画廊偶遇的，互相觉得合眼缘，多看了对方几眼，聊起来才发现同住一个小区，后来便自然而然地往来起来。

“住得久不也还是没朋友，我也就认识你。”周太太自嘲道。

“哈哈……艺术家嘛！”林太太笑道。

两个人又边聊边忙活了一阵子，一盘香喷喷的奶油曲奇终于出炉了。时间也不早了，喝完自己的那杯茶，林太太便起身告辞，打道回府了。

回到家，屋子里静悄悄的。

林太太喊了一声小王，没人应。喊艾伦，也没人应。

“小王？小王！”她在一楼的所有房间都转了一圈。

还是没有人回答。

“小王？艾伦？”她在二楼的所有房间也转了一圈。

没有人。

“艾伦？艾伦！”林太太搜遍楼上楼下也不见艾伦和小王的影子，她慌乱地喘着粗气，掐着腰原地打转，各种令人不安的想法像乱舞的野蜂冲击着她的脑袋。就在林太太的刘海被汗水打湿贴在额头上时，她突然用力拍了一下脑门。

“嗐！我这脑子！会不会是去后院玩了，去后院看看……”想到这儿，她稍微松了口气，扶着额头向后院走去。

通往后院的门就在起居室的一角，林太太被一只毛绒海龟绊了一下，于是准备捡起来扔回“毛绒玩具山”。就在她弯腰起身的刹那，她面前的玩具堆里，一只巨型兔子玩偶猛地钻了出来，手里拿着一根老旧的电线。

林太太还没来得及惊呼出声，就被巨型兔子玩偶狠狠勒住了脖子。她的手慌乱地来回抓着，试图去拽兔子的耳朵，可她的力气实在太小了，随后她的视线渐渐模糊，耳畔的呼吸声越来越重……

林先生到家时发现了太太的尸体，第一时间报了警。随后艾伦被发现独自一人在后院小仓房里戴着耳机看动画片，对起居室发生的一切毫不知情，此外家里也没有发现其他人的踪迹。

警方发现，林先生家的监控视频被全部删除了，就连作案时间的小区监控视频也莫名其妙被抹去了。

林先生说，除了太太身上的手机和家里贵重的电子产品外，林太太的首饰也不见了。这样一来，临时找来的幼儿看护有重大作案嫌疑。

“临时幼儿看护从哪里找的？”警察问林先生。

“我也不清楚，是我太太找熟人介绍的。”林先生仍然没有缓过神儿，“我连看护的样子都没看见。”的确，他从书房出来的时候，小王还在洗手间。

由于手机不见了，警方只得去通信公司调取了林太太的通话记录，发现在可疑时间段只有一通电话拨出，是一个无实名虚拟号码。警方只好再从其他渠道寻找线索。

鉴于林太太刚搬来小区不久，熟人不多，使得人证线索非常稀少，周围居民有提到她和同小区的周太太有一些往来。

“案发当天您和林太太见过面吗？或者通过电话吗？”

“没有。”周太太平静地答道。

警方也并没有从周太太那里获得任何有效信息，案件进入了无限期调查阶段。

一年后，林先生又结婚了。

新任林太太靠在林先生的肩膀上，林先生仰头盯着吊灯感慨道：“啊！美好的新生活终于开始了！无趣的日子我早就过够了，想当初每次我提出离婚，她总要把我的案底拿出来威胁我，简直是魔鬼！”

“保险申请有什么问题吗？”新任林太太摆弄着手上的巨型钻戒。

“不会有问题，所有监控被我黑得一干二净，保险公司不可能查得到真相。”林先生甚至有一些骄傲。

周太太，噢，不，新任林太太，依偎在林先生身旁满意地微笑着。

林先生仰着头笑道：“哈哈，还记得那时候套着个大毛兔子，真是把我闷坏了。”说完，他抓住依偎在身侧的新任林太太的手亲了一口，两人向重新装修好的画廊兼酒廊走去。

整个画廊散发着艺术气息，就连地面也是一幅由异形地砖拼出的画作。二人各自倒了一杯酒，静静环视观赏着墙上的画作，其中就有新任林太太的新作《囚鸟》，画面上是一只小小的白鸽在黑暗中发出微光。

“说到囚鸟……”林先生为太太挽了一下鬓角的头发，“是不是该给她拿点吃的了？”

新任林太太端起吧台上的一小碟奶油曲奇，挽着林先生的手臂来到屋子中央。

林先生弯下腰，手指在拼花地砖的缝间拨弄了一阵，撩起了一片像裁纸刀一样的薄铜片，用力一拉，那块直径约八十厘米、与周围严丝合缝的牡丹花地砖此刻却像一扇门一样翻了起来，原来这里是秘密酒窖的入口。

沿台阶下行，眼前出现了一道厚重的木门，新任林太太从兜里掏出一把钥匙。

“咔嗒。”

木门上沉重的铁锁开了。

地下室四壁是水泥墙，在一侧的墙上有一颗昏黄的钨丝灯泡。角落里有一位大眼睛女孩儿，她目光游离，久不见天日的皮肤苍白晦暗……

“小王，吃东西。”新任林太太把那碟曲奇推到她的面前。

林先生在太太的身后歪头笑着。

第二个故事

暗中观察

TAZUKI市某高端住宅小区。

每个周末，都是这里的先生太太们社交的时间。

“现在完全看不了这些……”陈太太捂着胸口长吸一口气，离开电脑转身去往衣帽间。

“你在看些什么啊？”陈先生放下手中的《名侦探的守则》，转头看向妻子的屏幕。

影片已经结束，屏幕上开始滚动制作人员的信息，陈先生把进度条拖到了影片的开始，打算看看妻子又在看什么猎奇视频。

“嗐，原来是这个，这都是多少年前的把戏了。”话虽这样讲，陈先生还是饶有兴致地坐到了电脑前，打算重温一遍他口中“多年前的把戏”。

这是一部约十分钟的犯罪短片。一名年轻女子来到一户人家做一晚的临时幼儿看护，在孩子熟睡后，年轻看护在一楼客厅边看着电视边和朋友发信息聊天。突然，对讲机传出孩子的哭声，她立刻跑上楼，用可爱的毛绒玩具安抚孩子，将孩子很快哄睡后，她又回到一楼客厅。

电视里继续播放着毫无营养的快餐综艺，此时的年轻看护昏昏欲睡。不知多久以后，对讲机再次传出孩子的哭声，她又马上上楼查看，这次她注意到卧室里有一只丑陋的超大型毛绒兔子玩偶，影片在兔子身上多停留了几秒。

“啊，真是怕观众猜不出坏蛋哪，啧啧。”陈先生撇了撇嘴。

将孩子安抚好不久，年轻看护回到客厅没几分钟，孩子又哭了。这次，年轻看护变得不耐烦起来，她烦躁又无奈地再次来到卧室，只见孩子惊恐地指着那只巨型毛绒兔子……

屏幕前的陈先生再次露出不屑的表情。

年轻看护再一次安抚好孩子，然后拨通了孩子家长的电话。在得知孩子最近并没有任何睡眠问题后，年轻看护提到了那只巨型兔子玩偶。

"我们家并没有什么兔子玩偶！"电话那边的母亲惊叫道。

这时，电视中紧急插播了一条新闻：今天傍晚，一名患有精神病的病患混入一个化装舞会，乔装后逃脱。

画面中出现的通缉照片是一个穿着兔子套装的模糊身影。

"嚯，不知为什么，看到最后还是会感觉后背发冷。"陈先生关上视频，伸了伸懒腰，回头冲着衣帽间的方向喊道，"还没想好穿什么吗？再有十几分钟我们就得出门了，话说你约的那个保姆什么时候来？"

"什么保姆保姆的，是刘阿姨，应该马上就到了。"衣帽间飘出陈太太的声音。

"噢，是她啊，那还放心些。"

"就是，咱们丽莎很喜欢刘阿姨的。"

丽莎是他们的女儿，今年六岁。

"她们两个人相处得好着呢。"陈太太身着一身时髦的紫色短款礼服翩翩走出衣帽间，"你也快去把衣服换好。"

说话间，门铃响了。

陈太太把刘阿姨迎进来，嘱咐她："丽莎已经睡下了，您知道的，这孩子睡觉有点不踏实，如果一会儿醒了，您就抱她起来，喝点水，哄一哄就好了。"

"您放心。"刘阿姨笑着把外套挂到衣帽钩上。

夫妻俩准备出门前，陈先生向楼上望去，说道："我上去再看看丽莎。"

"孩子都睡了，就别上去了，别再把孩子弄醒了。走啦走啦，你不说来不及了吗？"陈太太拿起手包，然后去挽先生的手臂。

关门前，陈太太又对刘阿姨说道："我们大概十一点多回来，今晚就辛苦您了！"

听到汽车离去的声音，刘阿姨放松了很多，给自己倒了一杯水后，便坐在沙发上刷起了手机。刘阿姨最近也跟风喜欢上了某款视频软件，她在手机上划来划去，笑得前仰后合。

路上，陈先生和太太有一搭没一搭地聊着。

"刘阿姨的儿子还没带她去上海看鼻子吗？"陈先生问。

“嗐，她那儿子，也就是嘴上说说吧，自己老娘嗅觉失灵好几年了，早该带着去看。什么去上海看，也就是说给外人听吧。”陈太太一脸鄙夷地歪着头。

“家家有本难念的经，别老瞎猜。”陈先生一如既往地“理性”。

“对了，你以后不要吃着东西在衣帽间换衣服。”陈太太嗔道。

“我哪有。”陈先生不以为然。

“你就嘴犟吧，你看看这里。”说罢，陈太太翻起裙摆一角，衬裙上似乎有一块糖渍，“你看，幸亏是在内侧，看不出来，要是脏在外面，今天穿不上这条裙子，我可是要给你上上课的。”说完，陈太太噘了噘嘴。

“我开车呢怎么看，总之我没吃东西，说不定是丽莎呢。”

“我们丽莎很乖的，我跟她讲过不要把食物带到衣帽间，她都答应得好好的。再说咱家就你爱吃花生糖，我和丽莎都不怎么吃。”陈太太整理好裙角，斜了先生一眼。

“总之不是我，我又不是小孩子，至于换个衣服嘴里都不闲着吗？噢，对了，我跟你讲，林总换老婆了，到时候你可别叫错了！”陈先生回看了太太一眼。

“呵，不意外，他换一百个我都不吃惊。”陈太太看向窗外，挑了挑眉。

他们顺路在一家很有特色的面包店门前停下，丽莎这几天很爱吃这家店的奶油曲奇，饼干罐子很快见底了，陈太太心里惦记着，又特意去买了一些奶油曲奇。聚会八点半开始，买完饼干再去，时间刚刚好。

陈先生和太太离开不到一个小时，从卧室传来了哭声。刘阿姨意犹未尽地放下手机，穿过门厅向楼上走去。楼梯上到一半时，哭声却突然停了。

“准是做梦了。”刘阿姨思索着折返下楼，从冰箱里拿了一个苹果，顺手把厨房灯关了，然后重新沉浸在没营养的搞笑视频里。

刷起手机来，时间过得真快，一抬眼，已经十点半了。刘阿姨隐约听到楼上好像有一声闷响，像是什么东西倒在了地上。

“别是孩子从床上掉下来了吧？”刘阿姨心里担心，起身前去查看。

她来到丽莎的房门口，转动门把手将门推开一条缝，借着走廊的灯光，她隐约看到孩子稳稳睡在床上，连被子都盖得规整。

“这年纪一大，连耳朵也不灵了。”她苦笑一声，关上门。

年纪大了还容易瞌睡，刘阿姨靠在一楼的沙发上，眯起了眼睛。

十一点半，陈先生和太太回来了。

刘阿姨赶忙从沙发上起身，迎上前去说道：“你们回来了，丽莎睡得还好，梦里哭了一下，倒是没起夜。”

“辛苦您了，这么晚了，我开车送您回去吧。”陈太太感激地笑道。

“没几步路，我自己走回去就行了，谁还劫我这个老太太啊！”刘阿姨打趣道。

今晚的聚会无聊又耗神，送走刘阿姨，夫妻俩也意兴阑珊地上了楼。路过丽莎卧室门口的时候，两人还把拖鞋提在手上，蹑手蹑脚，唯恐吵醒宝贝女儿。

第二天一早，陈太太像往常一样去叫丽莎起床，推开门的一刹那，陈太太的声音几乎失控。

“啊！啊啊！啊……”

陈先生闻声急忙赶来，越过瘫倒在地的陈太太向屋内看去。只见丽莎的床上布满血渍，房间空无一人。虽然开着窗，但仍然有非常浓重的血腥味。血迹如涂抹般从床上延伸到堆放毛绒玩具的墙角，一只小手隐约从一个大毛熊玩偶里露出来。

陈先生眼睛瞪得老大，呆立在卧室门口。过了好一会儿，他才回过神儿，飞奔到卧室用手机报警。

三天后的一则报道：

近日，一名男子游荡至某高档小区，藏匿于该小区一户独栋人家达两天之久，伺机杀害该户一六岁女童，并将尸体藏匿于大型玩偶中。据调查，犯罪嫌疑人有明显的反社会型人格障碍。警方表示，凶器是死者家厨房里的一把牛刀。

据悉，一条重要线索是：卧室现场除了血，枕头和地板上还有像糖渍一样的污迹。经调查发现，该污迹就是散发着花生香气的花生糖渍。而死者父母均表示，死者生前并不喜食花生糖，更不会在床上进食。

犯罪嫌疑人在被害人家中潜伏了两天，依靠饼干和花生糖度日，夜里就睡在床下。

据刘阿姨回忆，她并不记得陈家夫妇离开时，哪些房间的灯是亮着的。现在想来，至少厨房的灯应该是关着的。后来她去厨房拿苹果时，完全没有留意到厨房的灯不知何时已经打开了，想来是刷手机太过入迷。

“什么？凶器是从厨房拿的牛刀吗！？”刘阿姨吓得一身冷汗，声音都变了形。

原来那闷闷的声响，正是犯罪嫌疑人把尸体拖到地上的一瞬间，撞击地板的声音。刘阿姨听到响声后确实上楼去查看了，只是昏暗中，老花眼的她误把床上的人形突起——被子中的犯罪嫌疑人，当成了熟睡中的丽莎。

血腥味吗？刘阿姨可是个没有嗅觉的人啊……

第三个故事

老板的心理咨询师

TAZUKI市近年来对外贸易行业发展得很不错，很多外贸公司都有着不错的发展前景，R・E・X公司就是其中一个。

秦先生身为R・E・X公司的执行总监，努力工作三年多，如今已经在市中心的黄金地段拥有三套住宅和一间商铺。但是，最近秦先生却摊上了大麻烦。一整天，他都唉声叹气的。

“不知道老板是怎么知道那件事的，太倒霉了！一定有小人！”秦先生对太太抱怨道。

“就是……那个？”太太拧着眉毛盯着先生，手指比画着数钞票的动作。

“对，还能是哪个！”秦先生狠狠瞪着窗外。

他们谈论的就是这三年时间里，秦先生几次挪用公司资金的事情。实际上，秦先生的大部分私人资产都是这样“挪”出来的。

“会很严重吗？不至于吧？”秦太太一副不以为意的态度。她哪里知道，自己老公的私人资产可不止市中心三套房、一间商铺那么简单。

说到R・E・X公司的老板，那是业内熟知的神秘人物。说神秘，也不过是因为常年居住在国外，鲜少露面，平时基本都是远程办公。所以，在秦先生任职的这三年中，他根本没见过老板本人。也正是因为天高皇帝远，他才能多次得手。

可就在上个月，老板突然回来了，还带回来一位私人心理咨询师——白先生。这个白先生似乎很有名堂，老板十次有八次要把他带在身边。看得出来，老板非常信任他，甚至很多重大决策都要征求他的意见，老板几乎会接受白先生的所有建议。

这实在是有些可疑……秦先生以前听说过心理咨询师能通过催眠来控制客户

心智的事情。

“老板怕不是被这个人给控制了吧？”他这样想着，转而摇摇头，“哈哈，我的想象力也太丰富了。”

秦先生这种职场老油条，很会搞物质社交，他当然知道要多巴结这位“宰相”，为此他送出不少名贵的礼物。时间一长，他自然能从白先生这里套到一些对自己有用的信息。慢慢地，秦先生也会主动跟白先生透露一些关于老板的信息，老板知道了秦先生挪用公司资金的这件事，就是白先生透露给秦先生的。

“他真的有证据？”秦先生紧张地问。

白先生点点头。

“他打算什么时候告我？”秦先生的拳头攥得越来越紧。

“不会超过一个礼拜。”白先生同情地看着他。

以秦先生挪用的数额，在里面蹲上十几年几乎是板上钉钉的事。一旦彻查，他私自利用公司平台搞大额经济诈骗的事情也会败露，那样就不只十几年，甚至几十年也是有可能的事情了。因此，秦先生许诺向白先生支付一笔数额非常可观的费用，请求他帮自己劝老板放弃追究。

“只要别告我，让我付出什么代价都可以！”秦先生身体前倾，激动地说。

两天过去了，秦先生找到白先生，用期待的眼神盯着对方的眼睛。

“我尽力了，没用的。”白先生摇摇头。

秦先生用力抓着对方手臂，眉毛拧作一团，眼神恨不得将对方刺穿。

“你纠缠我也没用，能想的办法我都想了！”白先生的语气真诚而急迫，趁还没有人看到他们的交谈，迅速转身离开。

秦先生决定亲自行动。他躲在老板回家必经之路的阴暗处，看着老板的身影越来越近，他瞅准时机，“扑通”一声跪在老板面前。

“老板，我错了！求求你，放过我！”痛哭流涕的秦先生此刻显得非常滑稽。

老板先是吓了一跳，但很快站定，用不可思议的眼神瞪着跪在他面前的执行总监。

见老板不为所动，秦先生跪行凑到老板面前，拽着老板的裤脚、抱着老板的大腿乞求着，简直跟电视剧里的情节一模一样。

只见老板的神色由不解转变为惊恐，他用力甩开秦先生，快步向家的方向走去。

望着那个令自己心如猫抓的背影，秦先生从怀里掏出早已准备好的匕首，三步并两步地跟上去，用力刺向了老板的颈动脉。

得手后，秦先生短暂愣了两秒钟，随后落荒而逃。然而，他还没跑出多远就被警察包围了。

警方调查死者身份的结果让人出乎意料。

最终，秦先生因犯故意杀人罪、挪用资金罪和经济诈骗罪，数罪并罚被判处死刑。

关押期间，秦太太来看他。

“你杀的那个人，不是你的老板。”秦太太冷冷地说。

“什么意思？”秦先生对此难以置信。

“被你杀害的那个，其实是你老板的心理咨询师，叫阿忠。他控制了你们真正的老板，和他互换了人生角色。你们真正的老板，其实是那个白先生，就是你一直巴结的那个‘心理咨询师’。”秦太太面露嘲讽。

听到这个结果，秦先生震惊无比，顿时不知所措。

“还有，你们的真老板白先生，已经重新掌控公司了。”秦太太留下最后一句话，便转身飘然离去，永远告别了这个背着她敛财、在外金屋藏娇的男人。

他已经从被催眠状态中彻底恢复了吗？

白先生意气风发地走进原本就属于他的老板室。

今天，R·E·X公司新的执行总监也入职了，老板白先生正在和他谈话。

谈完工作上的事情，白先生微笑着侧了侧身，说：“我这个人呢，最忌讳两件事情。第一，威胁我；第二，圈我的钱。凡踩到这两条红线者……”他突然严肃起来，“我一定不会让他好过，希望你好自为之。”

新执行总监点头如捣蒜。

当初，私人心理咨询师阿忠，利用自己的工作性质套走了多少秘密，还用这些机密没完没了地要挟我。这个贪婪的家伙，到最后居然尝试催眠我，企图夺走我的公司。真是痴人说梦，异想天开！他就应该和那个三番五次挪用公司资金，以为我还蒙在鼓里的秦先生一起从世界上消失。那个笨蛋，还真以为我不知道他那套经济诈骗的操作。

我想了一个绝妙的计划，在阿忠着手办理公司转移手续之前就可以完成。

我佯装接受了阿忠的控制，表面上和他互换人生角色，担任他的心理咨询师。回国后，秦先生那个势利眼果然主动接近我。很好，我告诉他一个假消息——“老板”手握他经济犯罪的证据并且将要控告他。这足以让秦先生毫不犹豫地对阿忠下了毒手。

那天，热血上脑的他完全没有注意到在不远处跟随着的我。

我必须跟着，我必须亲眼看到那个掌握我命脉的阿忠停止呼吸。

我必须及时报警，确保秦先生这个人渣会被绳之以法。

想着这些，白先生放松地躺在舒适的老板椅中，心情舒畅。他丝毫没有注意到，接到秦太太举报信的警方人员正穿过办公室众人好奇的眼光，向老板室走来。

第四个故事

猎　物

TAZUKI市是著名的旅游城市。近两年，公寓式酒店逐渐成为游客的首选。

公寓式酒店的配置和居民公寓基本一致，有全套家具与家电。很多酒店集团会去租购商业建筑中的房间作为客房，住客可以直接在手机客户端完成入住，不需要和酒店人员接触。

阿珍收到一条短信：住客您好，您的房号是3621，密码3764983。

她今天要入住的是位于闹市区某商业大楼三十六层的一个房间。

与街上的繁华形成鲜明对比的是这栋商业楼高层的晦暗与冷清。八层以下倒是有一些商铺、公司等比较有人气的门面。而八层以上人流稀少，基本都是单身公寓、皮包公司、客房、储藏室以及其他莫名其妙的机构，时不时就会听说警方又在这里端掉一个非法窝点的消息。

直通高楼层电梯里的气味令人难以忍受，阿珍捏住鼻子。出了电梯，脚下是破旧厚重的地毯，每踏出一步，积累的灰尘就如细小的飞虫般飞扬起来。

阿珍熟练地右转，眼前是长长的、尽头没有窗的走廊，两侧一个接一个的房门都是沉闷的暗棕色，老旧而沉重。

难以想象，这些门背后正在上演着什么。也许是温馨的三口之家正在其乐融融地研究旅游地图，也许是良知丧尽的亡命之徒在做着见不得人的勾当，也可能躺着某具含冤而去的……

胡思乱想的阿珍摇摇头，深深地吸了一口气。

3621到了，阿珍在门口站定，漂亮的手指灵巧地输入密码。与昏暗的走廊不同，房间内采光极好，一进门，温暖的夕照迎面扑来。

阿珍把手提包放到茶几上，拿出冰箱里的纯净水，一口气喝了半瓶。

她不是第一次在这里入住了，这半年来，她经常预订这家酒店的房间。她早就发现，这家“酒店”也不过是在这栋商业楼里租了几间客房而已，散发着皮包公司的气息。不过那又怎么样呢，它便宜，这和阿珍的经济情况十分相配。

百无聊赖地看了一个多小时电视后，阿珍饿了，她起身泡了一盒泡面。在等面的工夫，她站到镜子面前摸着自己的脸蛋，细细地端详起来。

奶油色的肌肤，难以找到一处瑕疵，明亮动人的小鹿眼睛，鼻子小巧而挺拔，嘴角自然上翘，让人感觉十分亲和。总而言之，阿珍是个美人。

阿珍对镜中的自己相当满意，她对着镜子妩媚地微笑起来。

天色逐渐暗沉下来，吃饱的阿珍有了些困意。

“还是要先洗个澡，今天出了太多汗，夏天就是麻烦。”她一边无奈地想着，一边慢慢拉开连衣裙拉链，开始为洗澡做准备。镜子中，映出她作为年轻女性的美好曲线。

阿珍的洗漱包又大又重，塞得满满当当。她懒得挑选出需要的用品，直接全部提进了浴室。浴室中水声响起，这是一个多么惬意的夜晚。

城市的另一端，在一栋年代久远的居民楼里，胖子阿德坐在狭窄逼仄的屋内，面前是一台老式电脑，屏幕上有九个监控画面。屏幕散发的单调光线，把他肥硕的脸映得更加油腻。

这九个画面，如果不仔细看，一定会以为是家庭监控的终端，冰箱、沙发、双人床、吧台、洗衣机……角度各有不同，看起来就是日常家庭的摆设。但如果你仔细观察，会发现画面中的人并非是一般的居家状，从他们的行为举止来看，明显是一种出门在外的状态。

没错，是公寓式酒店。

其中一个监控画面中，就曾出现阿珍对着镜子观察自己美妙容颜的场景，当然，还有浴前更衣的那一段。

阿德起身拿了一瓶可乐，又重新坐回几乎被他塞满的小沙发，目光饶有兴致地在屏幕上来回游走。

画面中，阿珍正歪着头，用浴巾擦拭着自己湿漉漉的头发，出浴后的肌肤更显得如凝脂般透亮。她表情淡然，全然不知在这镜子背后，有一个摄像头正盯着自己的一举一动。

正当阿德沉迷于眼前的一切时，“叮”的一声吓得他一抖，是聊天软件弹出一条信息：

“房号和密码给我。”——来自于网名“猎人”。

阿德吊着嘴角哼了一声，他可不只是沉迷于偷窥他人的loser而已，他经营着阿珍入住的这家公寓式酒店。

“先打钱。”阿德回复。

半分钟后，一笔可观的金额已转入他的秘密账户。

阿德给每个客房安装隐秘摄像头，并不只是为了自己过瘾。他还经营着一个“平台”，在这里，每个加密摄像头的密码被按时段标价出售。房费和这部分收入比起来，简直是九牛一毛。

人的欲望总是无穷的，在尝到这种几乎空手套白狼的甜头后，阿德愈加猖狂。当越来越多的“探客”提出希望能够得到监控视频中“主角”的具体位置时，他真的动心了。

终于，从一年前的这个时候起，他开始提供这项一旦出事场面很容易失控的“服务”。只要支付一笔足够可观的费用，“探客”就可以得到视频中住客的房号及房门密码。

阿德从未意识到，自己已经化身为魔鬼。

发来消息的这个“猎人”，已经是第五次来“下单”了。

第一次的单身女住客，经过漫长的挣扎，还是让他得手了。

第二次的单身女住客，他用一大笔钱封了对方的口。

第三次的单身女住客，用随身携带的防狼喷雾和厨房里的平底锅把他赶了出来。

第四次的单身女住客，事后只想沉默以保全名声。

第五次的单身女住客，就是阿珍。

“房号3621，密码3764983。”阿德按下发送键。

“猎人”看了一眼手机上的信息后，目光又重新回到电脑屏幕上。屏幕中，阿珍已经换上一袭薄如蝉翼的红色蕾丝吊带睡裙，正一边用手指慵懒地抓理着浓密微卷的长发，一边刷着手机。

看得出来，她困意来袭，眼神逐渐柔和放松。

“猎人”的双眼似乎被屏幕吸住一般，闪烁着兴奋而诡异的光芒。两分钟后，他回了回神，快速换好一身黑色T恤和深蓝色牛仔裤，快步向门外走去。

客房里，阿珍百无聊赖地整理着她的洗漱包，看起来像是正在排解困意，也像她还有别的事情要做。

路上，“猎人”的呼吸沉重而急促，一方面是因为堵车让他烦躁不已，另一方面是他心中暂时被抑制的那头野兽在徘徊低吟。他回忆着阿珍曼妙的身影，愈加兴奋起来。

大约四十分钟后，他站在了阿珍所在的商业大楼楼下。

这个“猎人”的真实身份是TAZUKI市有名的金融大鳄，三十几岁，年轻有为。平日，他是光鲜体面、呼风唤雨的精英企业家，拥有令人艳羡的经济实力和社会声望，想成为他妻子的名门之后、巨商之女不乏其人。不过他总是委婉拒绝，空给人留下一些美好的回忆。这种美好和神秘，让他成为窈窕淑女们茶余饭后的谈资。

然而她们并不知道，在这样一张英俊和煦的面容背后，是一副沉迷于暗中窥视妙龄女性的龌龊嘴脸。

邪恶是可以培养的。随着肆意放纵的邪恶之种在脑海中疯狂生长，他已经不满足于躲在镜头后面。在他三番五次重金求购住客的房号密码后，阿德满足了他的要求。

这是第五次，可“猎人”感觉和第一次一样。

夜晚，这座位于城市中心的商业大楼，除了少数住客外，大部分人都已离开，变得冷清无比。楼外还是熙熙攘攘的人潮，楼内却已然是另一番景象。一楼大厅和各层走廊的主灯都已熄灭，仅保留少数必要的夜间照明，昏暗的楼死气沉沉的，仅有的一名保安趴在桌上打瞌睡，他头发枯黄，制服皱巴巴的。

“猎人”盯着电梯镜子中自己的脸，慢慢露出牙齿，嘿嘿地笑了起来。

电梯停在三十六楼，“猎人”的呼吸变得更加急促。

电梯门打开，他踏上破旧厚重的地毯，右转，狭长的走廊两侧深棕色房门，在昏黄灯光的照射下，像一张张紧闭的口，把持着都市深夜的秘密。

他的脚步由逐渐放缓，3616、3617、3618、3619、3620……3621！

“猎人”用T恤隔在手与密码锁之间，缓缓按下3、7、6、4、9、8、3。

“滴！”门开了，随后门把手一寸寸地转动着……

屋内，阿珍才熄了灯。

“喵！”

“猎人”吓得一哆嗦，原来是一只野猫从不远处窜了过去。他在心里咒骂着，脸上的表情变得扭曲。他继续转动门把手，轻轻一推，门打开了一道缝，他弓着腰，头慢慢探了进来……

屋内一片寂静，他只能听到自己沉重而急促的呼吸声。

突然，“猎人”被一把拽了进来，突如其来的状况让他一个踉跄跪在地上。

还没等他反应过来，一阵剧痛从他的侧颈爆裂开来，伴随着一阵温热的潮涌，他栽倒在地，再也没有起来。他在人世间听到的最后声响，就是身后传来的沉重的关门声。

黑暗中，阿珍握着滴血的匕首直挺挺地站在“猎人”的尸体前。一年前发生的画面不停地在她脑海中闪过。慢慢地，她的手，直至全身，开始颤抖起来。

一年前，就是在这间公寓式酒店的客房里，3616，阿珍一辈子不会忘记的数字。也许是还未到午夜，半梦半醒间，她听到门的方向传来窸窸窣窣的声音。

是门把手转动的声音！

阿珍惊坐起来，僵在原地。此时，门似乎已经被打开了一条缝。阿珍快速回过神，一骨碌滚下床，几步窜到门口想抵住房门，然而和门外的人相比，她的力气实在是太小了，没有对抗的可能。最后那人挤了进来，沉重的房门在他身后令人绝望地关上了。

那是个噩梦般的午夜。她至今都记得那个人身上的气味，明明是调性温柔清新的古龙水，但当时闻起来，简直如同泔水般腥臭。直到现在，每每闻到相似的味道，甚至仅仅是想起那个味道，阿珍都会忍不住干呕起来。

那一夜的噩梦如此漫长，将她从初孕的喜悦瞬间打入地狱。她的求救声被厚重的深棕色房门死死地困在房间内，待她从剧痛中回过神的时候，男人早已经消失不见，她目光呆滞地坐在血泊里，怔怔地望向虚无。

阿珍不会再怀孕了。因为沉浸在巨大的悲恸之中，阿珍错过了最佳取证时间，而那一时段的所有监控录像也不翼而飞，无从找寻。

无法饶恕！她要报复！

然而阿珍毫无头绪。直到有一次，她看到某论坛上一名女性发的帖子，透露某次入住公寓式酒店时，与一名半夜偷偷潜入的男子发生了关系，最后反敲了对方一大笔。该女子的帖子还透露了该名男子所用的高端古龙水品牌及款式，并打趣地说能用得起这个，对方大概率是个有钱人，那肯定是要狠狠地敲他一笔。但是自己这么聪明的人，怎么可能到此为止呢，她伺机拿到了对方的手机，找到了他的私人信息。文字之间显露出的洋洋得意，令人咋舌。

阿珍了解到那款古龙水是限量款，不会那么巧，不同的人用一样的限量古龙水，作一样的恶。她马上联系了发帖人，询问有关那个男人的私人信息。一开始，发帖的女性还说自己是瞎编的，让阿珍不要再追问，她不想找麻烦。直到阿珍开出了一个条件：

“我会想办法敲诈他，事成后分你一笔，五五开。”

“你拿什么保证？”发帖女回复。

“我们的聊天记录和我的真实信息。”阿珍回复，“如果一年之内我没有给你打钱，你可以去举报我，让我吃牢饭。”紧接着，她把自己的手机号码发了过去。

谁会和钱过不去呢？发帖女把男人的个人信息，包括手机号码发给了阿珍。

阿珍拿到手机号码，迅速找人黑进了他的手机。在某个聊天软件中，他的名字叫作“猎人”。

此刻，真相在她面前逐一展开——安装在客房镜子背后的隐秘摄像头、酒店老板阿德的恶臭勾当、那些衣冠禽兽的龌龊需求。

阿珍的头嗡嗡作响，疼痛无比，她开始构思起自己的复仇计划，是否可以跟踪他，然后找机会……这个想法很快被否定了，她记得这个禽兽的力气，自己根本没有机会。

阿珍继续监视着聊天软件中“猎人”的一举一动，她发现“猎人”是阿德的熟客。终于有一天，阿珍灵光乍现——引蛇出洞。

只要多入住几次，“猎人”就一定会上钩，就会有报复“猎人”的机会。但想到阿德和“猎人”可能会认出自己，阿珍冥思苦想了三天。终于在第四天，她去办理了改名的申请，紧接着动身前往以医美产业闻名的AGOTHA市。

再次回到TAZUKI市，阿珍已经完全换了一副面孔，精致五官，妩媚、甜美，散发着无穷魅力。

阿珍继续监视着“猎人”与阿德联络的内容。只要他当晚有窥视监控的消费意向，阿珍就会入住阿德的公寓。

刚开始的一个月，“猎人”始终没有提出索要阿珍房号的需求。不能这么拖下去，阿珍开始思索会让“猎人”索要房号的女性的共性。

她通过聊天软件顺藤摸瓜，找到阿德的手机号，进而摸到他的监控通道，仔细观看包含自己在内四名女性受害者的历史录像，瞪大眼睛寻找彼此有何相似之处。

肤色、五官、身型、发色、身高……每个人都有各自鲜明的特点，没什么相似之处——啊！轻薄的红色睡衣。

于是在她身穿红色睡衣出现不到一个月的今天，阿珍就看到了阿德和“猎人”的实时聊天内容。

“房号和密码。”

“先打钱。”

“已转。”

“房号3621，密码3764983。”

大约四十分钟后，阿珍紧握匕首，屏住呼吸，等在房门后。

凌晨，警方接到报案，马上赶往商业大楼三十六层。快到大楼门口时，警方目击一女子坠楼，判定为自杀身亡。

阿珍在完成自己的复仇后，拿起手机报了案。她将自己搜集到的关于阿德和“猎人”的所有犯罪证据都留在了“猎人”的尸体旁。而后，从三十六楼纵身一跃，结束了自己曾被魔鬼摧残的一生。

次日，阿德的窝点被端掉，而他的每一个“客户”也都将面临法律的严厉制裁。

第五个故事

剧院逃杀

风靡全国的芭蕾舞剧《日出》巡演到了TAZUKI市，演出地点就在新城剧院。

阿伟打算带着女朋友小欣去看，庆祝两人交往一周年纪念日。

舞姿优美而柔和，音乐悠扬而舒缓，舞台优雅而神秘，堪称浪漫经典。而他们，居然打起了瞌睡。

一片漆黑中，小欣慢慢醒了过来，她挠了挠头，感觉还是很困，大概有些落枕，脖子和头都有些酸胀。啊，腰这里也有点痛，她边用力撑着腰边尝试站起来。

看芭蕾舞剧看到睡着，还滑到地上，真是丢人。小欣沮丧地摇了摇头。

这时，旁边的阿伟也缓缓站了起来，嘴里也是喊着这儿痛那儿痛。

“什么情况？几点了？”阿伟晃了晃头，想让自己更清醒一点。

“我们应该是芭蕾舞剧还没演完的时候就睡过去了，现在是……”小欣看了看表，“天哪，凌晨一点了！”

歌剧晚上十点半就结束了，也就是说两个人至少睡了两个半小时。

阿伟摸着一排排座椅向前走去，走到疏散门的位置，在墙上摸索了一阵找到电闸盒，他把每个开关都抬了上去，观演厅终于有了光亮。控制主照明的开关在控制室，所以亮起来的都是疏散灯，观演厅内还是很暗，不过已经足以看清周围的情况。

“保洁员也不叫咱们一声！”小欣使劲揉着眼睛，愤愤道。

“谁让咱们睡到地上去了，人家没看到呗！”阿伟叉着腰冲小欣招招手，示意她过来。

“一看就是没有认真打扫！”小欣抱怨道，在检查完没有遗漏的物品后，她向疏散门方向走去。

观演厅的门并没有上锁，两人松了一口气，快步向中厅走去。不出所料，剧院大门已经上锁了，看起来也并没有值班的人可以求助。

“先给剧院管理处打个电话吧！”小欣说着掏出手机。

手机黑屏，怎么按也不亮。

“关键时刻没电了！”她不耐烦地跺着脚。

“我来吧。”说着阿伟也拿出手机，倒霉的是，他的手机也没电了。

两人面面相觑，哑然失笑。

“搞不好真的要在这里等到天亮了。”阿伟笑眯眯地拍了拍小欣的头。

“想什么呢，留在这也不会发生什么的！”小欣掐了一把男友的腰。

“我先去趟卫生间，等我回来咱们找找还有没有其他门可以出去。”说完，阿伟向走廊尽头走去。

小欣百无聊赖地在原地打晃，心想着可真是倒霉到家了，明天必须投诉剧院!

随后，她慢慢感知到了周围的寂静，脑海中不断涌现出一些恐怖片的经典画面：在深夜无人的剧院，冒出的鬼魂……她一个激灵，赶紧转移注意力，避免自己继续想这些令人害怕的事情。

仔细听，还是可以听到墙上挂钟“滴答滴答”的细微声响，这是白天熙来攘往时根本听不到的声音，在空旷昏暗的大厅听到这样的声音，就像要被催眠一样。

突然，走廊尽头传来阿伟上气不接下气地呼喊：“跑！快跑！有人！”

“怎么了？”小欣看到反常的阿伟，腿肚子软了一下，大喊道。

“先跑！快跑！”他像是被什么追赶着似的想要逃离。

因为光线昏暗，小欣难以看清阿伟的身后是什么状况，只能拔腿就跑。

阿伟是经常来剧院看剧的人，因此对剧院的建筑布局比较熟悉，小欣在这样的危机中感到了一丝庆幸。

“这边！”阿伟低声吼道，拽着小欣拐进楼梯下一个小储物间，小心翼翼带上了门。

逼仄的空间里充斥着两人上气不接下气的粗喘声。

“什……什么情况？”小欣终于有机会发问。

“一个、一个人，拿着一把、一把菜刀！刚才就在拐角处！”阿伟神色紧张，“我刚从卫生间出来，他就、就从拐角窜出来了，拿着一把菜刀，追、追我！”阿伟捂住胸口，努力把气喘匀。

“有人要杀我们吗？”小欣低着头，吓得快要哭出来了。

“嘘……”黑暗中，阿伟一把抓紧小欣的胳膊，示意她不要再出声。

单薄的木门外，传来了一个低沉的中年男性咳嗽的声音。

阿伟吓得一个激灵，愣在原地不敢出气。小欣则开始呜呜地低泣起来。

“不能等他开门！这么小的空间，咱们都得完蛋！”阿伟很快回过神，“我数到三，咱们冲出去！一、二、三！”

两人一前一后冲出储物间，头也不回地向二楼跑去。

二楼的走廊更为狭窄，因为办公室多，空间也更加复杂。阿伟拉着小欣的手，避免在众多的交叉口跑散。很快，两人明显感觉到对方的手不断渗出细汗。

两人边跑边尝试扭动走廊两侧办公室的门把手。如果有一扇门是忘记锁的，就好了。

人在绝望的时候真的会变得特别“乐观”。

办公室的门全部都上锁了，没有任何一扇门，能够挡住追击者。

停下来确认门锁导致两人逃跑的速度慢了下来。当拐过一个转角，进入另外一条长走廊时，阿伟甩开小欣的手，压低声音说：“你先跑，我拖住他！走廊尽头的栏杆上常年架着一个梯子，你爬下去！”小欣一脸震惊，拼命地摇头，眼泪横流。

“快！”阿伟推了她一把。

小欣只得快速向前奔跑。出于活命的本能，她加速，再加速。

“快！快！快！”身后响起阿伟焦急的催促声。

小欣什么也不敢想，只顾拼命向前冲。

当大凌晨一点四十分，警察局接到新城剧院一名保安的报警电话。保安在电话中惊恐异常，表示剧院发生了杀人事件。

一具女尸，颈部被割，躺在剧院二楼的长走廊上。

两点，警察赶到剧院并封锁现场，剧院的主灯被全部打开，一时灯火通明。

调查人员在拍照、取证，探员小庄负责给保安做笔录。

报警的保安是一位五十岁左右的男性。他说：“昨天晚上十一点半下班后，我和往常一样锁好剧院的几个门以后就回家了。到家后我洗了个澡，又看了会电视，突然想起来有一个贵重的东西落在剧院门卫岗亭里了，赶紧又蹬着自行车往回赶，到剧院前面广场的时候我一抬头，发现里面竟然有灯光，当时我很纳闷，里面怎么会有人呢？我确定走前把所有灯都关好了，回家前我仔细地检查过门锁啊！”

“会不会是跳窗进来的？”小庄问。

“不可能，最近剧院在搞建筑维护，窗子都是封死的。”保安摆摆手，“我当时就想会不会是年轻人恶作剧，看完剧目不回家，找地方一藏，半夜搞个什么剧院探险，就想着赶紧进去看一看到底是怎么回事。开门的时候，发现门还是锁着的呢……”

“当时大概几点钟，您有印象吗？”小庄问。

“嗯……我看了眼剧院大厅的挂钟，记得应该是一点二十几分。”保安努力回想着。

他喝了口水，继续说：“我在一楼转悠的时候，根本没看到任何人，包括观演厅，我都仔细走了一遍，也没有人。紧接着我去二楼，刚开始也是什么都没看到，我还在纳闷，难道是我记错了，走的时候没有关好灯？”他咽了口唾沫，“就在……就在我转过一个转角，面对那条东西向的长廊时，突然发现前面不远处的地上好像有什么东西……走近一看，就看到，看到……”保安的目光越来越不安，双手开始不停地来回搓着。

小庄点点头，示意自己明白了对方的意思。

保安发出哀叹：“然后我就报警了，唉……对了，我进来后，并没有锁大门，犯罪嫌疑人可能已经趁我在二楼巡查的时候逃掉了！”紧接着，保安的脸上猛然浮现出恐惧的神情，“也说不准当时是藏到哪个办公室里了！”

同时，走廊上，尸检人员还在勘察现场。

尸体唯一的伤口位于颈部前侧，很深，伤口平整，像是锐器所致，有大量出血。地毯及两侧墙壁上有大量喷射状血斑，尸体下的地毯被血液渗透，目测为伤口持续性出血所致。

尸体仍然温热，与常人无明显差异。没有发现任何尸斑，尸体下颌触及松软。砰击肱二头肌仍然有收缩反应，关节活动也较为自如。从目前的状况来看，这里就是案发现场，被害人死亡时间不会超过一个半小时。也就是说，死者死亡时间在零点三十分到两点这段时间。更详细的情况，还要等待尸检报告。

警方开始对整个剧院进行排查。剧场所有的出入门，除了保安打开的正门外，包括两个侧门、逃生角门，全部都是从外部锁住的状态。所有办公室的门都从门外上锁，且没有任何撬动痕迹。

保安带领警方来到观演厅继续搜查，他们来到后台，进入化妆间。化妆室和服装室之间隔着厚厚的帘子，就在保安撩起帘子的瞬间，突然浑身一激灵，差点坐到地上。其他人也怔了一下，他们面前站着一名二十多岁的年轻男子。

“你从哪儿冒出来的？”保安大声询问，也是给自己壮胆。

眼前的这位年轻男子貌似受到了什么惊吓，神情呆滞，声音颤抖着说道：“有人要杀我们……有人拿着刀追我们，中途我们跑散了……”

“你是谁？”小庄问道。

“我……我叫阿伟。我……我和我女朋友被关在了剧院，有个人要杀我们，拿着刀追着我们跑，我让我女朋友先跑，我也跑……”男子开始有点语无伦次。

“你先别害怕，把气儿喘匀了。”小庄打断他，“你们怎么会被关在这里？”

“我们……我们可能是看剧的时候睡过去了。”

两个人都睡过去了？这么巧？小庄心里纳闷，接着问：“你说和女朋友一起，你女朋友呢？”

男子突然像泄了气的皮球，说：“我真是个懦夫，只知道自己藏起来，我太害怕了……”

“你们是不是跑散了？”小庄问。

男子点点头：“嗯……算是吧。其实我是让我女朋友先跑的，我想先拖住那个人，跟他来个你死我活，但是，我当时真的是太害怕了……”

“还能记起在哪里跑散的吗？”小庄似乎心里已经有了答案。

对方低下头，使劲闭了一下眼睛，说：“就是二楼，那个很长的走廊。我让她先跑，她跑了以后，我真的害怕得不行，就从一个岔路拐开了。”

“然后呢？躲起来了吗？”

阿伟一脸懊悔地使劲点点头，说：“后来，我就从另一个楼梯跑到这里，躲进一个服装箱里，听到你们搜查化妆室的声音，就出来了。”

“你跟我来。”

小庄带着阿伟来到二楼。

快靠近案发现场时，阿伟似乎有所察觉，大叫：“那个……是我女朋友吗？是不是？”

小庄示意他保持冷静，放慢脚步让他慢慢靠近尸体。

阿伟一步、一步，颤颤巍巍地向尸体挪动着，待到看清死者面容的时候，他一屁股坐在地上，紧接着痛哭失声。

“小欣！小欣啊！……呜呜……”

看来，死者真的是阿伟的女朋友。

阿伟在小欣跑走之后，并没有去拖住犯罪嫌疑人，而是自顾逃命去了，他应该可以想到，女友有被犯罪嫌疑人追上的可能。

警方开始对剧院进行地毯式搜索，把整个剧院翻了个底朝天，既没有发现犯罪嫌疑人，也没有发现任何可疑的凶器。

那么看来，犯罪嫌疑人可能已经逃跑了，也可能是……

凶器的话，或者是被逃跑的犯罪嫌疑人随身带走了，或者就是藏在更加隐蔽的地方。

天亮后，警方进行了第二轮地毯式搜索，仍然没有找到凶器。警方认为，凶器有可能被犯罪嫌疑人带走了。

根据保安进入剧院的时间推算，犯罪嫌疑人应该是在一点二十分到两点之间，从大门逃走的。如此一来，寻找凶器将变得非常困难。找不到凶器，就算找到犯罪嫌疑人，在定罪上也会困难重重。

阿伟积极配合警方的问询工作。看得出来，他在努力克制自己悲痛的情绪，但仍然会在叙述某些情节的时候突然痛哭。尤其是说起自己躲避的事情，更是捶胸顿足。看起来，女友的死对他造成了很大冲击，而且他对自己当时的表现懊悔不已。

“你努力回想一下，第一次看到那个追杀你们的人，大概是什么时间？”小庄对于阿伟能回答出这个问题并没有报什么希望。

然而，阿伟却给了小庄一个比较确切的答复：“当时我和小欣走到大厅，确认剧院大门已经上锁后，我想要去洗手间，让小欣在原地等我。我当时抬头看了一眼大厅里的挂钟，快到一点二十分了。”

小庄很意外：“你确定吗？”

阿伟像是突然想起了什么，猛地抬头问：“那个保安，他会不会有问题？”

“这个还在调查，现在不能排除任何人的嫌疑。”小庄说。

“你们看，保安说他是第一个发现小欣尸体的，对不对？说不准根本就是他对小欣下的手，他先把凶器处理掉，然后才报的警！他自己说是一点二十多到剧院，说不定早就躲在里面了！”阿伟激动地瞪大眼睛，“那个保安，搞不好就是追杀我们的人！”

相较于阿伟，保安的情绪明显平静得多。

“昨天有人能证明你正常下班回家吗？”小庄问。

“我到家的时候没人看见我，我又没老婆，也没人作证。不过，我蹬着自行车来剧院的时候，在我家楼下碰到老李头赌钱回来，我骂了他几句，他肯定有印象。

那时候……差不多零点五十分左右吧。”保安顿了一下，“这是开始怀疑我了？”

小庄推算了一下，从保安家骑车到剧院差不多就是半个小时，他不可能在一点二十分到两点之间，完成杀害小欣、骑自行车回家、再回到剧院的操作。

假设阿伟说的时间有误，就算保安在零点三十分，即小欣最早的死亡时间行凶，紧接着要骑半小时自行车回家，而后又要再次出发，就算时间够用，对五十多岁的人来说，体力也很难跟得上。

会不会是乘出租车呢？

“庄姐，查过了，零点三十分到两点之间都没有出租车在剧院接过乘客。”实习生小刘向小庄汇报。

然而即便如此，也不能完全排除保安的作案嫌疑。保安曾说在见到被害人尸体前，他在剧院里一个人也没见到，有可能就是在撇清自己的嫌疑。

可如果犯罪嫌疑人真的是保安，那么保安追杀这对情侣的目的是什么呢？或者说，他杀害被害人小欣的动机是什么呢？还有一个重要的疑点，那就是保安是如何知道，或如何确保这对情侣睡过头呢？

调查工作已经进行了两天。

凶器的事情让小庄十分困惑，真的是犯罪嫌疑人带走了吗？有没有可能就藏在我们根本想不到的剧院某处，甚或就在我们眼皮底下呢？

小庄决定再到现场侦查一次。她为了抄近路，从一个沿路摆摊的小菜市场里穿行，那里人头攒动，车子几乎几步一停，小庄只好盯着豆腐摊老板切豆腐出神。

又来到案发现场。这回，小庄开始在走廊两侧的墙上寻找着什么，神情像是在辨认血迹，非常专注仔细。随后，她又径直去了观演厅的舞台。经过大半天的搜索，她从观演厅出来，叫小刘马上载她回单位。

小刘告诉小庄：“已经确认过了，死者小欣，二十三岁，其父母证实了她与阿伟的情侣关系。尸检结果也已经出来了，颈部正面深度割伤，动脉破裂，凶器应该十分锋利，被害人死于失血过多。死亡时间和我们的初步判断一致，在凌晨零点三十分到两点之间。”

听完，小庄转身去了犯罪检验室。

“啊，对了，被害人临死前可能感冒了。”小刘对着小庄的背影说道。

案发后一个星期，警方进行了大量的检验工作和现场勘查，以及对死者家属、朋友的走访。

这天上午，小庄作为案件调查的主要负责人之一，在警方的工作会议上，做了如下发言："关于凶器，我有个新的想法。虽然凶器仍留在现场的可能性很低，但也不能完全排除这个可能性，因为我们并不能确定当时犯罪嫌疑人是否躲在剧院里。毕竟我们赶到现场时，除死者外，还有两个人——保安和死者男友阿伟。所以，我没有放弃找到凶器的想法。

"案发后第二天，我再次前往案发现场调查时，路过了一个豆腐摊，看见老板正在切豆腐。这带给我很多思考，凶器一定是刀斧类的利器吗？我们都知道，很多卖豆腐的商贩，切豆腐不是用刀，而是用线。这让我联想到去年有一则社会新闻，一名十岁男孩跑步时，撞上了一根电线杆与地面连接的斜向钢筋拉丝，被割伤喉咙，缝了十二针。如果他的速度再快一些，后果将不堪设想。

"如果真的跑得更快一些呢？如果这根拉丝更细一些呢？如果拉丝完全横过来呢？如果是体重更重的成年人呢？"

现场有的人慢慢地点头，有人则猛地直起身子，笔直地靠在椅背上。

小庄继续说："那一定会产生更可怕的切割力。我假设了这种情况，再次来到现场验证。如果要确保拉丝能够起到割喉的效果，那么必须要靠钉子把拉丝两端牢牢地固定在墙壁上。于是我仔细查看了死者遇害位置两侧的墙壁。虽然由于长期来回搬挪道具，导致墙上刮痕很多，但我还是找到了两个较新的钉孔，如果我的推测没有错，那么这应该就是用来固定拉丝的钉孔了。"

小庄喝了口水，继续说："那么，有没有可能在剧院里面找到这根拉丝呢？尸检报告中说，凶器十分锋利，说明这根拉丝极细，在偌大的一栋建筑里找一根细丝，犹如大海捞针。但是，为了保险起见，犯罪嫌疑人应该也不会随意放置，他会想方设法让拉丝隐身。

"我带着这样的想法来到观演厅的舞台，因为这里有一种能完美隐藏拉丝的东西。帷幕后面有很多用来提拉升降台的钢缆，呈绞股状把升降台吊在舞台钢架上。"

现场的人开始互相轻声讨论了起来。

"没错，拉丝很可能在这些钢缆中隐身了。我们卸下了所有钢缆，我和现场一名检验组的同事用鲁米诺试剂喷涂这些钢缆，最终找到了这根沾有血液残留的拉丝。目前看来，这根拉丝很有可能就是凶器。"

小庄干咳了一声，清了清嗓子，继续说："现在，就是犯罪嫌疑人的问题了。想让被害人被拉丝割到喉咙，需要怎么做呢？跑！并且要快速地跑！小欣为什么会快速奔跑呢？因为有人在追她。当时是谁在小欣的身后呢？是阿伟。”

现场讨论的声音戛然而止。

小庄推了推眼镜，说道：“阿伟的计划就是虚构一个犯罪嫌疑人，让小欣相信这个人正在追杀他们。阿伟带着小欣跑到接近拉丝的地方，他让小欣继续向前跑，好让她撞上这根拉丝。包括他们如此之巧，同时睡过头被锁在剧院里，也是阿伟一手策划的。他给小欣喂食了会嗜睡的感冒药，可能是在可乐或其他食物里。小欣本人可能也对感冒药中引起嗜睡的抗过敏剂非常敏感，逐渐在观演中睡过去了。

“待对方睡熟，阿伟就把她拖到椅子下面，以便在散场后成功留在观演厅。他应该很了解晚班的保洁员不太负责任，散场后不会仔细检查场内的座位。毕竟根据调查，他的朋友说阿伟经常来新城剧院看演出，对剧院非常熟悉。哪天方便逃票、哪天的保洁员倒卖低价票，他都十分清楚。

“走廊的拉丝就是阿伟在剧院关门后、小欣熟睡时安装的。布置完成后，他就回到观演厅躺在小欣旁边装睡，直到小欣醒来，让小欣误以为他们同时睡过头了。”

这时，现场有人对证据提出质疑，认为刚才这部分完全是主观猜测的内容。而且假设拉丝作为凶器固定在前面，犯罪嫌疑人在后面追赶，但小欣身后除了阿伟，可能还有别人，不能因此就断定阿伟是犯罪嫌疑人。

小庄不紧不慢地说：“当然，没有物证，我们也不能确定阿伟就一定是杀害小欣的犯罪嫌疑人。所以，我们把拉丝送到了检验室进行DNA检测，结果是在这根钢筋拉丝上，同时检测出了被害人小欣和阿伟的DNA残留。”

场上再次想起讨论声，这次，现场沸腾了起来。

有人大声问：“这个保安，你怎么看？”

小庄回答：“保安的出现应该是意料之外的事情，不过阿伟仍然成功地躲开了。可以说，阿伟能够拉着小欣完美地避开保安，完全是得益于走廊里厚重的地毯。而且剧场挑高又高、环境过于昏暗，导致保安无法注意到他们逃窜的脚步声和身影。”

小庄看了一眼手记，接着说：“另外，在储物间也发现了阿伟和小欣的踪迹。保安刚进来的时候，习惯性地向右走，就是下面有储物间的那个楼梯的方向。这也是和他本人确认过的。”

至此，小庄合上手记，神情严肃，说道：“总而言之，当时的情况很可能是，保安在一楼巡查的时候，阿伟和小欣已经跑到了二楼，随后不久，小欣撞上钢筋拉丝丧命。由于气管被瞬间割开，因此没有发出声响。

“保安踏上楼梯，准备巡查二楼的时候，阿伟已经拆下钢筋拉丝和墙上用于固定的钉子，从另一边的楼梯逃到观演厅的舞台，将凶器——那根极细的钢筋拉丝冲洗后，嵌入了升降台用的绞股钢缆，然后他跑到后台的服装室，找了个服装箱躲起来。直到我们赶到，他才再次露面。”

因为小庄提出的这个重大新方向，警方的调查进程提前进入了下一个阶段。

他们从后台一个再常见不过的工具箱里，找到了一小把钉子。其中两枚钉子的钉身有细丝刮擦的痕迹，以及阿伟和小欣的DNA残留。显然，这里是钉子“隐身”的地方。此外，还找到了沾有小欣唾液和感冒药残留的奶茶杯。

小庄的大部分推理被证实。

审讯时，面对如山的铁证，阿伟供认了所有罪行，他将面临严肃的法律制裁。

审讯室中的阿伟，慢慢仰起一直低垂的头，嘴角苦涩地牵扯了一下，说道：“听到保安那声咳嗽的时候，我是真的吓了一跳。据我的观察，新城剧院从来就没有人值夜班。不过，那声咳嗽也确实让小欣更加坚信，有人正在追杀我们。”

“你为什么要对你的女友痛下杀手呢？”警察手里握着有关小欣生前购买的保险信息，紧紧盯着阿伟的双眼。

阿伟没有回答，再次低下了头。

第六个故事

不速之客

小露这几天总觉得房子里有人。

这种两层又带阁楼的独栋别墅，确实容易让人产生这种奇怪的感觉。

她宅在家里的三天，有时会感觉阁楼有人在爬动，有时好像听到储藏室有人在锤击门板，有时也会感觉到卧室的床下仿佛有人在摩挲地面。

可是，每当她快速冲到疑似声源存在的位置时，却总也没有发现，声音也停了。这导致后来一有声响，小露就浑身哆嗦。

“这房子太不让人省心了。”小露叹口气，让自己陷到沙发里刷起了手机。

最近社会新闻版面的热点很多。前阵子，隔壁NADIE市接连发生了两起入室潜伏杀人案件，虽然现场疑犯留下了不少犯罪痕迹，但至今仍未确定犯罪嫌疑人。有消息称，不能排除犯罪嫌疑人逃往周边城市的可能。

小露皱了皱眉，转而去刷娱乐新闻。

几个APP来回切换几遍，转眼就到了晚上，小露的肚子叫了起来，她不情愿地起身去厨房找吃的。打开冰箱，里面所剩无几的食物没有什么合胃口的。

“怎么吃得这么快？”

小露纠结半天，最后煮了一碗饺子，想蘸点醋也懒得找了，反正饿了吃什么都香。饭后再来一颗橙子，消食又解腻！

小露心满意足地坐在沙发上，打开了电视，开始剥橙子。橙子还没入口，小露就感觉起居室好像有人，窸窸窣窣的。不过现在她懒得去看了，之前的多次扑空，已经让她有理由怀疑是自己听错了。

电视里播放的是她最爱的《电锯惊魂》，她是“竖锯”的铁杆粉丝，除了沉迷于老爷子的神机妙算，她有时甚至还会去搜集废弃的钢铁零件，照着剧情尝试制作陷阱机关，有些就放在阁楼上。果然人不可貌相，谁能看得出来外表娇小柔弱的小露，居然对这些东西有研究。

电影播到一半的时候，突然插播了一条实时新闻：据可靠消息，NADIE市潜伏杀人事件的疑凶已进入TAZUKI市，请广大市民注意安全！尤其要多留意家中出现的异响，同时注意检查门窗。

小露原本沉浸在剧情中，对突如其来的插播新闻很是反感，她根本没有留意新闻的内容，而起身去厨房倒水喝。

等两部《电锯惊魂》连播结束，已经是深夜。小露打了个哈欠，准备上床睡觉。突然，她好像想起什么一样，查看了一下手机新闻，这下，她终于看到官方发布的潜伏杀人疑凶进入TAZUKI市的消息了。

小露怔怔地愣了好一会儿，然后直奔阁楼。她先在阁楼门口站了一下，耳朵贴着门仔细地确认没有声音之后才打开门走进去。

"啪！"被昏黄灯光照亮的阁楼空间显得更加逼仄、压抑。

角落里堆放着几个小露制作的陷阱机关。她认真挑选了两个很厉害的机关，抱起来向楼下走去。她的脚踩在木地板上吱吱作响。

"真烦人！这房子真该好好修一下了。"

小露来到正门处开始布置机关。她用力扳开大号捕兽夹的保险扣，将夹口调整到一百八十度，用脚踩好固定，而后小心翼翼地放好触发板、上好销扣。

这个型号的捕兽夹，别说是腿骨，就是夹穿头骨也不是不可能。小露对自己的机关很有信心，但为了保险起见，她开始在捕兽夹的正上方安装第二个机关，这是一个"荆棘网"。

"荆棘网"是由带有密集尖刺的铁丝编织的网，挂在天花板上，一旦触发机关，就会张开并掉落将人罩住，并逐渐收紧至极限。这个机关有可能造成被捕者骨折、大量出血和呼吸困难。

"荆棘网"和捕兽夹的触发机关由一根钓鱼线相连，一旦启动捕兽夹，随后"荆棘网"也会掉落并罩住"猎物"。如果不是铜筋铁骨，就必然会在经历漫长的痛苦后丧命于此。

安装好陷阱机关后，已接近凌晨三点钟。小露虽然有些疲惫，但心里踏实了不少。

"这下就万无一失了。"她心里想着，把灯关好，去楼上的卧室睡觉。

几天后，TAZUKI日报刊登了这样一条新闻：

近日，在某双层独栋别墅中发现一具年轻女性尸体，死者左腿几乎断裂，全身多处骨折，体表布满刺伤和勒痕。根据鉴定，死者死于他杀，临死前曾出现窒息、失血等症状。凶器疑似是某种专业机械，已被犯罪嫌疑人带离现场。

据调查，死者为别墅主人方小姐，在离家出差三天后，于凌晨四点左右归家时，在自家客厅遇害。根据初步推断，在方小姐离家后，犯罪嫌疑人潜入其住宅，并在其家中生活了三天三夜。房内留下了大量犯罪嫌疑人日常生活的痕迹，冰箱里的食物几乎被吃光。由于在三个案发现场均发现了大量橙子果皮，因此合理推测犯罪嫌疑人嗜吃橙子。

警方声称，该起事件与NADIE市入室潜藏、伺机行凶案件的犯罪嫌疑人很可能是同一人。杀人方法都是使用机械机关，并有明显的影视模仿犯罪倾向。

紧接着，警方公布了犯罪嫌疑人的部分犯罪心理画像：女，25~28岁，无业。身高一米五左右，偏瘦。高智商，有精神衰弱症状，可能伴有幻听，不排除患有某种精神疾病的可能。

小露坐在餐桌前，边看报纸边剥橙子，读到此处，她皱了皱眉，为什么把我写成一个神经病呢？真是的，我的精神没问题。

今天是她宅在这栋小别墅的第二天。

小露边想着这破房子连个阁楼都没有，边擦了擦手，往地下室走去。

第七个故事

不喝茶的人

身体健朗的老杜上个礼拜突然死了。而且，就在众目睽睽之下。

这一切要从一个礼拜之前说起。

老杜日常生活非常规律，再有一年半他就可以退休了。公司不再派给他们这种老业务员更多的工作，所以工作朝九晚五，轻松且规律。

每天下班后，杜先生都会早早地回家，美美地吃上一顿老婆做的热乎饭。然后，会生活的他，会走路去离家大约一公里远的“秋叶茶馆”消磨时间。

从老杜家到秋叶茶馆，路上会经过TAZUKI市有名的小吃街，秋叶茶馆就位于这条小吃街的尽头，也算是小有名气的店了。

这种休闲茶馆是TAZUKI市的地方特色，一般从下午五点营业到晚间九点半，提供茶水和点心等，消费低廉，大部分顾客都是四十五岁以上不喝酒的中年人。

“老杜来了，里面请！”看到老杜推门而入，秋叶茶馆的老板娘热情地招呼着。

老杜点点头，脸上是灿烂的笑容。

“老杜，今天又是只吃点心不喝茶吧？哈哈哈哈……”邻座的老李打趣他。

老杜冲他摆摆手，又抬了抬下巴，自嘲地笑笑：“行了吧，行了吧。”

屋里的人也都跟着哄笑起来。

只吃点心不喝茶，是老杜的一贯做法。每次来，他都自备一小壶烧酒，然后点上一碟花生米，坐到打烊。

做餐饮的都知道，想赚钱就要多卖酒水。单靠卖吃的赚钱，还不如直接把店面关掉，弄个推车卖小吃，还能省租金钱。

秋叶茶馆的利润主要就是从每个人点的那一杯茶水上来。进门先点一杯茶，是茶馆约定俗成的规矩。像老杜这种类型的客人，很多店是不欢迎的。不过好在秋叶茶馆的老板娘脾气好，从来没有因为老杜的这种操作而冷落过他。

上周才刚开始来茶馆喝茶的赵大姐憋了好几天了，终于忍不住问他："你怎么还自带酒水呀？"

"他们这儿没有酒，我爱喝酒，不喝茶！"老杜晃了晃脖子。

确实，TAZUKI市这种地方特色茶馆一般是不卖酒的。

"那你直接去酒馆好了呀！"赵大姐嗔道。

"切。"老杜晃晃脑袋，转过身去。

"这不就是占便宜吗？"赵大姐小声咕哝一句，不再理他。

"花生米。"老板娘把碟子轻轻放在老杜面前，微微一笑。

一到这个时候，在场的有些人就会斜眼瞥一下老杜，歪着嘴啧啧几下，表达一下对他的轻蔑和对老板娘好脾气的钦佩。

老杜心大，根本不在意周围的目光。

这几天，小吃街正举办美食节，小吃摊一个连着一个，试吃的活动也有很多。

众所周知，老杜本人是小吃街的"试吃专家"，只要街上有试吃活动，他是绝对不会错过的。去茶馆的路上，自然是一路吃过去的。吃了这么多，走到秋叶茶馆的时候，老杜连一碟花生米也不想点了。

"老板娘，今天我就借你的位子喝点酒，不点别的了。"他冲老板娘挤挤眼睛，拧开酒瓶。

"您请便。"老板娘笑着回他。

周围的人都懒得看他一眼。

老王呷了口茶，问老李："你的那个退休奖金怎么样了？"

老李还有两个月办退休手续，给对单位有特殊贡献的人一笔"退休奖金"是他们单位的传统。

老李摇摇头："别提了，让人截胡了。"

老杜插了句嘴："这种事儿，该你的就是你的，不是你的，你排个十年八年也没用！想想过个干瘾就得了！"说完，拈了颗免费小吃碟里的梅子放到嘴里咂巴起来。

"你看，老杜你这人就是不会说话！不会说就少说几句。"老李斜了老杜一眼。

"我咋不会说话，我这就是实话。"老杜撇撇嘴。

"等到你这个吝啬鬼快退休的时候，奖金争不过别人，我看你怎么办！"老李“噗”地将一颗梅核吐在老杜脚下，愤愤地说。

老杜刚要站起来，赵大姐一看局面不对，赶紧给和稀泥：“都消消火，别在人家店里找不痛快，这不给是老板娘找事儿吗！”

老板娘微微一笑，赶紧把各桌的茶续上。

老李越想心里越别扭，茶也没喝完就走了。

这些小打小闹隔三岔五就会在秋叶茶馆上演一遍，毕竟大家都到了即将退休的岁数，心理失衡、互相斗斗嘴、过过嘴瘾都是常有的事。

本来，老杜的生活是平静而滋润的。可是最近，他感觉身体好像不太舒服。

“哎呀，最近总是有点胸闷，身上没劲儿。”老杜对邻座的老王抱怨，看到桌上的免费小吃碟空了，就冲后厨方向喊，“老板娘，桌上的小吃碟空了！”

老王摇摇头，心想：“老杜这人身体不舒服还能想着占便宜，真是不知说什么好。”

可嘴上说的又是关心的话：“去医院看看，是不是血压的问题？可别是心脑血管的病。”

“花那钱干什么，到了咱这岁数，有点小毛病也是正常的，估计过一阵子就好了。”老杜摸了一颗花生米嚼起来。

“你呀，就是舍不得花钱，什么都没钱重要！”老王用茶杯碰了碰老杜的小酒壶，跟他喝了一口。

老杜嘬了一口壶里的酒，托着下巴眯起了眼睛。

老王发现，老杜的脸似乎在迅速变得通红，把他都看愣了。不到一分钟，老杜突然身体一歪，勉强用一只手撑住桌面，浑身不住地颤抖着。

现场的人都吓得后退。

紧接着，老杜的四肢和脖子抽动不已，人开始翻白眼。

老板娘赶紧跑出柜台，打算掐他人中。

“咚！”

老杜直挺挺地一头栽到了地上，昏了过去。

在场的不少人吓得尖叫起来。

“快叫救护车！”老王第一个回过神来。

“坐我的车，不用等！”热心的赵大姐自告奋勇。

“不行，他这样现在，谁敢动啊？万一本来没事，一抬给抬出事了，谁能负责？”老李连忙挡住她。

老王赶紧拨打急救电话。

但在救护车到达之前，老杜似乎就已经停止呼吸了。

急救人员赶到后，当场确认死亡。

茶馆第二天歇业一天。

第三天，茶馆里比平时安静得多。门外，美食街的喧嚣与这个茶馆没有任何关系。

老李先开口了，问老王："老杜的身体真就差成那样吗？"

"反正昨天他跟我说，不舒服有一阵子了。"老王叹了口气，答道。

"那也不至于突然就抽起来吧？"赵大姐皱着眉头。

"要我看，老杜昨天那个反应像中毒！"老李斜眼看着大家，大声说。

老板娘猛地一抬头，一改往日随和的笑容，瞪着老李，厉声道："你什么意思！"

老李这时才反应过来，忙解释道："妹子你别误会，我不是说你！"

"那你什么意思？人是在我店里出的事，你说他中毒，你不是说我是说谁！"

"那个……"老李不再说话。

老板娘也躲到后厨消气去了。

这下，没人再说话了。

直到一个人冲了进来，是位微胖的中年妇女，她刚一进门就扫视全场，喊道："谁是老板？"

老板娘似乎还没有消气，沉着脸出来了："我就是，你是谁？"

"我是老杜的老伴儿！"对方叉着腰，气势不减。

"哟，是杜嫂，杜嫂快坐！"老王赶忙让座。

"不必了！我们老杜是在你的店出的事，你得给我个说法！"杜嫂狠狠地瞪着老板娘。

"你这不是讹人吗？"老板娘也不示弱，"你这是红口白牙冤枉人！要是耽误了我做生意，就等着赔钱吧你！"

"不愧是生意人，真是会看人下菜碟。"老李心里想。

突然，杜嫂向后厨冲去，却被老板娘一把拦住。

"各位还敢在这吃饭吗？我们家老杜就是让这个黑店给毒死的！"

"你胡说！"

在两人动手之前，在场的茶客赶紧将两人拉开。

赵大姐拉着杜嫂，安抚她说：“姐，你冷静冷静，那天店里那么多人，老板娘怎么可能在众目睽睽之下动手，你说是不是！”

“你等着！我要告到你破产！”杜嫂甩开赵大姐的胳膊，指着老板娘，喘着粗气扔下这么一句后扬长而去。

现场，有人看戏，有人却在忖度着什么。

原本杜嫂只是因为对老伴儿的过世难以释怀，把秋叶茶馆当成出气筒撒气。可她回家后思来想去，觉得老杜的死很是蹊跷，越想越不对劲，于是找上了私家侦探小卢。

“他这辈子一直健健康康的，但凡有个头疼脑热，挺一挺，喝点中药冲剂也就没事了。”杜嫂说着忍不住抽泣起来，“我们老杜，小毛病就算不吃药也好得快，大毛病几乎没有过，怎么就……这里边肯定有事儿！”说完，开始放声痛哭。

“杜嫂，您先别急，您确定杜大哥他身体没有问题吗？”小卢体贴地给面前的人递了一张纸巾。

“上个月刚体检，啥毛病都没有！”杜嫂抹抹眼泪。

尽管如此，也不能排除突发病的可能。但如果暂不考虑突发病的话，还是中毒的可能性最大。

小卢这样想着，问道：“杜大哥平时都在哪儿吃饭？”

杜嫂又抽搭了几下，稳了稳情绪，回答：“老杜平常就在家吃饭，吃完晚饭就去那个秋叶茶馆吃点点心。”

“就这些吗？”

“那个……”杜嫂有点不好意思，“我家老杜，对路边那种试吃也不太拒绝……”

“杜大哥平时除了上班、去茶馆，尤其是最近这两周，还有没有去过什么地方？”

杜嫂低头回想：“平时白天除了家就是单位，晚上去茶馆，有时候也去公园，这两周去了两趟超市，还是我俩一起去的，公园也从来都是一起。”

“您说的试吃，是指茶馆所在的那条小吃街吗？”

杜嫂点点头，想起和老伴儿的共同过往，再次哭了起来。

小卢花了两天时间快速走访了杜嫂说的几个地点，回家后捋了捋思路。

首先，公园和超市根本没有投毒机会。在人来人往、摊位密集的美食街下毒变数和风险都极大，因此也被小卢排除了，起码暂时，他想不到在试吃摊下毒的可能性。

如果下毒地点是秋叶茶馆，那么会是谁下的毒呢？又是怎么下的毒呢？

据这两天的观察和走访，除了偶尔打打无意义的嘴仗外，老杜似乎没和茶馆的哪位客人有过矛盾，毕竟彼此在生活中都没有交叉。

另外，来这个茶馆的人，只有他自带一小壶烧酒，其他人的食物和茶水都由茶馆供应。据杜嫂说，老杜自带的烧酒都是她从超市买了密封酒，然后亲自灌到老杜酒壶里的。

本来，有一个人根本没在小卢的考虑范围。毕竟，谁会在自己的店里下毒呢。但现在，他不得不开始怀疑那个茶馆老板娘。

小卢从老王那里了解到，老杜平时到茶馆从来不点茶水，每次就要一盘花生米，大家都看不过去，好在老板娘脾气好，由他去。

但小卢想，不管老板娘表面如何和颜悦色，都不妨碍她心里讨厌老杜这种顾客，甚至想要给他点颜色看看。生意人，隐藏自己的态度并不难。

老杜平时吃的花生米，老板娘在后厨到底做过什么手脚，可真是不好说。

因此，他决定把老板娘与老杜有矛盾——伺机毒杀老杜作为第一假设，开始深入调查。

傍晚，小卢来到茶馆，打算进一步探查一番。今天茶馆的人不多，他找了个角落坐下来。

“看吃点什么？今天的烤鸡肉串很不错！有特别喜欢的茶吗？”老板娘上前热情招呼。

“好，来一份烤鸡肉串，再给我来一碟花生米。茶……您看着上就行。”小卢说。

“好的，您稍等！”

小卢打算趁着等餐的工夫好好想一想，什么毒药和老杜的死前的状况最相符。可还没等他思考，眼前的一幕就让他失落起来。

装花生米的大盒子就放在用餐区，和免费小吃整齐地摆成一排。他曾推测老板娘在后厨对老杜的花生米做了什么手脚，现在看来这种猜测并不成立。

他轻声问旁边的老王：“王大哥，杜大哥走的那天，吃的花生米……”

老王心领神会：“没错，就是这个大盒子里取的。”

老杜吃的东西，大家也都能吃得到。如果在这里下毒，那撒手人寰的可就不止老杜一个人了。在短暂的小失落后，小卢还是打起精神继续琢磨，既然茶馆是几个备选中最可能发生毒杀事件的地方，他不能轻易放弃。

“老杜和别人的饮食，真的完全一样吗？”小卢在心里这样问自己。

“他还吃过那些免费小吃。”老王像听得到他心里的声音似的，靠过来小声跟他说，这个突如其来的举动把小卢吓了一跳。

但是，那些免费小吃也是从公共大盒子中拿取的，怎么可能就死老杜一个人呢？小卢对着那碟花生米胡思乱想了半天，认为还是该先吃点东西。

“花生米，果然还是得配酒。”小卢心里感叹着。

突然，他一激灵。

老杜在店里吃的东西，别人也在吃，而结果却是他有事，别人没事……但喝的，可就不一样了！

酒！

那酒虽然是从超市买的密封酒，但问题未必出在酒本身。

还记得出门时，女友叮嘱自己别喝酒。想着这些，近日呼吸道有点感染的小卢从口袋里掏出了随身携带的消炎药——头孢拉啶。

他怔怔地盯着老板娘忙碌的背影，难以想象，眼前的这个热情大姐，可能真的是杀害老杜的罪魁祸首。

利用老杜是全场唯一一个喝酒的人这一特点，在小吃里加入头孢类药品，尤其是与酒精形成双硫仑反应最剧烈的那种，使老杜在在不知情的情况下服下，再配合酒精，达到置人于死地的目的。就算一天不出事，也扛不住接连几天边吃头孢边喝酒。

老王说过，老杜去世前，已经有好几天胸闷没劲儿的症状了，这都是慢性中毒的表现。

头孢与酒同服致死的例子可并不少见。

而其他来茶馆的客人，由于不喝酒，或者在二十四个小时内饮酒的概率不大，所以安然无恙。这样，即使有轻微的药物反应，也不易察觉。更何况，谁会像老杜那样，大量进食免费小吃呢？

可是，又有另外一个问题。头孢类药品毕竟不是可以随便采购的，老板娘不会把每种小吃都沾上头孢粉末。再者，这样也会加大其他无关客人因过量服用头孢，进而发生中毒反应的可能性。

这些小吃基本都是干果，难以通过浸泡、注射这些方式将头孢加入进去。那么，最大的可能就是将头孢磨成粉，沾在食物表面。

小卢扭头看着花生米盒子旁的梅子，表面那一层果霜，白白的，赋予了梅子独特的甘美风味。这也给头孢粉末提供了优越的藏身之处。

店里的经营还在继续，而小卢沉浸在自己的猜想之中。

赵大姐风风火火地进来打破了沉默。

“老杜是吃了头孢又喝酒，起中毒反应了！”

“你怎么知道得这么清楚？”老王问。

“杜嫂不放心，觉得她们家老杜死得冤，就报案了，尸检结果出来了。”赵大姐挤挤眼睛，继续说，“我当时正在那边办事，正巧碰上了。”

“头孢和酒，真有那么厉害？”老李问。

“那当然了！要不说我特讨厌那种酒桌上不饶人的人！”赵大姐走累了，坐到椅子上休息，她突然想起来什么似的，说，“他怎么会吃头孢呢？他老婆知道他喝酒的。要是吃了头孢，准不能让他把那小酒壶带出来！”

“没准杜嫂根本不知道老杜吃了头孢。”老王跟了一句。

“那老杜自己心里还没数吗？”赵大姐歪了下头，感觉自己再说就过分了，赶紧闭嘴，喝起了老板娘刚端给自己的茶。

一时间，茶馆陷入了沉思。

小卢的心情一度十分复杂。

第二天一早，警方一行人来到了茶馆。

虽然似乎被人仔细打扫过，但厨房里还是检测出了头孢粉末残留。

可能是茶馆老板娘已然不知道现场勘查技术已经到了“凡走过，必留痕迹”的时代。所以才会粗心地在后厨制作“头孢梅子”。

证据确凿，她立即被带走审讯。谁也没有想到，日常随和大方又热情的秋叶茶馆老板娘，会对人痛下杀手。

至于到底是不是为了报复老杜的爱占小便宜，就只有等审讯结束后才能知晓了。

事后，杜嫂又一次约小卢见面。

“小卢，希望你理解我的心情，雇佣你调查的同时，我报了案，只是希望真相来得越快越好。”杜嫂真诚地看着小卢。

小卢点点头，接过杜嫂递来的佣金，没说话。杜嫂的做法，对于他这种新晋私人侦探来说，确实是有所打击。尤其是当他刚刚想到线索的时候，却无甚作用了。

“你也别灰心。”杜嫂声音温柔地说，“我还有件事儿要委托你，这次，我绝对不会一边让你查，一边报案了。”

听到这儿，小卢一抬头，眼睛又亮了起来。

杜嫂不紧不慢地又拿出一摞钱，掂在手里。

“你帮我查查，从单位暗地里倒卖大量头孢给老板娘的老李，就是茶馆里还有两个月退休的那个，平时喜欢喝什么。”

小卢嘴张得老大，半天也没合上。

第八个故事

圈　套

TAZUKI市最近很流行孕妇会所。

孕妇会所为准妈妈安排了孕期瑜伽、孕妇游泳、孕期营养餐等方方面面的贴心孕期服务。

最热闹的是每周末下午的茶会。茶会上，准妈妈们彼此分享各种孕期营养知识、吐槽公婆、互相介绍靠谱的保姆和月嫂，有些事业型孕妇还会把茶会当作业务拓展的第二战场。

在一次茶会上，小茉第一次亮相。她有着令其他人瞬间黯然失色的美貌，看起来怀孕并没有给她的带来任何负面的影响，除了肚子高高隆起外，她身体的其他部分依然苗条且凹凸有致。加上她那会发光的笑容，一下子就吸引住了全场的日光。面对这些，小茉泰然处之。

“小茉，你怎么身材保持的这么好呀？”小梅一脸羡慕。

“我还有两个月才生，据说最后两个月会长很多肉的。”小茉的回答让人听起来很舒服。

“你是做什么工作的？”小倩紧跟着问。

“我现在边读博边做家庭主妇。”小茉微笑道。

“好厉害啊！”小倩由衷地羡慕。

“不用上班，读圣贤书，少操心，怪不得保养得这么好！”这次，小梅的话里可就带着点酸味了。

“说明人家老公有本事呀，羡慕嫉妒恨，哈哈！”小倩端起桌上的红枣茶，抿了一口。

小茉没有接话，只是跟着笑。

"你看人家这学历、这脸蛋儿、这气质，孩子的基因妥妥儿的！"另一个凑热闹的准妈妈精准地做了总结。

"可不是，这孩子生出来得多优秀啊！"小倩眼里的羡慕恨不得溢出来。

小茉笑得更不好意思了，只和各位说："我家离这里不远，大家有空来我家玩吧。"

话音刚落，一位散发着知性美的准妈妈坐了过来，放下茶杯，向小茉打招呼："你好啊，小茉，我是小秋。"

"怎么，您认识我？"小茉微笑道。

"我坐得不远，听到你们的谈话了。"小秋顿了顿，"这么优秀的人，不认识一下实在可惜。"

"呦，两大美女聚齐了！"小梅拍了一下手，接着说，"你们这种高颜值的专门到这儿来气我们！"小梅因为怀孕，脸上已经布满了黄褐斑，她边说边皱眉，心烦地摸着脸。

"看您肚子和我差不多大，是不是也到孕晚期了？"小茉问小秋。

"嗯，和你一样，还有两个月。"小秋摸摸肚子。

"您是不是文化工作者啊？气质真好。"小茉恭维道。

"算不上，我是个自由作家，主要写小说。"小秋笑道。

"要是我的孩子能沾上这两位大才女的一点仙气儿就好喽！"小倩在旁边笑着叹了一口气。

一个多月过去了，小茉和小秋这两位才女聊得越来越好。除了在孕妇会所和大家一起聊天外，两人还时不时地相约去吃个饭，聊聊文学或者交流一下烘焙经验。

偶尔，小倩、小梅、小秋会到小茉家里做客。由于小秋来得比较多，对小茉家已经相当熟悉，在四人聚会中已经可以辅佐小茉，充当半个主人了。

这个周末，大家又来到小茉家。小茉和小秋在厨房烤着红丝绒蛋糕，小梅和小倩半倚在沙发里看着电视。

"好罪恶啊……"小茉笑着摇摇头。

"这有什么，都孕晚期了，多吃点，不妨事的，正好给宝贝涨涨重量。"小秋给大家找借口，自己也忍不住笑了出来，"哈哈，孕晚期就是应该多吃点。"

"那都是老说法了，孕晚期才要控制好宝宝的体重，才方便顺产。"小茉晃晃脑袋。

"孩子肯定是大一点、胖一点才好！"小倩听到了她们在厨房的谈话，大声插嘴。

过了一会儿，红丝绒烤好了，小茉端着来到客厅，小秋则去倒茶。几人正要开始大快朵颐，电视上播出的一条新闻让大家停下了手中的动作，一致盯向屏幕。

主播面色凝重地播报："近期，隔壁NADIE市出现了三起剖腹取子事件，疑似非法出售给买主。这一团伙五年内已在多市作案二十余起，给多个家庭带来了难以磨灭的痛苦。有消息称，该团伙已经来到本市，请市民们对周围可疑人员多加注意……"

电视前，众人一脸惊恐。

"关掉！关掉！"小梅捂着胸口叫道，"吓死人了！"

小茉和小秋还有不到两个星期就到预产期了，她们俩紧张地摸着肚子，一言不发。小倩关掉了电视，直挺挺地靠在椅背上，皱起眉头，盯着已经黑掉的电视屏幕。

"他们应该公开一下犯罪团伙的照片，哪怕是监控截图呢。"小梅埋怨着，喝了一口茶压压惊。

最后，蛋糕原样放在桌上，谁也没心情吃上一口，聚会不欢而散。

第二天，是俱乐部的茶会日，昨天惊人的新闻此刻已经成为大家的谈资。

"怎么会有这么残忍的人！"一位孕妇眼睛里全是怨怼。

"这种人就不是人，就应该抓一个，杀一个！"小梅气愤地表达着大部分人的真实想法。

"总之，大家还是多加小心吧，如果有什么可疑的消息，最好彼此分享一下。"小茉提议道。

"对，要是一直被这种恐慌情绪控制的话，对宝宝也不好，我们做好防范，别的就先别想那么多了。"小秋附和道。

"自从昨天看了那个新闻，现在我看我们家保姆都瘆得慌！"另一位孕妇忧心忡忡。

"这也是没办法的事情，总不能在家没个照顾自己的吧。"小倩说。

"要我看，还不如把自己妈叫来，虽然不专业，起码比保姆可靠！"小梅说，"哪怕是婆婆也行，吵归吵，烦归烦，事关生命安危，什么小打小闹、恩恩怨怨的都该放一放。"

小茉的丈夫长期出差在外，很少回家。小秋、小倩、小梅也只见过她老公一次，还是在他送小茉来孕妇会所的路上。小梅经常担心地劝小茉把自己的母亲叫过来一起住，或者至少雇一个可靠的保姆在身边有个照应。

“最近出了这样的新闻，大家都是小心又害怕，你可好，还总是自己一个人在家，你别忘了你是孕妇！”小梅皱着眉头，不解地盯着小茉。

“家里的防盗门很安全的。”小茉认真地说。

“你真是心大。出事了，后悔都来不及！”小梅一脸恨铁不成钢的样子。

“不会有事的，我觉得我们小区根本不会发生入室行凶的事情。”小茉自信地说道。

小茉居住的是富人住宅区，物业把安保工作做到极致，就是为了给居住在此的富商巨贾多一些安全感，也避免自己被告到倾家荡产。

“可是，万一……”小梅话到一半，没有再说下去。

“你说吧，我没什么忌讳的。”小茉笑笑。

“万一，遇上那种想办法接近你、和你混熟、和你交上朋友以后，又跟你一起回家的人呢？”小梅紧紧抿上嘴，纠结地把话说完，“比如说，我就有可能啊……”

小茉笑了出来：“我可爱的小梅，你是一个孕妇，自己走路都要多加小心，还能对我怎么样吗？哈哈哈……”

“我就是打个比方，肯定不会是我，万一接近你的人不是孕妇呢？”小梅越说越激动。

“我周围除了你们这几个孕妇，就是我常年相处的导师和朋友，哪还接触过其他人呢？”小茉拂了拂头发，接着说，“咱们呢，基本的担心肯定要有，但是草木皆兵就没必要了。”

还没等小梅反驳，小倩和小秋端着茶杯过来了，小倩塞给小梅一块曲奇饼，问：“你又在这危言耸听了，告诉你，吓到我，影响到宝宝，我可饶不了你。”

“我觉得小梅说的有道理，小心是绝对有必要的。”小秋转身问小茉，“小茉，话说回来，你怎么不找人在家照顾你呀？先不说新闻里那个可怕的团伙，就说日常生活，总是自己一个人，也会不方便吧？”

“我们家老人都在外地，还没退休，过不来。几次产检下来，我和宝宝都很健康，我自己照顾自己也算是锻炼身体了，没必要非得再来个人照顾。再说，我老公每周都会回来一次，有什么解决不了的，还有他呢。”小茉说得云淡风轻。

小秋笑着点点头，她不是那种喜欢对别人的生活指手画脚的人。

小倩默默给小茉比了个大拇指。

小梅倒是不以为然，说："你老公也和你一样，心大！"

还有一个星期，小茉就到预产期了。这个周末，小茉发出邀约，让三位孕妇朋友来家里喝茶吃点心。小梅临时有事，没有过来。

电视里，又开始播放关于剖腹取婴团伙的警示新闻。这次，官方公布了一小段监控录像，虽然模糊，但仍可以看出个大概。作案人是两名女性，其中一名居然是位孕妇。

小倩瞥了一眼正在厨房忙活的小茉和小秋，慌忙关掉电视。

小梅此时正在家里看着电视吃苹果，她也看到了这则消息。苹果"啪"地掉到地上，小梅对着屏幕，嘴张得老大。她突然想起来一件事，小秋上午打电话来，说小茉家下午的聚会取消了，改天再聚。

"为什么不是小茉亲自告诉我？到底是聚会取消了，还是小秋和小倩怕我坏了她们的好事？"小梅觉得呼吸困难，想拿起电话报警，却吓得根本动弹不得。

小茉觉得今天的小秋有些冷淡，和平时不一样，只是一直沉默着忙着手里的活计。

"小秋，今天这是怎么了？有心事吗？"小茉关心地问。

"嗯。"小秋不置可否，"也没什么，就是有点头晕。"

"那你最好去检查一下，会不会是产前贫血？"小茉热心建议。

"嗯。"

曲奇烤好了，三位准妈妈坐到一起准备享用茶点。

小倩已经把茶倒好，招呼道："忙活了半天，先喝口茶歇歇吧。"

三个人端起杯子，相视一笑，开始喝起茶来，闲聊了一阵，一杯茶就要见底了。

小秋和小倩不再说话，只是冷冷地看着小茉。

小茉觉得奇怪，一句"怎么了"还没来得及问出口，眼神就变得迷离起来，四肢无力地慢慢陷进沙发里，缓缓地闭上了眼睛。在小茉的视线只剩一道缝的时候，她看到小秋和小倩两人互相对视，古怪地笑了一下。

片刻后……

"这一单可以卖个好价，学历、脸蛋儿、身高，都是上乘。"小倩笑着说。

"赶快动手，我们的监控视频已经上电视了，搞不好孕妇会所里哪个好事的就会盯上咱们。开始吧，拿完赶紧走。”小秋边说边撩起自己的衣服，把“假肚子”取下来。没错，一只绑在肚子上的孕肚模型。

小倩从手提包里拿出一个盒子，一打开，里面的手术刀、止血钳、手术剪，反射出幽幽寒光。她把这些在炉火上烤了一下算是消毒，交给小秋后，转身去浴室放热水。

小秋戴好橡胶手套，右手拿起手术刀，伸出左手，准备掀开小茉的上衣。当小秋的手隔着外衣摸上小茉的腹部时，她怔了一下。

小秋觉得刚刚的触觉并不真实，她拉住小茉衣服的下摆，一把掀开。小秋瞪大眼睛，表情惊讶得像看着一条会说话的蛇——小茉的衣服下面，竟然也是一个假肚子。

还没来得及反应，她的手腕感到一阵冰冷。

“咔”，是手铐清脆的声音。

小秋缓缓抬起头，与一脸严肃的小茉四目相对。小茉猛地向下一拉手铐，把小秋铐在了沙发脚上，小秋一个趔趄倒地。极品组合实木沙发的重量让小秋没有挪动的机会，只能趴在地上。

这时，小倩从浴室出来了，正傻眼地呆立在会客室门口。

“你坐吧。”小茉的下巴朝另一个沙发的方向努了努，然后在书架后面摸索了一阵，取下了摄像头，笑道，“证据，实证。”

这个剖腹取子的犯罪团伙是分帮作案，小秋和小倩是一组，她们来到TAZUKI市潜伏到孕妇会所，物色“优秀基因”，博取孕妇信任，伺机行凶。

刑侦队长在获取了团伙活动情报后，委派小茉来做“饵”让恶魔现形，搜集影像证据。随后，其他几名警察从紧闭的卧室房门走了出来。

小秋紧闭双眼，小倩早已伏案而泣。

第九个故事

酒店的埋伏

城南的一条小街上，有一家不那么有名的酒店——“粉色天使”。它位于一栋商住楼的七层和八层，招牌就挂在窗下，粉色的卡通体字，如果不是刻意找，很难发现这家店的存在。到了晚上，招牌粉色的霓虹灯亮起，那种隐秘的气场就会被渲染得淋漓尽致。

这天下午，粉色天使的老板于达挺着啤酒肚站在窗前，举着他的高倍望远镜盯着路口看。一般的酒店，住客总是晚上归来，但在他的酒店，生意总是下午多。

路口拐来一辆红色豪车，车上是一对男女。男的不到四十岁，意气风发，女的也就二十五，年轻性感。于达这种经营了十几年酒店的老油条，很容易就能辨认出街上的男女，哪对是正常情侣或夫妻，哪对是四处寻找幽会地点的野鸳鸯。

于达盯着红色豪车看了一会儿，嘴角露出一抹猥琐的笑。尤其是当这辆车拐进马路对面的一条胡同时，于达笑得更开心了。

不出所料，红色豪车里的男女从胡同中鬼鬼祟祟地走了出来。和很多临时情侣一样，他们戴着墨镜，遮遮掩掩。过马路时，女人挽起男人的胳膊，低头小鸟依人地笑着。

金主和十八线野模。于达感觉自己在这方面简直是神探。他边想着，边捕捉了两张合影。

财迷于达把手里的一罐啤酒一饮而尽，吊儿郎当地原地转了个圈，把易拉罐“咚”地一脚踢进角落里已经被塞满的垃圾桶。

“不知道他们会选哪个房间呢？”于达转了转脚脖子，双手交叉放在颈后，仰卧到沙发里，笑得像只蛤蟆。

陆豪和小美踌躇了好一会儿，最后选了一间热带雨林主题的房间。两人一前一后，继续遮遮掩掩地向楼上走去。

于达房内有一块客房状态显示板。现在，“热带雨林”房间的灯亮了起来，这表示两人已经开门进去了。紧接着，于达打开了“热带雨林”房间状态灯旁边的一个小金属开关，然后戴上了耳机。

每个房间状态灯旁边都有一个小金属开关，它们是各个房间的收听开关。于达在每一个房间都装上了窃听器。

不过，于达只会监听那些看起来有钱的“情侣”。富婆、土豪，当这类人带着他们明显来路不正的姘头出现时，于达才会饶有兴趣地戴上耳机。一旦两人出现对话，他就会默默录音，然后他会在“合适”的时间突然出现在他们面前，让他们听一听自己的淫词秽语，再嬉皮笑脸地给他们报个价。除了录音，还会包含一份两人挽手过马路的合照，戴着墨镜也没用，因为对真正的夫妻来说，另一半化成灰都认得出来。

这些大款们最怕的，就是自己的合法伴侣抓到自己出轨的证据，大多数人都会选择息事宁人，花钱把录音和照片买下来。用钱迅速摆平事情，是于达的敲诈对象们一致的行为特点。

于达非常享受那些从天而降的大红包，以及富人们脸上对他既厌烦又无奈的神情。他不敢装视频监控，一是太容易被发现，不如小纽扣般的收音话筒便捷，粘贴在床头后面即可。二是他对男女之事实际上无甚兴趣。

“我可不是什么变态。”这是他对自己的评价。

另外，为了“可持续经营”，于达一次并不会向富人们索要太多。不然万一遇上个硬角色，自己也有可能面临被暴打。

于达的房间里，除了房间窃听控制板和录音设备，便没什么特别的。单人床、小沙发，一个简易厨台上堆满泡面盒子，满到溢出的垃圾桶，周围散落了好多啤酒罐，有时候他正戴着耳机窃听，不小心踢到一个，还会把自己吓一跳。

于达把敲诈来的钱都存了起来，简直是违法分子中的一股清流。他对花钱的爱好都不感兴趣，打游戏不氪金，很少买新衣服，不讲究吃，可以说过得十分节俭。实际上，他早就想在富人区买一栋别墅，他存钱就是为了买别墅。

他租的这两层客房也快到期了，留给他的时间不多了，今天这对“情侣”必须拿下。

于达扶住耳机，探听“热带雨林”里的动静。

在一阵子窸窸窣窣放东西的声音过后，男人先开口说话：“小美，下周我去一趟M国，处理一下孩子的事情。”

“要去多久啊？”小美的声音有些不安。

“孩子在申请中学，事情挺烦琐的，我得过去忙活一阵子，就……半年吧。”男人有点没底气。

“半年？陆豪！那我怎么办？”小美的声音非常急躁。

“你放心，我每个月都会把钱打给你的，你等我就是了。”陆豪好像点了一支烟。

“你老婆让你去的吧？她是不是知道了？你不是说离婚吗？”小美连珠炮似的发问。

“行了行了，我是去管我儿子的！”陆豪变得不耐烦起来。

“我不信！你是不是不会回来了？”小美愤怒的声音里透出了哭腔。

“你有完没完！你不要无理取闹行不行！”紧跟着“砰”的一声，陆豪好像把烟灰缸摔在地上了。

陆豪的爆发让屋子里安静了十几秒。

小美嘤嘤地哭了起来，委屈地道：“人家是怕失去你……我不能没有你啊……你走了我可怎么办……”

陆豪的语气也缓和了许多：“你要相信我，我不会去很久，答应你的我以后会慢慢做到的。”

“真的吗？”小美撒起娇来。

“傻瓜。”陆豪的声音又宠溺起来。

“鬼话！信了他你就是真的傻瓜！”这边，于达替小美的智商着急。

不过，他没有听到小美的回答，而是在几秒钟后，听到了类似亲热的声音。

无聊！于达啐了一口，相较于谈情说爱，他对有关钱权交易的谈话更感兴趣。

“我先去洗个澡。”小美的声音变得甜美无比。

紧接着，就没什么动静了。于达坚持了五分钟，准备先去泡个面，吃完面，再录也不迟。而就在他准备放下耳机的那一刻，于达好像听到有什么东西“铛”的一声掉到地上，像是金属。

于达很讨厌乱摔东西的房客，不过，他会把摔坏东西的赔偿悉数算进他的敲诈金的。

“到时候别怪我多敲你个十万八万的。”于达愤愤地想，摘下了耳机。

如果于达看到掉落的东西是什么，他脑子里想的可就不会是这些事情了。

刚刚那清脆的一声，掉的可不是于达的酒店资产。那是一把长约二十八厘米的匕首，掉在满屋都是真假热带植物的房内，就像是探险家的遗物。

这把匕首原本装在陆豪的手提包里，是陆豪从包里拽出一卷宽胶带的时候不小心带到，滚了出来。陆豪马上把匕首、宽胶带拾掇起来，掖进后裤袋。

仿照热带雨林装修的客房，掩掩映映，光线晦暗，是先潜伏、再偷袭的绝佳环境。

于达吃完面，看了一会儿房产广告，才又重新坐到桌前，戴上耳机。

此时，小美正好刚从浴室出来。

“好香啊……”陆豪深沉的声音很有吸引力。

“色鬼。”于达嗤之以鼻。

“你真的会永远对我好吗？”小美的声音透着那么一点无知。

“小美，你是我最爱的宝贝，我的一切都是你的。”陆豪信誓旦旦地说。

“那等你在M国料理好你家小少爷的事情，可要尽快回来陪我！”小美再次施展甜音，“还有，你说过的，要娶……”

小美话还没说完，于达只听见耳机里小美“呜”了一声，不再说话。

于达以为是那男人亲了上去，嗤笑了一下，心想：“都一个德行，一旦到了说结婚、生孩子的节骨眼上，就逃避。这群没脑子的小三儿，遇上这帮毫无底线的男人，简直就是……啊，不想了，再过二十分钟就上去，时间应该刚刚好。”于达这般想着，开始盘算这一笔索要多少钱合适。

于达把手里的烟抽到烫手才慢慢打开抽屉，拿出“热带雨林”的备用钥匙，心怀鬼胎地走向客房。

走廊的昏暗，完全不会影响于达心中光芒万丈的买房伟业。他把钥匙轻轻地塞进钥匙孔，慢慢、慢慢地转动，熟能生巧，他的动作几乎没有任何声音。

门缓缓地打开了，诚如之前所说，热带雨林主题房内，有许多真假植物，树影重重，空间被分割成交错缠绕的廊道，于达像变色龙一样高高地抬起膝盖，缓缓落下，一步一步地向前行进。在到达即将上演“捉奸”戏码的床帏之前，他不会发出任何声响。

可现在他感觉有些奇怪，从偷偷溜进屋到现在，竟然一直没有听到那种熟悉的暧昧之声，房间就像没有人一样寂静。

他还没来得及反应，就被人从后面一把搂住脖子，险些一口气倒不上来。那人力气太大了，于达有一种瞬间被擒、双腿发软的感觉。还没缓过神，一位可爱的女性脚步轻巧地从一丛巨型塑料皇后兰后面绕了出来，手里拿着像纽扣一样的窃听器，歪着头冲他笑了一笑。

于达的眼睛像充了气一样圆了起来——是小美。

这时，他的双臂被身后的壮汉用力扭了起来，他拗不过，整个人被拎起来，按到一旁的椅子上，双手被宽胶带牢牢绑在椅背上。

“疼、疼、疼！”于达龇牙咧嘴，这会儿他也想到身后的人是谁了。

于达没有喊，他很清楚自己这种酒店的隔音水平。他突然想起耳机里听到的那金属落地的声音，顿时后背发冷。

此刻，陆豪站到了于达面前，将匕首往他面前一扔，问：“要钱要命？”

于达没有答话。

“啪！”小美一个箭步上来，给了他一记清脆的耳光，“你的钱不干净，让姐姐帮你花一花，给你消消灾！”就算是威胁，小美的声音听起来都还是甜甜的。

于达才不会在买别墅这种人生大计上跟人打商量，他依旧瘪着嘴，不说话。

陆豪把匕首捡起来，用侧刃在于达的脸上拍了两下，盯着他的眼睛说：“老弟，是这样，你自己干过什么事儿自己心里清楚，到现在你还没被灭口也算你命好。我们也不要多，这个数，你负担得起，买条命很划算。”陆豪用手机按了一串数字，举到于达眼前。

这个数字于达根本不会考虑。他现在还在蒙圈状态，明明是自己在自己的场地上钓鱼，怎么还反被鱼给捆了？

直到小美拿过匕首，在他脸上留下一道细细的血痕，他还不觉得这是一个必须考虑要钱还是要命的节骨眼。

“实话跟你说吧，有人出钱买你的命，这钱要是你出了，命就给你留下。我都说得这么直白了，兄弟，你不会是傻吧？”陆豪探着头，逐渐不耐烦。

半分钟后，小美先失去了耐性，猛地把匕首刺进于达的小腹。

于达痛到失声，“呼哧呼哧”地大口喘着粗气。

“密码。”小美抓着于达的头发用力往后一扳，咬着牙说，“密码！”她咆哮起来。

于达腹部的血顺着匕首滴到地面。他的视线越来越模糊，逐渐失去意识，没一会儿，脖子一歪，脑袋像失去支撑一般耷拉到胸前。

于达醒来的时候，不知道时间过了多久，客房没有窗，他甚至判断不出是白天还是黑夜。那对男女也已经不知去向。

“他们大概以为我死了，才会丢下我跑路。爷真走运，人财两全。”于达的乐观心态着实感人，他现在还活着，大概要感谢一下他可观的腹部脂肪。

于达尝试着扭动身体，想把手从胶带中挣脱出来。然而，他失血过多，根本用不上力，加上伤口的剧痛，每动一下身体，五脏六腑就如撕裂一般。

“拜托，快来人吧！”于达真心实意地企盼着、祈祷着。

只是，以隔音、私密为第一要素的酒店，他的这种企盼几乎无用。

从现在开始，粉色天使酒店的所有客房都将进入漫长的“打扫中”状态，而“热带雨林”的“使用中”红灯不知何时才会熄灭。

第十个故事

狩　猎

损我之人，必将死于箭矢。

——摘自某人日记

去年，TAZUKI市下属的某个村庄挖出了贵金属矿，一时间众多资本瞬间涌入TAZUKI市，开启淘金之路。在这种行业，和运气相比，才华和努力都不值一提，因此无数人铩羽而归。而另一些运气好的人，乘着这次财富的东风实现了真正的阶级跨越，走上人生巅峰。

一时间，涌现出的众多新贵资本家成为一股新的社会力量。不到三十岁的徐东就是其中一个，他常常庆幸听了自己老爹的话，卖掉家里的小厂子，连人带钱全部扎进TAZUKI这座新矿城。

对于徐东这类人来说，如果生意要继续做大，就不能只知道分那点蛋糕边角料吃。融入TAZUKI市的高阶资本圈子，拓广人脉、寻找靠山、联结同盟，是每一个新贵进一步晋级，跻身本地大鳄阶层的必经之路。

徐东要学的东西太多了，本行生意的门道还没摸透，就得赶鸭子上架似的学会如何融入上层社会。以前办小厂子，和供货商、工人、经销商打交道的那点伎俩，现在根本用不上。

不过，好在徐东运气够好，在一次商务酒会上，他和一位喝多了的中年男性聊得热火，两个人都爱好打猎，也算是同道中人。聊到开心时，中年男性邀请他加入自己所在的私人俱乐部——“奇仕会”。散场前，还塞了张名片给徐东。

经过前一晚的轮番轰炸，第二天徐东到了中午才醒，醒来时头还在隐隐作痛。

“这些人实在是太能喝了……”他用力搓了搓太阳穴，一瞬间想起昨天“奇仕会”的事情，摸了摸裤兜，拽出一张名片，他使劲揉了揉眼睛才看清名片上写着：某矿业总裁，林俊。

像“奇仕会”这种私人俱乐部，想加入是需要介绍人的。徐东一直苦于不认识老会员带自己入会，不过这次机会就从天上掉下来了。

吃过午饭，徐东拿起桌上的名片，拨通了林俊的电话号码。

“林总您好，我是昨天和您聊狩猎的那个小徐，您还记得我吗？”徐东对着手机点头哈腰。

电话那头沉默了一阵，一个浑厚的男中音说道：“徐……徐东，对吧？你好。”

“对对对，您好、您好，昨天分别得太过匆忙，没来得及再多和您请教一些狩猎的经验，真是遗憾。您看，最近家父从老家寄来了一些上等补品，如果您不嫌弃，也请您一起品鉴一下？”

对方又沉默了一下，爽朗地笑道：“客气了，这样吧，之前不是说介绍你到‘奇仕会’吗？我看不如就直接在会所见面吧，一会儿我让秘书把地址发你，就这么说定了！”

“好……”徐东的“的”字还没说出口，就听见听筒“啪”的一声，对方已经挂断了。

他应该会把见面时间也一并发来吧……和这种老板交流真是让人心里乱糟糟的。

徐东几乎是捧着手机在等，一个小时，两个小时，还是没动静。

“说不准人家只是在敷衍我而已，毕竟要不是喝多了，哪个老板会理我这种初来乍到的小人物呢。”正想着，他的手机收到一条短信：六月四日（明天），请阁下于晚间九点三十分前往青云路666号。

谢天谢地，徐东朝着空气拜了拜。一直到赴约前，他都在查询“奇仕会”的有关资料。和他预想的一样，信息少之又少。

在各种发财浪潮中，无限风光登上历史舞台的并不只有林俊这种传统产业商人和徐东这种新矿业幸运儿。就像M国曾经的淘金热一样，很多人并没有直接参与淘金活动，而是凭借给淘金者提供服务，最终成为富甲一方的大亨。一些聪明人瞄准了商务交际服务业的商机，积极投身于高端酒店、餐厅和商务会所行业。刘滨就是这样的人，他是“奇仕会”的创始人。

“奇仕会”所在的青云路位于城郊，远离闹市，但有城市快速路直达，所以交通十分便利。刘滨之所以把会所选在这里，也是因为可以尽可能地兼顾私密性和便利性。

如果用一句话概括“奇仕会”的日常活动，那就是：某些具有奇特爱好的精英名仕聚众享受离经叛道的乐趣。

徐东的加入看起来是个意外。

六月四日晚上九点二十五分，徐东站在了青云路666号门前。青云路666号的建筑是一栋独栋五层复古西式洋楼，每层大概有五百平方米左右，是典型的会所式建筑。青褐色的花岗岩墙面、灰黑色的大理石立柱，将这座精致的洋楼隐藏在夜色之中，就算是白天路过也很容易忽略它的存在。

“隐秘而奢华。”徐东心里想。

九点三十分整，他按响门铃。大概五秒钟后，门开了，一位穿着黑色燕尾服的英俊青年应门，对他鞠躬微笑道：“您好，请问您是徐东先生吗？”

徐东吃了一惊，强装镇定地说道：“是的，是林俊先生介绍我来的。”

“您请进。”青年彬彬有礼地伸出戴着白色手套的左手，把他让了进来。

大门在他身后缓缓关上。眼前是一个直径有六米的黑曜石多边形陈列桌，一盏巨大的黑色水晶吊灯，从高高的吊顶直垂到桌上放置的巨型兰花上方。地面铺着带有大马士革暗纹的藏青色厚重地毯，厚到踩上去会有不真实的梦境感。

徐东在大厅站得笔挺，只微微转动眼珠，滴溜溜地四处观察。虽然奢华的会所他并非没有体验过，但置身于这种自带傲慢气场和重量感的空间氛围中，还是第一次。现在的他，既兴奋又压抑。

“徐先生，您这边请。”青年引导徐东上楼。

二楼的空间被大大小小的珍奇花草和暗色石材矮墙分隔成一个个相互贯通而又相对独立的社交空间。青年带着徐东左绕右绕，还没等走近，徐东一眼就看到在一个靠窗的沙发里坐着他的“贵人”，林俊手里拿着未点燃的雪茄，略微发福的脸上是一副若有所思的表情。

显然林俊还没有注意到他，徐东正在纠结要如何开口，身旁的青年已经熟练地引见：“林总，您的客人来了。”

林俊微微抬头，向徐东伸出右手，徐东赶紧快步上前，握上对方的手，微微鞠躬，道：“林总您好！很高兴又和您见面。”

“请坐吧。”

青年为林俊点燃手里的雪茄，转身退下。徐东坐在林俊对面，手脚都不知该放在哪里。

“这个俱乐部呢，我进来有两三年了，平时就是大家凑在一起玩玩，解解闷，也不知道你这种小年轻对我们老头子爱玩的感不感兴趣。”林俊只有四十多岁，还远不到“老头子”的地步。

“哪里哪里，您正是风华正茂的时候，林总抬举我引我入会，是我的荣幸。”徐东深深低了下头。

“你不是也喜欢狩猎吗？咱俩上次也聊了不少，俱乐部下周有个狩猎比赛，你也过来吧，咱们哥俩到时候一个队。”

“好的林总，求之不得！”

“今晚有个酒会，在三楼，晚些你跟我一起上去。”

之后，两人又聊了聊狩猎相关的话题，就一起去往三楼。

三楼是挂满新锐艺术家画作的酒廊。缥缈的灯光，给人物的面容镀上了一层莫名迷幻的色彩。远处的角落里，有一位身材瘦高、皮肤古铜的男性冲这边招了招手，是刘滨。

徐东紧跟林俊大步走了过去。

“林总，这就是你说的那个小伙子？”刘滨夹着香烟，并没有看徐东。

“对，叫徐东，和我一样，喜欢研究打猎。”

这时，刘滨才缓缓把头转向徐东，说：“你大概是会里最年轻的会员了，林总可是第一次带新人入会，可见你应该不错。”

徐东有一点发蒙，直到林俊说：“这位是会所总经理，刘滨，平时就是他主持各种活动。”

徐东假笑着点点头，心里却小声嘀咕：“干服务业的居然这么牛气。”

这种上流会所的主持者，掌握着资本家们各种各样隐晦的秘密，甚至有时老板出于对他们的信任，也会让他们成为自己计划中的一环，为自己完成一些不方便让他人知道的丑事。严守秘密，是这些上流会所经营者的必备要义，对各位的秘密无所不知，则是他们“赢得”他人尊重，甚至有时可以压客人一头的资本。

“听说你的枪法很好？”刘滨问徐东。

“不敢当。”徐东对刘滨倒是有点端架子，冷冷地说道。

“要我对业界大佬们点头哈腰，那没问题。一个服务业出身的，就算你是老板，也得注意对人的态度才行。”徐东心想。

“我们下周有个狩猎聚会，不过不是用枪，而是用弓，这个你行吗？”刘滨给林俊和自己各点上一支烟，眯着眼问徐东。

还没等徐东答话，林俊就说：“还真让你说着了！徐东还真是玩过弓！”

刘滨听到这个，眼睛微微睁大，对着徐东点了点头，笑道：“我还以为现在的年轻人都不爱玩这些，没想到啊林总，人还真让你找着了！”

徐东有点沉不住气，被这个“搞服务的”称自己为“现在的年轻人”，这让他有点恼火，便开口问刘滨：“请问您多大年纪？”

刘滨抿嘴一笑：“我三十九。”

徐东正不知道怎么接，好在这时一位青年端了托盘过来，三个人各取了一杯酒，沉默便没那么尴尬。不过就算不说话，徐东也能感觉到刘滨对自己的轻视和不理睬。背景音乐是安神的爵士，徐东此刻却有些火大。

这时，走过来四位先生，都是四十几岁到五十几岁的样子。众人寒暄着，看来彼此都相熟，话题很快转到徐东身上。

“小伙子，徐东？”年龄看起来最大的男性问道。

徐东受宠若惊，根本没有想到居然有人知道自己的名字，赶紧跟对方握手。其余的几位也都很热情地主动和他寒暄。徐东此刻真的很想白刘滨一眼，那个狗眼看人低的家伙。

那位看起来年纪最大的男性继续问徐东：“你真的会用弓箭吗？”

徐东故作低调地回答：“鄙人不才，以前和家父在老家猎场偶尔玩玩，略懂一点吧。”

徐东本意是自我谦虚，以表达后生的稳重自知。怎料问话人的脸色却突然有了些不悦的变化，甚至周围的人有几个也开始微微皱眉。

徐东一时不知所措，不知自己是犯了什么忌讳。难道上流人士不兴自谦？还是说，这是TAZUKI市的什么地方风俗？

这时林俊出来解围：“吕总别听他说，这位小徐是狩猎行家，还是猎鹿高手。”听了这话，大家的表情自然了很多，他接着说，“人家家里做山珍生意的，从小就跟着他父亲在山间跑，自己家也有猎园，是吧徐东？”

徐东笑着点头如捣蒜。

这话，徐东在第一次见到林俊的那次酒会上确实说过，只是他没想到林俊还记得，而且对方当时看起来还有些喝高了，看来成功人士的记忆力果然不一般。

经林俊一解释，气氛终于恢复如常，大家觥筹交错，不谈公事，尽是些关于收藏品、酒、烟斗之类的话题。

一周很快就过去了，明天就是狩猎聚会。今晚大家聚在一起，由刘滨主持，开一个预备冷餐会。

昨天徐东还在琢磨，他打听了一下，没听说过TAZUKI市有猎场，这狩猎活动要去哪里举行呢？

到了时间，会所的全部会员悉数到场，大概二十个人聚集在四楼的浮世绘主题餐厅，这其中有一半的人徐东都没有见过。人群中，有一位和自己年龄差不多的年轻人，玉树临风，举止优雅，站在一众大叔中间非常耀眼。

徐东非常想结识他，他问身边的林俊：“林总，俱乐部原来也有年轻人啊？”

林俊往那位年轻人的方向瞟了一眼，“嗯”了一声便不再说话。平时林俊总是很热情地把徐东介绍给俱乐部的成员，可是对于那个年轻人，林俊看起来却毫无此意。

大家纷纷在宴会桌两侧落座，刘滨坐在桌子的一端。

桌上的人们边吃边聊，大概二十分钟后，刘滨站了起来，他用勺子敲了敲自己的高脚杯，稍稍提高声音说道：“不知今天的餐点各位是否满意。现在，我们要聊一聊明天的正事了。按照我们既定的计划，明天的狩猎在会所举行，五层楼，所有的设施都可以当作掩体。老规矩，砸坏的物品，都算我的。”

场下一阵哄笑。

“鉴于这次我们有新人加入，我就再把规则重复一遍。一共二十个人，每局上场十个人，五个猎人、五个猎物，猎物‘死光’后，算猎人组赢。如果猎人一方，箭用光了但还有猎物‘活着’，则算猎物赢，一局定胜负。之后换另十个人上场，再次结束后，第一局的猎人组和猎物组角色互换，再开始游戏。简单说，就是五个人一组，轮流当猎人和猎物，各位老总可清楚了？”刘滨特意把眼神瞥向徐东。

徐东惊诧不已，心道：“不是打猎吗？这怎么成了跟小孩子互相抓人、射弹弓一样了？他们是不是在玩我……”

这时，坐在旁边的林俊凑过来问：“怎么样，明白了没有？这就是我们的打猎游戏。”

徐东一脸蒙地点了点头，但心里想的是：“用箭射人，会死吧？”

“现在，有劳大家上来拿取各自的弓和箭袋，以及防护衣。”刘滨指了指自己身边的大箱子。

林俊好像看出了徐东的不解，侧身轻声跟他说：“箭头是圆的，大家都穿防护衣。”

徐东恍然大悟，还真是个幼稚的游戏。这帮四五十岁的大叔，是在弥补童年缺失吗？互相追着射棍子？我看是做生意压力大搞出神经病了。

不过，想融进圈子，就得跟着一起发神经。他最后还是在刘滨轻飘飘的眼光中，拿了属于自己的弓箭袋和防护衣回来。

打开袋子，里面是一把弓和二十支竹箭，虽然箭头是实打实的金属，但尖端被磨圆了，可即便如此，射在人身上也会非常痛，幸好有防护衣。防护衣看不出是什么材质，有点薄，不晓得有多大的抗击能力。防护衣的前胸和后背正中央分别画了一个红圈，届时箭头会涂上颜料，射中红圈算作“死”。

“这些人怎么会玩这么弱智的设定！”徐东的内心进入没完没了的吐槽模式。

他端详着自己手里的弓，看起来力道还是蛮大的。弓的尾端摸起来似乎有点划手，徐东定睛一看，原来是刻了自己的名字，重新看了一眼箭矢，末端也是有刻字的。

这时，一只手搭上了他的肩膀。

“你好，没见过你啊！”

徐东定睛一看，正是林俊懒得跟自己介绍的那位玉树临风的年轻人。

“你好，我是新加入的，我叫徐东。”

“我是江丞。”两人交换了名片。

“噢，原来您就是圣源公司的总裁啊！失敬失敬。”

徐东这是真心话，圣源公司是TAZUKI市最具实力的财团之一，早就听说他们现在的老大年轻有为，只是没想到居然和自己一样年轻。如果把TAZUKI市排名前八财团的年盈利额汇总起来，圣源公司就要占据一半，就是这么牛的存在。而圣源从入场到现在立于执牛耳之地，也不过是两年之间的事情。

“你是谁带进来的？”江丞问。

“我是林总介绍的。”

“林俊？”

“嗯。”

虽然江丞身份贵重，但徐东还是对他直呼林俊的名字有些不理解，毕竟比自己大那么多。再说虽然圣源的实力无可厚非，但大家也都是老总级别的，这么直呼名字还是不太妥当。

江丞脸上有欲言又止的表情。

“怎么了，江总？”徐东有些好奇。

江丞笑着摇摇头，转身去拿酒了。

江丞前脚刚走，后脚刘滨就端着酒杯晃了过来，徐东一脸厌恶地转过身去，完全不想和他搭话。

“我要是你，明天就不来。”刘滨绕到徐东面前，微微一笑。

徐东看见他的脸就会有不适的感觉，但他还是正了正领子，面带微笑地问：“噢？为什么呢？”

“因为你不属于这里。你会被……吃掉。”刘滨不怀好意地笑着，像鲶鱼一样，端着他的杯子向其他方向游去。

徐东牙咬得咯咯响，杯子也快被他握碎了。

“狗眼看人低。”

他走回自己的座位，瘪着嘴盯着盘子里的面包屑生闷气。

不一会儿，林俊也回到座位，拍了拍徐东的肩膀问：“怎么了？”

徐东勉强笑着摇摇头，想起了刚才搭话的江丞，对林俊说道：“林总，刚才江总过来，我们说了两句话，原来他就是圣源的老总。”

“嗯，没错。”林俊似乎并没有聊下去的意愿，“晚上我们都要各自把箭袋带回去，明天再带来。”

“噢？不放在这里吗？”徐东有些困惑，同时心里又把怒火引向刘滨，“这个人，统一保管，明早再拿出来不就行了吗！折腾我们干什么！”

林俊好像看出了徐东的心思，对他说：“有些东西都是传统，不必想那么多。”

徐东点点头，也没有再追问。

回家后，刘滨那张可恶的脸又一次浮现出来：被吃掉？神经病。

“不过，我确实和俱乐部里其他的大佬们不是一个重量级，那个江丞，年纪和我差不多，可身份却是天上地下。我是第一个被带进来的无名小卒吗？也许我真的是天选之子。”

不必想那么多——林俊的话再次浮上徐东的思绪，他觉得应该听这位贵人大哥的。

第二天。

晚上七点钟，从一楼到五楼，会所已是灯火通明。二十位游戏者齐聚于此，围着巨型兰花抽雪茄聊天，兴奋地等待刘滨的安排。

“既然人到齐了，那我们闲话少叙，开始分组。”刘滨拿着一张纸，念了四组名字，每组五人。

林俊提前打过招呼，他和徐东在一组，第二轮上场。

徐东发现和自己同一轮的人，他基本上都见过，有些人他还搭过话，这其中就有江丞。不过，江丞倒不是和自己在一组。

“那么，参加第一轮的双方准备，第二轮的参赛者请先到五楼私茶室喝茶。”刘滨微微颔首说道。

徐东还没去过五楼，这下正好看看五楼是什么样子。十个人背着自己的箭袋，分两拨乘电梯往楼上去了。

和其他楼层不同，五楼的装修没有了异域雍容感，反而如春风拂面。一间非常开阔的会议室，大量留白，除了两个独立小房间外，几乎空空如也。那两个房间，一间是刘滨的办公室，另一间就是私茶室。除了像今天这种其他空间都被占用的情况，否则私茶室一般是不开放的，除非有私密勾当。

大家刚落座，服务生们就开始倒茶，并将各位的箭袋倚墙排成一列。

徐东盯着自己的箭袋，上面用明黄色线缝上了自己的名字。他想不通，觉得这种玩具箭袋还缝制有各个主人的名字，把游戏搞得这么一本正经，完全没有必要。

他想起有人曾经这样和他形容过“奇仕会”：某些具有奇特爱好的精英名仕聚众享受离经叛道的乐趣。

“离经叛道？这算什么离经叛道。”徐东的心里对此十分不屑，脸上呈现的却是内敛的笑容，他似乎是全场唯一微笑着的人。

“吕总，距离咱们约定的时间只有不到一周了，还请你这边抓紧点时间。”说话的是江丞。

“抓紧时间？我们可能对上次的共识理解不太一致啊！”吕总微微翘起下巴，盯着江丞的眼睛。

“我以为是一致了。您按照我们上次说的方式处理，对大家都好。”江丞歪头笑了一下。

“江总，我觉得事情没必要做得太绝。”说话的是林俊，“咱们这个行业，还是一起合作赚钱多，你老这么单枪匹马地横冲直撞，吃亏的还是你自己。

“多谢提醒。”江丞不以为然。

场面陷入了尴尬的沉默。

徐东在旁边听的云里雾里，也不敢问。

虽然私茶室的隔音做得很好，但还是能听到外面的人跑动和箭矢射到墙壁上的声响。

“各位大哥……”江丞又开口说话了，“时代不一样了，咱们得建立新的规则，尘俗旧套、论资排辈的规矩只会让真正有本事的人束手束脚，还会让有些人仗着自己混得年头长，不劳而获！甚至对别人指手画脚！”

“你！”吕总一手指着江丞，一手捂着心口。

“江丞！你说话要注意分寸！”另一位中年男性瞪着江丞，是谢总。

“吕总您别生气，我觉得江总不是这个意思……”顾总忙着给江丞打圆场。

还没等顾总说完，江丞站了起来，沉着地凝视着吕总说道：“吕总，我觉得如果您身体欠佳的话，没必要继续受累。”

吕总狠狠地拍了一下桌子，转身走到窗边，大声地喘着粗气。

在场的每一个人都在指责江丞，幸好有顾总出来和稀泥，不然房顶都要被掀掉了。徐东则不知所措地盯着桌面，如果不是外面到处飞着箭，他早去门外回避了。本来还指望在这种场合多认识几位贵人，这么一闹，谁还有心情搭理他呢？

“江丞，除掉我们，你以后的路会越走越窄的。”白总强压着怒火说道。

“我没有想除掉谁，如果有谁真的陷入不幸，那也是自找的。”江丞的目光放低了一些，声音也小了很多。

这之后的十五分钟，就像过了一夜那么漫长。

“咚咚咚！”门外响起短促的敲门声，服务生打开门，示意大家第一轮比赛已经结束，请各位进场准备。

一屋子人黑着脸，慢慢地向门口走去。而刚刚结束的两组人欢声笑语地鱼贯而入。

徐东走在后面，身后只剩江丞和吕总，他隐约听见江丞故意压低的声音：“是时候改朝换代了，您老了。”

从五楼下来，徐东发现每一层都是一片狼藉。十个人重新聚集到一楼的巨型兰花周围，刘滨——这个最令徐东感到反感的人，又出现了。

“各位，上一局大家都很尽兴，预祝我们这一轮也能畅快淋漓。请大家穿上防护衣，拿好各自的弓箭，准备大干一场吧！”

各位老总经过刚刚的“私茶室一战”，此刻已经难以继续强颜欢笑了，只干巴巴地拍了几下巴掌。

刘滨又像是突然想起了什么，说：“对了，各位如果不嫌弃的话，我也想加入玩一局！诸位老总，可以赏个脸吗？”

参加游戏的人互相看了看，似乎对他的提议不置可否。

“那么，我就当大家肯赏我这个脸了。”说罢，刘滨自顾自地套上了一件防护衣，打算加入猎物组。

至此，猎人组为：徐东、林俊、孙总、白总、陈总。猎物组为：吕总、江丞、刘滨、顾总、谢总、杨总。一位年轻的服务生代替了刘滨的裁判角色，哨声一响，猎物组六个人拔腿就往楼上跑。十秒钟后，猎人组五个人也出发了。

徐东心想："终于到了可以大显身手的时候了，如果好好发挥，以后在俱乐部的存在感也许会强很多。"于是他脚下生风，向前冲去。

就在他即将跑上二楼时，又一个念头闪过脑海："且慢，我真的应该全力以赴吗？猎物组的老总们会不会因此对我有意见？"就在他迟疑的一瞬，不远的拐角处闪过一个身影，是江丞，不如就追击他吧，虽然身份不同，但同为年轻人，他应该不会把这些放在心上吧。

二楼的金属矮墙和珍奇花草让场地变得非常有趣，利于隐蔽躲藏。当徐东来到二楼时，江丞已不见了踪影，只有偶尔吹过的风声。

徐东的身后是林俊，其他猎人都分散开了。

林俊低声对徐东说："这层肯定藏人了，我们得把他们诈出来。"随后林俊笑着大喊一声，"出来吧别躲了，别做缩头乌龟！"不出所料，根本没人回应。

两位猎人开始在矮墙之间巡逻，就在两人刚刚绕过几丛散尾葵时，忽然从矮墙后窜出一个人影，徐东抬箭就射，箭矢从那人的腋下擦过，徐东熟练地反手抽箭，"嗖"的一声，射中那人的后背，发出"叮"的一声。

"好样的！"林俊叫道。

紧接着，广播里传来"谢总下线"的消息。

"哈哈哈，我这下线下得也太快了！"被射中的谢总爽朗地笑着说道，努力遮掩自己的遗憾，之后又抻手揉了揉后背，毕竟这种圆头的箭射在防护衣上也是非常疼的。

徐东不好意思地笑笑："多有冒犯！多有冒犯！"

谢总大度地说："玩得起，玩得起！哈哈哈哈！"

就在他们互相客气的时候，又一个人影窜了出来，直接往三楼跑，这次是林俊反应快，一箭射过去，命中那人背部的红圈。

随后广播里传来"顾总下线"的消息。

"林总果然厉害！宝刀未老！"顾总向林俊伸出大拇指。

徐东紧接着说："知道林总厉害，但没想到这么厉害！小弟甘拜下风！"林俊的水平确实出乎徐东的意料。

"运气而已！还是你们年轻人厉害，看你刚才的架势，我果然没看错你！快继续吧，别掉以轻心哪！"林俊笑着拍了拍徐东的肩膀。

这一轮的猎人组势如破竹，开局不到五分钟，就已经"干掉"了两个人。

徐东和林俊两人继续巡逻，兜兜转转一阵子，确认二楼似乎没有人了，便又往三楼走去。

三楼是那间原本挂满新锐艺术家画作的酒廊，现在画作都已经被撤下，场地中放置了一些轮胎、圆木和水泥块当作掩体。在晦暗的灯光下，“猎物”很容易隐身其中。

两人轻手轻脚地在掩体间移动。这时，两人左后方一根圆木发出轻微滚动的声音，徐东耳朵一立，抬箭就射。箭头在木头上砸了一个浅浅的小槽，圆木后缓缓露出一只手臂，接着是后背，徐东又抽出一根箭补射，正中那人防护服上的红圈。对方“哎哟”了一声，转过头来竟是孙总。徐东一时有些蒙了，孙总是猎人组的，他鬼鬼祟祟地躲在后面干什么？

林俊马上过去扶了孙总一把，问道：“老孙你藏那后面干什么，小徐以为你是‘猎物’呢！”

孙总一边揉着后背，一边讪讪地笑道：“我这不搞埋伏呢吗？我寻思‘猎物’往楼上或楼下跑，我一截一个准儿！”

徐东道歉个不停，不过孙总为人极爽快，制止了他：“小兄弟，游戏而已，不至于的！”转头和林俊说，“你带的这个小伙子也太喜欢道歉了，不管你们了，你们在这层晃，我往楼上去了！”

这个游戏对徐东来说太累了，他不知道自己到底该不该好好玩，更不知道怎么和这些老总交流。林俊似乎看出了他的顾虑，和蔼地对他说：“你别想太多，好好玩！怎么能赢怎么来！你怎么痛快怎么来！”

这话给了徐东很大信心，徐东又装上一支箭，兴致勃勃地继续扫荡，越往房间深处走，光线越暗。就在徐东和林俊两人打算放弃这里的时候，他们的目光被一旁的窗帘吸引住了，只见那窗帘仿佛在浮动，下一秒他们在窗帘底下看到一双脚。

两人对了下眼神，林俊打手语示意徐东随时准备射击，自己则轻手轻脚绕到窗帘一侧，一个深呼吸后他猛地掀起窗帘。徐东反应很快，瞅准时机一箭射出去，箭头砸在那人防护衣上。

“铛！”

对方“啊”了一声捂住胸前。

然而，广播里并未响起下线的通报。

徐东、林俊人上前细看，居然又是个乌龙！藏在窗帘后的竟然是自己猎人组的白总。

短短几分钟时间搞了两次乌龙，徐东的心情十分复杂，既感到不好意思，又觉得奇怪，但他来不及细想，只能先跟白总道歉。

还没等他开口，林俊倒是先说了话："白总，不好意思，我们不知道窗帘后是你，你也是在这里埋伏吗？"

白总明显没有孙总那么大度，他揉了揉胸前，倒不好直接对林俊发脾气，只能对着徐东抱怨："年轻人啊，你的眼神总比我们这些岁数大的好吧，怎么还把箭射在自己人身上呢，很疼的！"

"对不住白总，多有冒犯，还望您海涵！"徐东点头如捣蒜。

"误会误会，白总你给我个面子，帘子是我掀的，也是我指挥他……不不不，我们本来也不知道是你啊！"林俊赶紧打圆场。

白总没解释自己为什么会躲在窗帘后，没再说话，悻悻地转身不知往哪儿去了。林俊冲徐东做了个鬼脸，耸了耸肩，徐东尴尬地苦笑了一下。

"杨总下线。"广播里响起了新的下线通报。至此，猎物组还剩下吕总、刘滨和江丞。

其他人还有多少支箭他们不清楚，林俊只用掉了一支，徐东用了五支还剩十五支。

林俊带着徐东往四楼走去。四楼原本是浮世绘主题餐厅，现在餐桌都已经被撤掉，眼前是一面面高约两米的灰墙。墙与墙之间大概有半米宽，沿着一面墙走上一段，就要转一个方向继续前行——刘滨已经把这里改造成了一个灰色迷宫。

两人缓缓挪动着，虽然是游戏，但这种竞技氛围，还是让他们的手心不断渗出汗珠。

不远处似乎有脚步声！两人缓缓抬起手中的弓箭，放轻脚步。

"咚！"

一个人影从前面左侧的交叉口"飞"了出来，猛地撞到了右侧墙上。还没等徐东和林俊反应过来，一阵放肆的笑声传了过来。

笑的人是刘滨，而撞到墙上的人是江丞。刘滨从左侧拐角探出头来，兴奋地冲着他们喊："快射他！快射他！"

徐东定睛一看，江丞胸前的红圈就在自己眼前，本来看到是自己的同龄人，徐东就已经跃跃欲试了，这下看到有这么好的射击角度，他猛地抬起拉弓的手臂，瞄准了江丞。

就在他把弓拉满的一瞬间，林俊突然大叫："停！"同时伸出手臂挡住了徐东，"刘滨，你这小子不地道！出卖自己人！我们现在'射死'江丞也是胜之不武！"

徐东这才反应过来，刚才应该是刘滨把江丞撞飞出来的，而刘滨和江丞都是猎物组的。徐东本来就对刘滨带有偏见，想明白这些后，他把瞄准江丞的箭转向了刘滨，但是刘滨很聪明，依然只露个脑袋，徐东根本无从下手。就这样，徐东把牙咬得咯咯作响，但也只能任由刘滨消失在墙后，江丞也跟着一骨碌爬起来跑了。

“没关系，我们继续。”林俊则显得很平静。

两人继续慢速向前挪移，岔路越来越多，徐东已经辨别不了方向，只能看到哪里有路就往哪里走。

“吕总下线。”广播想起。

至此，猎物队就只剩下了刘滨和江丞，而徐东和林俊两人还有很多支箭。

“林总，不如我们赶紧退到楼梯口打埋伏吧，他们只要出迷宫咱们就给他来个一击毙命，在这里面绕，万一他们绕出去了咱们也不知道。”徐东建议。

“也行，毕竟这个迷宫是刘滨搭的，他很容易就能走出去。”林俊话音刚落，身后不远处的一个岔口闪出一个人影。

徐东毫不顾忌，仗着箭多，一箭接一箭地向那人射去。其中一箭早已射中那人背上的红圈，可对方还在跑。看着那人瘦高的背影，应该就是刘滨。

徐东跟在他后面追着射，撒着对他的闷气，边喊：“刘滨，站住！你已经‘死’了！”

追了好一会儿，对方像是体力不支，双手扶着膝盖，大声喘着粗气。徐东追上去，用力把手搭在那人肩膀往后一揽，对方一个趔趄差点仰坐到地上。

“陈……陈总？”徐东的嘴张得老大。

此时，陈总的气还没喘匀，正半耷拉着脑袋继续拼命倒着气。陈总也是瘦高身材，只不过，他比刘滨大几岁，肤色也白很多。

这时，林俊也追上来了，他瞪大眼睛看着陈总，问他：“你跑什么啊？你一猎人你跑什么啊？”徐东身体僵硬地站在一旁，也在等他的答案。

此时，陈总已经能勉强说出话，他拍拍屁股，支棱着站起来说：“我跑……跑蒙了，我以为自己是猎物组……”说完，非常难为情地低头笑起来。

林俊的脸色从不解慢慢变为忍俊不禁，徐东也逐渐忍不住笑意，三人站在原地痛快笑了好一会儿。

在只剩两个猎物的情况下，徐东却在自己人身上浪费了十几箭，想起来自己都觉得好笑。他估摸着，自己的箭袋里应该还有七八支箭。

他们拉上陈总，打算一起去楼梯口打埋伏。陈总挨了好多箭，浑身痛得不行，龇牙咧嘴地跟着。看来林俊的方向感还不错，带着两人左绕右绕，感觉很快就回到了迷宫的入口。

又转过一个弯，果然入口就在眼前了。他们的眼睛穿过窄窄的入口，瞥到了两个往五楼跑去的身影。他们三人都看得清清楚楚，正是刘滨和江丞。

“再来一次乌龙的话我真的是要疯了。”徐东心想。

三人快步跟了上去。上楼梯的时候，林俊感觉自己的体力快透支了，必须尽快结束战斗。当三人踏上五楼时，他们被眼前的景象惊住了。

这已经不是他们之前看到的五楼环境。二十多分钟前，当他们从私茶室出来的时候，五楼厅里还是空空如也。而现在，厅内几乎被几十个直径将近两米的超大充气橡胶球填满。这些橡胶球会随着人在其中的穿梭碰触而滚动，从而不断地改变球与球之间的宽度和方向，这让场地变得十分复杂。

想都不用想，这些都是刘滨指使人布置的。

“这个刘滨，真的是戏多。”林俊这样想着。

似乎是场景的巨大变化有些出乎意料，大家都表现得有些无奈。众人聚在一起时，林俊很自然地成为了主导者，大家都跟在他的后面。徐东想建议林俊让大家分散找寻“猎物”以便尽快结束战斗，但看到其他人似乎并没有想要分散的意思，他便没张口。猎人组一行人在巨型橡胶球之间穿行，橡胶球产生的刺耳摩擦音让猎人组很难靠听觉辨别猎物的方向。

就在这路人马眼观六路、耳听八方的时候，一个比橡胶球摩擦更刺耳的声音出现了。

“哈哈哈哈！”是江丞的大笑声，猎人们能够隐约看到他的身影，他正手舞足蹈地向这边走来。

“送上门吗？”徐东心想。

不过，这些球之间的通道并非直线，即使看到人往这边走，也是时隐时现，很难进行远距离射击。

等到江丞距离他们只有大概四个球的距离时，几个人才看清江丞并不是自愿走过来的，他的身后有人推搡着他，又是刘滨！

徐东心里涌起一种无聊之感，他决定趁机把他们两人一起解决掉，赶紧结束这个游戏。徐东抬起箭头指向江丞的方向，但在弓拉到一半的时候，旁边的大橡胶球向他这边滚来，差点把他的弓打落，徐东一个踉跄才勉强站稳。

这时，只见林俊三步并作两步地冲了过去，迅速绕到两个猎物身后，“叮”的一声。

广播里传来声音：“刘滨下线。”刘滨不甘心，又在场地里徘徊了一会儿才离开。

徐东真希望射中这个讨厌鬼的人是自己。

现在，猎物组只剩江丞一个人了。几个猎人都在怂恿徐东出手。孙总帮徐东扶正箭袋，并拍了拍他的肩膀，鼓励他："上吧，小伙子。干掉他咱们就赢了。"

江丞还站在原地，面向徐东。

面对这么近的距离，徐东迅速反手抽出一箭，快速瞄准后就将箭射了出去。

箭刚射出去，一个大橡胶球就滚了过来，挡住了徐东的视线。

徐东自己感觉是射中了，他很有把握。

然而，广播里没有传出江丞下线的信息，而且，现场出现了其他令人不安的声音。

"啊！呜……"虽然看不到江丞，但却能听见他的声音，他的声音听起来非常痛苦，且逐渐虚弱。

"江丞！江丞！"大橡胶球的另一侧传来了林俊的叫声，"来人！过来人看一下！"他刚才窜到刘滨身后干掉刘滨后，似乎一直待在原处。

大家马上向江丞和林俊的方向靠拢，孙总和白总、陈总挤在前面，徐东在他们几个后面，看不太清到底发生了什么。

刘滨听到林俊的大叫后迅速带着几个服务生赶了过来，开始用工具给现场四散的大橡胶球撒气。

徐东屈膝蹲下，从前面两个人的胯间努力张望，试图看清楚到底发生了什么事。他左右晃了半天，只感觉似乎看到了血。

可箭是圆头的，怎么会有血呢?

耳旁不断传来林俊和刘滨紧张的催促声。服务生站在江丞和橡胶球之间，腿不停地颤抖着。当挡住视线的大橡胶球瘪掉后，现场终于完全呈现在大家面前。

江丞半瘫在林俊胸前，胸前插着一支箭矢，箭尾随着他因疼痛而起的颤抖而剧烈抖动着。

徐东没有看错，那就是血，血从江丞胸前的箭矢处汩汩流出。

"徐东！你疯了吗？"身后传来白总惊诧愤怒的声音。

徐东完全没反应过来，眼前这一幕彻底出乎他的意料，他觉得江丞胸前的血是假的。可是此时，就连刘滨那个天天脸上挂着虚假笑意的烂人，此时也难掩惊慌和恐惧的神情。

徐东的目光从江丞胸前移开，开始观察周围的人，希望从他们的脸上找出一些头绪。

猎人组的孙总、白总和陈总围在江丞的周围，手足无措，不时用难以置信的表情瞟向徐东，可徐东只能半张着嘴，愣在原地。

闻声赶来的猎物组吕总、谢总和杨总则站在徐东身后，面色凝重，一言不发。顾总也和他们站在一起，嘴张得很大，身形开始不稳。

刘滨和林俊依然手足无措地扶着江丞，江丞的血越流越多，人就快要失去意识了，他吃力地抬起手指向了仍张着嘴的徐东。

服务生正焦急地拨打急救电话。

徐东不知如何是好，他向前挪了半步，打算走近看看江丞。

“你不要动！留在原地！不要过来！”林俊厉声呵斥徐东，徐东吓得身体抖了抖。

直至此时，徐东还是没有回过神来。他似乎知道发生了什么，又觉得现在发生的事情根本没可能“发生”。

“我杀人了吗？我没有杀人！箭是圆头的！为什么？一定是搞错了。”

经过一番抢救，江丞还是死在了医院里，英年早逝。他被一支箭射中，死于失血过多。

那天，所有人都看到是徐东把弓拉满，射向江丞的。他是当时全场唯一拉弓的人，江丞也确实死于箭伤。毫无意外地，他成了重点嫌疑人，即将面临着严格的审讯调查。

但是徐东知道自己是无辜的。至少，他没有想过杀任何人。

作为案发现场，“奇仕会”的楼要被封锁一阵子，暂时无法营业。不过，这种临时封锁对经营者刘滨和会员们来说，算不上什么。会所从成立至今，已经发生过三次类似的事件了，也并没有对后续的经营产生什么实质性影响。

第二天，林俊和刘滨在大家常去的高尔夫球场碰面了。

“刘滨……”林俊把嘴里的雪茄换到手上，面无表情地问，“什么情况？”

刘滨标志性的假笑又出现在脸上，他拿起两杯冰柠檬水，递给林俊一杯，沉默了一会儿，说道：“林总，我没想到，徐东会自己把箭换成真的，毕竟大家在前一天把各自的箭袋都背回家了，我也没再检查。他和江总到底有什么瓜葛，我也不清楚，我知道您也不清楚，看着挺简单一个小伙子，没人有那个闲心和精力去调查他。”

“徐东自己把箭换了？”林俊问。

刘滨点点头，说：“我是这么觉得，再说现在看来也没别的可能性。”

林俊微微笑了笑，而后表情又略带严肃，说道：“你知道我问的不只是这个。”他用试探的眼神紧盯着刘滨的眼睛。

“林总，我什么都不知道。我是俱乐部经营者，来的就是客，虽然徐东是您带来的……”刘滨顿了顿，继续说，“就像您当初说的，无非是介绍一个会玩的人进来陪大家玩几天而已，您是无意，但是他心里有鬼。被这么个人耽误了生意，我自认倒霉，也扫了大家的雅兴。”

“你还是没好好回答我的问题。”林俊侧头笑笑，“不过，就这样吧。”

刘滨非常清楚林俊在问什么，林俊是在问他，为什么、又怎么会想到竟然试图搭救江丞。

他通透得很。

没错，他的确曾想搭救江丞，还有徐东，虽然失败了。

作为会所的经营者，刘滨是完全忠诚地服务于各位会员的。除了提供高水准的环境与体验以外，保守秘密和暗中辅助会员完成某些私密计划也是他工作的重要内容。不过，一些涉及重大事件甚至事关人命的秘密或计划，刘滨也是会被排除在外的。但实际上，就算没人告诉他，他也有知道超量信息的机会。

众所周知，“奇仕会”是私密会所，在这里，所有的秘密和不应为人知的勾当都不会走出这个门，而且这里理应不该有摄像头之类的设备。“奇仕会”的绝大部分区域也的确是这样的。但是，在这五层空间中，有两个房间是例外——私茶室和刘滨的办公室。

这两个空间装有摄像头的事情只有刘滨一人知道，就连“奇仕会”的幕后老板也对此全然不知。

当初徐东觉得刘滨过于狂妄也并非没有道理。虽然他作为会所经营者，本身就因掌握着很多秘密而被各位老板“敬重”，但他实际掌握的信息比大家想象的多，这个摄像头功不可没。

当各位老板有见不得光的事要商议时，就会聚在私茶室讨论，他们觉得这里就是最安全的地方，至少比他们的公司甚至家里安全。他们浑然不觉，有一双眼睛在盯着他们的一举一动。

刘滨有个习惯，就是没事的时候也会看看监控录像解压。

两个月前的一天上午，正是日常没有客人的时候，刘滨把自己锁在办公室打手机游戏，出于习惯，他顺手打开了隔壁私茶室秘密摄像头的监控屏幕。

刘滨本来没有注意到监控屏幕，直到他的余光瞟到屏幕上有影像在晃动。他本来还想坚持打完这一局游戏，没想到监控屏幕上出现的人越来越多，最后一个走进房间的人是吕总。

刘滨下意识地锁上手机屏幕，戴上耳机。屏幕画面上，除了吕总，还有孙总、白总、陈总、谢总、杨总以及林俊，一共七个人。他们几个来会所的事情，刘滨并不知道，看来是吕总亲自和领班吩咐过。

这位吕总表面上是某老牌矿业公司的老总，实际上他还拥有另外一家企业——奇仕会。虽然“奇仕会”的创始人是刘滨，但背后实际的出资人却是吕总。这个事情鲜为人知。

那天，刘滨通过办公室的监控暗中旁观了私茶室中的所有谈话内容。

几个人落座后就直奔主题——除掉江丞，不仅是社会性抹杀，还要让他死。

刘滨很清楚他们为什么想用极端的方式除掉江丞，这要从两年前说起。

一直以来，TAZUKI市的支柱产业就是矿业。无论是去年新矿潮的贵金属，还是在那之前的传统矿，都是围着矿业打转。传统矿商在本土经营多年，积淀深厚，富甲一方，几个矿业巨头合作，瓜分市场，利益集团关系牢不可破。

直到两年前，出现了一位背景神秘的年轻人，仅用了一年时间便利用各种匪夷所思的门路信息和巨额资产成立了圣源，分走了相当可观的市场份额，之后更是步步鲸吞。现在，正如之前所说，如果把TAZUKI市排名前八财团的年盈利额汇总起来，圣源就要占掉一半，而圣源的老总就是江丞。

和一般新入驻TAZUKI市的矿业后生不同，初来乍到的江丞并没有向本土的老牌矿业大佬们“拜山头”，并且以一种非常坚定的姿态拒绝了各集团联合计划的邀约。圣源的飞速扩张以及江丞的“不合群”，在这两年间已经将他完全推到了本土矿商的对立面。

两个月前，他又向本土多个老牌矿商提出了不平等收购计划，并表示如果对方不同意，那么将不排除会采用更决绝的手段。大家都清楚，江丞绝对有这个实力。

江丞所谓的“更决绝的手段”就是指他手中握有诸位大佬的致命把柄。一旦江丞用这些把柄去逐一起诉，或仅仅通过媒体曝光，都会在短时间内让TAZUKI市的矿业格局改朝换代，将那些老牌矿商大佬们送进监狱。而如果各位老牌矿商接受条款，等走完程序，整个城市的矿业命脉就将全部攥在江丞一人手里。这些曾经风光无限、只手遮天的矿业大佬只会被架空，送去养老，结束他们的黄金时代。

兼任本地矿业联合会会长的吕总第一个不同意，其他的人当然也不愿意把他们辛苦多年开辟的揽财渠道拱手让人。

圣源不依赖其他企业独立扩张，江丞的背景又神秘，挖不到任何疑点，这些都各企业老板无从下手。

如果不能解决问题，那就只能解决这个给大家带来致命难题的人，以吕总、林俊为代表的老牌矿商核心集团决议干掉江丞。实际上，大家对这个决议早已心照不宣，无须再议。那天的聚会，讨论的重点在于如何在不损害任何人声誉的情况下，消灭江丞。讨论正式开始前，七个人在秘密决议书上按下指印，以防彼此出卖。

“林俊有个办法，大家听听。”按完指印，吕总把决议书夹进一个本子，说道。

林俊沉默了一小会儿，清了清嗓子，说道：“我先跟大家确认一件事，我们几个人当中，有没有人愿意雇佣杀手？”

在场没有人开口。雇凶杀人会给自己带来巨大的暴露风险，尤其是对江丞这种背景神秘的人，无论成功与否，都容易把幕后买凶人拖下水。

“如果没有，那我说说我的计划。”林俊接着说。

大家的身体都往前靠了靠。

“我们不买凶，我们去请个一个人来。”林俊的目光非常坚定。

桌前的人们却皱起了眉头，听不懂他的意思。

“我们会所经常举办各种活动，但很多活动并不是百分之百安全，这些大家应该都有体会。”林俊开始解释，“我们不妨让江丞死在游戏里。”

大家跟上了林俊的思路，露出愿闻其详的表情。

“我们不必自己动手，而是去拉一个人入会，然后邀请他参加游戏，让他在‘不经意’间杀掉江丞。这就是我说的，我们不买凶，我们‘请凶’。”

在座的各位开始缓缓点头。

“我们要做的就是在游戏里布局、引导这个人在他完全不知情的情况下，杀掉江丞。”林俊讲得非常清楚。

“为什么不从现有的会员里找呢？我们布局、引导江丞的同僚做这事不是更好吗？”孙总问。

白总看了看吕总的脸色，转头给了孙总一个眼色，说：“这怎么行，让老会员行凶，好让警方把咱们会员包括会所从上到下查一遍吗？林总说得没错，从外面找个替死鬼就完事了！”

吕总深深点了点头，说：“林总前几天就把这个想法跟我说了，我仔细想了想觉得可行。现在问问大家的意思。”

“我听吕总的。”陈总没有异议。

谢总、杨总都跟着点头，表示也一样，听吕总和林俊的。

孙总问了一个关于实际操作的问题：“林总，你的想法确实不错，但是，哪有能杀人的游戏？虽然咱们的活动会有危险性，但是还没到能伤人命的程度。再说刘滨那个人是不会组织有可能发生实际危险的活动的，如果我们主动提出，他又肯定要怀疑。”

吕总向林俊努了努下巴，示意他解释清楚。

林俊说：“其实我们已经玩过的游戏里就有非常适合的，比如狩猎游戏……”

没等他说完，白总就抢着问：“圆头箭射人能把人射死？”不过，他自己刚问出口，就恍然大悟般地睁大眼睛盯着林俊，“不会是……”

林俊继续说：“把‘那个人’的箭换成尖的，放血箭，可以让江丞短时间内失血过多。至于换箭，通过制造混乱就可以实现。”

孙总问出一个关键的问题：“我觉得换箭没什么大问题，确实可以实现，可上哪去找这个‘那个人’？就算找到了，他能不能一箭射中江丞？要是射不中，我们尚且可以趁乱把射出的放血箭收起来。如果没射中要害，江丞没有死，那江丞肯定会追查到底，到时候咱们更是吃不了兜着走！”

孙总说话很直，吕总不喜欢他把江丞形容得这么厉害，用力咳了一下，孙总也就没再吭声。

“这个人我来找，实际上我已经物色到了几个合适的‘神箭手’了，正在筛选。大家放心，不会有问题。”林俊看向吕总，吕总便没说话，只点点头。

“你找人？可靠吗？万一搞不死江丞，那我们就都危险了。据我所知，我们每个人都有把柄在他手里，万一失败了，谁也别想跑。”刚才还随大流的谢总又强调了一遍孙总的顾虑。

“你有更好的办法吗？”林俊盯着谢总的脸。

谢总沉默了。

“找人的事后面再说。林总，你跟大家讲一下具体计划。”吕总道。

“狩猎游戏也算是我们会所一个常规的项目了。会员二十个人，届时分两轮每轮十人上场，各位自由组队的时候选择和江丞同一轮就可以了。‘那个人’是通过我介绍入会的，我自然会和他会在一组。我们就在我和‘那个人’担任猎人角色时采取行动。除了我们在座的七个人和‘那个人’外，这一轮里还有江丞和另一个人，因此另一个人无论是谁，以防节外生枝，我们尽早集火掉就可以。”

事后来看，那个人就是顾总，除了和稀泥外一无是处。出场不久就被林俊一箭“毙命”，下线了。

“要是自由组队的时候有其他人提出异议怎么办？”陈总问。

“我来解决，这个可以保证。”吕总说。

虽然桌上只有林俊和白总知道吕总是“奇仕会”的幕后老总，但其他人也并不怀疑吕总在“奇仕会”的话语分量。

林俊接着说：“我会把放血箭先放在我的箭袋里，这种放血箭穿透我们那种普通防护衣完全不成问题。从始至终，我紧跟着‘那个人’，先让他把大部分箭浪费在别人身上，这样在遇到江丞前，让他箭袋里的箭越少越好，我比较好替换。”

“有道理。我们其他人就尽量躲着江丞。将‘那个人’、林总和江丞三人剩到最后。”吕总接道。

这一点，大家执行得很好。行动那天，猎物组的谢总早早跳了出来，送给徐东一个绝佳角度，被他一箭射下场。当时，大家对徐东的准度非常满意。猎物组的杨总则和猎人组的陈总演了一出“一个愿打，一个愿挨”的戏，不久也下线了。吕总在猎物组用同一个套路，同样提前下线了。

“除了互相送人头，和‘那个人’同在猎人组的人也可以多放烟雾弹，让他把箭浪费在自己同组人的身上。”孙总说。

行动那天，和徐东同为猎人的他，躲到了三楼一根圆木掩体的背后，鬼鬼祟祟的行为引得徐东在他身上浪费了一箭。另一个人也做了类似的事情，白总躲在窗帘后故意露出脚，心领神会的林俊当机立断带着徐东发起了一波乌龙式进攻，又浪费了一箭。陈总在四楼迷宫佯装猎物挨了好几箭，又跑了半天，使徐东在面对江丞之前，只剩下六七支箭了。

“最后，我会站在‘那个人’的身后，抽出他箭袋里剩余的箭矢，放入那根放血箭，并引导他射击江丞。如果情况有变，我没能一直守在‘那个人’的身边，那么谁离得近，谁就顶上。其余的人负责制造混乱，刺激他尽快射击。”

后来林俊为了解决掉半路杀出来的刘滨，不得已从徐东身边走开，于是这个使命便由孙总来完成了。

整个计划都会在一个激烈的竞技游戏中完成，所以，计划做得再细也没用，不成功，便成仁。讨论到此结束，只待最后的机会来临。

待其他人走后，吕总打开手中本子夹着决议书的那一页，盯着那一页，目光如炬。上面是他昨晚的字迹：损我之人，必将死于箭矢。

通过监控视频，刘滨看不清本子上的字，但是当时吕总脸上决绝的表情，他看得一清二楚。

刘滨这个人，平时看起来油滑至极，像一架精密运作的机器，可以合作，但没必要交心。而实际上，会所经营者这个职务，只是被他当作一项工作而已，他只负责扮演好自己的角色。工作时，他只愿意周旋于双手沾满铜臭的老板中间，帮人黑吃黑，这是他行不义之事的底线。而当有小角色被强行拉入局时，他会尽己所能让倒霉蛋早日脱离陷阱。他太清楚那些急于融入TAZUKI市矿业圈、削尖脑袋挤进俱乐部的年轻人，掉入被人利用的困境而后被当作工具用完弃之，人财两失甚至危及性命的情形。

“刘滨，我上次去酒会有点喝高了，有个年轻人说想来咱们俱乐部，我当时头一晕就给答应了。不过，我也没承诺太多，就陪大家玩玩吧。说是擅长弓箭，正好下次咱们搞‘狩猎’的时候，一起玩玩。他叫徐东。”这是林俊第一次向刘滨提起“那个人”时说的话。

刘滨心里清楚，怎么可能是人家求你，是你终于物色到了倒霉蛋吧。你们布置计划时候说的那个“那个人”，终于有了名字——徐东。

林俊当初可是费尽周章，辗转了好几道关系，好不容易在不暴露自己的情况下暗中打听到了徐东这个“神射手”，而后制造了两人在酒会的“邂逅”，上赶着送给对方一个引荐进入“奇仕会”的大礼。

林俊他们的计划似乎很顺畅。不过，此时刘滨的心里也已经有了自己的搭救计划。

从一开始，他就对徐东态度冷淡，甚至带着些许嘲讽。直到游戏开始的前一天，他还用“会被吃掉”这种激烈甚至略显直白的词汇劝退徐东。而徐东仍然非常信任他的“贵人大哥”林俊，如约参加了游戏。

劝退无果后，刘滨执行了下一步计划，他也加入了游戏，在游戏中制造机会保护江丞。他的举动，让执行原计划的七人团略微有些意外，甚至引起了林俊的怀疑。

刘滨主动加入江丞所在的猎物组。他的想法是：如果可以让江丞身中圆头箭早早下线，那徐东就可以逃过一劫，江丞也能得以活命。所以从开局起，他就一直跟在江丞身旁。

在四楼迷宫时，他仗着自己熟悉地形的优势，凭借脚步声判断徐东的方位，开玩笑一般，将江丞一把推到徐东面前，怂恿徐东射击。不过，千钧一发之际，被一直跟在徐东一旁的林俊出言阻止了。

林俊绝不会让江丞安全下线的。而徐东，当时只觉得刘滨过分讨厌，而没有意识到其他。

第一次搅浑水失败后，刘滨启用了他的备用计划。在大部队赶到五楼之前，他就让服务生们迅速布置好了五楼的“巨球阵”，创造出林俊他们完全不熟悉的游戏环境。接着，再一次把江丞推到徐东面前，这给林俊他们的带来了很大困扰。

这一次，当徐东瞄准江丞时，白总猛地推了一把旁边的巨型橡胶球，橡胶球滚动过来差点把徐东的弓打落。林俊瞅准时机绕到刘滨身后，一箭将他射中。

混乱中，孙总贴在徐东身后，把徐东剩下的箭矢收到自己的箭袋中，抽出此前林俊递过来的那支放血箭，放进徐东的箭袋同时怂恿徐东射击江丞。

徐东不出意外地抽出那箭，想都没想，射向了江丞胸前的红圈，一击即中。

至此，刘滨的营救计划彻底失败。

在场所有人都亲眼看见，徐东的箭射中了江丞，而江丞在半个小时后死于失血过多。事后，刘滨并没有太往心里去，对这类事情，他其实也早已习以为常，生意还要做。

后来面对林俊的质疑，他也是一如往常油滑地搪塞了过去。林俊了解刘滨，别想从他嘴里打听出任何信息，他永远不会告诉林俊他那些奇怪举动的真实动机，也不会把他“猜”到的“狩猎计划”告诉任何人。

至此，林俊便放心作罢。

至于徐东会怎么样，也就没人再去关心了。

第十一个故事

出租楼的秘密

大元今年快四十岁了，是个大龄宅男。和很多TAZUKI市老城区的土著居民一样，大元继承了家里的出租楼，日常靠收租生活。

和其他家比起来，大元家的出租楼很小，只有三层，每层有三个单间。除了一楼的一个单间是大元自己住，另一个单间用做公共厨房外，其余七个单间都用来出租。

他家出租楼的配套设施很一般，装修也有些年头了，所以租金很难要得上高价。以至于大元并不能像其他“租二代”一样，靠着收租就能过上纸醉金迷的生活，他的生活也只是普通。

不过，就算日子再普通，大元也没有任何出去找份工作的想法，他在上学的时候就立志把当房东作为一生的职业了。每天不需要打卡上班，月末等着收租，有大把的时间可以做自己喜欢的事情。虽然他最喜欢做的事情就是瘫在沙发里看电影，或者昏天黑地地睡觉。

这天，大元躺在床上盯着天花板发呆，眉头不自觉地蹙成一团，手指下意识地挠着大腿——又到了每年都会焦虑的时段，眼看又快到新年长假，租客们的租约即将到期。

大元出租楼里租客流动性总是很大，续租率极低，这和他出租楼的地理位置有关。租客大部分是周边工厂的临时工人，对这部分群体来说，哪里有更大的人工需求，就会往哪里去，往往不会在一个城市停留太久。

因此，每到年底，大元都会暗自祈祷，祈祷房间的空置期不要太长。毕竟，他的出租楼曾经创下过七个房间同时空置长达四个月的纪录。

“这些打一枪换一个地方的穷鬼，估计没一个会续租的。”他愤愤地想着，

“我要不要现在早早把广告发出去呢，早做准备。”想到这儿，他一骨碌爬下床，坐到了电脑前，起草了一份招租广告。

单间出租，独立卫浴，家电齐全，拎包入住。房屋地址：西山路56号，电话……

第二天，大元一觉睡到中午，才开始慢腾腾地去工厂周边张贴招租广告。虽然对租客的流动性不满，但大元对自己租房客群的认知还是很清醒的。

他刚从厂区回到家，发现邮箱里多了一封信，打开一看，又是那该死的水电账单。

“唉……”大元长长地叹了口气。

这周边配套没见有什么长进，这水电费倒是一年高过一年，还必须得交。可自己的房租呢，稍涨一点就没租客上门。

大元第一次萌生出应该想办法多搞点钱的想法，可他也知道自己并无一技之长，也不认识什么人能给他介绍些资源。在大元眼里，这些都是上天对自己的不公。

晚上，他像往常一样下载了一些电影来看。其中一部讲的是一个房东的房客们都是各有奇特癖好的诡异人士，于是这个房东就通过暗置摄像头偷窥以及不断设局，捉弄恐吓他的房客们，以此满足自己变态欲望的故事。

“不愧是电影，人都莫名其妙的。”大元咂着嘴摇了摇头，“有这种机会竟然不敲些钱，反而还有闲心去设捉弄人的迷局，神经病。”

尤其是看到电影里房东绑架了一个有钱租客的女儿，却只是把她偷偷塞到另一个租客房里的衣柜中，他躲在暗处看热闹的情节时，大元简直想给这部电影的编剧“寄刀片”。

“这房东脑子有水。”大元下了定论，骂骂咧咧地关上了电脑。

不出大元所料，没过多久，楼里的租客们开始陆续打包行李退租了。大元照例想方设法地挑毛病，克扣押金。直到扣无可扣，才意犹未尽地和各位租客骂骂咧咧地一拍两散、永不再见。

二楼那个租客和他在一楼走廊争辩了好半天，因为在墙上钉了一个孔，大元就想把他的押金全部扣下。对方看他蛮不讲理，就开始脏话连篇地叫骂，两人差点就要打起来。对方扬言要到论坛上去曝光他这个黑心房东，让大家都不要来租房。最后，好歹是拽着拉杆箱叨叨咕咕地走掉了。

大元朝着他的背影狠狠啐了一口，刚要转身回屋，一回头，吓了一跳。

“神经病啊，站人身后不出声！吓死我，你要偿命的！”大元冲着身后的人大骂。

那人戴着眼镜，一眼大一眼小，厚唇黄牙，穿一身棕黄色的珊瑚绒睡衣，脚蹬一双开裂的塑料拖鞋，袜子还破了个洞，快要遮住眼睛的头发看起来有些日子没洗了，全身上下散发着一股若有若无的腐烂气息。这位是一楼的房客阿宁，他在附近的一个电子元件厂打工，已经在这里租住了半年。

大元一直对他房间的卫生状况十分犯愁，每次从他门口路过，如果他的门开着，大元总会忍不住一阵干呕。

“我怎么总是能摊上这种垃圾租客。”大元常这样想。

阿宁仍然保持着呆滞的表情立在原地，大元不耐烦地盯着他的脸，问：“是不是要退租？你那个屋子我跟你说，想退押金是没门的！你那点押金连清洁费都不够，我不跟你多要钱都是懒得跟你一般见识。说吧，什么时候搬？你最好搬干净一点！”为了抢占上风，大元气势汹汹地发射了一串连珠炮。

“我……要续租。”阿宁的声音小得像蚊子叫，眼睛无神地来回转了两下。

对方的话却令人出乎大元的意料，虽然对阿宁百般嫌弃，但是大元也明白，以他出租楼的条件，能租出去已是万幸，自己是没有选择租户的资格的。所以，阿宁决定续租，大元是庆幸大于嫌弃的。

“你确定要续租？”

“嗯。”阿宁抬起头，无精打采地看着大元的脸。

大元实在是不愿意和他那双丧气的眯眯眼对视，转身一边打开自己房门，一边头也不回地说：“像你这种情况，明年我不能按这个价格租给你的，多少我要涨一些。”

阿宁没吱声，他这个人走路没声音，话还少。

大元回头瞪了他一眼：“听见没啊？”

阿宁嘴里不知在嘀咕什么，大元紧接着说：“就算涨价也比别的地方便宜很多，你找不到这个价格的，再说离你们厂这么近，租给你是便宜你了。”他唯恐对方听了涨价打退堂鼓。

大元拿了一份合同过来，屏着呼吸走到阿宁面前递给他，说：“你看看，这个数是不是很公道？”租金确实只涨了一点点。

阿宁耷拉着眼皮，一行一行地读着合同内容，视线扫到租金那一行的时候，大元还紧张了一下。

阿宁歪着脖子点了点头：“嗯。”

大元赶紧递上笔：“签吧，过了这个村没这个店！”

阿宁接过笔，慢吞吞地签上了自己蟑螂爬一样的名字。大元瞥到他指甲里的泥，皱着眉头别过脸去。

阿宁回到房间关上门。这时，他一改刚才呆滞的样子，小小的眼睛闪着鸡贼的光，嘴角开始慢慢上扬，突然仰头大笑了起来。

隔音太好，大元根本听不到。

租客接连走了好几个，大元心里落寞得很，他甩着腿走到附近的小店，搬了一提啤酒回来，又去厨房盛了点油炸花生米，回到房间打算开始看剧，缓解一下焦虑。

最近剧荒，追的那几部都还没更新。瘫在沙发里的大元点了根烟，比刚才更焦虑了。随着一个完美烟圈的出现，一部曾经看过的电影浮现在他的脑海。

就看这个！大元点开那部电影，心满意足地斜靠下来，打开了一罐啤酒。

就是变态房东捉弄怪癖房客的那部电影。虽然情节上槽点不少，但是其中有些桥段看起来相当过瘾。尤其是那个多金的房东利用金钱和万能钥匙，一次次地给租客设局，引导他们做出越来越突破底线的罪恶之事，手段和计划令人咋舌。最令人不寒而栗的就是，房东在每个房间都装置了摄像头，既饱了眼福，又能随心所欲把那些租客玩弄于股掌。

电影结束了，大元那些啤酒也喝得差不多了，他的视线开始变得模糊。他也好想在他出租楼的每个房间里装上摄像头啊……一部电影，唤醒了大元内心角落里的邪恶蜥蜴，他“抚摸”着这只蜥蜴，沉沉睡去。

第二天起床时已近中午，大元头痛欲裂，过量的烟酒让他失去了很多关于昨日的记忆，但不包括那部电影的情节。他用力晃了晃脑袋，停止回想。眼下的当务之急，是确保剩下的几个租客退房时，想办法留下他们的全额押金。

“别想要回一分钱。”想到钱，大元一瞬间回到现实。

他换了件上衣，打算先去厨房弄点吃的。

大元房间的隔壁是公用厨房，厨房的另一边就是阿宁的房间。此刻，阿宁正伏在桌前看着一本什么书。明明房间不算小，但是到处乱堆的脏衣服、游戏机、乱七八糟的玩具和生活用品，让这个房间几乎无从下脚。

但是，也有一处除外——床边的一个置物架。这是一个一米多高的七层胡桃木置物架，被擦拭得一尘不染，这与房间内的其他所有东西都格格不入。架子上摆满了大小不一的一排排小人，大概是手办。但与常规手办不同的是，这些小人并没有那么可爱，或者说没有那么特别。冷眼看去，它们就像是来自于不同国度、拥有不同经历的社会人士，完全像是一尊尊写实的小蜡像，与常人无异。阿宁常常会从架子上小心翼翼地拿下一个，在写字台上铺好干净的操作板，认认真真地把玩一番。

在大元眼里，阿宁就是一个脏、懒、穷，终日寄情于手办的三十岁loser。

事实可并非如此。

大元站在窗前，端着他那碗清汤白菜面吸溜着，突然有人敲门。

大元的起床气还没消，怒气冲冲地一把拽开门。门外站着一个拖着巨大行李箱的年轻女孩，看样子是来退租的。大元见是他这里唯一的女租客，态度稍微有了缓解，也没开口提扣押金的事情。

他觉得这个女孩也挺可怜的，年纪轻轻一个人出来打工，她那不入流的兄弟还三天两头找上门来要钱，大元还帮着骂回去了几次。

女孩低着头，小心翼翼地说："那个……我可能得退租了，得回老家……"

大元点点头，看着她那个软蛋相，他甚至有些恨铁不成钢。转身回屋拿了点现金，一把塞到女孩手里，一句话没说，"嘭"地一声关上了门。

"这种女孩出来就是让人欺负的，趁早回家也好。"大元想着自己还曾对这个女孩动过心思，自嘲地笑了笑，然后也没心思再吃那碗清淡的破面条。

一想到最后那两个即将退租的滑头，大元更加脑壳疼。那两个人也没有正经工作，从早到晚赖在房间里，整日醉醺醺的，还脏话连篇。可接下来的一周里，这俩人都没什么动静，眼看明天合同就到期了。

"一天也别想蹭。"大元想着，拿着合同就上楼去了，打算直接把他们赶出去。

他敲了第一个人房间的门，门里却一点反应也没有。大元掏出备用钥匙把门打开，还没看清屋里的情形，一股恶臭的气味就扑面而来，大元捂着鼻子踉跄着倒退出去，差点就吐在走廊里。他强行镇定了一下，用胳膊把口鼻堵严，打算进屋探个究竟。

屋里很昏暗，大元一把扯开窗帘，回头扫视全屋。不出他所料，这里和楼下阿宁的房间一样，东西乱七八糟堆满地面。更过分的是，到处是呕吐物和排泄物，这就是那股恶臭的来源。要不是不敢喘气，他早就暴怒得大叫了。大元不想在这个屋里多待一秒，急忙推开窗先通风，紧接着三步并两步地夺门而出，把门狠狠地摔上。

另一个人的房间就在这间屋子的隔壁。大元似乎有所预料，直接用钥匙开了锁，轻轻把门开了一条缝，瞬间又关上了，和那屋一模一样。

"这些垃圾！活在世上简直是浪费资源！百害而无一益！"大元咬牙切齿，

“估计这俩人是不会再回来了，算我倒霉。”

第二天一早，这两个跑了的人在郊外犯下奸杀案的消息就见报了，据说手段极其残忍。

大元夹着烟，对着报纸摇头：“我说什么来着，这些垃圾人活着都是祸害，早死早为世界做贡献。”

大元找了保洁员，把出租楼从里到外清扫了一遍，为此他多支付了很多劳务费。毕竟那两个房间，能有人肯清扫就很不错了。除了一楼，所有的房间都开窗通风。

现在，该走的都走了，楼里只剩下大元和阿宁两个人。

受过那两个杂种的气，大元恨屋及乌，看阿宁越来越不顺眼。在他眼里，阿宁和那两个人都是一类人，是社会的蛀虫。

深夜，阿宁拿起手机群发了一条信息：可以开始了。

夜深人静的时候，大元躲在屋里拆包裹，里面是整套的监控设施，一共七个终端。

前几天的电影可不是白看的，再加上最近又接连被这帮退租的租户气得够呛，大元的想法突然就变多了。大元就这么摸着黑，开始一个房间、一个房间地安装起摄像头来。等忙活完，天都快亮了。他拿着最后一个摄像头，想想阿宁那间要不就算了，也没什么好看的。大元在窗帘上擦了擦手，打算回屋补个觉。经过厨房的时候他吓了一跳，灯亮着，里面居然有人。

“我出来的时候厨房还没人呢。”大元小心翼翼地透过窗口往里看，刚看到那个油腻腻的头发他就知道是谁了。

“咳咳！”大元悄悄绕到阿宁身后，把阿宁吓得一激灵。

“我，我饿了，想煮个面吃……”阿宁又开始嘴像张不开一样咕哝了，大元听到这个声音就烦。

锅里的水还没烧开，大元上去一把关了火。

“你给我省点煤气吧！你一天还想吃几顿啊！再让我看见你半夜搞吃的，我就加收你煤气费！”大元忍住狠狠拍他后脑勺一巴掌的冲动，转身回房间去了。

阿宁只好弓着腰，趿着那双万年不刷的拖鞋，摇摇晃晃地回房间去了。关上门后，他又像上次一样放声大笑起来，半天停不下来。好不容易不笑了，他用袖子抹了一把下巴上的口水，从架子上拿了个小人玩去了。

回到房间的大元快速洗了个澡，便迫不及待地把无线摄像头的反馈芯片插到电脑里。画面中出现了六个小的放映框，因为客房都没有开灯，所以每个小屏幕都黑洞洞的，勉强可以看清一点周围的房间环境。第一排小屏幕从左到右分别是301室、302室、303室，第二排小屏幕从左到右分别是201室、202室、203室。

大元自信把摄像头安置得够隐蔽，看着屏幕，心满意足地撇嘴笑了一下。

第二天一早，大元还没醒，就听见有人在轻轻敲门，他使劲揉揉眼睛，一脸怨气地把门打开。

“请问，这里是在招租吗？”门外站着一个身穿蔷薇碎花连衣裙的女性，妆化得很精致，领口开得很低，蓬松的朱古力色卷发随着她轻轻摆动的肩膀微微颤动着。目测大概是二十七八岁的样子。

大元一时无法相信这种漂亮女人会主动和自己说话，更别说是租房子了，他有点结巴：“是，是啊。”

“我想要三楼，离楼梯远点的房间，我怕吵。”对方浅浅一笑，歪着头看着大元。

这楼本来每层也只有三间房，两侧都有楼梯，要是想离楼梯远的话，那只有三楼中间的302室了，两边的人上下楼都不会路过她的门口。

“请问怎么称呼？”大元有些局促。

“你叫我春媛就行了。”春媛连眼睛都会笑。

大元带春媛看了房间，春媛对房间非常满意，说话间就定下来了，爽快地签了合同。

“你房间旁边是公用厨房，可以做饭，屋里为安全起见，尽量别开伙。”大元内心为自己的一本正经感到可笑。

“好的。”春媛莞尔一笑，把一沓现金放在大元手里，“那我今天就搬进来了。”

大元点点头，不自然地退出了春媛的房间。他不知道自己是怎么走回房间的，等他冷静下来才想起，应该把302的摄像头对着床的。

春媛来的当天大元一夜未眠。他在屏幕前坐了很久，几次想打开监控，又几次作罢。这是他的第一个监视对象，又是这么一个美人，大元活了三十年还没遇上过主动跟他搭话的美人呢。

等到他终于下定决心打开监控的时候，春媛已经关灯睡了，什么都看不到。大元苦笑了一下，洗洗睡了。

大元对自己贴的告示压根没抱什么希望，甚至早就做好了房间空置几个月的心理准备。没想到的是，竟然很快又有人上门了。昨天的春媛就已经让他很意外了，接下来一天接连三个人上门，让大元震惊不已。

一早来敲门的是一位看起来五十岁出头的大婶，身穿棕色粗布西裤配黄绿色冲锋衣，头发枯黄，胡乱地用皮筋束在脑后。她和大元说，自己是做保洁打杂工的，想租个租金便宜的屋子。大元叫她云姐，把她安排到了春媛隔壁的301。

云姐预付的房租还没焐热，就听见身后传来幽幽的声音："请问，这里是有房出租吗？"

他转过身，看到对方是个高瘦的小伙子，戴着个渔夫帽，天气明明还没那么冷，却套了一件羊羔绒牛仔外套，下半身穿着破洞牛仔裤和帆布鞋。

大元问了一句："你满十八了吗？"

对方点点头。

"怎么称呼？"大元对眼前的小伙子多少有些不屑。

"艾伦。"对方的眼神很飘忽，似乎并不在意大元的态度。

"房租要提前交的，你懂吧？"在大元眼里，这类人很有拖欠房租的潜力

对方依旧以幽幽的声音回答："知道，不用太多废话。"

大元心里暗骂一句，嘴上却说："跟我来吧。"

他把阿宁楼上的201室给了艾伦，这样还能少见几面。一天签了两份租房合同的大元心情自然十分美好，前几天那股子丧劲已经烟消云散了。下午，他饶有兴致地半躺到楼前的草地上晒起了太阳。门前这条街几乎没什么来往人群，一到下午就很安静。正当他眯着眼睛享受秋日的美好时，眼前的光线突然变暗，像是有人站到了自己面前。大元一脸不情愿地睁开眼睛，正要开骂，却发现对方是一位西装革履、气场压人的中年男性，差不多就是大元印象中"为富不仁"的那种形象。

大元把已经到嘴边的脏话咽回去，站起来拍了拍屁股，问："您有事吗？"

"我想租间房。"对方是粗声粗气的类型。

大元又把这个人打量了一番，仪表堂堂，成熟稳重，怎么会到我这来租房呢？奇怪。

"对楼层有要求吗？"面对比自己强势的人，大元不由自主地开始有了服务意识。

"无所谓。"

"您贵姓？"

"姓马。"

“马总，三楼靠楼梯有间房，比较安静，要不您先去看一下吧。”我为什么要这么卑微？大元的心里抓耳挠腮。

“就租那间了，钥匙给我，房什么时候看都可以。”

真是稀奇，头一回听说租房不看房的。不过大元乐得省事，赶紧从屋里取了合同出来，递上笔。

今天不知道是收垃圾的车没来还是怎么了，有股若隐若现的臭味。大元没多想，双手捧着签好的合同，望着马总上了他那辆高级车，目送他远去。

“看样子还有司机。”大元注意到刚才马总坐的是副驾，感叹道。

傍晚，厨房里传出浓郁的食物香气，像是在炖肉。刚买了盒饭回来的大元忍不住过去瞧了一眼。

“大元，来一块吃点？我炖排骨呢，这么多我也吃不完！”云姐是个热心肠。

大元客气地摆摆手：“不了、不了，我刚从外面买了点，也挺好吃的。”

“别老吃这些，这都不卫生，小民你听妈的……”云姐突然打住了，她意识到了自己的口误，又像是想起了什么，叹了口气，“上岁数了，脑子就不够用，大元你别介意，一会儿好了我盛一碗送你屋去。”

大元点点头，也没多问，转身回房间去了，他边吃着盒饭边想：小民是谁？

这两天大元心里的困惑有点多。自己这个破出租楼，以前偶尔有那么一两个正常人都算自己烧高香了。再看现在，从昨天到今天，一个大美女、一个好大姐、一个成功男士，就算那个十几岁的小伙子让人看着不太顺眼，但好歹感觉也是不会主动打扰别人的类型。这么看来。只有续租的阿宁，依然令人作呕。

一份饭吃得差不多的时候，传来了敲门声。大元想着肯定是云姐，赶忙过去把门打开。不料，门外站的竟是春媛，大元的表情瞬间不自然起来。

“那个……楼里有宵禁吗？”

“你是要回来很晚吗？”

春媛轻轻点了点头：“实际上……我的工作是在夜间的……”

大元大概听明白了一二，想了一下，说：“我一般凌晨两点锁大门。不过，你要是晚于那个时间回来，可以给我打电话，我给你开门。”

大门在大元的房间旁边，那也是整幢楼的唯一出口。

“还得麻烦你，这太不好意思了吧？”春媛看起来有些为难。

“没什么，我睡得晚。”

春媛点点头，勉强笑了笑，上楼去了。

大元本想着，不然偷偷给春媛配一把大门钥匙好了，晚归也方便，可又转念一想，他可不希望春媛后半夜领回个老色鬼，他不想在监控视频里看到那种恶心的场面，他只想看到春媛。

原本安装监控是为了监督预想中的垃圾租客，顺便猎奇他们的古怪生活。但现在，这个目的显然因为春媛的入住而产生了变化。在大元的意识里，这简直是一种化腐朽为神奇的力量。

没一会儿，云姐果然就端来了一大碗排骨。

“碗不用刷，放在水池里，我会收拾的。”云姐笑着说完，在围裙上擦了擦手，转身就走了。

此刻，大元捧着被仔细缠好防烫毛巾的碗，不禁为自己在云姐房里也装了摄像头而感到愧疚。

入夜，大元的脸被监控显示屏映得发蓝。

301室的云姐，手里拿了个卡片，身体边抖边对着卡片抹眼泪。唉，说不定是对着死去的老伴或儿女照片哭吧。

今天在厨房，云姐不是说起什么小民吗，还说自己是“妈”。唉，搞不好真是……不然这么大岁数，孤身一人跑出来租房子打工，图什么呢……

302室春媛的房间黑着，估计是出去“上班”了。扫兴，希望她多休假。

303室仍然空着，看样子那个马总租这间房，根本就不是用来住的。我倒要看看他要搞什么古怪。

201室的艾伦，正瞪着笔记本电脑出神。

爱猎奇的大元，其实对阿宁也是有些好奇的。

“不如，改天趁他出门，也装个摄像头。”

第二天一早就开始下雨，大元没有吃早饭的心思，他检查了一下房门锁，打开了监控屏幕。

云姐已经在屋里跳起了广场舞，真的很少见这么乐观的独居大姐，仔细想想，也许她只不过是在用这些无脑的娱乐麻痹自己吧。

云姐楼下的艾伦丝毫没有受到楼上舞步的影响，依然在蒙头大睡，这种小年轻，真的是有大把光阴挥霍啊！

大元的目光突然被一个画面吸引住了，那是春媛的房间。春媛不知何时已经回到房间，正在脱换衣服，正好在摄像头的可视范围内，而且几乎就是站在摄像头面前，看起来像是正打算去洗澡。

大元低下了头试图克制自己，可惜不到三秒钟，他就坚定地抬起头，目光牢牢地粘在屏幕上，撕也撕不下来。在大元的人生经历中，春媛是他在现实社会中见过的最美丽的女性，她成熟又天真，性感又清纯。大元想起昨天和春媛的对话，她时而大方风趣，时而乖巧腼腆，这些自然的反差，正中大元的心。

大概是单身太久，大元在短时间内就建立了对一个女人的全方位迷恋。更不用说现在屏幕中的画面是对大元核心本能最直接的吸引。

“砰砰砰！”

一阵急促的敲门声吓得大元一激灵。最初，他假装自己没在房内，打算继续沉浸在他和女神的世界里。

“砰砰砰！砰砰砰！”门外的人根本没有停下来的意思。

扫兴！大元关掉屏幕，他决定，不管门外站着的是谁，他都要大骂几句。

“有完没完！敲敲敲，扰民知不知道！”看到门外站的是一位二十几岁不到三十的男性，大元还是把脏话换成了抱怨，以免自己吃拳头。

这时，从男性身后慢慢挪出来了一位大概二十出头的女性，她的神态小心翼翼，穿着亮片抹胸裙，外搭一件皮草外套，化着浓妆，眼线被雨弄湿了，眼眶周围黑黑的。

这种女人大元倒是见多了，典型扮猪吃老虎的夜店女，认钱不认人。万一被这类妖精拿住了把柄，搞不好会被勒索到连底裤都不剩。

“居然用可怜巴巴的眼神盯着我？看到这种眼神就烦。”大元保持着冷冷的表情。

“喂！”男子把大元的关注点拉回到自己身上，“看什么看？！”

大元意识到自己有些失态，清了清嗓子：“你什么事儿？”

“你们这房子还有空的没有？”

“又是租房的，到底是哪路神仙在保佑我啊？”大元心里乐开了花，不过，他有他租房的原则：不租情侣。面前这两位，搞不好还不是情侣那么简单。

“不好意思，不租情侣。”大元简单直白。

男子转头对身后的女子温柔地说：“琪琪，不然我们租两间吧。”

女子的脸一下子阴沉了下来，和刚才判若两人。不过，她又马上调整好表情，无辜地点了点头：“好吧。”

这个傻子果然被这女的套路了，大元不屑地扯了一下嘴角。

“我们一人一间，这总没问题吧！”

大元带着他们去看二楼的两个空房，道：“剩下两间刚好挨着，你们俩可以互相照应着，但是有一点，晚上不能一起睡。”

大元为什么反感租给同居的情侣，那就是另一个故事了。

“知道了，你先下去吧，一会我把钱给你送下去。”男子给了大元一个眼神。

大元便下楼去了。

“明宇，我们不会一直住这里吧？”琪琪小鸟依人地挽住男子的胳膊。

“你放心，我还在找机会和家里说退婚的事。不会太久，等那边处理好，我们就搬进我爸买的房子。”

看来，明宇是个被女孩迷住，是个打算临阵悔婚的青年。

雨停了，又是一个无聊的午后，大元趴到窗台上，一口接一口地抽着烟。

他看到艾伦边穿衣服边一路小跑从大门出去了。估计这个家伙是找到做工的地方了，像他这种辍学出来打工的年轻人最近还挺多。莽莽撞撞的艾伦差点撞上刚买东西回来的春媛，他不仅没道歉，还盯着人家看了好几眼。

“垃圾，癞蛤蟆想吃天鹅肉。”大元在心里骂道。

“大元！”云姐不知什么时候站在了他的窗户旁，“我这会儿去人家里做保洁，今晚我炸带鱼，你晚上别买外卖了，等我做好了一起吃！”

大元不好意思地摆摆手：“不用不用。”

“别客气！就这么定了！”云姐笑容满面地骑着她那小电动车，往远处去了。已经很多年没人为大元下厨了，大元觉得，云姐可能是把对去世的儿子或丈夫的思念，报到自己身上了吧。太久没遇过这样好的人了，大元还不太适应。

实际上，自打第一顿排骨以后，云姐几乎每天做饭都带上大元的那份。今天炖鸡，明天煲粥，后天又卤蹄膀，她手艺好，花样儿多，能不重样地做好几天。刚开始，她还每次都把菜单独盛一碗给大元送去。后来一到饭点，大元就在厨房里支好桌子和云姐一起吃。

两个毫无共同语言的人，也能聊上好几句。在一次谈话中，云姐向大元坦白，她的确失去了独生子，就是前两年的事，他觉得大元和她儿子长得很像，忍不住把大元当儿子一样照顾。

虽然自己扮演了一个替代品，但大元仍然感到满足。来自云姐的主动关怀，让早年丧母的大元重新获得了母爱的温暖。

深夜，大元再一次坐到监控屏幕前。他先瞟了一眼春媛房间的画面，漆黑一片，估计又是去上班了。

云姐刚关了灯，准备上床休息。多好的一个大姐啊，生活对她真是不公。艾伦可能白天工作累了，此刻也早早睡了。

出乎大元意料的是，马总居然在房间。他只穿了一条内裤，躺在沙发上，抽着烟看电视，手边还放了罐廉价啤酒。这种成功人士来这儿租房子，是不是就是想图个清静？为什么不去酒店呢？有钱人的世界真是搞不懂。大元看到马总用食指抠了抠脚，突然想起那天空气中若隐若现的腥臭味。

接着，他把目光锁定在明宇和琪琪的房间。明宇半靠在沙发上刷着手机。琪琪倒是让他大开眼界，这个女人竟然在房间里立了根管子，穿着高跟鞋跳起了钢管舞！跳也就罢了，身手极其笨拙，加上卸掉浓妆后，因整容而出现的面部缺陷暴露无遗，让大元没有任何欣赏的兴趣。

这时候他才意识到，原来从上方传来的“咯噔、咯噔”声，是琪琪的高跟鞋踩踏的声音，闷响是琪琪失误摔下来的声音。

这时，琪琪停下来打算休息一下，她点了一支烟，开始用觅食一样的眼神刷手机，手指飞快地发送着信息，还时不时地瞪上一眼。

多半又是在做陷阱，不知道这回谁会上钩。话说明宇这盘菜你都没吃完呢！大元摇摇头，这个明宇，人看着不错，但是究竟在想什么，私奔到这种破地方不说，这私奔对象也太一言难尽了。

“砰砰砰！”

听见敲门声，大元条件反射般迅速关掉了显示屏。刚才他惊得汗毛都竖起来了，现在则转化为暴怒。万一让租客知道他装了摄像头，他还不被人打死！

“这么晚了！谁啊！”

门隔音很好，大元只好去开了门，是阿宁。

“那个……你有没有针线？”

“没有、没有、没有！为了个针线你大半夜的来敲门，有病！”大元用力地摔上门，门关上差点撞到阿宁的脸。大元带着一肚子怒气，上床睡了。

大元打心眼里希望租他房子的人都是变态，有着令人咂舌的怪癖，这样才对得起他花大价钱安装的监控。他记得那部电影中，房东会设局引导那些房客越来越多地暴露自己的阴暗面，且一次比一次过分，到后来，房东也会参与到那些变态的事件中，看起来过瘾极了。

大元没那个胆量，他也不希望自己有那个胆量。他只想看，也只敢看。然而截至目前，这帮租客完全看不出有什么特别之处。

清晨，大元站在窗前啃面包，远处有一个让他心旌荡漾的身影向出租楼走来。纯白色的高腰及膝连衣裙，一条薄荷绿的条纹丝巾随意地束在腰间作为腰带，头发也不是再卷发，而是变成了柔顺的长发，发丝随风轻轻飘动，脸上未施脂粉，自有一种脱俗之美。春媛果然是具有多面魅力的女性啊！几乎每次见到都有不同的美感。

大元感觉这身行头看着有点脸熟，但一时想不起在哪里见过。

“这么好看的女孩，为什么要去陪酒呢？找个有钱人呗。”大元油腻地想着，把剩下的一块面包一口吞进嘴里。

“大元！”春媛满面春风地朝他挥手。

大元也愣愣地向对方挥手，他没想到春媛会注意到他的存在，赶紧抹了抹嘴角的糖粉。

“我多买了一杯豆浆，给你吧！”春媛走到大元窗前，递给了他一杯热乎的豆浆。

大元忙不迭接了过来，连谢谢都忘了说。

“我房间的热水器坏了，你可不可以帮我修一下呢？”春媛水汪汪的眼睛一眨一眨的。

“好！好！”大元总算回过神来，使劲咽下那口面包，“晚上好吗？”

“好。我今天白天要去养老院做义工，大概晚饭之后回来，到时候你直接上来。”

“你还在做义工啊？”大元心想，“春媛真是让人捉摸不透的人，一边做着不太能见光的工作，却保持着一颗善良的心，她身上到底有多少谜题等我去发现呢？”

春媛不好意思地说：“也没什么，都是些简单的工作，有些老人真的很需要得到照顾。”

“那就晚上见！”

“好，晚上见！”

大元打算白天去天台看看太阳能集热管是否有问题。今天似乎比昨天又冷了一些，他抓了件厚外套随便一穿，就往天台去了。

从大元的房间到天台，需要走到三楼然后再多走半层上天台，天台的门一般是不上锁的，谁都可以上去。还没推开天台的铁门，大元就听见有人发出沉重的喘息声。推门一看，发现是马总正在举铁，两个哑铃目测至少每个三十公斤。太阳下，马总的肱二头肌闪闪发亮，古铜色的后背肌群像蓄势待发的野兽。

大元看了看自己细弱的胳膊和微微隆起的啤酒肚，选择别过脸去不看。

“集热管貌似没什么事，估计就是温控器的问题。”大元一溜小跑下楼去了，马总“呼哧呼哧”的粗喘在耳边久久不散。

下楼时，大元正好碰上了准备出门的明宇，两个人匆匆点了个头。明宇刚要出大门的时候，像想起什么一样，回头问大元：“这附近有没有卖蛇皮袋的地方？”

“这附近没有，要买的话得去外面那条小商业街。”

“你方不方便帮我带一个回来？”

听了这话，大元用一种融合了厌恶和不可思议的眼神看着这个不拿自己当外人的“伸手党”。

“是这样的，这几天我们公司接了个急单，我得去公司吃住几天，这会儿有个紧急事件得赶紧去处理一下，处理完这个急事儿我再回来拿我的被褥和生活用品，实在来不及出去买装行李的袋子了。”

“你需要的是找一个跑、腿、小、哥。”大元一字一顿地说，用极不友善的眼神盯着对方。

这时，明宇从口袋里掏出了三百块钱。

大元脑袋歪了一下，左边的眉毛挑了挑，表情十分可笑：“一会儿就去，买好了放你门口。”接着一把把钱扯过来，开门进屋去了。大元加了条围巾，拿上摩托车钥匙，就出门了。

买完蛇皮袋他回到出租楼二楼，打算放下蛇皮袋的时候，正看见琪琪在用力地敲明宇的门。

“你轻点！”大元大喝一声，“门砸坏了你赔！”

琪琪恶狠狠地瞪着大元：“他去哪儿了？”

“你的男朋友你不知道吗？”

“肯定是去会他那个丑八怪未婚妻去了！”琪琪低声叨咕，但掩饰不住盈盈恶气，“敢骗我……”

大元看她这架势，料到是两人吵架了，搞不好还要闹分手，没准明宇终于开窍了打算跟她一刀两断、回归正途呢，于是嬉皮笑脸地问：“被甩了？”

“关你什么事！没有！”琪琪叼上一根烟，焦躁地大口吸了起来。

“烟瘾还挺大。”大元忘了上次见到琪琪抽烟是用监控偷窥到的，一顺嘴就说漏了。

琪琪用怀疑的眼神看着他：“什么意思？你什么时候见我抽过烟？”

大元一身冷汗，不过他的脑子迅速运转，想了一个还算过得去的理由：“我看你手指发黄，牙也是。”这话虽难听，但总比让对方知道自己是个偷窥狂要好。琪琪骂了句脏话，就没再理大元。

大元这会儿也不敢放下蛇皮袋就走。他心想："万一这个疯女人趁我走后用烟把这袋子点了，可就不只是损失三百块跑腿费这么简单了。反正暂时也没别的事儿，不如我也在这站一会儿。"

艾伦推门出来的时候，看到他们两个站在走廊里，吓了一跳。

"你不怕上班迟到吗？可别赚不到钱交房租啊！"损人是大元的日常爱好。

艾伦斜看了他一眼，用力扣上了卫衣帽子，没有回应，径自下楼去了。琪琪看到大元受到冷遇，洋洋得意地白了他一眼。

就在琪琪把第四个烟头用力摁在墙上，大元又要开骂的时候，明宇终于回来了。琪琪赶紧扔掉烟头，变回小白兔模样，小碎步跑到明宇面前捏着嗓子说："明宇……你去哪里了？"

明宇并没有像往常一样对她报以灿烂的笑容，反而都不太看琪琪的脸，冷冷地说："我去公司了，有急事。"

"你是不是去找那个人了？是不是不要我了？"琪琪开始了梨花带雨的表演。

"你不要无理取闹！我一会还要去公司，你回房看看剧吧。"说完，明宇从大元手里拿过蛇皮袋，赌气般用力把钥匙插进锁孔。

"不许走！"琪琪一把抓住明宇的胳膊，脸上的委屈瞬间一扫而光，整张脸看起来执拗得可怕。琪琪硬是跟着明宇挤进了屋，反手把门带上了。

一直在看热闹的大元原地愣了一会儿，拔腿就往一楼跑。他回到房间打开了监控显示屏，目不转睛地盯着明宇房间的小屏幕。由于没有装收音装置，所以只能通过表情判断两人说话的大概内容。他们看起来完全就是争吵，琪琪不停地尝试着拉明宇的胳膊，明宇却一个劲地甩脱，从两人脸上看不到任何理智的迹象，接下来是没完没了的对吼。

依大元看，琪琪也坚持不了多久，她一旦发现纠缠无望，继续赖着只能浪费时间，影响下一单。

就在明宇顺手抄起一个花瓶，用力砸在地上后，两个人终于安静了下来。明宇打开窗，站在窗前点了根烟，琪琪站在他身后，把头埋在手里，双肩抖动起来。

"演戏，动不动就装哭。"大元撇撇嘴，他本来以为两个人到此为止了，却发现琪琪的异常举动。她的右手背过身去，慢慢伸进她的半身裙里，停顿了大概有个几秒钟，又开始慢慢往外抽，手上似乎拿了什么东西。直到琪琪慢慢靠近明宇，大元才明白琪琪手里到底是什么，那是一把匕首。

大元一看不对，赶紧往楼上跑，猛砸明宇的门，然而并没有人开门。

“明宇！明宇！”大元开始扯着脖子喊，拳头一下下捶在门上，门内依然毫无反应。

大元的腿开始忍不住打战，他往后退了几步，有气无力地靠在了墙上。几分钟后，他才稍微缓过神来，得报警！大元一摸裤兜，才想起来手机在房间，只好下去取。他的腿还不太听使唤，只能勉强晃晃悠悠地扶着楼梯扶手往下挪，殊不知还有个惊悚的画面在等着他。

刚到一楼拐角，就看见阿宁甩着沾满血的双手从对面走来，大元直接一屁股坐到了地上。阿宁也看到了大元，然而他看起来非常淡定，只是微微低了下头，算是打过了招呼，接着拐进厨房去了。

他又是怎么回事？不管了，先报警。大元的汗已经浸透了秋衣，他铆足了劲用手撑起身体，努力站稳，又往房间挪。手刚搭上门把，突然一股熟悉的香气飘了过来，那种味道如淡淡的铃兰香，是春媛正从大门走进来。

大元刚才还在打摆的两条腿猛地挺得笔直，但他没空贫嘴，只打了声招呼，就忙着掏钥匙开门。

“怎么这样急？发生什么事了？”春媛小心翼翼地问。

“没什么，你忙去吧。”大元此时已经冲进屋把手机握在了手里。

“我能帮上什么吗？”春媛的好心来的可真不是时候。

大元只好赶紧说了实话好堵住对方的嘴：“203室的人可能把202室的人杀了，我得报警。”

春媛一下子按住了他的手：“我刚才看到202室窗前有两个人在拥抱啊，就刚刚。”

大元有点蒙：“什么时候？”

“就在进大门之前。”

大元稍微冷静了一点：“你不会看错了吧？”

“怎么会呢，就二楼中间那个窗户呀。”春媛的大眼睛忽闪忽闪的。

正在两个人说话间，琪琪竟然挽着明宇走下楼来了，明宇的胳膊上有一道明显的血痕。大元怔怔地盯着他的伤口，大概明白了是怎么回事。

“以后别这么冲动，都不像你了，好吗？”明宇摸着琪琪的头，声音温柔。

“那你的心到底是不是都放在我身上？”琪琪摇着明宇的胳膊撒着娇，不小心蹭到了他的伤口。

“咝——”明宇明明疼得龇牙咧嘴，却很快控制住了自己的表情，他轻轻刮了一下琪琪的鼻子说：“肯定在你身上，别瞎想了，心里只放了你一个。以后不要这么任性了。”然后两人往厨房去了，看起来是要弄点午饭。

“变脸比变天还快，简直一对神经病！”大元在心里骂着，悻悻地把手机揣进兜里。现在的情侣吵个架还玩这么大，简直不可理喻。

这时，他才想起来刚才自己在春媛面前急得有些失态，懊悔不已。还没等他找话题挽回一下，春媛就善解人意地开口了：“幸好是虚惊一场，真佩服你，还能想到报警，要是我的话可能早吓得不知所措了。我回来就是取个东西，得赶紧走了。”说完，一溜小跑往自己房间去了。

这时候，阿宁从厨房探出头来：“我……我炖了鸭肉，刚杀的，很新鲜的……你要不要，要不要一起吃点？”

“这个家伙居然在屋里杀鸭子！怪不得满手是血……等租期到了我马上把这个家伙赶走！真是恶心透了！”想到这儿，大元狠狠瞪了阿宁一眼，没回他的话，回屋泡面去了。直到在桌前喝下一大口泡面汤，大元才放松了下来，想想这一上午连折腾带吓唬的一场闹剧，不由得苦笑起来。

啊，要是能吃上云姐做的饭就好啦。他皱着眉头，呆呆地瞪着自己的泡面。一想到晚上要去帮春媛修热水器，嘴角又上扬了起来。

下午的时间过得实在是太慢了，大元满心都是晚上可以去春媛房间的事，完全没心情在其他任何事情上花心思。只是突然想起来阿宁杀鸭子、炖鸭肉的事情，起身便去砸他的门。

阿宁开门的时候依然是一副猥琐的样子，手上非常违和地拿着一本书，屋里腥气冲天。大元厌恶地遮了一下鼻子，咕哝道：“你把窗子打开透透气，屋里的血都给我擦干净！以后不许再在屋里搞屠宰！”由于气味太难闻，大元根本不想看一眼屋里的情况，气哄哄地说完就忙不迭地走了。

玩玩手机，看看电影，转眼天就要黑了。到了晚饭时间，大元根本没胃口，巴巴地站在窗口看着春媛回来的方向。这一片本来就没几盏路灯，还今天好明天坏的，根本看不清。

心心念念的春媛突然从窗子旁边出现，吓到了大元，他一脸哭笑不得：“你怎么从这儿蹦出来了？”

“我远远就看见你在窗前了，特意从后面绕过来的，怎么样，恶作剧成功！哈哈！”

春媛的恶作剧不仅没有让大元感到生气，反而觉得她可爱。

“现在上去修吗？”大元赶紧切入正题。

“走吧。”春媛歪头一笑。

监控视频中唯一的死角——春媛的床，和大元想象的完全不一样。上面并没有铺着玫瑰花床单，也没有放着荷叶边的真丝枕头，更没有酒红色的缎面薄被。她的床看起来并不像是二十几岁女性的床。

她的床上铺着带有清雅暗绣的米色纯棉布床单，浅藕荷色格子花纹的被子叠得整整齐齐放在床头，上面是一个同样花色的枕头，没有任何多余的装饰。在枕头上面，还坐着一只戴着小帽子的白色毛绒小熊。

在春媛成熟可人的外表下，竟然隐藏了一个邻家女孩的本真。对于大元这种人来说，对于女性，最喜欢的属性仍然是清纯，而像春媛这种，在清纯的内核外披上性感活泼的外衣，就更让他欲罢不能。唯独春媛是陪酒女这一点，让大元无法开展对她的任何深入思考。不过，也正是因为这个所谓的“污点”，才让大元有了接近春媛的勇气。

大元意识到自己的出神，连忙回过神来：“我上午去楼上查了一下集热管，没什么问题，应该是温控器的事。”

“是不是我操作方法不对呀？”春媛把大元引到洗手间，指着热水器。

大元踏进洗手间，看到洗手台上放着小雏菊香薰，散发着若有若无的甜美气息。他努力集中精力，开始检查起热水器的零部件，他也不是水电专业人士，但还是装出一副驾轻就熟的架势。

幸好只是温控器的问题，大元抹了抹额头上的汗，拿出工具和新的温控器，三下五除二地换了起来。他心里给这个坏掉的温控器记了一大功，它简直就是一张为自己和春媛创造合理独处条件的幸运门票。

春媛很贴心地递给大元一个温热的毛巾，啊，温热的毛巾敷在脸上实在是太舒服了，淡淡的肥皂香气让人身心放松。大元把脸上的汗仔细擦了个干干净净。

“坐下休息一下吧，尝尝我从老家带来的茶叶，这边买不到呢。”春媛端来一个精致的骨瓷茶杯，里面是清澈通透、散发清香的茶汤，确实是好茶。可惜大元对茶过敏，一口也不敢喝。

两个人一个坐在餐桌前，一个坐在沙发上，就这么沉默了好一会。春媛的眼圈此时却无声无息地红了。大元不知所措地站了起来，支支吾吾地说：“你这是……我要不要先出去？”

春媛摇摇头：“没什么，就是觉得累了，太累了。不想再做这行了。”

在大元眼里，春媛对风月场的厌倦是那么的诚恳和脱俗。他小声但坚定地说：“不然换个工作。”这是前半句，后半句他没有胆量也不愿意说。

“我就是这么打算的，我最近在学会计，等证考下来我就去找份正经的工作。”

“现在也没有什么不正经的……”

“别安慰我了。其实我也很后悔入这行，但也确实挺无奈的，当初是被人给骗了，家里又缺钱，到后来想上岸，又一无所长。”春媛苦笑了一下，“不过这两年开始慢慢想清楚了，不会就学嘛，现在只要不当班，我就好好看书。”

大元这才注意到床头柜上的专业书籍。

“只是……”春媛接着说，“像我这样的经历，恐怕就算上了岸，也难免还是一直要承受别人异样的眼光，更别提爱情……啊，抱歉跟你说这些莫名其妙的话，我今天情绪有些不好……”她摇了摇头，低垂的睫毛已经挂上晶莹的泪珠。在温暖的灯光下，春媛的轮廓婀娜而丰满，仿若一幅油画。

大元心中一时充满对春媛的同情和另一种奇怪的感觉。大元不打算压抑自己的感受，他起身走到春媛面前，轻轻扶住了她的双肩。春媛能够感受到大元的手在微微颤抖，她没有躲开，只是抬起头和他默默对视着。大元感到自己被接受了，他轻轻抚摸着春媛的肩头，缓缓吻上她的嘴唇。春媛抖了一下，仍然没有躲开，她站了起来，双手慢慢环在了大元的腰间。

半空中漂浮着茶的香气，因为刚刚试过热水，周围的空气温暖又湿润。两个人就在这与世隔绝一般的房间里拥吻起来。

不知不觉，床沿已经近在咫尺。大元的头脑开始发热，他稍微用力地把春媛向床的方向扭了一下，春媛并没有随着他去。大元不甘心，安分了一会后，又再次尝试，春媛一个没站住，和大元一起栽到了床上。不知是春媛身上的味道太好闻，还是长期的压抑让大元无法自控，他突然开始拉扯起春媛的衣服。

春媛的身体突然绷得笔直，像突然惊醒一般，使出全身的力气想把大元从自己身上推下去。此时的大元根本没有什么理智可言，动作仍然很强硬，他甚至没有意识到自己差点扭伤了春媛的手腕。

春媛的反抗越来越激烈，她的力气要比看起来大得多，大元开始感觉到有些吃力。就在大元一个走神的瞬间，春媛猛地蜷起膝盖，照着大元的要害狠狠顶了上去。

“嗯……”突如其来的猛烈疼痛让大元一下子从床上滚落，在地上蜷作一团，叫都叫不出来。春媛赶忙从床上坐起来，拼命地整理衣服和头发，眼睛里的惶恐还没褪去。

尴尬的沉寂持续了有十分钟之久。这时大元已清醒了大半，然而直到疼痛消失，他仍然没有勇气站起来，自己虽不是什么正人君子，但也从来没想过要强人所难，何况对方是让自己有些心动的女性。

这次，又是春媛先开口了，平静下来后，她的声音依然温柔：“我知道你不是故意的，我不会和别人说的……”

听了这话，大元迟疑了半晌，才慢吞吞地爬了起来，刚才的剧烈动作让他的头有些发昏。此刻的他后悔极了，根本没脸再看他的女神一眼。可笑的是，他居然冲着春媛鞠了一躬，接着磕磕绊绊地出门去了。他满脑子都是自己刚才的蠢相，手搭上门把的时候还给了自己一巴掌。

就在他开门的一瞬间，突然被一道刺眼的光闪了眼睛，赶忙抬起胳膊遮挡。他定睛一看，面前站的竟然是201室那个打零工的年轻人艾伦，正端着一架相机，歪头欣赏着相机里的照片。看来刚才那道强光就是相机的闪光灯了。

大元不知道这家伙是怎么知道自己在春媛这里的，更不知道这个杂种为什么要在房门口给自己拍照。想到自己刚刚的狼狈相，他恼羞成怒地伸手试图夺过艾伦手里的相机，可对方迅速避开，一溜烟就跑了。

大元已然气急败坏，在走廊中爆发出一阵怒吼。刚从外面回来，正在上楼梯的马总听到了他的怒吼，在楼梯的拐角处特意好奇地抻着脖子往这边看了一眼。

大元恨不能挖个地洞钻进去。回到房间的大元一头栽到床上，把头蒙在枕头下面，用力地捶着床板。这下全完了，所有的幻想一时间全都付诸东流。大元此刻恨不得时光倒流，当时到底怎么想的，脑子一热竟然干出那么不要脸的事！

翻来覆去了好半天，大元决定去冲了个澡让自己镇定一下。洗澡的时候，春媛房间的气味仍然时不时弥漫开来，冲击着大元，淡雅的茶香、清幽的铃兰、甜美的雏菊、令人放松的肥皂香气。当他即将再一次进入无法自控的状态之前，大元把水阀扳到冷水一侧，冲了个透心凉，感觉好多了。

这一夜，大元没有心情看监控视频，早早躺进了被窝，但却难以入眠，一天的疲倦和奇遇让他暂时难以消化，脑中不断飞快运转着白天发生的一切。总觉得有什么地方不对，似乎每一件事情都很反常。

第二天大元醒得很早，一想起昨晚的事情，还是忍不住拍了自己的脸一把。

“砰砰砰！”

最近这段时间，大元的门被敲的次数简直比以前一整年都多。想不到来的竟是马总，看对方的表情，似乎没有把昨天看到自己丑态的事情放在心上。

“您有什么事吗？”

“想请你帮我跑个腿。”

“您说吧。”马总用人，肯定价格低不了。

马总把手里的一个信封递到大元面前，说道：“这封信，麻烦你帮我送到XX街XX号，那有个XX便利商店，门口会有人等着拿，你把信交给他就行了。”

大元点点头，但是没有接信。

“这里面的东西你不能看，那边收到信确保完好的话，会给我打电话的，你回来后我付你款。”

大元这才把那个用胶水封口的信封接了过来，回屋穿衣服准备出门。

那个地方并不算远，大元骑摩托大概二十几分钟就到了，等了五分钟，一辆摩托在他旁边刹住了，向他伸出手：“马总的信。”

大元忙把信递给他。对方戴着皮革防风手套，费了好一会儿才把信塞进口袋。对方戴着摩托头盔，看不清面容，但能说出马总，应该不会有错。大元看着那人的背影，觉得有那么一点点眼熟，但一时也想不起来是谁。

回来的路上，大元专门跑了一趟厂区，打算去把前阵子贴的招租广告撕下来，免得后面再有人打扰。可是他把所有贴过的地方转了一圈，却发现那些广告早就没了踪影。就在他看过最后一个贴过广告的墙面，确认也已经被撕掉以后，旁边经过的一个保洁阿姨看了看他，皱着眉头说：“不许贴广告啊！现在发现有贴广告马上就要撕掉的！”

“什么时候开始的？”

“一个多月前就开始了，新规定！私人不许再贴广告了，要贴东西都得申请报备，集中贴到厂区门口的大告示牌上。”

“这么说，我贴的告示搞不好第一天就被清理了？那这帮家伙从哪儿看到的告示？会不会有哪个好心人帮我把告示贴到了集中的大告示牌上了呢？”想到这儿，大元特意又去厂区门口看了一眼，密密麻麻的告示贴了很多，但就是没有自己的。

他只好当作已经有人把他的告示转贴到了大告示牌，又被工作人员定期从大告示牌上清理掉了。

一回到出租楼，大元就跑上三楼去找马总，然而里面没有任何动静，大元决定换个时间再来。刚下到一楼，大元就看见门口站着一位不速之客，昨晚那个偷拍自己的家伙正在向自己招手。

“等你半天了。”今天的艾伦和以往很不一样，平时的他看起来似乎是个有自闭倾向的忧郁青年，而现在更像是一个无赖。

大元的眼睛充满敌意，用力眯了一下眼睛：“什么意思？”

艾伦低了低头，用眼神瞟了一下自己胸前挂着的相机，冲大元坏笑了一下。

大元看着他那快要挂到耳朵上的嘴角，昨晚的那种恶心感再一次涌了上来。

“进来说。”就算再不想让他踏进自己的房间半步，大元也不愿意在走廊这种大庭广众之下和他讨价还价。

“你这照片不值钱。”大元把门关在身后，挑衅地看着艾伦。

“你是说，你夺门而出的照片？”艾伦的头向一边歪着，那种坏笑又一次爬上了他的嘴角。大元不太能明白他问这话的意思。

艾伦“贴心地”把相机拿到大元面前，让他看预览屏幕，大元警惕地斜了他一眼，当他的目光投向预览屏幕的时候，出了一身冷汗。

屏幕上的内容是昨晚拍的，只不过拍照的视角是在出租楼外，拉近的镜头对准的是春媛的窗子，窗子仿佛是一个画框，框内是大元强硬的举动。这不是一组图片，而是一个视频。

“这个视频要是传出去，丢人是小事，搞不好是要坐牢的。”大元的心里已经打起了鼓，“你要多少钱？多了我没有。”

艾伦沉默了一会儿，突然仰天大笑了起来：“你是不是以为我会大讹你一笔？”

大元没敢回应。

“我可不是什么专业敲诈犯，我只是喜欢捉弄人而已。”

大元仍不敢回应，他搞不懂对方葫芦里卖的什么药。

“你先答应我，免除我两年房租。”

大元想了想，慢慢点了点头。

“另外，你现在做两百个俯卧撑。”

大元睁大眼睛盯着他面前这张表情严肃的脸，以为自己听错了。

“两百个。做完我就把照片删掉。”

大元将信将疑地匍匐到地上，再次和对方确认了一下眼神，带着还没反应过来的脑子开始做起了俯卧撑。大元很宅，从不运动，这两百个俯卧撑他分了十次才做完，做不了多少个，他就要趴下休息好久。艾伦也不催他，不过每次大元休息的时候，他都要嘲弄对方一番。

好不容易做完，几十分钟已经过去了。大元当着他的面删掉了相机里的视频，还有那张他一脸衰相的出门照，哼着小调出去了。

艾伦走后大元才想起来，这家伙并没跟自己签免租协议，果然是初入社会的年轻人。筋疲力尽的大元躺在地上根本不想起来，就这么躺了好久。

“砰砰砰。”这个敲门声大元很熟，一听到这个声音，他的肚子就开始叫了。

“我做了丸子砂锅，快出来吃！”

“云姐，你今天怎么中午回来了？”

“哎，有个保洁临时撤单了。”云姐摇摇头，“这种事也挺常见的。快来，这就出锅了。”

桌上摆着热气腾腾的饭菜，云姐给大元盛了一碗冒尖的饭，让他先吃，大元一点没客气，像往常一样大快朵颐了起来。等云姐收拾完灶台，正打算也坐下来时，却突然肚子痛，跑回房间方便去了。等到大元吃了个酒足饭饱，云姐才回来。

“云姐，那我不陪你了，今天的饭也好吃得要命！”

“你喜欢吃就好，快回房休息会儿吧，不用等我。”

吃饱喝足的大元回到房间就开始犯困，外加饭前的那一通运动，让他无力地瘫坐在椅子上，接着顺手打开了监控视频。其实他早对这个监控视频失去了兴趣，毕竟都是一群无趣的人，唯一想看的那位，也因为昨晚的事情而暂时没了兴致，权当看电视吧。

可五分钟后，一个画面让他的眼睛张得老大，屏幕上，明宇正在春媛的房间里。

此刻，明宇不仅站在了春媛的房间里，他的手还搭上了春媛的肩膀！而且居然并没有遭到拒绝。

难道……唉，大元知道自己被耍了，不过这种事他经历也不是一次两次了，到最后只有一声苦笑而已。

然而好戏在后头。又一个人冲了进来，是琪琪。她铆足力气向明宇的脸上挥了一拳，然后开始撕扯春媛。

大元想把眼睛睁得再大一点，但是他感觉自己的眼皮在变沉，越来越沉。他的头开始发晕，紧接着肩膀一歪，身体慢慢滑到地板上，昏睡了过去。

大元醒来的时候，窗外已经一片漆黑。肚子开始咕咕叫了，得出去买点吃的。

夜晚的空气真新鲜啊。大元站在大门口的台阶上，伸了伸懒腰。

感觉有点不对？出租楼前的草坪似乎有些不同。怎么这么黑？平时一到晚上，楼上住户的灯光会让门前的草坪至少可以看清大半，但今天，草坪上只有大元房间透出来一块孤零零的光影。

他抬头一看，果然，整栋楼只有自己的房间开着灯。大元抬手确认了一下时间，才晚上九点半，平常正是租客们窝在房间里享受下班时光的时间段，应当是每个窗子都亮起灯光的时候。

大元此时已经忘了饥饿，他转身回到楼里，经过厨房的时候他开了灯，探头看了一眼，没有人。灶台和餐桌干干净净，也没有云姐下厨后留下的饭香。

他试探着敲响了101室阿宁的房门。

“砰砰砰砰！”

没有任何回应。

“阿宁！阿宁！”大元用力地敲起阿宁的房门，仍然没有回响。

他顺着走廊尽头的楼梯向楼上走去。

201室，那个小混蛋艾伦，勒索了我两年房租，那两百个俯卧撑害得我现在还浑身没力。大元直接上脚猛踢门板，没有回响。

202室，那个吃着碗里看着锅里，见一个爱一个的明宇，那个把手搭上春媛肩膀的明宇，他的脸会不会已经被琪琪抓花了？

“砰砰砰砰！”没有回响。

203室，那个两副面孔，靠骗人钱财苟活的琪琪，不知道她最后在春媛的房间闹了个怎样的天翻地覆。

“砰砰砰砰！”同样没有回响。

大元继续往三楼走去。

303室，事业有成却偏要跑到这种低端出租楼里体验生活的大老板，还欠着我跑腿费的马总。大元的拳头朝着门猛挥，他满心希望里面会有人怒气冲冲地把门拽开，然而并没有。

302室，那个曾迅速吸引了自己，到最后也不过是到处留情的春媛，这个房间，简直是大元的耻辱之屋。

“砰砰砰。砰砰砰。砰砰砰！”

大元在门口站了好一会儿，仍然没有等来一个开门的人。

301室，对我像半个儿子一样，孤身一人在外打零工努力生活的云姐，她总应该在吧？

每敲几下，大元就等一会儿，五分钟过去了，没有任何人的踪迹。也许是心理作用，大元觉得今天走廊里的灯光比往日要昏暗很多。随着一阵穿堂风吹过，大元的后背发凉，他预感到可能会有什么不好的事情发生，可又不知道头绪在哪里。

正当大元望着走廊发呆的时候，他似乎听到一片死寂的楼里响起了脚步声。那不是一个人的脚步声，似乎是有好几个人，正从一楼的大门鱼贯而入。

“有人报案说这里发生了恶劣凶杀事件。”警察把证件在大元眼前晃了晃，盯着他问，“你是不是这里的房东？”他的身后站了好几个警察。

大元下意识地闭上了已经张开好大的嘴，木讷地点了点头：“那个，会不会搞错了？什么凶杀案？”

“我们接到了报案。你这楼里有个302室，对吧？”

大元再次木讷地点了点头，那是春媛的房间，不会是……中午那场冲突真的那么激烈吗？

“麻烦你带我们去看一下。”

大元只好带着警察来到302室门口，门像刚才一样紧闭着。警察示意大元用备用钥匙把门打开。

“这个……我一般不用备用钥匙的，放在我房里都不知道塞到哪里去了。”

“请你去找一下，拿上来，不然我们只能破门了。”警察的目光非常坚定。

大元心疼门，只好乖乖地回房一通翻箱倒柜，幸运的是那盘钥匙还在橱柜的深处原地放着。

随着302室的门慢慢打开一条缝，一股冲人的浓烈血腥气便夺门涌出，在走廊上蔓延开来，在场的所有人都往后退了一步。

“等一下。”队长示意大元和其他人先站在门外等候，自己和另一名警察戴好口罩和手套，穿上鞋套，才又慢慢打开了门，两人一起进入了现场。屋子里漆黑一片，浓重的血腥气直冲人的天灵盖，两人开始打着手电筒全屋搜寻。

地面有零星分布的血迹，没有清晰的鞋印。他们在洗手间的脏衣桶里发现了大量尸块，又在衣柜中发现了一些骨骸。最后，在床下找到了一个女性头颅。

从床上大量的血迹看来，这里应该就是分尸地点。接下来，各个专业的警察开始轮流进场进行拍照、取证、取样工作。

警察开始在走廊里询问大元：“今天下午你在哪？”

“啊？我在自己的房间睡觉。”

“你自己的房间？哪一间？”

“就一楼刚进大门的第一间。”大元迟疑了一下说，“我刚睡醒还不到半个小时，我的房客们都……”

“哦，他们也都将陆续接受问询，已经从一楼的阿宁开始了。”

“不会吧？那家伙刚才明明没在房间啊！”

“这不用你管，请你继续配合问询就可以了。”

剩下的问题，大元也都如实回答了，只是整个人像灵魂出窍一样。

“里面死的人到底是谁啊？”大元问。

“这个要等调查结果。”

“你们刚才来的时候，看没看到灯都是关着的呀？你们到之前我刚敲了一遍他们的门，根本没有租客在房间。”

“我们来的时候每间房的灯都是亮着的。”

大元蒙了，他觉得自己被捉弄了，不然就是自己的精神失常了。

春媛的房间被当作案件现场被封锁了起来，门外有人连夜把守。房客的问询也结束了，大元知趣地没有打听问询情况。他只记得当他看见云姐和马总打开各自房门接受问询时，脑子仿佛被群蜂乱蜇般轰炸。

他最后还是忍不住问了一句：“是不是每个房间的房客都在？”

警察点点头。

“那么，死者大概率就是春媛了。”大元想，她很可能是在琪琪上门来找明宇的那场冲突中被杀害了，那个女人可是个因为争吵就会用刀划伤男友的疯子。

问询结束前，警察对大元说：“另外，不排除嫌疑人就是租客中的一人，为了安全起见，请你不要出自己的房门，我们会有专员巡逻。这一点我们也通知了你的各位租客。”

待警察走后，大元回到房间打开了监控视频，他打算回放一遍，看看在自己睡着的这段时间到底发生了什么。

对着遥控器猛按一通，大元一身冷汗就下来了，所有的监控视频都不见了。

外加晚上大元刚睡醒逐一敲租客的门却无人应答，但警察来了以后又纷纷现身的怪异情形，让他陷入无法自洽的混乱猜想之中。

第二天一早，出租楼所有人都被要求前往公安局接受进一步传讯。警方安排了车辆，把他们分批次、每次两个人，先后送到目的地。大元和阿宁同时出发，两人一路无话，阿宁和往常一样是一脸无表情的状态。

大元先走进了问询室。

“请你再回答一遍，昨天下午你在哪里？在做什么？”

“我在自己的房间睡觉，吃完饭我就睡过去了，醒来后我全楼敲了一遍门，都没人应，然后你们就来了。”

“琪琪当时在哪里？”

“我怎么知道，我和她不熟，她的门我也敲了，没反应。”

“她的死亡时间是昨天下午。”

“等等？你说谁死了？”

“你的租客，琪琪。”

“你们搞错了吧，案件现场不是302室吗？琪琪不住在那里，她住203室，你们是不是搞错了？”

“不会弄错，已经做过DNA鉴定了，死者是琪琪。”

大元的头脑再次进入了混乱思考模式。琪琪死在了春媛的房间，可是根据警方的说法，其他房间的租客却又都在，那就说明琪琪的房间里当时另有其人。琪琪房间里的人最可能就是……还没等大元接着想下去，警察就问了一个令他不知该怎么作答的问题。

“302室现场发现了大量你的活动痕迹，为什么？”

大元抿着嘴唇想了半天，还是说了：“302室的租户叫春媛，我和她交往过一段时间，在她的房间活动过。”

“喔？看来大家的供词产生矛盾了。”

第二个接受询问的是101室的阿宁。

“昨天下午你在哪里？”

“在，在房间打游戏，我的队友，队友可以作证。”

“你是否认识死者琪琪？”

“见，见过一面。她不常从我这边楼梯走。”

“你和房东交流的多吗？你觉得他是什么样的人？”

阿宁的嘴角抽动了一下，耷拉着眼皮小声说：“他不怎么和我说话，还都，都是挖苦，不过他对别人挺好的。”

“你说的别人是其他租客吗？”

阿宁欲言又止，脸色有些为难。

“希望你实话实说。”

“他对年轻女性挺好的。”

“包括死者是吗？”

阿宁没有说话。

第三个接受询问的是303室的马总。

“死者琪琪平时都和什么人有来往，你清楚吗？”警察问。

“不太清楚，我很少在房间里住，其他人我也不太认识。”

“昨天下午你在吗？”

“我中午吃完午饭就出门了，下楼的时候还和大元撞了个满怀，到现在肋骨还在疼。”

“你当时动作很快？是很着急要出门吗？”

“我还好，不过大元好像心里有什么很生气的事情，低头走得很莽撞。”

“最后问一遍，你住在死者隔壁？”

“没错。”

第四个接受询问的是201室的艾伦。

“你和死者琪琪熟吗？”

艾伦摇摇头。

“你平时和房东交流多吗？”

艾伦摇摇头。

“死者琪琪生前和谁比较熟？”

艾伦依旧摇了摇头。不过这次，他先是怔了一下，摇头的动作也机械一些。

“你直说就可以，不用顾虑。”

“我还要继续租这里的房子，我不想找麻烦。”

“昨天下午你在哪里？”

“在厂区玩滑板。”

“有证人吗？”

“有个阿姨总跟着我，她以为我是贴广告的。”

第五个接受询问的是春媛。

“你到底住在哪个房间？”警察第一个想弄明白的就是，为什么大元说死者琪琪住的是春媛的房间。

“203室，这有什么可问的。”

“昨天下午你在哪里？”

“就在房间里。”

“你和死者琪琪关系怎么样？”

“互相经常串门的程度。”

“也就是好朋友了？”

“算不上，楼里就我俩比较有共同语言吧，经常一起追剧。不然就是有时候她说她晚上怕，让我去她的房间和她一起睡，有时候她也会大半夜夹着枕头跑到我的房间。”

“她怕什么？”

“她没说，但肯定不是鬼。”

“房东对你好吗？”

春媛的脸上略有不悦。

“不是你理解的那个意思，我是想问，平时房东会不会多关照你一些？”

“不会，我有男朋友，昨天说过了。再说大元也……”春媛突然住口。

“房东大元也有伴侣的意思吗？”

春媛摇摇头：“我不想说别人的私事，再说人家又没公开。”

“那你是怎么知道的？”

“你不是说关照吗？人家有关照的人，那肯定不是白关照了，对不对。”春媛用眼神表示自己话就说到这儿了，你怎么理解都没错。总之，楼里一共就只有两个年轻女人。

“待会儿你们问我男朋友的时候，最好别说什么房东关不关照我的话，任哪个男人都不会愿意听别人关照自己女朋友之类的话的。”春媛诚恳地说。

第六个接受询问的是202室的明宇。

“春媛是你的女朋友？”

“对。”

“你和你女朋友为什么不住在一个房间？”

“房间太小，我晚上要打游戏，春媛要追剧，互相影响。再说，住在隔壁也不麻烦。”

警方认为他的话可信，因为在明宇的房间和隔壁房间，都存在着大量明宇和春媛活动的痕迹，隔壁房间还存在一些死者琪琪的活动痕迹，但这可能是因为如春媛所说，死者生前有时会来她的房间一起追剧甚至过夜。况且无论是明宇房间还是隔壁房间，都没有发现任何血迹。

“你和死者琪琪熟不熟？”

“还行吧，平时不太说话，怕春媛误会。”

“昨天下午你在哪里？”

“在春媛房间，不用说得太具体吧。”

“怎么不去上班？”

“调休了。”

最后一个接受询问的是301室的云姐。

“您昨天下午在哪里？”

“喔，我在一户人家做保洁来着，哎呀，他家里实在是不成样子，废了我好多块抹布……”

“您不用展开。请问您和房东大元的关系怎么样？”

“我把他当半个儿子，他总能让我想起自己的儿子。”云姐说着眼圈儿就红了。

“大元在您眼里是个什么样的人？”

“怎么，你们怀疑他吗？”

警察怕云姐包庇大元，只能说：“不是，这都是例行问询。”

“噢噢……大元他平时挺喜欢吃我做的东西的，我们经常一起吃饭，他也经常讲有趣的事情给我听。”

“他都喜欢讲些什么事呢？关于他自己吗？”

“嗯嗯，没错，每次我一劝他早点结婚的时候，他就和我说不是不想，是现在的女孩子要求太高了，自己明明很努力了，但还是经常被搞得焦头烂额。”

“大元有女朋友？”

“这种别人的私事你们别问我……”

“这事关命案，希望您如实告知。”

“嗯……其实他也没直接告诉我，但是我觉得，他和……”

“您直接说。”

云姐好像是非常为难，又忖度了半天，才开口：“他确实是和琪琪走得比较近，但是，但是他是个好孩子，不可能……”

“可以了，云姐。”

实际上，在传讯开始前，警方就已经把大元列为了重点嫌疑对象。所以，对各位租客的询问也都主要围绕着大元展开。这是因为，经过连夜技术鉴定，警方在302室的床、洗手间排查出了大量大元活动过的痕迹，同时也发现了一些春媛的活动痕迹。不过警方认为，这应该是由于春媛有时会来陪琪琪过夜的缘故。

更重要的是，在现场勘查阶段，掉落在床脚的一只白色毛绒小熊引起了警方的注意，这个毛绒小熊沾有大量属于琪琪的血迹，经过进一步检查，小熊的眼睛背后安装了摄像头，并在小熊内部发现了简易的录制设备，也就是说，这个小熊本身是一个监控器，很像一些年轻女性租客为了防止入室盗窃而放置在房间里的隐形摄像头。

摄像头对着琪琪房间的床，屏幕上的主角正是大元，从画面看来，他的脸在毛绒小熊面前显露无遗。大元此刻的行动非常粗暴。

另有一个人位于他的下方，但由于镜头呈微微俯瞰的角度，所以只能看到那个人反抗挥舞的双臂和偶尔踢上来的腿，可以判断是一个女性，这位女性受害者看起来非常无助。通过比对这位女性的裤子及鞋，和遇害者琪琪社交主页照片上常出现的服装一模一样。

大概几分钟后，镜头猛地冲向地面，之后就失去了画面，这大概是小熊在两人对抗中被挥落在地摔坏了。不管怎样，这段录像表示，大元有在这个房间侵害琪琪的重大嫌疑。今天的传讯结果更是进一步加深了大元的嫌疑。问询记录显示，每个租客都有不在场证明，或至少可以互相作证。

根据现场分析，案发时间就是昨天，也就是11月21日中午十二点到下午五点之间。根据马总的证词，大元在当天中午的时候冲上了三楼且情绪有些激动。阿宁、艾伦、春媛、云姐的供词都显示出，大元和琪琪的关系非凡，就算不是男女朋友关系，至少也处于密切接触的交往期。

相较之下，唯独大元的证词显得有些莫名其妙。他的话都是立刻就能被揭穿的，是那种只有精神不正常的人才会说的谎言。他声称警察到来之前楼里的灯都是关着的，没有人在。然而在当晚问询时，每个租客都在。他和琪琪的暧昧关系几乎人尽皆知，而他在明知道其他人也会被问询的情况下，仍然表示和琪琪不熟，甚至声称春媛才是他的交往对象。但是，无论春媛还是明宇，都已经明确表示彼此是情侣关系，与大元无关。退一万步来讲，就算春媛是大元的交往对象，可203室并没有任何大元的DNA痕迹。

另外，大元为什么说案发现场302室才是春媛的房间？这对于消除他的嫌疑似乎没有任何用处。事实也已经证明了，每一个租客，都没有对案发现场302室是死者琪琪租住的房间有任何疑问。

还有，大元没有对302室排查到了他的大量活动痕迹作过任何辩解，只是坚持死者的房间应该是203室，也就是目前所知的春媛的那一间。大元为什么要说这些如此容易被揭穿的谎言？所有的租客都能作证他说的是无稽之谈，而这对他脱罪更是毫无益处。

除非，除大元以外，所有人都在说谎。但这就太荒唐了！

警方现在掌握的证据已经足以拘捕大元。关于大元的精神问题调查，以及对现场的深度勘验、对尸块的检查分析等，还在逐步进行。

11月23日，也就是案发后的两天，警方的工作仍在继续。

“化验结果出来了没有？”队长问。

“出来了，只有死者本人的DNA痕迹。”

警察所说的DNA痕迹来源于几个烟头。其中四个烟头是在202室门前的走廊上发现的，已经滚到了暖气片下面，不太起眼，但还是被警方发现了，另外还有几个是在203室窗子外面的窗沿上发现的。

“只有死者的？”队长有些惊讶。

案发前一天，琪琪在走廊等待明宇时，曾当着大元的面连续抽了四根烟，并嚣张地把烟头按在了墙上。

“按照租客们的供词，201室的艾伦和琪琪不熟，202室的明宇和203室的春媛是情侣，那么，明明住在302室的死者怎么会跑到二楼走廊的中央来抽烟呢？虽然存在一些租客手脚不干净闯空门的情况，但是没有一个小偷会在作案前后，站在走廊里连吸四根烟惹人注意。”一个警察说道。

“没错，况且这些烟头又出现在了203室窗外的窗沿上……”

“没准是她有时借宿在春媛这里，耐不住烟瘾抽的呢？”

“那为什么在她本人的房间302室没有发现任何吸烟的痕迹？相反，203室的墙上却有明显的被烟熏黄的痕迹，尤其是床头。”队长看着手里的现场照片，像是自言自语地说道。

“队，队长，你是说那些租客都……不会吧……”警察背后的冷汗这就下来了。

“至少这种可能性可以纳入考虑了。之前我们只能找到房东大元行凶嫌疑的证据，所以只有深查他的权限，现在我们也有了租客集体提供虚假供词、有意混淆调查视听的证据，这下我们可以向上级申请深查所有租客了。你叫信息部的人来一下。”队长说完，开始在自己的电脑上敲起调查申请来。

快到晚饭时，信息部的一名警察就给队长带来了一个消息。

“哟？这么快？”

“队长，你让我查的报案的虚拟电话用的是伪装IP，我暂时没办法找出具体使用人，但是我查到了这个伪装IP在同时段频繁登陆的一个地下网络论坛。”

“地下论坛？这可不是什么好东西。”队长对于这个东西似乎很了解。

“而且，同时使用这个论坛的共有六个ID。”

“六个ID？六个人的意思？”

“嗯嗯，而且……”

“而且这六个人的ID共用了一个伪装IP对不对？”

“没错，就是报案用的那个。”

“那个论坛的内容你看了没有？”

“看到有图片的那页就关上了，吓死我了。”

“我估计也是。”队长搓了搓手，仿佛一直以来拦在路上的某个死结，突然被打通了一般畅快，他往后一仰，把脚搭在了桌子上，用力抓了几下头发说，“怎么能进去那个地下论坛？”

“这个不能通过网址进入，这个需要……总之我一会儿把我的笔记本拿过来，您直接看，我可以给您做一个隐形ID，这样就可以随意浏览，不会被其他用户发现。”

“哈！你小子还挺厉害的嘛，怪不得所里给你们部门投的钱最多！”队长用力拍了拍对方的肩膀。

信息部的警察硬扯着嘴角笑了一下，转身去拿电脑。

队长之前一直在琢磨着几个问题：一、大元是出租楼的房东，是靠收房租吃饭的人，就算和某个人有着多么无法释怀的深仇大恨，也不至于在自己赖以生存的房子里杀人吧。二、就算是发生了什么事，他激情杀人，为什么还要分尸？就算分尸，也至少换个地方吧。

事实上，他早就对租客们有所怀疑，起初也只是有一种不对劲的感觉，但苦于缺少证据而无法深入调查。直到那几个属于死者琪琪的烟头在不合理的地方出现，当人证和物证相矛盾时，显然物证更具有说服力。

再加上今天查到的这个地下论坛，报案人在报案的同时段曾频繁登陆过。说到那个匿名报案人，什么路人会看到三楼的分尸现场？更何况大元的出租楼位置偏僻，除非犯罪嫌疑人开着灯，拉开窗帘对着窗口行凶，而这种概率低到不必去考虑。大元肯定不会自己报案抓自己，所以是租客报案的可能性最大。

另外，信息部查出报案人登陆的论坛里面同时有六个用户，曾在案发那天共用一个伪装IP，而且这个IP恰好和报案人的一致。楼里的租客，艾伦、马总、阿宁、明宇、春媛、云姐，总共也是六个人。

“死者的原住房间打扫得那么草率，窗外的窗沿都不看一眼，一看就不是专业的犯罪团伙。”队长坐在信息部送来的笔记本电脑前，饶有兴致地盯着屏幕上的“橘子皮地下网络论坛”，“喔，也可能是因为天冷了，不怎么开窗的缘故吧。”

队长在笔记本电脑上翻看起内容，第一页是昨天传讯结束后晚上的发帖内容。

第一页 DATE 11月22日

男1：大家都没有说漏嘴吧？我在厂区玩滑板的不在场证明可是如假包换的实话，妥妥的。

男2：我也按提前商量好的那样说了。不过，当时警察要是非要看我肋骨撞到的位置，我估计就暴露了。

男3：我有点没忍住，对那个人埋怨了几句。谁叫替死鬼老是挖苦我！

男4：以后这种传讯你少带个人情绪！心理素质太差。

女1：就是，还不如我。这里面现在看起来，除了替死鬼，就我嫌疑最大。非要选我的房间和她对调，现在心里有点打鼓，这个计划一开始就对我太不利了。

女2：你不要紧张，屋子里你的痕迹不多，有我们这么多人的供词都指向他，警方怀疑不到你头上的。再说全楼除了她就你一个年轻女性，不和你对调和谁对调。

男4：就是，女1，再说还有我给你兜底呢，你可是我的女朋友，哈哈哈哈。

女1：滚！那只是供词剧本而已，要不是为了做局，我才不会同意和你组CP。

男1：总之，希望大家这次玩得开心。我们的下一个计划将在警方工作结束后再开始，请大家继续期待我的作品！

看完第一页，队长的嘴角浮现了一抹笑。在翻到下一页之前，队长决定先把这些代号对应的人物梳理出来。他从耳朵后面抽出一支笔，在纸上记录了起来。

男1：滑板。是昨天说自己案发下午在厂区玩滑板的家伙——艾伦。

男2：肋骨。说自己被冲上楼的大元撞到了肋骨，却在论坛里说怕我们检查，说明很可能没有淤青，甚至没有任何冲撞痕迹——当总。

男3：挖苦。那个掩不住对大元苦大仇深的宅男——阿宁。

女1：对调。全楼除死者外唯一的年轻女性——春媛。

男4：女朋友。和春媛扮演情侣——明宇。

女2：最后一个人——云姐。

这群不知天高地厚的人，还以为自己的地下论坛有多么安全，藏在虚拟IP后面还真是什么都敢说。队长迫不及待地翻到下一页，那是11月21日——案发当天夜的发帖内容。

为了方便阅读，他直接把论坛内容复制到文档里，改上了他们的真实身份。

第二页 DATE 11月21日

艾伦：今天非常顺利，成功！各位辛苦了，接下来我就要上传照片了。

云姐：刚才询问结束后，走廊里是不是一直有警方的人？

春媛：对，不过不用担心，只是为了防止犯罪嫌疑人有所行动而已。

阿宁：哈哈，犯罪嫌疑人？犯罪嫌疑人必须是那个替死鬼喽！那个傲慢的家伙……你们真应该看看大元今天做俯卧撑的那个样子，哈哈哈。

明宇：那个大元就适合和这个短命鬼琪琪凑在一起下地狱！她本来也是罪有应得，骗这个、勒索那个，像寄生虫一样，今天终于除掉了这个祸害。

春媛：这个短命鬼，今天她找上门来的时候把我的脖子挠伤了！你也不说拉一下！

明宇：我反应哪有那么快！她还被剁碎了呢，你别跟她一般见识。话说春媛妹子，咱们也算谈过恋爱了，哈哈哈哈。

春媛：那是假的。

马总：对了，大元今天替我取东西，似乎回来的有点晚啊，怎么回事？

艾伦：不用担心，他只是去厂区转了转，我骑摩托绕路回来的时候恰好看见了，不过他没看见我。

马总：你今天伪装得稳不稳妥？会不会被他认出来？

艾伦：放心吧，头盔一戴，我妈都认不出来我。

阿宁：真想看看当他发现我们原来都在房间里的时候那个惊讶的表情啊！可惜要分开询问。

云姐：好了好了，艾伦你快传照片吧。

艾伦：【照片1】【照片2】【照片3】……

马总：哇，这短命鬼的身材确实不错，继续发，享受战斗成果！

艾伦：【照片10】【照片11】【照片12】……

阿宁：怎么样，我的手艺不错吧？哈哈，谁叫我躲在屋里天天研究呢。我那些小人果然没有白买。

艾伦：【照片13】【照片14】【照片15】……

明宇：今夜警方一定会在查出大元活动过的痕迹，多亏了春媛，他脱不了罪的。

春媛：那是当然，不过别再插楼了，等他发完照片再说，不要打扰我欣赏。

艾伦：【照片20】【照片21】……【照片99】

艾伦：发完了，大家请尽情欣赏。

队长看着这些人像日常聊天一样复盘着他们今日的罪行，仿佛在说着一件稀松平常的事情。

“这帮人说是犯罪分子都是抬举他们，简直是一群丧心病狂的变态恶人。”他的眉头紧皱，翻到了下一页。

第三页 DATE 11月20日

明宇：今天我可是大牺牲啊！胳膊都划伤了。

春媛：那是因为你渣，和计划没关系。

明宇：她简直是个疯子，谁会拿刀划男朋友啊！

春媛：你应该感谢我，拦住大元没让他报警。不然……

明宇：他那个监控真是烦透了！

马总：春媛妹子今晚真的太绝了，看不出来你力气那么大！

春媛：你闭嘴吧！可把我恶心坏了。大家放心，床上的DNA留得很足。

明宇：我给你找的迷魂药还是很管用的吧，嗯？

春媛：那倒是，不过幸亏有两手准备，你们怎么没人跟我说他茶过敏啊，一口没喝，幸好还备了条擦汗毛巾，不然可就玩完了。艾伦，小白熊里的芯片我一会扔到窗外，你记得捡走，把视频的光线处理一下。

艾伦：OK。给你们看看我拍的他的丑照！刚从春媛屋里跑出来！【照片】

阿宁：呵，他居然也有这么狼狈的时候。好兴奋啊，明天就行动了！我的组织剪和截骨刀已迫不及待！

艾伦：我的相机也是一样。现在，我再把明天的计划重复一遍，以防有人掉链子。

明宇：“那些”装进蛇皮袋对吧？

艾伦：这个要改一下，放到洗手间更稳妥，骨骸可以直接塞柜子里。

明宇：那你为什么让我一大早把大元折腾出去买蛇皮袋？多好的一个嫁祸砝码！

艾伦：我后来想了一下，我担心蛇皮袋上会同时有你和大元的DNA，其他人倒是无所谓。你想想，这是为你考虑。

明宇：……好吧

艾伦：今天就这样吧。

艾伦：今天就这样吧。

大展身手？大开眼界？值得珍藏的作品？把杀人分尸当作策略游戏一样的犯罪……他们到底为什么要对琪琪和大元做这样的事情？……看到这儿，队长夹上了一根烟。“如果不是那几个烟头，搞不好还真被这出大戏给骗了。”

那支烟在他手上夹了好半天，没有点燃。队长的手指动了动，接着往下翻。

第四页 DATE 11月19日

艾伦：热烈欢迎明宇带着可爱的短命鬼入住！这下人终于齐了。春媛，明天的衣服你准备好了没有？

春媛：【衣服的照片】

阿宁：没错，和大元之前看上的那个纯情女租客常穿的差不多！

艾伦：明天上午你就穿这身去找大元，约他去你房里修热水器，他准保高兴坏了。

春媛：知道。我已经想办法把温控器搞坏了。

明宇：迷魂药我放到厨房调味架上了，春媛现在去取一下。

春媛：直接下到茶水里就可以吗？

云姐：劝你多准备一手，有些人就是不好意思在做客的时候喝水，得确保万无一失。

春媛：有没有靠闻就能起效的？

明宇：有，晚些给你。

艾伦：晚上他到你那里之前，你要提前把衣服换好。

春媛：这个？【衣服的照片】

明宇：对，和琪琪的一模一样！到时候小白熊镜头里出现的就是“琪琪的腿”！

艾伦：明天晚上等他迷魂药上头后，就到了春媛大显身手的时候了。最好能和他多纠缠一会，尽可能多地在床单上留下大元的DNA。另外，春媛要让自己的痕迹残留越少越好。

春媛：放心，我会在后背和头下加一条短毛巾的，明天晚上他走后，我就不回床上睡了。

艾伦：今天你要再检查一下小熊录像机，有问题早点处理。明晚小熊的角度一定要放好，到时候这段录像非常重要。明晚过后，芯片早点给我，我把光线处理一下，让它看起来像中午，就搞定了。完事后小熊就扔到床角，等着警方自己发现。

第五页 DATE 11月18日

艾伦：终于住进来了。今天一下子住进来三个，但愿大元没有起疑心。

阿宁：他高兴还来不及。

云姐：今天我试做了一餐，他貌似还真的很喜欢吃，这下有底了。接下来会把他当“干儿子”看，顿顿做给他吃的，他很快就会习惯了。

阿宁：有没有在你房间摄像头面前表演一下慈母啊，云姐？

云姐：当然，对着照片抖肩膀很简单，估计他会真相信我有个过世的儿子吧。

艾伦：明宇，你那边怎么样？

明宇：尽在掌握中，明天就带着她“私奔”过来，哈哈。

艾伦：马总，没事就多举举铁，解剖归阿宁，分割还是要靠你出力气。

马总：嗯，今天已经开始去天台练了。对了，今天他好像闻到我身上的腥味了……

艾伦：跟你说过了没事多洗洗澡，你一个杀鱼的本来身上味道就重，还打扮得跟个老板似的，小心他起疑心。

马总：我这不是为了过把瘾吗？对了，这几天鱼市有点忙，估计我有时候不能在这边住。

艾伦：行吧，也算符合你来体验生活的人设。只要关键时刻你到了就行。

第六页 DATE 11月17日

阿宁：春媛，恭喜你成功吸引住他了。我看他笑得跟个傻子一样。

艾伦：不愧是春媛。

春媛：那是当然。

艾伦：再接再厉，让他迷上你。

第七页 DATE 11月16日

阿宁：特大喜讯，最后一个租客——大元喜欢的清纯女租客退租了！还有另外两个垃圾，我看好几天没动静，估计是不会回来了，如果今天能查到他们的消息，确认他们不会回来的话，我会给大家发信息。

艾伦：好。

阿宁：有一个坏消息，他给每个房间都装了摄像头。

明宁：他要干什么！

阿宁：早跟你们说过，他不是什么好人，比我们好不到哪儿去。

艾伦：有摄像头未尝不是好事，我们可以在镜头前尽情表演，给大元洗脑。而且，你们不觉得这样很刺激吗？

阿宁：我的房间他没装，全是拜我常年宅在屋里所赐，他根本没机会。另外，告诉大家一个好消息。嘻嘻嘻。

马总：有话快说。

阿宁：他没给我的房间装，我倒是给他的房间装了一个！哈哈哈。

艾伦：漂亮！这样我们就可以随时掌握大元的作息和行动了，阿宁要及时通风报信。

春媛：如果今天收到阿宁的行动信号，我明天就可以到位了？

艾伦：对，你是第一个。

阿宁：注意形象经营，他喜欢外表性感内在清纯的，嘻嘻。

春媛：反差魅力呗？小菜一碟。

阿宁：清纯的方面，你可以参考今天退租的女租客，那就是大元的口味。对了，那个女租客之前还做过义工，你可以骗他说你也做。

春媛：还真是麻烦。

队长把烟点燃，深深吸了一口，又继续翻了几页，除了零星有讨论这次的集体行动外，页面上充满了各种血腥图片，都是艾伦发出来的，其他人纷纷品头论足，语气变态至极。

“这就是一群麻木不仁、以解剖分尸为乐趣、犯罪手法劣质透了的乌合之众。”队长差点把烟尾巴咬烂，接着在纸上潦草地写下了几行字：

艾伦——组织者、拍摄者

阿宁——解剖主刀、大元监控者

马总——分尸者、力工

云姐——获得了大元信任的下药者

春媛——引诱大元上钩的痕迹采集者、假情侣戏演员

明宇——琪琪的“私奔”同伙、假情侣戏演员

每一个人，都是行动过程的享受者。现在的问题是，他们为什么选择大元和

琪琪？队长继续翻着，想找到答案。

在这些人入住大元的出租楼前，论坛里的文字对话总是零星夹杂在各种残忍的解剖图片之间。这里面其中至少有一半是艾伦的摄影作品。队长的眼睛一行行扫描着页面，试图从那些文字对话之间，找出些有用的信息，他尽力地整合这些已知的信息碎片，拼凑出事件的来龙去脉。

这个论坛成立似乎不过两三年的时间，创立者艾伦发了第一篇帖子：《"橘子皮"欢迎大家，这是一个法医学同好俱乐部，会定期上传图片分享，大家也请多多冒泡啊！》

看得出来，这是一个没有任何宣传的简陋论坛，又因为它的地下属性，所以无法通过普通网络端口进入，而是必须通过特殊浏览器，采用特殊的操作注册。艾伦一个人传照片、发技术帖的状态持续了达半年之久。这时候的照片，还是很有解剖科普价值的。

直到有一天，另一个ID现身了，对方对艾伦的图片赞不绝口，并深入地问了一些诸如"在哪里拍摄的"这类问题。艾伦没有回答。

随着论坛图库的扩充，逐渐有另外几个人注册进来。待到会员人数达到五个的时候，艾伦把注册口锁住了，也就是说会员的招募到此为止。至此，这个论坛仍是组织大家聊聊法医学的相关话题，继续更新着图片，大家感兴趣极了。

后来，会员们也会上传一些自己的"作品"或不知从哪里下载来的图片。刚开始，论坛里讨论的内容还算正常，大家还都披着法医爱好者的外皮，非常不专业地聊着这门循证医学。不过很快，艾伦就发出了"英雄帖"，招募大家进行集体线下活动。一开始并没有人响应，直到艾伦亮出自己追踪到其余五人的网页浏览记录——都是变态的地下网络。

"我在设计注册入口的时候就已经把频繁浏览这类网站纳入筛选条件了，现在，大家不必再戴着面具，跟着我释放天性就好。"

大家第一次线下见面时，六个人面面相觑，他们的会长看起来就像个刚成年的人。其他人，一个是头发油腻的猥琐宅男，一个是风韵无限的站街女，一个是浑身散发腥臭的鱼商，一个是疲于奔命的社畜，还有一个居然是珠光宝气的五十岁上流女性。

大概十天前，艾伦引诱大家要干一票有趣的。

马总：怎么有趣？绑架我是不会参与的。

艾伦：有趣可以有很多种形式。

云姐：不要太高调，不想自找麻烦。

阿宁：说到不要高调，我觉得下次行动时，您可以把那对一看就贵得要命的耳环摘下来。

云姐：放心，下次我会像保洁员一样简单利落的。

艾伦：我说的有趣，是希望我们这次的活动更有戏剧性一些，大家除了解剖，也能获得其他类型的快乐，比如看似无聊的事也会因与解剖和分割相关而变得刺激起来。比如，演戏。如果我们能通过完美的演技，让一个人替我们承担所有后果的话……还有，如果我们又可以借此机会给那些平时令我们头疼的无耻之徒一点点教训的话……那是多么激动人心的事业啊！嘻嘻嘻。

阿宁：那我有个想法。

明宇：而我，有个人选。

阿宁自从租住到大元的出租楼以来，无时无刻不受到大元的讽刺和嫌弃，令阿宁最难以忍受的是，大元竟然觉得他和楼里的其他垃圾是一路货色，枯燥、恶心、百害而无一益。

然而阿宁宅得与众不同，除了解剖学外，他不沉迷于其他任何东西。除了日夜研究解剖学书籍和相关科教片以外，他还收集了大量解剖娃娃，那是他供在架子上视若珍宝的宝贝。表面上，它们看起来和小手办差不多，但他们身体的各部分都是可以“打开”的，比如揭开肚子上的盖子，就可以看到里面制作精密的内脏模具，按照真实的解剖学规律排列在一起。同样的方式，还可以看到诸如大脑的内部构造、腿部的神经分布等等。

其中还有一些是恶趣味娃娃，或是做成了外星人的样子，或是做成了畸形的构造，其中有些是阿宁自己改造的。因此，阿宁觉得自己是个天才，而大元竟然把自己和那些社会渣滓相提并论，用对待那些身无长物、混吃等死的无望之人的态度来对待自己。

阿宁决定让大元吃点苦头，让他感受到自己的能量，让他承认自己的“优秀”。所以，在论坛几个人商讨新的线下活动时，阿宁提出把大元的出租楼当作剧场，让大元这个房东背锅。为了追求“刺激”，大家很快一致同意了这个活动。

“戏剧感、游戏感”。这是艾伦对阿宁这个想法的六字褒奖。

明宇一向很讨厌“寄生虫”，在他眼中，像寄生虫一样靠赖在他人身上吸血生存的人，都是这个世界的污点，都应该被剔除，比如他上司的年轻情人，又比如坐台女。

不过明宇本身并没有这方面的困扰，毕竟，他除了是一名底层社畜，还是一个PUA培训师。对他来说，无论对方是单纯的普通女性，还是老谋深算的资深捞女，他都能拿到自己想要的一切，然后全身而退。更多的时候，他对后者更感兴趣。一方面，有难度更有趣，另一方面，他觉得那是在“替天行道”。

而他最近碰上的这个人是个老手，在持续了将近半年的推拉中，明宇感觉到自己碰上了真正的对手，似乎难以摆脱。他不想这么耗下去了，于是这个强大的对手琪琪就成了他举荐给大家的“目标”。

大家表示只要明宇能把人带来，不需要去绑架就好。于是，计划顺利地进行了。

“他们的血是冷的……”队长关掉了显示器，眼神空洞，“这简直是供认不讳的犯罪笔录。”但他心里清楚，如果没有现实物证作对照的话，这些内容根本就不能作为有效证据。

“离他们被放走还有多久？”队长问一旁的助手。由于队长的怀疑，租客们暂时还留在公安局。

“如果我们仍然没有对他们提出嫌疑质询的话，他们今晚就要被放回去了。”

“我们现在出发，去出租楼，午饭先别吃了。”

“可是，我们还没证据呀，不能就直接闯进去搜查。”

“那就……怀疑他们聚众赌博吧，就说是房东被抓后举报的，你去和大元通个气。”

“可是……”

“他们脱不了干系！我们必须在他们被放回去之前查个明白！”

一个人都没有的出租楼一片死寂。

租客们确实只把这里当作一个狂欢集会地点，都没有在屋里留下太多东西。由于阿宁长期住在这里，所以他的屋里的东西最多。除了堆成山的快餐盒和脏衣服，就是到处乱扔的解剖学书籍和内容不明的碟片。队长从他那个放满小人的架子拿下一个头上长角的牛面人，果然和阿宁在论坛里吹嘘的一样，五脏俱全。房间角落里有一个小电视，应该就是他用来监控大元用的。

明宇的房间东西不多，只有一些文件，看起来像是在公司没做完的工作。床头柜里有好几部手机，这是PUA的必须物品，想必也曾经用来联系售卖迷魂药、强效安眠药的地下药贩。

春媛的203房间，不，实际上是琪琪的203房间，梳妆台上放着各种漂亮的护肤品，衣柜里挂满了漂亮的连衣裙。空气中飘浮着淡淡的香水味，和床头墙面隐隐散发的烟臭味非常违和。

云姐的房间看起来和她孤身一人在外打工的中老年女性人设非常吻合，朴素简单，清洁用品一应俱全。只是，衣柜里的衣服虽然朴实无华，但根本不是她本人的尺码。

马总的房间看起来像是中年单身汉的老巢。东倒西歪的啤酒罐，满地的瓜子壳，空气中是刺鼻的鱼腥气和汗臭味，房间角落放着巨大的哑铃。

艾伦的房间干净整洁，队长一脚踹开床头柜的锁头，相机果然放在那儿。他并没大喜过望，抠开相机的侧盖，发现存储卡果然已经不见了。不管怎样，他还是把相机装到证据袋里，带了回去。

艾伦被拘捕了。队长最终还是找到了他拍的解剖现场的照片，和“橘子皮论坛”上发的一模一样。结合其他证据，经过审讯，艾伦对罪行供认不讳。

归案的艾伦如数供出了他的同谋们，并交出了自己在经营论坛过程中搜集到能够证明阿宁、明宁、春媛、云姐、马总参与了共同杀人的证据。

“他们的作案手法和善后手段潦草且漏洞百出，而他们的残忍与恶意仍然如此纯粹。”结案会议结束后，队长开始小声地嘀咕起来，“那天我站在云姐所住的301室窗前，发现不远处有个巨大的广告牌挡住了看向路口的视线，也就是说她当时没可能看到我们的车子开过来，所以不可能给大家指令让大家开灯‘迎接’我们。”他的眼神虚无地望向信息部外借过来的警察，就是发现“橘子皮”地下论坛的那个人。

“他们能及时知道警察马上就到，是因为有人通风报信。”

信息部的警察瞪着无辜的大眼睛看着队长。

队长继续说：“是我儿子帮我恢复的照片，他告诉我相机自带储存容量，一小部分照片会被自动缓存在相机里，哪怕存储卡抽掉，还是有可能通过信息技术手段从相机复原出一部分。”队长的眼神变得犀利起来，“你为什么和我说没有存储卡就无法取得照片，难道你的技术能力还不如我那个仅仅是个业余爱好者的儿子吗？”

那位警察没有说话，也没有回应他的眼神。

“‘橘子皮’里还有一个隐形ID，存在至少有一年以上。这也是我儿子查到的，这个你为什么不知道？还是说你不想让我知道？”

第十二个故事

寄生之爱

阿玫是一位小有名气的插画师，她的作品近几年受到众多当红作家的青睐。

去年，她在市中心一个高端商住区买下了一户大跃层，阿玫常常坐在视野开阔的半落地窗前，一边喝茶，一边俯瞰TAZUKI的城市美景。夕阳穿过玻璃，给房间里的一切镀上了温柔灿烂的光彩，杯子上方弥漫着氤氲茶香，这是阿玫一天中最惬意的时刻。此时的她一定想不到，这个安详惬意的房间即将血迹斑斑。

以阿玫的财力，是难以负担这种高档房产的。阿玫之所以能拥有这处理想之家，那是因为，插画的版权费用并不是阿玫唯一的经济来源，事情要从五年前说起。

五年前，阿玫毕业来到TAZUKI市，在一家广告公司做设计，她的作品风格独树一帜，很受客户欢迎，她的才华也得到了上司的肯定，从老板到同事，都对她的作品赞不绝口。除了设计总监，阿玫几乎就是公司的台柱子。

公司的设计总监严皓比阿玫大四五岁，入行很早，同样是年轻有为，在业内很有名气，很多委托方排着队等他的设计，老板把他当作摇钱树，高职高薪，待遇优厚。而这位钻石王老五，早早迎娶了一位实力卓越的甲方千金，过上了令人艳羡的生活。此时的严皓，俨然是别人眼中生活富足、家庭稳定、未来可期的人生赢家。

精英从业者之间容易产生惺惺相惜的情愫。随着公司的业务升级，阿玫和严皓合作的机会也开始多了起来，两人经常一起加班到深夜甚至通宵，合作出品了一系列令人拍案叫绝的设计方案，拼尽全力化解掉一个又一个来自甲方的信任危机。有时加完班，两个人还会一起去大排档吃消夜。慢慢地，两个人的活动越来越多，一起去健身房、一起相约钓鱼、一起去度假村滑雪。当然，这都是瞒着所有人进行的。

阿玫和严皓对彼此赏识甚至依赖，在朝夕相处的日子里，两个人的交集逐渐从专业领域放大到生活范畴。他们的交谈内容，也从交流设计理念、回忆工作中的趣事，逐渐扩展到个人爱好、人生感悟、家居品味。和很多庸俗的出轨故事一样，越来越多的“巧合”“心有灵犀”“相见恨晚”在两个人中间出现，加上阿玫和严皓的纵容，使他们陷入到对彼此的爱慕中。不知不觉，他们之间见不得天日的关系已经持续了四年之久。每次一起加班或出差的时候，就是他们的相聚时刻。

“你最近有看《白夜行》了吗？”阿玫轻轻搅动着面前的咖啡，问坐在对面的严皓。

“枪虾与虾虎鱼？是说我们吗？我倒觉得不像。”严皓认真地看着她，微微笑了一下。

“当然不像，只是里面有些句子，我感同身受。”阿玫的眼帘低垂下来。

“哪些？”严皓的眼睛没有离开对方的脸。

“只是想和你手牵手在阳光下散步。”阿玫放下手里的咖啡匙，端起杯子轻轻啜了一口。

严皓脸上的笑容浅浅褪去，眼睛转而盯向桌面的糖罐，眼神变得空洞。

阿玫莞尔一笑：“我就是随口一说，你不必放在心上。”

严皓喝了一大口冰柠檬水，似鼓起了勇气一般：“我要搬到另一个城市了。”

严皓的岳父即将在隔壁NADIE市投资一家设计事务所，毫无疑问，严皓将成为那里的掌门人，他和太太将举家搬迁，而阿玫注定是被留下的那一个。

“我还是会继续转钱给你。”严皓的眼神开始闪躲起来。

一直以来，严皓和阿玫之间并不是纯粹的婚外恋情。阿玫虽然业务能力强，但毕竟资历尚浅，收入有限，孤身一人从贫困的老家来到大城市闯荡，生活很不易。尤其是刚开始的两年，微薄的工资和高昂的物价，让她仅能租住在一间远离市中心的地下室单间里。

严皓第一次来到她的住处，看到简陋和嘈杂的居住环境、肮脏的公用卫生间、渗水的墙壁，以及隔壁那伙眼神奇怪的混混以后，便出资为她在离公司三个街区远的单身公寓楼租了一间房子。除此以外，他还会定期转给阿玫一笔钱，让她购买一些体面的服饰。这种支持即使在阿玫有能力负担起自己的高质量生活后，仍然没有停止。

为自己喜欢的女性做这些，令严皓油然而生一种成就感。为家庭以外的、独属于他的女性做这些，让他这种诡异的成就感翻倍。这种成就感在严皓付全款为阿玫在市中心一个高档小区买下一户大跃层住宅时达到了高潮，随后这里也成为了他们的约会地点。

严皓习惯了对阿玫的供养，他需要通过对阿玫的供养，维持自己的成就感。而阿玫对严皓的感觉要复杂一些，她自以为是真心地爱着严皓，只要他们可以相爱，她别无所求。而现在，当严皓告知她即将离开TAZUKI市，但仍然会给她转钱的时候，阿玫才意识到其实只要定时汇钱来，似乎也还可以。

说白了，婚外地下恋情的核心就是新鲜与刺激，随着时间流逝，剩下的则是努力维持，维持那仿若尚在的新鲜与刺激。维持这种关系，比维持苟延残喘的婚姻更容易让人感觉疲倦。

“好，不过，能联系的话，还是尽量多联系吧。”这是阿玫对严皓“半分手通告”的唯一回应，她脸上虽有泪痕，但语气非常平静。

在咖啡厅告别严皓，阿玫让出租车停在离家还有两公里远的桥上，怔怔地盯着桥下的水流奔涌而过。大约站了二十分钟后，她意识到一个流浪汉向她这边快步走来。

“他不会以为我想自杀吧？”想到这儿，阿玫赶忙转身大步走开了。

走远后，她回头看，只见流浪汉停在了她刚才站立的地方，正远远地看着她，阿玫一怔，加快了回家的脚步。阿玫到家后，包都没来得及放下，就下意识地站到了半落地窗前。以往，站在窗前的阿玫是平静而惬意的，而今天的她，在痛哭失声，哭成了一个泪人。

这个城市没有了严皓，阿玫独立生活的日子开始了。阿玫的哭泣并没有持续太久，毕竟，她很清楚自己并不是为了珍贵的爱情而哭。为失去长期饭票而哭，为失去浪漫约会而哭，为一种即将到来的不习惯的生活状态而哭。总之不是为爱而哭，她清楚的，她不配。

阿玫决定先去洗个澡，衣服刚脱到一半，不知是不是听错了，她感觉客厅里似乎有什么声响。以防万一，阿玫还是披了浴巾出来查看。原来是没关窗，风把窗帘吹起来掀翻了桌上的花瓶。花瓶里是严皓之前送的玫瑰，已经枯萎得差不多了，在地上与碎瓷片混在一起，花瓣像血一样散了一地。

阿玫手忙脚乱地扫了扫，开始为自己这个不怎么顺利的开始而感到闹心。她回到浴室，点上了香氛蜡烛，放上音乐，把自己沉浸在浴缸绵密丰富的泡沫之中，开始尝试说服自己接受暂时没人陪伴的新生活。

周末，阿玫窝在沙发里看了两天剧，守着她大如衣柜的冰箱暴饮暴食。经过了浑浑噩噩的周末，周一她一如往常来到公司上班，在早会上再一次听到严皓离职的消息，她面无表情，把悲伤全部伪装成扑克脸。不过在其他人看来，阿玫只是在努力隐藏即将升职的兴奋罢了。严皓离职，阿玫上位，这是摆在明面上的事。果然，例会后，老板把阿玫叫到了办公室。

“严皓走了，你有什么想法？”

“我觉得我可以替代他。”阿玫简单直接，声音极其冷静。

“看来我想得没错，不管表面上多么和睦、关系多么好，遇到机会也还是会毫不犹豫地扑上来。”老板撇开嘴角笑了笑。

阿玫没有回应，她对这样的猜测毫无辩解的欲望。

阿玫的老板叫铭威，四十出头，和其他中年发福的油腻大叔不同，他依然保持着适中的体型，也很注重形象，是健身房、男士保养会所的常客，身边也不乏莺莺燕燕。

“你的确值得我试试看。”铭威盯着阿玫的脸。

“不会让您失望的。”阿玫浅浅一笑。

“不过，你要先独立带三个项目，如果完成顺利……最好是出色，你任职也算名正言顺。”对方一本正经起来。

阿玫用力点点头，确实这样更符合规则。

从技术能力和带团队能力来看，阿玫没有任何问题，在和严皓“双剑合璧”的那些日子里，她承担的工作其实与严皓做的并无二致。

但是，从前和严皓一起加班，有红酒，有音乐，有嘘寒问暖，有浪漫的吻。现在，只剩下头顶那个毫无人性的办公灯，令人生厌地发出白天听不到的噪声。设计难题和孤独同时出现是最令人心焦的，一想到这种状况还要持续至少三个月，阿玫就觉得自己身处在一望无际的凄凉之湖里。

每每想到这种凄凉是源于一个男人的缺席，阿玫就感到深深的挫败。再一想到与爱无关，仅仅是缺个人陪伴，她就更加难以容忍自己。

“我一直希望得到很多爱。如果没有爱，很多钱也是好的。”这是阿玫在那本《喜宝》中划的唯一一道线。希望钱可以填补一切吧，她摩挲着不久前才从严皓那里得到的奢侈腕表，一时间不知道安慰自己的是严皓，还是严皓送的表。

就在她无心工作，逐渐进入胡思乱想的状态之时，身后的门打开了。此时，她腕表上的指针指向午夜零点。

进来的人是铭威。他与白天不同，穿了一身运动短装，脖子上挂着运动耳机。

“我刚夜跑完，过来看看。”他一边说，一边用毛巾擦着汗。

阿玫先是吓了一跳，毕竟，以往都是只有她和严皓两个人在的，被人发现可不得了。她恢复了，注意力很快回到工作上，她打开合同，指着其中几条对铭威说："这个项目的有些要求简直是不可能完成的任务。"

"是不是没了严皓，你觉得有些吃力？"

"严皓在的时候，可没有这么诡异的设计诉求。再说，这里面好几条都是互相矛盾的，简直就是在向我们要'五彩斑斓的黑''成熟稳重的三岁孩子'。"

"如果你没办法搞定，那我就要高薪外聘设计总监了。"铭威歪着头，斜着眼睛看着阿玫。

"我没说我不行。"

"你行吗？我看看你的进度。"

"大家还主要在搜集资料阶段，磨刀不误砍柴工。"阿玫瞟了一眼连雏形都算不上、连个草稿都还没有定下来的方案，语气开始变软。

"还在搜集资料阶段，你就开始抱怨，我能对你抱多大希望呢？"铭威抬了抬眉毛。

"可……"阿玫自知辩无可辩，只得叹了口气，继续埋头工作，没再说下去。

身后的铭威也没再说话，阿玫也没回头，就这么僵持了有十分钟。阿玫的脑子里乱糟糟的，根本静不下心，不停地打开文档又关上，在各种设计软件之间切来切去，她也清楚自己就是在乱点鼠标而已。

身后的铭威把一切都看在眼里，只不过，他是真心地以为阿玫只是难以独自应付面前的工作量。毕竟，这些工作是他亲自为阿玫量身定做的，乍一看没大问题，一下手才会发现这是个坑、是个难以完成的项目。

他在给她使绊子？是的，但并非是为了辞退她，只是想让她放弃晋升。

铭威从后面慢慢靠近阿玫，缓缓俯身，以快贴到对方的距离，在她耳边轻声说："这么久了，你感觉不到吗？"

出乎铭威的意料，阿玫竟然没有躲开，连动都没动一下。铭威对阿玫的觊觎，阿玫心里早就有数，她甚至告诉过严皓，可铭威是严皓的伯乐，还撮合了他和豪门太太的好姻缘。所以严皓对此一直睁一只眼，闭一只眼。

严皓走了，寂寞来了，寂寞把阿玫折磨到不行的时候，老板铭威送上门了。阿玫早就想到过，一旦有独处的机会，铭威就会出手，只是没想到这一天来得这么快。

阿玫不仅没有躲闪，还以快要贴到铭威面颊的距离慢慢站了起来，一脸坏笑地歪着头问："你是不是故意给我完不成的任务呀？"

阿玫没有生气，反而开始打情骂俏，这倒是把铭威吓了一跳。

“我等你这句话，好久了呀……”阿玫俏皮地把头又歪到另一边。

铭威如释重负一般，叉着腰，笑了起来。可没笑两下，他就收起笑容，略带担心地说：“但愿我没有误会你的意思。”

“你没误会，除非，是我误会了你的意思。”阿玫盯着脚尖，声音小小的。

铭威一把将阿玫揽在了怀里。

“如果你愿意接受我，那我们就绝不能在同一个场合频繁出现。”铭威的语气有些试探。

“我刚才说了，你是故意把这么难的项目推给我的，而且还是在设计总监刚刚辞职的时候，我明白你的意思。”对于这些套路，阿玫是很懂的。

“那……”

“其实，我也正好可以借机发展一下我的个人爱好了。”

“我保证你过得比现在还要好。”铭威的声音中透着得手的狂喜。

阿玫的想法很简单：有钱，有人陪，万事足。更何况如她自己所说，终于可以发展自己的个人爱好了。她早就想重拾插画，那是她学生时代最喜欢做的事。当然，这不是全部，甚至不是最主要的原因。

直到三个月后，铭威才知道当初为什么那么容易就得手了。

阿玫第二天一早就递交了辞职报告，下午就没再来公司上班了。

离开公司的那天铭威告诉阿玫：“过一周我再联系你，先避一下风头。”

临走前，她在和严皓第一次见面的会议室坐着发了好一会儿呆，又去了曾和严皓第一次聊起私事的茶水间吃了块甜饼干，把所有的设计资料全部交接完毕后，她坐在自己的座位前，仔仔细细地擦拭了一遍桌面。最后，她把所有的办公用品、绿植、摆件一股脑地送给了其他同事，只带走了一个水晶小象。这只小象陪伴了她一个又一个通宵奋战的日子，憨态可掬。

阿玫辞职后的第一个星期，接连下了好几天大雨，大颗的雨点砸在大面积的半落地窗玻璃上，连看电视都会觉得吵。她索性不再用娱乐来转移自己的注意力，开始沉下心来画画。

每每当她沉浸在插画创作中，就仿佛被隔在了玻璃罩内，周围的一切都不复存在了。有时，高强度的创作让她觉得自己出现了幻听，就好像严皓像以前一样在房间里走动，有时在半梦半醒之间，她感觉严皓在门外游荡。

从天亮到天黑，阿玫除了画画什么也不做。冰箱里的食物很快就没了，她不得不去超市大采购。好巧不巧，她在超市竟然遇到了铭威一家四口。铭威远远看到阿玫，赶紧带着老婆孩子们绕到了另一个结账柜台。铭威的妻子好似感觉到了什么，向阿玫这边看了一眼，阿玫赶忙转头看向了另一边。

这种躲闪的动作，阿玫在严皓和他太太面前不知做了多少次了，委屈、尴尬她早就感受不到了。更何况现在对方是和她几乎没有任何感情的铭威。那天，阿玫回到家，发现花瓶又让被风吹鼓进来的窗帘刮倒了。

"这几天风也真够大的。"她发着牢骚，一把关上窗子，连收拾都懒得收拾，一下子坐进沙发里。楼上的窗子好像也没关，发出"吱吱呀呀"的声音，让人有些心烦。

埋头苦干的这一个星期，阿玫几乎没去过二楼。一方面是因为沉迷创作，困了便在沙发上打盹，懒得回二楼卧室。另一方面，二楼有太多严皓的痕迹，阿玫不想睹物思人。

"一直没关窗，前几天下的雨会不会把地板泡了？"阿玫心里想着，心不甘情不愿地向楼上走去。

很奇怪，窗前的地面只有一点点水渍，完全没有她想象的那样严重，地板更是没有被泡坏。幸好没大碍，阿玫可没有修地板的本事。

以往家里出现点小问题都是严皓来修，他对这个房子的熟悉程度可比阿玫强多了，想当初他给阿玫买下这个大跃层后，都是他亲自来盯装修，走线、布管、铺地板……阿玫根本没操心。

阿玫用了一个晚上集中排版了几页作品，打算明早去文创经纪公司看一下，尝试着先接一些简单的插画订单。等忙完这一切，已是深夜。

阿玫冲了个澡就回二楼卧室了，她睡觉没有留夜灯的习惯，密织的黑暗让她感觉踏实。就在迷迷糊糊即将进入睡眠状态前，阿玫好像听见了手机铃响，她在枕头边上摸了半天没有摸到手机，只好打开床头灯，环顾四周，发现手机正在床尾处的地毯上。

"可能是翻身时不小心掀到地上了。"阿玫想。

手机上是一条账户变动提示短信，严皓给阿玫打了一笔钱。这次，阿玫把电话塞到了枕头底下，才又放心睡去。万一明天听不到闹钟就麻烦了。

第二天一早，阿玫带着自己的简历和作品集去了文创经纪公司。一切都很顺利，午饭前，她便拿着一份经纪合同，一身轻松地走出了经纪公司的大门。马路对面有一个人在向她招手，是铭威。

"怎么样？很顺利吧？"铭威一脸得意，把一束紫色鸢尾捧到阿玫面前。

"铭总，你……有打过招呼？"这确实有点出乎阿玫的意料。

“我说过，会让你过得比以前更好。”铭威一脸坏笑，“去庆祝庆祝，我带你去个地方。”

车子驶离市区，直奔不远的一处荒山。

“铭总，这是去哪儿？”阿玫握花的手收紧了一些。

“好地方。”铭威那抹坏笑又爬上了嘴角，“叫我铭威吧，你不是我的员工了，称呼随意一些。”

大概一个小时后，车子停在了一处悬崖下面。

“想什么呢，下车吧。”铭威帮阿玫打开车门，搭上她的手。

阿玫的高跟鞋在沙滩上留下了一个个小坑，越走越不稳，这让她有些狼狈。走到崖底时方才看清，在垂下的浓密藤蔓之间，隐藏着一处洞穴，阿玫的脚步放缓了一些。

“别怕，来。”铭威拖住阿玫的手腕。

“这是什么地方？”阿玫的眼睛扫视着洞口周围，努力地睁大眼睛试图看清里面的情况。

“进来就知道了。”铭威手上的力道大了一些。

阿玫挣不过他，被他拖进了那个山洞。

山洞里很潮湿，海水冲击礁石的声音在洞内听来仿佛巨兽之吼。走进去没多远便已到了尽头，阿玫的小腿有些发抖。

铭威气定神闲地在墙上摸索了一阵，握住了一个凸起的石片，稍用力把它向左扳了一下，下面竟然露出了一个密码盘。

“看好了。”铭威在密码盘上按下8–5–7–4–2–2。

他们面前那面挂满苔藓的粗糙岩面，竟缓缓地升了起来，岩面背后是一扇厚重的大理石门，这扇门上同样有一个密码盘，铭威按下了与刚才一样的数字，大理石门向两侧缓缓分开。阿玫眼前出现了一个高雅气派的厅堂，她惊诧不已。

铭威拉着她的手走进去，阿玫环顾四周，屋内的装修处处彰显品位。房间中央那个巨大的水族池十分惹人注目。水族池目测直径最少有八米，地面部分由高约两米的玻璃围了起来，水面离玻璃上沿大概有二十厘米。在灯光的映照下，里面的游鱼在海藻间穿梭，显得诡异而神秘。水底看不清，似乎很深。

“这个水族池下面直通海洋，里面的鱼不是我养的，都是从外面游进来的。”铭威站在池前，张开双臂，“欢迎来到我家。”

“你……你家？”阿玫下意识地四处张望。

“对，我家，我一个人的家。别担心。”

阿玫松了一口气，看来这是铭威的一处私密宅邸，他太太不知晓。

铭威带着阿玫一层一层参观上去。这个房子，不，严格来说应该是巨大的洞穴，被分割成四层，每层大概八十多平方米，挑高很高。

一楼是刚刚看到的大厅，除了巨大的水族池，只摆放了几组沙发，这一层并没有窗。

二楼放置了很多健身器材，墙上挂了一个巨大的壁挂电视，它前面的地毯上散落了很多游戏模拟器、手柄，房间中央有一个台球桌，台球桌旁是摆满名酒的吧台。

三楼铺天盖地的手办，让阿玫对这个“老男孩”有了新的认识，尤其是角落里那个至少两米高的机器人，都快把阿玫看呆了。

二楼和三楼都只开了几个小气窗。

来到四楼，光线豁然明朗起来，这一层面向大海的一侧开了连成一片的大窗，风景美极了。房间很空旷，巨大的床和按摩浴缸、几个书架，就是全部。

阿玫站在窗前，铭威的双手蒙住了她的双眼，把她地带到床边，才又把手松开，床上放着一个精美的礼盒。

“打开看看。”铭威的表情充满期待。

阿玫小心翼翼地打开盒子，里面是一串巨大的、无比闪耀的钻石项链。

“今天，就只带着这个项链吧。”铭威贴在阿玫的耳边，轻声说。

当天晚上的海面非常平静，月光照在阿玫胸前，让钻石变得更加璀璨，在那个黑暗的房间中宛若流星。

午夜，铭威开车送阿玫回去，原因是第二天幼儿园有亲子活动，今晚必须回家。在车上阿玫试图开启一些话题，不过铭威看起来很累了，于是一路上都很安静。铭威把车子停在了离阿玫家还有一个路口的地方，嘱咐一句路上小心，就开走了。刚才似乎下了一场雨，铭威车子开走的时候，还溅湿了阿玫的裙子。

午夜的住宅区很安静，门口的保安在迷迷糊糊地打着盹。直到进入电梯，阿玫才仔细地观察起自己的脸，早晨为了接洽经纪公司而画的精致淡妆已经化成一片，口红早已看不清颜色。

阿玫家这一层有两户，另一户屋主只是偶尔会回来住一下。所以像今天这样回来比较晚的话，阿玫会感觉有点怕。一出电梯，她就一路小跑到门前按了指纹锁，闪身进屋去了。

洗漱后，阿玫呆呆地坐在窗前的垫子上，看着窗外满城灯火，就这么坐了很久。突然，手机短信铃声响起，她吓了一跳，拿过来看了一眼，和昨晚一样，是一条账户变动提示短信。她的账户上又多了一笔钱，这次是铭威打来的。

阿玫拿出手提包里的钻石项链，用力咬着嘴唇，眼泪在眼眶里打转，她一把将项链扔到地上。桌上的那只水晶小象，仿佛像读懂她的心事一般，在原地看着她。

之后的几个月，铭威每周都会来接阿玫出去两三次，有时是去海边的崖房，有时也会去一些度假酒店或私密餐厅。不过，他一直都没有来过阿玫的住处。而且每次都只是将车停在一个路口外，或者干脆让阿玫打车回家。

遇到节日或其他重要日子，铭威也会送给阿玫诸如翡翠耳环、彩宝首饰这一类价格不菲的礼物。上个月阿玫生日，铭威将从一个拍卖会上买下的一只古董鸽子蛋钻石送给她作为生日礼物。阿玫把这些礼物全部收在一个大盒子里，放进书房的柜子里。

阿玫的插画事业也在几个月的时间内突飞猛进，虽然有时会有工作人员好奇，她的作品明明很普通，为什么会被一而再再而三地签下来。

阿玫依然每个月都会收到一大笔钱。和严皓在一起时，生活的确没有现在这般轻松，铭威出手比严皓阔绰多了，这让阿玫开始不自觉地用钱来衡量生活中的东西。和铭威在一起后，物质就成了她的快乐源泉，但也几乎是唯一的快乐源泉。

与和严皓相处时不同，她从不和铭威讨论“感受”这种东西，这种近乎纯粹的供养、寄生关系已经持续了大半年，阿玫显然已经习惯了。这种习惯使她忘记了当初迅速与铭威建立关系的初衷——排解严皓空位的空虚，甚至希望有朝一日能让严皓知道自己和铭威的事情，让他难受，让他后悔。

今天又是一个传统节日，铭威和家人团聚，阿玫窝在家里看剧。看到下饭剧情的时候阿玫去冰箱找食物，却发现冰箱里空空如也。

“怎么吃得这么快，应该多买一些的。”阿玫叨咕着，磨磨蹭蹭地出门了。

回来时，阿玫发现隔壁那户人家似乎有人来了，门前多了几个脚印，声控灯也打开了。阿玫把买来的东西往冰箱里装，装着装着，手上的动作突然慢了下来。

她意识到似乎有些不对劲，刚才冰箱里是有两盒酸奶的，所以阿玫才没有买新的回来。现在，冰箱里一盒酸奶都没有了。

会不会是记错了？阿玫反复回忆，企图找到一点点记错了的痕迹，然而她连酸奶的保质期都回忆起来了，出去前她特意看过的。

阿玫在冰箱前站了几分钟，出了一身冷汗。她朝鞋柜那边看了一眼——那里装了摄像头，以防有人入室行窃。冰箱正好在摄像头能拍到的位置。

她一把拽过沙发上的平板电脑，又蹲回到门口，她快速地在电脑上翻找监控回放。她的眼睛一眨不眨地盯着电脑屏幕，把回放时间设置到三十分钟前，手指颤抖着按下了播放键。

她看到自己打开冰箱，掐着腰摇头的样子。她看到自己披了件厚外套、随便穿了双鞋就出门的样子。她看到自己头也不回地反手带上门，出门的情景。

画面回归静态。阿玫的心跳越来越快，嗓子干得要命。接下来的一幕让她双腿一软，瘫坐在地上。

一个身影走入镜头，他装出蹑手蹑脚的样子，脚一踮一踮地走了过来，打开冰箱，拿了些吃的东西，包括那两盒酸奶。然后，原路返回，消失在监控画面中。

阿玫拼命捂住了自己想尖叫的嘴，费力地撑住身体，以半爬的姿势向门口移动。一出门，阿玫一骨碌站了起来，冲到隔壁那户人家疯狂地砸门。同时，她的眼睛死死地盯住自家的门，唯恐有什么人跟出来。

敲了好半天，门开了一道缝，一位老阿姨探了半张脸出来。

"阿，阿姨，我能不能先去你家待一下？"

老阿姨一脸莫名其妙地看着她。

"我家里进坏人了！"

老阿姨的表情没有任何变化。

"我，我住在您的隔壁！"

老阿姨怔了一下，"砰"地把门关上了。阿玫紧接着又开始猛砸门。

"阿姨！阿姨开门啊！"

这次一点回应也没有了。阿玫不敢再耽误，硬着头皮按了电梯，两只脚不安分地跺着碎步。眼看着电梯指示灯一层、一层地缓慢上行，电梯门一开，阿玫一头扎了进去，猛按关门键。

呼，没有人跟进来。

阿玫一出电梯就冲向小区门口的保安亭。两位保安和往常一样，一副睡眼惺忪的样子。

"我家里进人了！你们陪我上去看一下好吗？"阿玫急得直跺脚。

高个子保安一脸迷茫，不以为意地道："怎么会呢？我们一直就在这里看着呢。"

"我看你们有时候精力也不那么集中啊！我家真的进人了！"

对方有些不乐意了："美女，你说话要负责任，我们都是按规定站岗的，出入人员都是有记录的。"

"我查过我家监控了，真的是有人！你们陪我去看一下吧！"

"什么时候看到有人的？"

"就二十分钟前。"

"那不可能，别说二十分钟前，就算一小时前，也没有除业主以外的人进来过。"

"你们怎么不信呢，跟我去看看就知道了！"阿玫有些要生气了，声音透着哭腔。

高个子保安拗不过她，决定就去看一眼。不过对于刚才没有除业主以外的人进入小区这件事，两位保安都是相当笃定。

"要不你们两个一起吧……"

"我们俩要是都上去，小区门口没人把守，回头再来个人说我们玩忽职守，我们和谁说理去。"保安明显还带着情绪。

阿玫顾不得去和保安掰扯，她满脑子都是刚才监控上的人影。

到了家门口按了指纹开了锁，阿玫不敢进去，她让保安先进去看看。

"你看，你们家这还是指纹锁，怎么可能进去人呢？"保安进去没一会儿就出来了。

"没人。楼上楼下我都看了，一个人影儿都没有。"

"不可能，我给你看监控。"

阿玫拽着保安回到屋里，拿起了刚才被自己甩在门旁的平板电脑。可刚拿到手她就傻眼了，刚才太着急，关门的时候平板电脑刚好夹在门缝里，屏幕被夹碎了一块，其余的部分也只能显示色条，看样子屏幕已经坏掉了。

就在这时，那个人影却在阿玫脑中再次清晰起来，阿玫开始拼命回想，似乎在哪里见过。

"您看，我跟您来了，也确实进去看了，屋里也确实没人，我看您还是早点睡吧。"保安打断了阿玫的思考，转身往电梯的方向走。

"屋里真的有人，我刚才在监控里还看到他从我冰箱里拿吃的。"阿玫跟了上去。

保安已经有点不耐烦了："我说美女，你是不是大晚上的太无聊，折腾人玩呢？我进去看了，没有人！"

"你们太不负责任了，业主家里发生这么大的事情你们居然是这种态度……"

这会儿保安的语气听起来已经有点生气了："这位业主，你这么说可就太无理取闹了，我跟你上来没有？我上来了！你还说那人在你家翻冰箱，你听听这话，任谁听着不是逗我玩呢？"

"我真的没有骗你，不然这回我们两个一起进去，他真的在里面！"

保安被她磨得没办法，摇摇头：“唉，走走走。”

保安走在前面，阿玫在后。一楼的客厅一览无余，也没有柜子能藏人。厨房和餐厅空荡荡，在阿玫的要求下，保安将操作台下的柜门逐一打开。储物间的架子上堆满了各种绘画工具和生活用品，压根没有地方可以供人藏身。另一个小厅，只放了一张瑜伽垫和跑步机，阿玫还被镜子里的保安吓了一大跳。受阿玫的影响，保安也开始有点紧张，走到客用洗手间门前，他猛地一脚踹开了门，发现没有人后方才松了口气。

阿玫给了他一个“你刚才绝对没查看洗手间”的眼神。

两人向二楼走去。

“二楼的灯怎么开了？”阿玫的声音有点颤抖。

“刚才我开的！”保安头也没回。

二楼的书房阿玫很少来，屋子里一点人气也没有，书柜有些已经蒙灰，阿玫查看了那个装着贵重物品的箱子，里面的东西都还在。起居室、画室的情况也是差不多。来到卧室，阿玫非常紧张，站在门口不敢进去。

“保安大哥，你、你帮我看看床下和衣柜里好吧？”

保安也已经被阿玫的紧张情绪带得有些害怕，但他还是壮着胆子趴在了地上，床下没有人。接着，他飞速地把衣柜门一个一个地拉开，把里面的衣服胡乱拨弄了一番，衣柜里也是安全的。

两个人在屋内搜查了好一会儿，什么都没有发现，两人不知是庆幸还是紧张地回到了一楼，阿玫愣着看向敞开的大门：“刚才我们没关门吗？”

“没关……吧？”保安的语气有点拿不准。

“不行，我得报案。”阿玫说着就要掏手机。

保安赶忙拦下了，劝道：“屋里一点都不乱，你的贵重物品也没丢，你报案干什么，怎么说？走这一趟，连个人影都没看见，我都怀疑你是不是精神……”保安忍住了最后几个字。

阿玫没有在意保安的话，自言自语道：“会不会是趁我去找保安，或者是在我们检查二楼的时候从一楼……”

“唉，算了，我说话你别往心里去。既然你这么肯定屋里进人了，那我们去查一下电梯口监控就知道了。

阿玫不再说话，一脸不甘地跟在保安身后。监控室的保安不情愿地开始调取监控回放，把监控时间调到两个小时前。除了阿玫、保安和隔壁的老阿姨，没有人在在32层电梯口出现过。

“难道那个人还躲在我房间里吗？”阿玫自言自语。

“美女，你说你家里进人了，我陪你仔仔细细地把你家上下找了一遍都没见人，你又说那人溜走了，监控回放也看了，现在你又怀疑那人没走，还在你家，你这不是编故事呢吗？我们能做的都做了，别的就真帮不上忙了。”保安一脸无奈，说完就开始往外请她。

阿玫没有办法，一时也不知道该怎么办好，只能出神地走出监控室。看着阿玫形单影只的背影，保安还是有些于心不忍，毕竟阿玫看起来并不像是存心捉弄人的样子，搞不好真的是精神出了什么问题。

“她那个‘男朋友’，是不是有些日子没来了？”高个子的保安问坐在一旁的矮个子。

“确实，至少几个月没见了。”矮个子警察喝了口热茶，摇了摇头。

走到楼下，阿玫不敢上楼，在楼门口坐了很久，想到那人一定还在家里，最后决定今天不回家了。除了一部手机和一点现金，她身上什么都没带，更令她烦心的是，刚才和保安一起在屋里的时候，竟然没把书房里装着珠宝首饰和艺术品的那个大箱子抱出来。

踌躇了半晌，阿玫还是在网上订了家酒店。出小区路过保安亭时，她清醒了很多。

“师傅，麻烦你帮我查一下这一个星期的监控记录，一定有问题。”

“一个星期？那一时半会可看不完，我们没办法。”

“快进试试，最好三天内能有个结果，不然我真的要报案了。”

保安意味深长地看了阿玫一眼，点了点头。

“查完麻烦给我打个电话，谢谢。”阿玫留下了一张名片，保安没接，等到阿玫走远了才从桌子上把名片滑进兜里。

“这人就一精神病。”保安白了一眼阿玫的背影，转身忙别的去了。

酒店距离小区两个街区。阿玫身上还是买东西时随便套上的那一身，她很久没有在外面穿得这么随意了。此刻，她的不安、难堪等感觉混合在一起，让她仿佛回到了五年前，那个初来TAZUKI市无依无靠的自己，那时候的人生，单薄却又有无限的可能。

阿玫拿出手机，来回翻了好几遍，没有人可以联系。此刻她真的很想念严皓，如果他在，自己不会这般狼狈。而如今两人的联系，竟然只是每月银行户头多出来的那一笔钱。不过，最近这两个月并没有钱入账，别是被发现了吧？铭威就更别想了，阿玫从来没想过从他身上获得安慰或温暖，他们两人的关系要纯粹很多。

酒店的床比家里还要舒服，但阿玫没有睡意。她从冷柜里拿了瓶洋酒，自斟自饮起来，电视上是热闹的选秀节目，笑声填满了整个房间。

阿玫在昏沉中睡去，梦里见到严皓和铭威的太太一起来讨伐自己，对方手里拿着重型武器，自己手里只有那个装满金银财宝的箱子。箱子被对方打破，掉出来的首饰、名画、名表越来越多，逐渐把她淹没了。

就在阿玫拼命伸出手往外爬的时候，一阵手机铃声把她拉回现实。阿玫一把将手机从枕头下拽出来，本想直接挂断，却看到来电人是铭威，她像抓住救命稻草一般，但仍然故作镇定。

“喂？”

“忙什么呢？”铭威的声音一如既往地轻松得意。

阿玫不清楚现在是什么时间，是第二天了吗？一时间不知道该如何回答这个问题。

“怎么不说话？在家吗？出来吃午饭。”

哦，第二天中午了。

阿玫清醒了很多，她一本正经地说：“我在XX酒店。”

“你去酒店干什么？”铭威的声音除了惊讶更多的是嗔怒。

“我家可能进变态了，或者是小偷。”

“啊？”

“我不敢在家里睡。”

“昨晚的事吗？”

“嗯，你来吗？”

“你打个车到XX餐厅，我还没吃饭，边吃边说。我把地址发……”

“来接我！”没等铭威说完，阿玫带着哭腔对着话筒怒吼一声，挂断了电话。

铭威出现在阿玫面前时，手里多了个小盒子。

“看看喜不喜欢？”

阿玫此刻脸上的泪痕还没干透，头发乱糟糟，一身宿醉的酒气，她转过身去，赌气望着窗外。

铭威从一侧探出讨好的笑脸：“别生气了，我刚开始没细想，没理解到你的委屈，现在知道了，这不带礼物跟你道歉来了。”

阿玫依然瘪着嘴不说话，铭威拿出小盒子里的项链，熟练地给阿玫戴上，阿玫没有闪躲。

铭威绕到阿玫面前，扶着她的双肩，上下打量了一番：“真好看！”

阿玫的眼神软了很多，她斜眼瞄着铭威：“我以为你不管我的死活呢！”

“说什么呢，刚才不是说了，我一时没反应过来。”

“你不想听我详细说说到底发生了什么吗？”

“洗耳恭听！”铭威赶紧拉出椅子让阿玫坐下，自己坐到了她对面。

阿玫把事情的来龙去脉说了一遍，包括自己对“那个人”很可能潜伏在家里好几天了的猜想，但没有提那个人看起来眼熟。

在铭威这里，阿玫和任何男人“眼熟”都是不正常的。铭威看似听得很认真，但那种“求知若渴”的眼神让阿玫越讲越失望。

“算了，连你也不信。”

“不是不信，你好歹把你说的那个监控录像给我看一下吧，怎么说一个大活人总不至于隐形是不是？”

“只有平板电脑上可以看……当时真应该多连几个监控客户端的。”

“现在回去拿手机现连也一样，我们现在就去。”

“可我把密码忘了……只有那个平板电脑有自动连接……”

铭威看着她，眉心恨不得快要蹙到发际线。

“去吃饭吧，你先洗洗脸。”铭威无奈地把阿玫额头的一绺头发拂到一边。

阿玫的打扮和餐厅环境十分不搭，铭威也是第一次见她这种装扮。阿玫整个人快缩成一团，服务员上菜的时候，多看了她好几眼。

“吃吧，先吃饱肚子。”铭威夹起一片鱼，仔细检查了一遍确认没有刺，才放到阿玫的碗里。

阿玫别别扭扭地小口吃着，一抬头，发现铭威正看着自己，那眼神就像看着一只淋雨的小兔子，她的嘴角抑制不住地微微上扬了一下。

“不然，先去海边房子住几天，等保安查过电梯口监控录像后，再做下一步打算。”铭威给阿玫斟满一杯热茶。

阿玫第一次穿着平底鞋走过楼下的沙滩，这是从未有过的舒适。

“你来开门吧。”铭威摸到凸起的石片，往左一扳，露出密码盘。

阿玫睁大眼睛看着铭威。

“你又不是不知道密码。”铭威笑道。

阿玫小心翼翼地按下8–5–7–4–2–2，门开了。这几天来，阿玫第一次绽放了笑脸。

“啊！”

刚进玄关，阿玫被吓得花容失色，往后连退了几步，幽暗的水族池里有一条鲨鱼幽幽地游弋。

“别怕，这是远洋白鳍鲨，有时会误把水族池的通道当作礁石洞游进来。”

“第一次见……”

铭威把愣在原地的阿玫拽到身体另一侧，挡住了她的视线，带她快步往楼上走去。

二楼的游戏机放着胜利的音乐，阿玫警觉地四处张望。

“可能是我忘记关了。”铭威轻描淡写地解释。

经过三楼那个两米高的机器人时，阿玫吓了一激灵。不知为什么，之前也见过多次了，今天这个机器人看起来却有点不太对劲。现在的阿玫，看哪里都像暗藏陌生人。

“还很怕吗？”铭威把阿玫安顿在窗前的沙发上，抚摸她的头发。

阿玫轻轻点了点头。

“这两天我哪都不去，陪着你，直到搞清楚到底怎么回事。”铭威的声音温柔极了。

阿玫有些惊讶，今天的铭威也有了些不同。

接下来的两天，两人没日没夜地腻在一起，这是从来没有过的事。他们一起打游戏、一起健身、一起下厨做饭、一起焚香沐浴、一起靠在窗前读书。他们第一次知道彼此喜欢的作者、喜欢的音乐、喜欢的电影，直至分享了童年的梦境，仿佛真正的情侣一般。

原来铭威是个烹饪高手，他做了一道阿玫吃过最好吃的小羊排配土豆。几十个小时虚幻的温馨生活，让“拥有一个家”这个危险的念头数次爬上阿玫的心头，又被她狠狠按住。这种“觉悟”，阿玫是有的。

这天，外面下起了细雨。

“你那天的样子，可爱极了。”铭威捧着热柠檬水，笑容温暖。

“那天？哪天？”

“在酒店的那天，还有餐厅。”

阿玫愣了愣，回想起自己当时的狼狈相，拍了铭威一下，把脸埋在膝间狂笑起来。铭威仍然笑着说她可爱，说从来没见过她那么真实的样子。

阿玫抬起头，温柔地与他四目相对，软糯地说道：“我也没有想到，你有这么可爱的一面。”

那一晚，天上有流星划过。与波光粼粼的海面相得益彰，美得如此不真实。

第二天阿玫醒来的时候，铭威已经做好了早餐，阿玫一下子就闻到了自己最爱的松茸鸡汤的香气。

“家里没有什么食材了。”铭威单手叉腰，扶着冰箱门。

“我们一起出去买一点吧。”阿玫脱口而出，刚说完，两人就陷入一阵沉默。

“我吃完饭去买一些，你还有什么需要带的？”

“没有……不过……”

铭威停下手中的动作，认真看着阿玫，问：“怎么？”

“我有个东西，想从家里拿过来。”

“行，那我们一起去拿，然后我再去买东西，到时候你在车里等我。”铭威把汤端到阿玫面前，“趁热喝。”

阿玫一生都不会忘记那一口甘醇。

去往阿玫住处的路上，两人聊着昨天一起看的电影。车子驶入小区时，高个子保安巴巴地往车里瞄了好几眼。

两人心照不宣，没有问他监控的事情。铭威陪阿玫上楼，把她那个装着贵重礼物的大盒子抱了出来。

“我想把画具也带上。”

画具就放在客厅窗前的工作台，铭威在一旁等着阿玫收拾。阿玫左挑挑，右捡捡，忙活了好一会儿。

“走吧。”她抬头笑道。

突然，铭威的表情变了。没有了来时路上的温柔，变得一脸阴沉。

“怎么了？”阿玫一脸疑惑。

铭威没说话，转身往外走。阿玫抱起盒子和画具箱，急匆匆地跟在后面。阿玫快步走上前打开车门，连箱子带人一股脑钻了进去。直到回到海边崖邸，铭威都双唇紧闭，一言不发。阿玫不知道这是什么情况，一路上都不敢开腔，车内气压低到窒息。

下车后，铭威走在前面，丝毫不顾及身后踉跄的阿玫还抱着大盒子。两人站在玄关，门缓缓关上。

“那个摆件谁送你的？”

阿玫心里咯噔一下，只得装傻，问道：“什么摆件？”

铭威转身狠狠盯着她：“水晶象，那是我和严皓一起去法国出差，他专门去古董店买的。”

阿玫全身僵直。

“他说是送给他爱的人的。”铭威走近了几步，声音低沉，“你和他到底什么关系？你们一起加班的时候到底都做些什么？”

阿玫全身在发抖。

“你刚才把它放进画具箱了。”

这简直是致命一击，阿玫半张着嘴，不知如何对付，转念又恨自己大意了，放在抽屉里就什么事都不会有。

铭威眼中的怒火越烧越旺，他身后水族池里那只鲨鱼已经不见了。阿玫紧张地盯着铭威越攥越紧的拳头，下意识地往后挪了半步，余光瞄到水族池边的梯子，真庆幸里面那只鲨鱼已经不见了。

正当阿玫在夺门而出还是坐地痛哭之间犹豫不定时，铭威的拳头重重砸在墙上。

“一天之内消失，我晚上回来不想再看到你！”他的声音从哽咽变成冷酷，“永远都不想。”说完，冲出门去。

阿玫摇晃着扶着墙瘫坐下来。她摸了摸手上的腕表，更加后怕，这支腕表也是严皓送的。

大不了就一走了之，离开这个城市，离开这个伤心之地。重新找工作，重新认识朋友，一切重新开始。阿玫犹豫了一阵，还是决定上楼把自己的一些杂物拿下来。

没有铭威的四层崖邸安静异常，一楼水族池的暗流涌动之声肆意弥漫。阿玫已经没有闲心去理会诡异的环境，她只想尽快逃离，带着她的金银财宝。

四楼卧室里，装着柠檬水的广口瓶孤零零望着窗外。二楼餐桌上，还有半瓮凉掉的松茸鸡汤，飘着一层凉油。二楼的游戏屏幕前，仿佛还能隐约听到两人昨日的嬉笑打闹。不知不觉见，阿玫又回到一楼阴暗的水族池旁。

阿玫的伤感没有持续太久，她的注意力很快回到思考现实问题上来。那个令人不安的大跃层，不再纠结了，直接卖掉。明天就出发，去NADIE市。阿玫想起那里还有个老同学，去年同学会上还见过，似乎发展得不错，开了公司，不如去应聘一下试试看。他好像对自己很有意思，同学会那天要不是自己的疯狂暗示，对方差点儿就要表白了。

今天住哪里？订个顶级酒店好了。果然不要对任何人抱以感情期待，根本不会有好下场，就像现在这样，像只丧家犬。

大量的负面念头一波一波冲击着大脑，让阿玫热血上头。她直勾勾地盯着水族池玻璃壁上映出的脸。五官扭成一团，她第一次看见自己这么丑的样子，像一只泄了气的皮球。

不知为何，阿玫突然就想到了严皓。不知道他怎么样了，应该过得挺好的吧？阿玫疲倦地倚到水族池旁的沙发里。如果时间能回到两个小时前，自己不抽风非要去拿画具就好了。现在应该在和铭威打游戏吧？

“咚咚咚。”

就在阿玫出神时，响起了敲门声，像是用石头敲在外面的岩石壁上，声音穿过大理石门，闷闷的。是铭威又回来了吗？他回来干什么？是不是觉得刚刚不够解气……

“咚咚咚。”

不对，如果是铭威还用得着敲门吗？

“咚咚咚，咚咚咚。”敲门声急促了起来。

阿玫感到害怕，这是只有铭威和自己知道的私宅，难道被他太太发现了吗？门外会不会就是他太太找上门了？

敲门声戛然而止，接下来的一幕，让阿玫差点昏厥过去。

三天后，有人报案说XX小区的一户大跃层里好像有人死了。对，就是严皓买给阿玫的那间，那间阿玫深信不疑进了人的房子。报案人是隔壁的老阿姨。

“她那个窗户里总飘出臭味！这两天一上阳台就把我熏得够呛！”老阿姨在电话里十分紧张，“我年轻时候闻到过这种味道，这是死人味……”

一名警察协同保安来到现场，敲了半天门，里面没有人响应，高个子保安说：“里面应该没人的，前几天看她和一个男的回来过，很快又走了。”

矮个子保安的脸色有些变了：“不会是……”高个子保安赶紧使眼色让他闭嘴。

“你们最好是把知道的都说出来，万一真的是有案件发生，你们肯定要为自己的隐瞒负责。”警察义正词严。

高个子瞪了矮个子一眼，很不情愿地说：“这屋子里可能有其他人。”

“其他人？”警察感到很意外。

“我们受这业主的委托查看电梯口监控，有了一些发现。”

“业主为什么让你们查监控？”警察追问。

“她说她家进人了。”

“你们查到什么了？具体说说。”

"业主说让我们检查最近一个星期的监控录像，我们看了一下，这个时间段里压根没有人进入她家。但是，我的同事……"他指了指旁边的矮个子，"他眼睛很尖，发现监控有一段有问题。有一天的监控记录显示，业主准备出门，正敞着门坐在门口穿鞋，旁边的穿衣镜反射出了一个人影，不是业主的。"

"人影？你们确定是人影吗？"警察很惊诧。

"一开始不确定，毕竟图像很小。但是，那个人影会动，也就几秒钟吧，镜子里就看不见他了。"矮个子保安咽了下口水，"绝对是个人。"

"是哪天的监控记录？"

"应该是业主委托我们查监控的前一天。"

"会不会是她男朋友？"

"刚开始我们也是这么想，但是除了她自己，那之前一个星期内都没有其他人进入过业主的房间。"高个子的眼珠不安地转动了一下，"业主委托我们查监控的当天，我陪业主在她家里找了一圈，什么人都没有，当天晚上她就走了，最近一个礼拜都没回来住。而且，从监控录像上看，从看到镜子里的人影，到我陪业主进屋找人的这段时间，根本没有人从业主家里出来过……"

"也就是说，你们怀疑如果她的房子里有死人的话，有可能是那个陌生人，对吗？"警察眉头紧皱。

两人互相看看，机械地点了点头。

"你刚才说，这家业主和一名男性前几天回来过？"警察追问。

"嗯，三天前吧，上来了不到二十分钟又走了。"矮个子保安说。

"麻烦你们给业主打电话。"

"早打过了。我们看到镜子里有人影的当天就给她打过电话了，就是她和那男的回来那天的晚上，没人接，后面几天也是没人接，我们每天都打……"高个子保安说着说着，汗就下来了。

老阿姨闻到的异味，通过监控录像看到镜子里折射的人影，业主对保安说自己家里潜伏了人，业主和一名男性突然回来又很快离开，接连三天打不通的业主电话……

警察意识到，现在事态已经不一样了，警察即刻申请破门。

半小时后，门被打开。一瞬间，一股恶臭扑面而来，两个保安后退了好几步。

大概一分钟后，警察出来了，拨了一通电话："队长，确发死亡事件，请支援。"

半小时后，刑侦队其他人员到达现场，现场封锁。

“请你们两位来一个人辨认一下死者。”警察对两位保安说道。

两位保安面面相觑，都不说话。

“你们之前谁陪业主在房子里找过人？是你吧？”警察看向高个子保安。

高个子点点头，用力捂住口鼻，磨蹭了半天，左脚绊右脚地跟进去了。

一具尸体浸泡在洗手间的浴池里。

“呕……”进去没一会，他踉跄着跑出来，跑到楼层垃圾箱呕吐不止。

警察递上几张纸巾，问道：“你认识死者吗？”

高个子胡乱地点着头，眼睛惶恐地乱转，好不容易把气喘匀了，才道：“是、是业主，阿玫。”

阿玫已经死亡三天了，死亡原因还在鉴定中。

“有必要扩大监控回放检查范围，你们上次查了一个星期？”

矮个子保安点了点头。

“最多可以查到多久以前？”

“一个月，过期都会自动删除的。”

“那就查一个月。查清楚一个月里到底都有谁进过死者的房间。”

“那个……”矮个子保安欲言又止。

“有话你就直说。”

“业主这层的摄像头三天前坏掉了，最近这三天查不到。”

“三天前？”

“对，就是业主和一个男的回来又走那天，在那之后的视频都查不到了。”

“是人为损坏的吗？”警察很警觉。

“监控录像是屏幕一瞬间突然黑了，师傅过来检查了一下，说是短路了。屏幕黑掉之前的画面也没看见人来搞破坏。”

警察满腹疑惑地缓缓点了点头，让一个警察负责跟进监控回放的事情。

“死因是溺亡。”警察把鉴定报告递给队长，“发现死者时，死者没有穿衣服，因此鉴定组表示不排除是泡澡时意外溺水。”

“死者有没有低血压、心脑血管疾病，或者贫血这些问题？”队长看起来对这个结果并不满意。

“目前没有发现。”

“死者用的是恒温热水器，也不存在水温过高导致晕厥的可能性。”队长盯着鉴定报告，“这里面并没有发现明确会引起猝死的原因。”

“队长，你还是怀疑有他杀的可能性吗？”

“死者和一名男性一起出现在家里，两人离开后摄像头坏掉，当天晚些时候死者在家中溺毙。这太巧了。”

警察不置可否：“可是，就算不是意外，浴室自杀事件也并不少见，我感觉这些可能性都大于他杀。”

话音刚落，另一名警察匆匆赶来：“死者家里没有发现任何贵重物品。”

住高端小区，家里没有贵重物品，这很反常。

“队长，一个月内的监控都查过了，除了死者死亡当天曾和一名男性共同进出过，其余时间进出的都只有她自己。保安说得没错，摄像头在拍到死者和那名男性出门后不久，就突然黑掉了。”

“从摄像头失灵到死者死亡这段时间，死者回来过。如果死者死于他杀，那么犯罪嫌疑人也来过。”队长点上烟，“甚至是和死者一起回来的。”

“这样的话，最后和死者出现在镜头里的那名男性，就很关键了。”警察顺着队长的想法继续推测，“我们找到他，就能知道死者死亡前去过哪里。”

“或者直接问问他，死者死亡时间前后，他在哪儿。”队长吐出一个完美的烟圈。

“队长，我还注意到一个事儿，死者和那名男性出门的时候，自己一个人抱了两个大盒子，两人一前一后，似乎有点不愉快。”

“以后你要是有什么发现，给我早点儿说！”

铭威的脸在监控屏幕上非常清晰，警方很快找到了他本人。铭威听说和阿玫有关，拒绝了见面的要求，直到警察挑明情况。

“阿玫死了？”铭威惊诧到极点。

“这样吧，我们在三道街街角那家咖啡店见面。”铭威声音沮丧极了，“可不可以只让一个人过来？”

警察答应了铭威的请求。

三道街平时人烟稀少，咖啡店更是乏人问津。

“你们什么时候发现阿玫死了？”

“9月17日。”警察开始观察对方的表情。

“她是17日死的？”

“三天前，14日。”

铭威盯着桌面回想了一下，突然抬头睁大双眼：“14日？”

“14日当天，你和死者出入过她家。”警察不紧不慢地说。

“可是……”

“你们是什么关系？”警察步步紧逼。

“我和她……是朋友。”

“我们调查过了，你曾经是她的老板，离职后还和老板做朋友的人可不多。”

“在公司的时候我比较器重她，关系还不错。”

“铭先生，请你想好再说。”警察盯着他的眼睛。

铭威喝了一大口热咖啡，烫到了嗓子。

“你要确保，我和你说的都要保密。”

“我可以保证只用于警方调查。”

“能不能对我家人也保密？”

警察眯起眼睛，已经猜到了七八分。

“她之前是我的情人。”铭威低着头，声音没有了底气。

“之前？什么意思？”

“后来我们分手了。”铭威顿了一下，“就那天。”

“9月14日？”

铭威点了点头，不打算继续说下去。

“9月14日，你们为什么去死者家里？”

“她说要回去拿点东西。”

“回去？她之前在哪？和你一起吗？”

铭威开始支支吾吾。

“她拿了什么？”

“拿了两个大盒子，其中一个是画具箱，另一个不清楚。”

“取东西之前，你们一直在一起对吗？”警察绕回了刚才的问题。

铭威双唇紧闭。

“监控录像显示当时死者已经有将近一个礼拜没回家了。”

铭威的额头开始冒汗。

“你们一直在一起，对吗？”

铭威斜眼瞥着砂糖罐，倒吸着气。

“我可以认为你是默认了吗？”

“她的死和我没关系。”

“你们离开后，去哪里了？”

“她的死和我没关系。”铭威不想让自己的秘密基地曝光，那里到处都是阿玫的痕迹。

“铭先生，我们无意探究你的私生活，但是事关人命，希望你能实话实说。如果真的没关系，你也没必要隐藏什么，不是吗？”

“我和她已经分手了，我最后看到她的时候她还活着，这些还不够吗？”铭威的语气带了怒意。

“有人能做证吗？”

这句话像一瓢凉水，铭威瞬间又蔫了。

“如果你能证明14日下午离开死者住所后，和你太太在一起也是可以的。”

“当时我太太没和我在一起。”铭威眼中的怒火再次被点燃。

“我觉得我们需要联系到铭威的太太。”警察找到队长。

“铭威的太太知不知道他们两个的关系？“

“应该不知道，我和他聊的时候，每次一说要他太太做证，甚至仅仅是提到他太太，他的眉毛瞬间就能拧到一起。”警察撇撇嘴，“看来应该是瞒得挺死的。”

“他会不会是为了保护他太太？”

“协同作案？”

“不能排除这个可能。”

因为有重大嫌疑，铭威要先被留在公安局。警察联系上铭威的太太时，对方很痛快地接受了约谈，这大大出乎警方的意料。

铭威的太太名叫玉凡。

“我什么都知道。”玉凡轻描淡写，一脸云淡风轻地抿了口茶，“我知道他外面有人，也知道他把那女的养起来了。”

警察面面相觑。

“不过，那女人丧命，我倒也不意外。”玉凡嘴角带着一抹讥讽。

“我们初步怀疑你丈夫和死者的死有关。”

“这就不用强调了，无关的话你们找我干什么。”

“你和死者见过面吗？”

“没有，我连她叫什么都不知道，我就是知道有这么个人而已。但是，铭威在她身上花了多少钱，我还是有点数的。”

警察面面相觑。

“想问就问吧。”玉凡一笑，“算了，我直接说吧。铭威在外边养人也不是一天两天了，今天这个，明天那个，我跟他在一起这么多年，早习惯了。那些女人呢，来了又走，我懒得一个个查。”

“他和死者相处多久了，你知道吗？”

“至少三个月，说不定半年也未可知。另外，那不叫相处，那叫包养，那女的就是寄生在铭威身上。”

“9月14日当天，你有见过铭威吗？”

“别说14日了，那之前的几天也没见着人影。”

“你14日都去哪了？”

“没必要怀疑我，我一整天都在家搞插花派对，小区里太太们来了十几个，送走最后一个客人的时候都半夜了，随便你们去问。”

警察微微点了点头。

“铭威什么时候回过家？”

“第二天就回来了。给孩子带了蛋糕和玩具，给我买了束花和首饰。一看就是鬼混了好几天，老套路了。”

“你确定是14日没回，15日回了吗？”

“没错，15日孩子学校有亲子活动，一起去的。”

“他15日回家后到现在这几天，铭威有什么反常吗？”

“反常？回家次数比以前多了，算吗？”

“精神状态呢？”

“这几天……回家也是闷在书房，谁知道他在想些什么。”

“你丈夫平时有住酒店的习惯吗？”

“住什么酒店，家里几处房产够住了。”

“那，死者有没有可能和你丈夫……”

“没错，按照惯例，肯定是住在其中一处了。”

“您方不方便……”

“没问题。”警察没说完，玉凡就料到了对方的意图，爽利地答应了。

问询进展神速，玉凡的痛快让警方感到不可思议。第二天，玉凡带着两个警察跑了大半天，连带着郊区的两套房产也看了一遍。可惜的是，那几套房子至少一个月都没进过人了。

“你们什么时候能放他出来？”玉凡问。

“这个要看他和死者的死到底有没有关系。”

“如果有呢？是不是就出不来了？”

“这个……还要等裁定吧……”警察摸了摸额头，胡乱应付着。

两个警察回到公安局。

“再没有感情，也不至于把不利于自己老公的说辞一股脑全倒出来吧？”

“如果是死的是铭威，我第一个怀疑他老婆。你看她那反应，也太奇怪了，恨不得她老公赶紧入狱似的。”

“估计铭威对她也是差不多吧，有钱人的婚姻咱看不懂。”

走廊里，一阵急促的脚步声由远及近。

“你们查到什么有价值的线索没有？”刑侦队长进屋就问。

“铭威他老婆可以直接排除了，她一整天都有不在场证明。”

“话别说太早，她没直接参与行动，可不代表她和阿玫的死亡没关系。还有呢？”

警察把玉凡的问询记录和今天“看房”的情况原原本本给队长复述了一遍。

“他老婆还真是怕他死得慢。”队长咂着舌，甩了一沓照片在桌子上，“今天新拍的现场照片。”

开头几张并没什么特别，看着看着，一张令人不安的照片出现了。那是从屋内拍摄到的外墙。在一楼客用洗手间和二楼卧室洗手间的窗户之间的外墙上，有大量清晰可见的半截黑色脚印，而阿玫家是32层顶楼。

大家同时想到了监控录像中镜子里反射的那个人影，以及保安转述阿玫口中“潜伏在屋里的陌生人”。

“搞不好还真的有这么个人。”警察双臂交叉放在胸前，“之前还以为是光影错觉。”

“一个月内都没有看到有其他人从门进入，说明这人早就进去了……谁会在一个人家里隐藏那么久，吃什么呢？”

“你看见死者家里那个大得惊人的冰箱了吗？有那种冰箱的人，对家里还存着多少食物是没有概念的。”

“半夜偷偷跑出来开冰箱拿吃的……咝……”警察打了一个寒战。

“可是，总得有地方睡觉吧？一个大活人睡人家里，怎么可能不被发现？”

“床下、衣柜，多的是能躲着睡的地方。只要下定决心藏，哪里都能睡。你没听过寄生人吗？”

“如果那个人真的很早就进入死者家里了，还真是让人意想不到。”警察满面愁容。

“队长，铭威还是不肯说案发当天他到底在哪里吗？”

队长摇摇头：“他应该是在掩饰什么。”

“那我们现在……”

“去案发现场，先查清楚那个脚印是怎么回事，到底是不是‘潜伏者’的。”队长顿了顿，“要真是有这么个‘潜伏者’，我们得弄清楚他是怎么进入死者家里的。”

案发现场，屋内仍然有血腥气，痕检部的人也在忙碌着。

“怎么样，你们现在能查到几个人的痕迹？”队长见面就问。

“两个人。其中一个是死者。”

“另一个呢？”

痕检员摇了摇头。

“看看是不是铭威的。”

“已经核对过了，不是他的。”

队长并不觉得意外。

“活动痕迹多吗？”队长追问。

“非常多，尤其是冰箱把手。嗯……还有厨房的两个杯子上，指纹也不少。再就是洗手间，包括发现尸体的洗手间，痕迹都很多。”

“外墙那些脚印怎么说？”

“鞋子43码，是一种很常见的胶鞋，含有少量死者皮肤碎屑。楼上和楼下两个卫生间窗台上，发现了大量指纹，和杯子上检测出的指纹一致。”

“对比过指纹库吗？”

“对比了，找不到，没有能匹配的。”

“没有能匹配的……”队长小声嘟囔着。

“还有，一楼窗台上也留了半个脚印，基本和外墙的脚印衔接上了。”

队长点点头，似乎已经预料到了。

另一个痕检员小步跑了过来：“床头那里检测出了几枚脚印，和墙外的一样，应该是同一个人。”

“床上有没有其他人的痕迹？”

“没有，只有死者自己的。”

这倒和队长想的有点不一样，这人到底是谁？怎么进来的？和死者认不认识？待了这么久就为了最后杀了她吗？

“队长，有没有可能这压根就不是个潜伏者，而是本来就和死者共同生活呢？”

“共同生活一直待在屋里不出门？当宠物吗？”队长打趣着说完，后背一片冷汗，脸上的从容也渐渐消失了。

“队长，你来这边看一下。”刚才那个年轻的痕检员带着队长上了顶楼平台。

平台上风很大，堆放了一些蒙了灰的建筑废料，看起来平时没什么人上来。

“你看这里。”痕检员把队长领到墙沿，“往下看，看墙面，这里。”

队长把目光收回近处。此刻，他们位于阿玫家二楼小厅窗户的正上方。白色墙面经过日晒雨淋，已经镀上了一道道泛黄的斑痕，但还能依稀辨认出几块边界清晰的灰黑色污渍。

“这是？”队长把身子用力向下探，“脚印？”

楼顶平台和阿玫家窗户之间，依稀可见几个半截脚印。

“和其他地方的脚印一样，很有可能是同一个人。”痕检员看着队长。

现场调查的最新结果让脚印的主人，那名潜伏者成了重点嫌疑人。

与此同时，没有进一步的指控证据，无法证明铭威杀了阿玫，必须放他走，更核心的原因是他说出了案发当天的去向。

警方推算出阿玫死亡的确切时间，在9月14日下午三点到五点之间。

“这期间我去了海边，有一位渔民可以作证。”铭威眼神闪烁。

起初，警方没人相信他的话，如果真的只是去了海边，何必遮遮掩掩。直到他们找到了那位渔民，并拿出铭威的照片和他确认。最后调查发现，这位渔民甚至并不是唯一的目击者。海边距离案发现场至少要一个小时车程，根据几位渔民的目击时间推测，铭威根本没有到达案发现场的可能。

“我还是很好奇你为什么隐瞒。”队长盯着铭威的眼睛。

“时间到了，我得走了。”铭威整理了一下领带，头也不回地离开。

“基本可以排除死者和潜伏者共同生活的可能。”队长和两个组员在二楼小厅分析案情，“潜伏者是从楼顶爬进来的，从楼顶平台到这个房间的脚印就是证明。”

“可是，从楼顶到窗台，至少有三米，什么人会冒粉身碎骨的风险来做这件事？”

“是需要冒风险，但也许并没那么严重。”队长把两人带到窗边，推开窗户，“从楼顶到这扇窗户，最多一米五。43号的鞋码，这个人不会太矮。他先从楼顶慢慢顺下来，踩到打开的窗户上沿，如果他胆子大一点，慢慢往下滑，可以骑到这扇打开的窗上，尝试用脚勾住窗框，连人带窗荡过来。”

警察盯着窗子，像是在心里模拟了一遍动作。

“如果这个猜测没错的话，这扇窗上应该会有潜伏者的指纹。”

警察找痕检部要来了金粉，站在凳子上，一点一点往窗玻璃上刷。在窗子的上沿，出现了半个似在用力抓着窗框的掌纹。潜伏者就这样进入了死者家里，躲了起来。

“潜伏者很有可能就是趁死者洗澡的时候，潜入浴室，将她按在浴缸中溺毙。”

“队长，你觉得这人什么动机啊？”

“这么快就忘了？我们在这里可没有找到像样的贵重物品。”

“不过，潜伏那么多天，这个怎么说呢？”

“继续找线索，先搞清死者的社会关系。”

“死者阿玫五年前来到TAZUKI市，就职于铭威的广告公司，于八个月前离职。据铭威自己交代，自阿玫离职后，两人就确立了情人关系。目前看来，阿玫没什么朋友，和老同事也几乎不联系，社交活动非常少。”

“就这些？这些我也知道。”

“还有一个发现……”

“以后重要的事儿要先说！”队长对此很是无奈。

“死者生前在广告公司任职的时候，似乎和另一个员工关系暧昧，对方叫严皓。”

“你怎么知道的？”

“铭威透露的，那天他都走了，又专门回来跟我说的。”

“我服了你了……这么重要的信息能不能第一时间跟我知会一声？”队长有些抓狂。

“我觉得并不是很重要，这个严皓我查过了，人已经在NADIE市安家了，从来没回来过。现在人家可是成功企业家，案发前后正在自己公司接受直播采访呢。”

听到这，队长的气稍微消了点。

“队长……”一名警察表情紧张地跑了过来，“你来看一下……”

在一个意想不到的位置，发现了第二具尸体。

正当所有人都认为已经把阿玫家翻了个底朝天的时候，一个秘密空间陡然曝光在众人眼前。痕检部筛查楼梯脚印时，在楼梯中部小缓台的地面发现了大量手印。更反常的是，手印几乎都排列在一条线上，这条线正对地板分割线。用力按压几下，会有那么一丝丝不稳定的感觉。

几个人围着板子忙活了半天，也没能撬开，但地板松动的感觉更加明显了。

“我来试试。”队长戴好手套，扶着地板轻轻晃动，试图探索一个正确的打开方式。

“咔！”

那块地板错位了大概三厘米，之后不管再怎么用力，地板都纹丝不动。但如果重新向上扳的话，根本不需要用力，那块地板就像个盖子一样翻开了。在这个盖子下面，是又一个盖子，它中央的部分可以抠起一个小闩。

大家屏住了呼吸，队长握住小闩，用力一提，开了一个缝，一股恶臭顿时弥漫开来。

里面是一具成年男性尸体，身高约一米七二，蜷缩在这个高约半米，长宽约一米二的狭小空间里。

这个小空间从外观看，只不过是加厚的楼梯缓台，不懂建筑的人，绝对看不出异样。带闩的那层盖子做了密闭处理，也许原本是为了存储某些对于湿度要求比较高的物品。

尸体体型消瘦，头发较长，全身皮肤粗糙，衣服很脏，脚上是一双几乎看不出原色的胶鞋，但鞋码是43码。

“他就是那个潜伏者，这个楼梯缓台的暗格就是他的藏身地。阿玫不知道这个人的存在，却和他‘共同生活’了好几个月……”队长摸着下巴嘟囔。

除了几处轻微擦伤外，流浪汉身上没有其他伤痕，从脖子的勒痕来看，他应该是被扼住脖子窒息而亡。杀害阿玫的人，和杀害流浪汉的人会是同一个犯罪嫌疑人吗？或者是流浪汉杀了阿玫，另有其人黄雀在后，杀害了流浪汉？

目前看来，似乎存在很多种可能。队长更倾向是同一个人先后杀掉了阿玫和流浪汉。

但这种猜测有一个明显的难点：动机是什么。

什么人会把风马牛不相及的两人同时设为目标？流浪汉为什么会在犯罪嫌疑人在现场的时候现身？

刑侦队长把手上厚厚一沓资料摔在桌上。

“尸检报告，你们看看。”

阿玫死于溺水是事实，但是，报告中有一点与案发现场格格不入。阿玫的尸体泡在自家浴缸中，无疑是溺死在自来水中，自来水是淡水。尸检报告上却有这么一行字：高钠血症，血管腔内发现大块血凝块。这是海水溺亡的表现。

“海水溺亡？”两个警察面面相觑。

“没错，但是浴缸里的水是淡水，这个已经再次确认了。”队长焦躁地用笔敲着桌子，“死者并非在家中溺亡。”

“海边……”警察抓着头发。

“有一个人说他去过海边。”

“铭威，还有好几个渔民作证。”警察眼睛瞪得老大。

“那就别愣着了！快，行动！”

谁能想到，前几天刚被放走的铭威，此刻又坐在了问询室桌前。

“9月14日下午你在海边，这是你自己说的，没错吧？”

“没错，是我说的。”此刻的铭威还有点摸不着头脑，但心里隐隐有些不祥的预感。

“你认识这个人吗？”警察把流浪汉的照片递到铭威眼前。当然，是死亡后。

铭威吓得猛地往后一退，差点连人带椅子倒在地上，紧接着不停摇头。

两名警察对视了一下，眼神有些失望。

“你那天去海边做什么？”

铭威整了整衣领，努力回到冷静的状态，然后保持沉默。

“阿玫是在海水中溺毙的。”警察紧盯着他的脸。

“海水？她尸体不是在她家浴缸里……”铭威被这消息吓坏了，他陷入了混乱，不停抓着头发。

铭威的反应看起来很真实，一时间，在监控这场问询的队长也感到了困惑。

“我再问你一遍，你那天去海边干什么？”警察比之前更严肃了一些。

“散心。”铭威不假思索地回答。

“你上次和一个警察说起一个叫严皓的人。”

铭威像抓住了救命稻草，急切地问：“你们查他没有？是不是他？”

“他在NADIE市很久没回来过了。”

“很久没回来了吗？他还留在那里干什么啊……”铭威自言自语道。

“他在说什么？”队长紧盯着监控屏幕。

电话铃突然响起。

“喂？”队长的眼睛没有离开屏幕。

“我是玉凡。”队长一愣，注意力全转移到电话这边了。

“我要给你们提供一些线新线索。”

队长仿佛听到了话筒那边无声的笑意，让他后背发凉。

“我知道他去海边做了什么。”

“你接着讲。”

“我还是直接去你们那里吧，免得电话里说不明白。”

刑侦队长挂断电话，再次进入问询室。

“你最近有见过你太太吗？”

“她最近一直躲着我，是不是你们上次跟她说什么了？”铭威略带愠色。

“我们从来没主动透露过什么。”

铭威的脸色变得很难看。

“她一会儿就到。”

铭威的脸色更难看了。

二十分钟后，玉凡来到公安局，一袭花灰呢子套装，配上简约的白珍珠耳钉和项链，雍容、优雅。

“他也在？”玉凡看穿了众人的脸色。

队长点点头。

“你们跟他说我要来了？”

队长不置可否。

“你们的嘴还真是快。算了，来都来了，那就当面说清楚。”玉凡昂首阔步往问询室走去。

即使知道玉凡会来，铭威看到她，还是微微哆嗦了一下。

“怎么，不敢看我的眼睛？”玉凡嘴角微微一翘。

铭威的眼神躲躲闪闪。

“怎么说也是两口子，买了新房，怎么不知会我一声呢？”

“你是说……”铭威的声音很小。

“你还挺有创意，海边的石头都能让你凿出个楼来。”刚才玉凡脸上似有似无的笑容陡然消失了。

铭威额头上冒出大颗的汗珠，脸颊微微抽动。

队长一时有了种错觉，相比于被定罪，铭威更怕他的妻子知道他另有房产的事情。

“海边的楼？什么楼？”这个信息让大家兴奋了起来。

“你们上次找过我之后，我找人跟踪他了。”玉凡气定神闲，“他一路开车到了海边，钻到一个大崖石里去了，你们没听错，一个大崖石。其实那是栋房子，应该是直接挖出来的。上面有几个窗子，不仔细看的话都看不出来，少说得有三四层吧。我这都有录像。”玉凡把手机伸了过来，画面中正是铭威的崖邸。

众人盯着屏幕，屏住呼吸。不一会儿，崖石底部赫然开了个“洞”，铭威走了出来。

“我听说，那个女的是在海水里淹死的，对吧？”玉凡下巴微微上抬。

队长没有问她是从哪儿知道这个消息的，只随便点了点头。

“你敢让他们搜查你那个秘密基地吗？”玉凡斜眼看向铭威。

原本极度不安的铭威，此刻已然恼羞成怒。

“跟我没关系！我没杀她！”铭威在咆哮。

“这个崖邸，是不是就是你金屋藏娇的地方？”玉凡不仅没害怕，反而步步紧逼。

铭威狠狠瞪着玉凡的脸，嘴唇发抖，像要把她生吞活剥，不过这种状态没有持续太久，十几秒钟后，铭威就像打了败仗般瘫坐在椅子里，再次一言不发。

“去申请搜查令。”队长吩咐。

搜查时，铭威和玉凡等在门口，都阴着脸。

一进门，一楼的大型水族池马上引起了警方的注意。

“先取个样吧，赶紧送实验室。”

警方在崖邸发现了大量阿玫活动过的痕迹。

“队长，这个水族池下面有暗道通向大海，就算阿玫被溺死在这里，也很难在水中检测出她的DNA。”

队长里外转了一圈，发现崖邸一楼是下沉式设计，水族池虽然高，但水面高度基本与海平面一致。如果海上风浪大的话，池中的水面也会受影响，泛起涟漪。

“嚯！”一只鳐鱼迷路闯了进来，如幽灵般在池里游荡。

“在水族池玻璃上沿发现了一枚指纹，是阿玫的。”痕检员凑过来。

“在梯子那里？”队长指了指水池旁的台阶型梯子。

“不是，另一个方向。”

“只有一个？”

痕检员点点头。

“如果阿玫真的是在这儿被人按入池中溺毙，犯罪嫌疑人应该是在得手后又移走了梯子，还擦拭了指纹。”队长忖度，“他漏了一个。”

队长出门找到铭威：“你的这个房子搞不好还是作案现场。”

“不可能！”铭威愤愤道。

不过，他现在也有些迷茫，不知该怎么反驳。9月14日下午两点多，他甩下一句起身离阿玫而去。从此以后，他都没有再见过阿玫一面。

人怎么就死了，怎么就海水里淹死了？尸体怎么又会出现在她的住处？

“敢做不敢当，果然是你的风格。”玉凡白了铭威一眼。

几个人在外面干站着，里面的警察继续忙活。

眼看一下午要过去了，队长接到一个电话：“队长，检测部的说，死者阿玫肺里检测到的东西和这片海水的微生物成分高度一致。”

“这个秘密住宅，连你妻子都不知道，怎么可能是别人来这儿溺死了阿玫？不管在海里还是在你的那个水族池。”刚挂电话，队长愤怒地看向铭威。

铭威的定罪，几乎只差了一层窗户纸。

“你杀了阿玫，把她的尸体运回她的住处，伪装成自杀，对吧？”队长语气笃定，他的脸几乎凑到了铭威的鼻尖，“还装傻，你为什么杀她？”

“当天我和她分手了，但是我没有杀她。”铭威的解释只剩下干巴巴的重复，“我真的没有杀她。”

“是不是她花了你很多钱，你心疼了？”玉凡在一旁插嘴。

铭威眼中怒火熊熊，咬牙切齿地盯着她。

“如果不能保持沉默就请你先回避。”警察把玉凡往一边请。

玉凡不仅未动，还抛出了另一个问题：“还是说，她还有别的金主？”

“你闭嘴！”铭威怒吼，好不容易稳住了自己原本要伸向玉凡的手。

玉凡只是往后撤了半步，随即给了队长一个眼神——这个就是动机。

队长眼神凌厉地盯着铭威：“现在，你什么都不说也一定会被起诉。先回公安局。”他示意两个警察控制住铭威。

铭威三下五除二被塞进了车后座。在车里，铭威强迫自己镇定下来，拼命回想整件事情。有一点不对劲一直在他的心头没放下，他决意问清楚。

“你们说严皓没有回TAZUKI市？”

“别挣扎了。”队长被他这个伎俩搞得很不耐烦。

“可是我之前听说他已经失业几个月了。”

“他是不是NADIE市那个什么君美设计事务所的老总？前几天还在电视上接受采访。”警察说着拿出手机，“你看。”

手机屏幕上的画面是君美设计事务所的总经理在接受采访。

“这不是他的声音。”铭威说出了不对劲的地方。

“什么意思？”

“这不是严皓的声音，他以前是我的员工，他的声音我清楚。”

队长把屏幕拿到铭威眼前，说：“你看清楚，这是不是严皓？”

“不是，但这人我认识！我就知道严皓不会再待在NADIE市了。”

“你说清楚点。”队长追问。

“大概几个月前，严皓就已经不是君美事务所的老总了。这个接受采访的人是新任总经理，严皓太太的表弟。”

“你怎么知道？”

“严皓的太太是我介绍的，叫君美，设计事务所的实际所有人是君美的父亲，也是我多年的合作伙伴，就是因为要让自己的姑爷去掌事，才让我把严皓放走……”

“长话短说，你为什么把严皓扯进来？他跟案子又什么关系？”

“严皓离开君美事务所和阿玫有关。”铭威语气镇定了很多，“有人向君美的父亲透露了严皓和阿玫的越轨关系，老爷子让严皓净身出户，把公司交给了自己的外甥。不过这个消息，我是在和阿玫分手后才知道的，也就……也就是她死的第二天，打听到的。我总觉得严皓有问题。”

“严皓和阿玫的关系，应该在你和她之前吧？”

“他们并没断干净，严皓每个月还会给阿玫打钱。以我对君美父亲的了解，他绝对忍不了这个，再说君美也绝不会受这个气。我猜测，君美父亲应该不只是让严皓净身出户而已，以他在NADIE市的社会能量……”

车上几个人像听故事一样，入迷了。

“这么说吧，严皓留在NADIE市的话，完全没有活路。”此刻的铭威像换了个人，目光炯炯。

“严皓是我一手带起来的，以我对他的了解，他一定会把这笔账算在阿玫头上。”

“算在阿玫头上？什么意思？”队长侧目。

“他是因为出轨被净身出户的，导致他出轨的是阿玫。”

“这算什么逻辑？难道和他自己无关？”

“这就是严皓的逻辑。在他心里，他一直是最无辜的、最应该被体谅的那个人。”铭威开始回忆起有关严皓的过往，突然一笑，“现在想想，当初他去NADIE市的时候，我竟然看不出他有一丁点对阿玫的愧疚。不过，他们俩也算是半斤八两吧，两个寄生虫，明明都很有才华，偏要依靠别人生活。”

车上的各位又开始进入到听故事状态。

“不过，他们俩应该多少有点感情吧，不然严皓也不会一直给阿玫打钱。我都是在和阿玫分手前才知道的，不得不说，他们隐藏得真好。”

“你应该挺恨严皓的吧？”队长诱导他。

“不，只是觉得被阿玫耍了，觉得不爽。不过分手就可以了，骗人的女人有很多，要是每个都生气，那我要被气死了。”铭威竟然笑了起来，“我不恨严皓，他很可怜，容易走进死胡同，钻牛角尖。你们真应该找到他。”

“如果严皓回来了，现在可能在哪？”警察跟着铭威的思路走了。

队长脸色一沉，瞪着铭威：“你现在也还脱不了干系！”

铭威倒是很从容，眼神也有了光彩，得意地说：“如果你让我回公司忙几天，我就能替你们找到他。”

眼看再过两个路口就是公安局，铭威瞄了一眼队长，对方脸上的每一块肌肉看起来都很严峻，眉头皱在一起。

还有一个路口，警察张了张嘴，把到嘴的话咽了回去。

车里的空气仿佛变重了，大家的喘息声清晰可闻。

“停车。”队长回身看着铭威，“你打算怎么找他？”

“他现在应该很缺钱，甚至连房子都没有。作为老东家，我不介意抛根橄榄枝给他。”

“你连他在哪都不知道，往哪抛？”

“给他量身定做一个职位，把招聘信息挂到网上，薪资开高。他自己会找上门的。”

“他还敢回你那里？他不怕他岳父找过来？”警察问。

“你们是真不了解他。对严皓来说，没什么比钱和前途更重要了，为了升职发财，他什么都肯舍，阿玫就是例子。再说，他应该清楚重新来我这，总比他一个人跟孤魂野鬼似的好。”

队长沉思了一会儿，对警察说：“给他带上。”

警察从兜里掏出了一个环，说话就要往铭威脚上套。

“干什么？这是什么？”铭威下意识躲闪。

“定位仪。如果发现你出城，马上抓你，到时候你算畏罪潜逃。”

铭威抖了抖戴上了定位仪的脚环，无奈地摇了摇头。

“你需要多久？”队长盯着铭威的眼睛。

“一个月吧。”

“一个礼拜。”队长语气坚定。

一个礼拜，严皓没有露面。铭威开始渐渐怀疑起自己的判断，他已经没有了最初的得意，甚至开始焦虑和恐惧。

铭威坐在办公桌前强装镇定，死死盯着电话，这部已经折磨了他一个星期的电话。要不是因为这部随时可能响起的电话是他唯一的救命稻草，他此刻已经一拳锤爆了它。就在他的眼睛快要瞪出火的时候，电话响了。铭威没反应过来，铃响了两遍他才接起来，可电话里不是他要等的人。

“这么半天才接，看你也不是很着急。”是玉凡。

铭威在心里骂了句脏话。此时他没有时间和这个看热闹的女人闲扯。

“什么事？没事挂了吧。”

“那行吧，我就先让他走了。”

“你什么意思？什么人？”毕竟是夫妻，铭威听出了玉凡话里有话。

“你要找的人。你前任的前任。”玉凡的嘲讽笑意溢出话筒。

“少废话，好好说话！”铭威此刻极想穿过电话线掐住对方的脖子。

“注意点你的态度吧，现在是你有麻烦，不是我。”

铭威说不出话，喘着粗气。

“想要人吗？”

“想。”铭威已经开始咬牙切齿。

“求我。”

“你到底找没找到他！”

“我连你外面有过几个女人，高矮胖瘦、长发短发都一清二楚，你怀疑我的能力？”

“你要是耍我，你死定了。”

“你好像只剩……两个半小时了。”玉凡的声音透着愉快，“快，求我。”

“求……求你。”铭威把手里的笔掐断了。

“回家。”玉凡挂断了电话。

铭威和玉凡的房子，富丽堂皇，是这片区域小有名气的别墅。

铭威开门时手有些颤抖，如果开门后他发现里面只有玉凡，他怕会控制不住自己。他慢慢推开门，心里没有底气。

严皓就坐在一楼的客厅里！和铭威预想的不同，他既没有蓬头垢面，更没有衣衫褴褛，甚至看起来有些意气风发。

玉凡半躺在窗前的贵妃椅上修着指甲。她一身藏蓝缎子暗绣旗袍，精致的发髻上点缀着一支简约的翡翠簪，仪态非凡。

铭威还在思考如何开口，严皓就抢先说了话："说吧，什么项目？"

铭威愣了一下，看了看玉凡。玉凡给了他一个眼神，他马上心领神会，走到严皓旁边的沙发坐下。

"这个项目我想了很久，觉得还是你合适……"铭威开始胡乱编造，意思是要和严皓合作一个大项目。他的态度，几乎是把严皓放在和自己一样的位置。严皓信了。

"话都说到这份儿上了，大家也都是老相识，不如趁热打铁，去公司把合同签了，免得夜长梦多。"玉凡款款走过来，手里拿着车钥匙。

铭威拿过钥匙，对严皓说："走吧？"

严皓看起来对这个结果很满意，对玉凡微微点了点头，跟在铭威后面出去了。玉凡坐到沙发上，对着两人的背影，轻轻挥了挥手。

严皓刚进公司，就被等候多时的警察带走了。

铭威拨通玉凡的电话，好奇地问道："你从哪儿找到他的？"

"只要我想，就找得到。这种请君入瓮的事咱们也不是第一次合作了，怎么说也是老搭档了，这点默契还是有的。话说，你应该先谢谢我，不是吗？"

"我以为……"

"你是我的丈夫。我永远不会背叛你。"

铭威对着电话感慨万千，他原本以为玉凡是要置自己于死地，把自己送进监狱。

"今天回家吗？回家吧……"玉凡的声音变得温柔起来，"我很想你。"

铭威有那么一丝心动。说起来，遇到玉凡时，他还只是个无名之辈，而玉凡当时已经是部门主管，是他的上司。为了追求玉凡，铭威用尽了浑身解数，两人的爱情故事一度成为业界的佳话。听到玉凡久违的温言软语，铭威开始怀念起最初的感觉。

在警方再次传唤他之前，铭威决定花时间修补一下和玉凡之间的关系。

"想吃什么？我买菜回去做。"电话这边铭威脸上挂着微微的笑意。

另一边，警方对严皓的审讯已经开始了。

"认识吗？"队长阴沉着脸，拿出阿玫的照片。

严皓飞快扫了一眼，面不改色地说道："认识。"

"她死了。"

“看出来了。”严皓依然是一副扑克脸，嘴唇的动作幅度都很小。

“你最后一次见到她是什么时候？”

“大半年以前。”

“你们是什么关系？”

“以前是同事、朋友，很久不联系了。”

“不联系你给她打钱干什么？”

严皓的眼神恍惚了一下，回答道：“我……欠她钱。”

队长的嘴角浮现一丝不屑的笑，眼前的这个家伙，全然不知对方已经知道自己和阿玫的关系，竟说出这么蹩脚的理由，且看他表演。

“9月14日下午你在哪里？”队长接着问。

“家里。”

“哪个家？”

严皓身体微微震了一下，这个问题对他来说似乎有些出乎意料。

“什么哪个家？我家在XX华庭，你们可以去查。”

“你太大意了。”队长拿了一部手机，放在严皓面前。

手机播放着一段视频，严皓从一个破旧的楼里出来，到门口小卖部买了包烟，最后又消失在楼道里。看到这里，严皓的脸像是突然被冻住。

“这是什么地方？”队长眼神凌厉。

“谁拍的？这种偷拍不能当证据吧！”严皓的手指不安地敲击桌面。

“是不是证据，要看在那里发现了什么。”

痕检组此刻已经开始搜查严皓的住所了。这种老房子里的木门不堪一击，甚至不需要专门的破门工具。

“你们这样不符合规定！”严皓不放弃抗议。

“有人举报你藏有非法物品。”队长向前倾了倾身体，“有没有，查了才知道。”

严皓的目光来回游走，他在回想自己的邻居们。

“你不必猜测是谁，也猜不到。总之，没事就没事，有事的话，你一定牢底坐穿。”

痕检组在严皓的住处发现了两个箱子，一箱装有各种首饰等贵重物品，另一箱全都是画纸画具，两个箱子上都有阿玫的DNA。

那一箱金银财宝袒露在这样简陋的房间里，让这里变得像个罪恶的窝点。

屋子里还有一样东西和周围环境非常违和，床头柜上有一个水晶小象摆件。

经比对，水晶小象上有大量指纹，是严皓和阿玫的。

警察似乎想起了什么，找出一张阿玫住处的照片，那是一张客厅工作台面的特写。在台面的边缘，落了一层薄薄的灰。然而这片薄薄的落灰并不完整，有四个圆点区域是没有灰尘的，像是有个四只脚的东西刚刚被拿走不久。

比对发现，四个圆点的位置和这个水晶小象四只脚的位置几乎一致。可见，这个水晶小象是阿玫的。

“你还有什么话要说？”队长眼看着胜利就在眼前。

漫长的审讯中，新的证据如最后一根稻草将严皓压垮，他眼中的光亮一点点熄灭，他的视线逐渐向下，再向下，最后落在桌面上。

“都是因为阿玫，我才会沦落至此。”他声音沙哑。

队长和一旁的警察对视了一眼，正襟危坐。

“我一直在给她打钱，从最初，到最后。”相较于坦白，严皓更像是追忆，“我们是有感情的，可是那种感情总在变幻，不真实。还是钱的联结能让我更安心一些，我想她大概也是如此。”他的神态从顽固自大慢慢变成仿若不经世事的少年。

“我对你们的爱情故事不感兴趣。你直接说作案过程。”队长用圆珠笔敲打桌面。

严皓完全没有理会，自顾自地继续说：“可我渐渐想不明白，我至少还能给她钱，她能给我什么呢？什么都没有。只有钱，还能证明我是她的，她是我的。”严皓拿起手边的水，喝了一大口。

“去NADIE市掌管公司，可我放不下她，所以继续用钱和她保持联系，是不是很傻？我甚至不知道她在做什么，只是自作多情地给她打钱。”严皓自嘲道。

“明明是你把人家抛下，迎娶富家女，去过新生活了呀！”年轻的警察忍不住插嘴，被他的队长狠瞪了一眼。

“不知道是谁，在我事业最关键的时刻，把这件事告诉了我岳父……前岳父。本来我在那个家里就是如履薄冰，我要用尽浑身解数才能勉强在那个家里争得一席之地，他们随时都会把我榨到骨头渣子都不剩……”严皓把指关节弄得“咔咔”响。

“那个告密者，毁掉了我功成名就的机会。不要说什么净身出户，我前岳父甚至开始找打手来教训我，那天我半夜什么都没拿就跑了回来。我什么都没有，跟个孤魂野鬼一样露宿街头，家都不敢回。”他的拳头越攥越紧。

“如果不是因为给她打钱，我不会变成这个样子，我什么都没有了……”

“你找不到告密者，所以把账都算在阿玫头上？”又是那个年轻的警察，这次队长没管他。

“如果没有她……”严皓沉浸在自己怒火中烧的臆想中，已经听不到周围的声音。

“啪！”

队长用力拍了一下桌子，说道：“我对你的归责思维感到非常迷惑，但是现在完全没兴趣听你说下去，我最后说一遍，交代作案过程！不要扯别的！”他往前探着身子，企图给对方一些压力，“你是怎么找到阿玫的？”

“腕表。”

“腕表？”

“我送过她一个腕表，里面放了个定位器。我猜她应该会一直戴着，毕竟那表镶钻，她舍不得拿下来。”

队长身体后仰，深吸了一口气，面前这位，真的是花样百出。

“我回来以后就开始找她，发现她经常去海边，我去看了，那是个崖邸。呵，还挺新颖。刚开始，我以为她发财了，自己买的房子，直到我看见，和她一起出入的还有铭威，那是他们的……爱巢。”严皓牙眼中逐渐流露疯狂的光彩。

“趁他们不在的时候，我尝试过进去，老套的密码门！那个门太坚固了……不过，崖邸靠水一侧的底部，总是有个小漩涡。我潜下去发现，果然有个水下暗道……那天我还碰到了一条鲨鱼……那对狗男女真应该被鲨鱼吃掉……”

“可是你还是只对阿玫下手了，对吗？”年轻的警察义愤填膺。

严皓的声音变得低沉：“后来的几天，我每天守在那座崖邸侧面的岩石旁。夜里能看崖邸顶层的窗透出微光……啊……他们……有一天，对，就是那天，你们猜怎么着？他们吵架了，只剩她一个人在屋里，这是个多好的机会啊！我来到崖邸门前，她就、她就站在门的另一边。我敲门，再敲，她当然不会开门了。不过这根本难不倒我，她应该后悔没给我开门！”严皓几乎进入癫狂状态。

“我就从那个水下暗道游了进去！你们能想象她的表情吗？我隔着水族池的玻璃看到她变形的脸！你们根本想不到她的表情！哈哈哈哈……她就跟见了鬼一样……”严皓越来越亢奋，眼睛发红，额头青筋暴起。

年轻的警察拍桌厉声道：“你清醒一点！”

严皓就像忽从梦中惊醒，快要虚脱一般瘫在靠背上。

“她差点吓晕了，我费了好大劲，才找到水族池边的梯子爬下来。”严皓的眼睛直勾勾地望着远处，“她当时抖得像筛糠一样，我问她怕什么，有没有想我，她大概是难以接受我撞破了她和铭威的关系，逐渐连我的眼睛都不敢看了，更不要说回答我了。我跟她说，我什么都没了，让她把钱还给我。”严皓眼底的疯狂再次涌了上来，他的声音变得尖锐。

“说到钱，她突然敢看我了，但是那个眼神，你们知道吗？是那种发自内心的憎恶、厌烦，她的眼神就像有毒的尖刺！就因为我提了钱！”严皓的眼神开始发直，“我受不了她那副嘴脸，谈到钱就把我当成瘟神，拿着我的钱、背着我和别人搞到一起……她应该也在花着铭威的钱吧……”

“不是你先找别人结婚的吗？”年轻的警察企图纠正他的逻辑。

“那又怎样！她又不会和我结婚！在她眼里我根本不够格……”

他竟然想和阿玫结婚？

“然后呢？你怎么杀的她？”队长快要失去耐性了。

“我薅着她的头发，勒住她的脖子，把她拽上梯子……”严皓的眼神又兴奋了起来，“我把她的头就这样按下去！”他张开双手做出向下快速按压的动作，“以前还没发现她的力气这么大，我的手直打滑……她挣扎了很久，我的手都麻了。终于，她不动了，但是发丝还随着水的波纹，像海藻一样一晃一晃地飘在水面……那可真是，太、太好看了……”

年轻警察贴着队长的耳朵低声说：“队长，他这也算是交代作案过程了，以他现在的精神状态，似乎不适合继续审讯下去。”

“不行，有几个细节必须问清楚，再说还有那么多问题没搞明白。”队长转头看向严皓，“你为什么把阿玫的尸体带回她的住处？”

严皓失魂地点点头：“我当初给她买房子的时候，没录自己的指纹……”

原来他把她的尸体从海边带回住处，竟然是为了开一个指纹锁！

“用什么？”

“行李箱。”

“箱子呢？”

“扔了，留着干什么。”

“你为什么不直接把尸体留在崖邸？”

“嫁祸给铭威吗？说实话我很想，可是她家里有一个东西我必须拿走。”严皓咬着嘴唇，警察想起了那个水晶小象。

“那个流浪汉是不是你杀的？”

“流浪汉？那是个流浪汉？天哪，这个女人在搞什么！”

“你把话说清楚。”

“那天，我把她的手指，从行李箱里拽出来，顺利地开了门。一进去我就感觉不太对，屋子里的气味根本不是她的味道。我确定屋子里有其他男人。呵，我不是害怕，我只是觉得恶心，真是太恶心了！”严皓仰起头，眼睛翻着，滑稽又可怜。

“那人大概没在屋里，我那么大动静，都没看见人。后面你们就应该知道了，我把她泡在浴缸里，放上水。可真累啊，我想去窗边透透气。刚出卫生间，就感觉有一个黑影，直觉告诉我，那绝对是个人，他的移动速度很快，像类人猿一样从楼梯那边冲下来。”严皓的神情变得诡秘起来，“你们猜，他是谁？”

警方的人互相对视了一下，不约而同地叹了口气。

“那家伙披头散发，竟然要抓我的领子！他的手脏得要命！那股味道……就是一进门闻到的那股味道，真是让人火大。你们说他是流浪汉，我觉得没错，他精神似乎不太正常……”

“也不知道是谁精神不正常。”警察在心里默默吐槽。

“不过，他不是我的对手，他太瘦了，几下就被我按在了地上，他的脖子很软……”

在严皓再次进入癫狂的状态前，队长追问道：“你掐死了他，对吗？”

严皓点点头，表情却带着那么一丝丝得意，转而又低声嘟囔：“她怎么会和流浪汉搞在一起……”

“你杀了一个你不认识的人。”

“是他先攻击我的！他活该！”严皓双眼通红。

“你为什么把他的尸体藏到那个暗格里？”警察问。

“那个暗格我可是当保险箱用的。那个女人都不知道这个保险箱。那个脏兮兮的流浪汉，弄脏了我的保险箱。”

众人听得一头雾水。

“当初装修这个房子的时候，我就放进去了很多很多现金，我得把它拿走。可是，你们知道我打开它的时候里面什么样吗？”严皓的五官都快要挤到一起，“那些现金也不见了……我所有在乎的东西，全都被糟蹋得一塌糊涂！”

看来，警方关于流浪汉的推测也基本没错。

和严皓分手的那天，本想去买支冰淇淋缓解分手之痛的阿玫，被一个流浪汉吓得匆忙赶回了家。那个流浪汉被阿玫低头看江水的侧影吸引住了，于是便尾随她回了家，苦于不能进入，而另辟蹊径，从楼顶顺窗子溜进了阿玫的家。

他在阿玫的家里生活，甚至在阿玫睡觉的时候，一言不发地站在她的床前望着她。阿玫不在家的时候，他就坐在她卧室的角落里，静静地等她回来。

几次阿玫突然下楼，他没时间躲藏，只能从窗户爬出去，贴着外墙匆匆爬进二楼的窗子，或反之。阿玫家太高了，根本没人会注意到楼面上偶尔出现的身影。只有警方发现了外墙上连接两层楼窗户的脚印。

“他只配待在那种狭小恶心的地方，那不如就让他死后也挤在那里。”严皓早就扯掉了伪装体面的外衣，一脸乖戾的样子。

“你只是想延迟他尸体发现的时间吧。”

严皓没有反驳，开始自说自话：“我遇上的女人没一个好东西，要么花我的钱，要么要我的命，要么设个局把我骗过来。哼，玉凡和铭威还真是不是一家人，不进一家门。”

“最后，你要找的东西，找到了没有？”队长问。

严皓突然收敛，神色黯淡地点了点头。

前往严皓破旧住处调查的人已经回来了，他们把两个箱子桌上。严皓脸上每一块肌肉都静止着，毫无波澜。直到，队长把那个已经装进证据袋的水晶小象拿了出来，放道严皓的鼻子底下。严皓怔怔地看着那个水晶小象，眼神逐渐失焦，他的声音从隐忍哽咽逐渐变成放声痛哭。

警察们有些意外的，甚至有点动容。

“别演戏了，太入戏把自己都骗了。从我见到你到现在，你都从来没有说过阿玫的名字，看见个信物有什么好哭的。”队长拿上本子转身往外走，“剩下的细节，你们问吧。”

严皓没有停下的意思，继续沉浸在他那无边际的悲痛之中。

“先别哭了，有几个问题跟你确认一下，你如实说。”警察坐正身体，“小区保安跟你什么关系？怎么就放你进去了？”

严皓沉浸在自己的思绪中，没听到。

“回答问题！以后你有的是时间感慨你那些个破事儿！怎么进的小区？！”

严皓用纸巾使劲擦着鼻子眼睛，抽泣声慢慢收住了，他沉默了一阵以后低声说：“小区围墙有个破洞，我早就知道，不需要走正门。”严皓已经卸下全副武装，表演型人格渐渐褪去。

“阿玫家门口的监控摄像头坏掉了，这个和你有没有关？”

严皓紧接着摇头。

“那你怎么敢拖着个大箱子上楼？你应该知道楼层有监控吧？”

严皓支支吾吾地不回答，拿过杯子开始一口接一口喝水。

“阿玫隔壁住的是你姑姑吧？”

严皓的脖子像抽筋一样抖了一下。

“你让她提前把摄像头弄坏了对不对？”

“她……个子矮又上了岁数，怎么弄……”

“不要紧，我们会继续问她，就在隔壁。”警察用大拇指指了指一侧的墙。

严皓来回摸索手臂手腕，腿不安地抖动，他清醒了很多，逐渐感受到了即将尘埃落定的冰冷。

“今天的问询暂时到这里，其他的后面再说。”

所有人离场，问询室再次空空荡荡，年轻的警察走到严皓的一旁，低语道：“话说，和你有深交的人真的都没有好下场。”

严皓胸口剧烈起伏，用力咬着嘴唇没有说话。

“当然，你也的确交友不慎，不过并不影响你是个利己小人的事实。醒醒吧，别骗自己了。”说完，年轻警察快步走开了。

第二天，另一拨人前往铭威的海边崖邸做进一步的取证。按照约定，铭威会等在路口，把大家带进来，再接受细节问询。可是，当警方赶到的时候，他却不在。警察拨通了铭威的电话，关机。警觉的警察认为事有蹊跷，人不在，手机也不通，恐怕有问题。

难道铭威并不无辜？还是崖邸有其他秘密？他会不会已经逃了？

幸好有人曾去过崖邸，于是警方自行赶了过去。和预料的一样，无论怎么敲门，都没有人有应门，于是决定让擅长游泳的警察通过水下暗道进入崖邸。

这位游泳健将没有片刻犹豫，短暂热身之后，跳入海中，向岩石底部游去。大概两分钟后，有人听到一个闷闷的声音，因穿过重重隔挡而显得混沌。

等候的几个人面面相觑，有种不祥的预感。又过了几分钟，门被缓缓打开了。刚才入水的警察面无血色地站在那里，双眼圆瞪，下巴不受控制地颤抖。

“怎么了？”大家发出惊呼。

“水里……水里……”入水的警察语无伦次，魂不守舍，就像水里有什么怪物。

一行人冲了进去，眼前的一幕，让所有人都倒抽一口凉气。

水族池在透进来微量的日光下呈现出诡秘的色彩，外面海风四起，水族池的水面也轻轻晃动。所有人的目光都聚集在一个点上，水面上，一个球形的东西正随着水面的波纹浮动。大家缓缓走近，那个圆球逐渐露出真正面目，是一颗头颅。

所有人都下意识地后退，铭威的头颅血已流尽，近乎苍白，眼神空洞。然而，屋内不见躯干的残骸。

最近，正是鲨鱼频繁在浅海活动的时节。警方马上请求派专人在海岸附近寻找尸骸。

整个房间，在水族池以外的地方，居然没有检测到任何血液痕迹，这对于一具被斩首的尸体来说几乎不可能。

最终，还是没能找到尸体的躯干部分。警方在初步报告中表示：死者失足跌进水族池，被鲨鱼撕扯攻击。尸体的大部分被鲨鱼拖入海洋，在与海洋相通的室内水池中，找到了死者头部。

警方联系到铭威的太太玉凡，原本以为她不会有太大的反应，可事实是，她跪在崖邸外，哭得快要喘不上来气。

不久后玉凡搬到了别的城市。在她离开前，队长曾私下问她："你当初是怎么找到严皓的？"

这时的玉凡似乎已经走出了丧夫的阴影，语气平淡地说："严皓……只要我找他，他一定会来的。"说完，便转身离去了。

不知是不是看错了，队长总觉得她刚才的神态有些得意，那……是笑意吗？

一年后，玉凡入狱，理由是教唆他人犯罪。

警方找到玉凡的时候，她正在她的豪华海景别墅里开派对。这个别墅，正是用因铭威"意外"死亡拿到的巨额保险赔付金购买的。

"谁能忍受的了一个永远都在出轨的丈夫呢？尤其是真金白银的出轨，起码我不会。"玉凡语气淡然，似乎对这一天的到来也并非毫无心理准备。

"想当初我也是和他并肩打拼过的，那时候，他还是我的下属，就像他和那个死了的女人之间的关系。当时我是万般不想结婚的，要不是他做了那么多感动我的事，我是绝不会嫁给他的。我的选择可太多了。"玉凡落寞的神态中，竟又有一丝的得意。

"刚开始的时候，他简直把我捧上了天，后来，你们也知道，他骨子里还是个到处留情的人……不，他只是只爱自己而已，看得出来，他对那些女孩，有些连一点感情都没有，都是交易。他只要自己快乐就行了。我……怎么能容忍自己当初看走眼呢？我讨厌别人把我当傻子，这是对我的侮辱。"玉凡眼中燃起怒火。

“我多希望是铭威杀了那个女人，他入狱，我就可以带着所有的家产远走高飞，所以一开始你们迟迟找不到铭威杀人的确凿证据真是把我急坏了。起初，我真的以为是铭威杀了那女的。谁知不是，唉……”

队长微微摇了摇头，这几个人，都是一言难尽。

“上次你们来崖邸调查的时候，水族池里那条鱼启发了我，不如直接让铭威‘意外’被吃掉好了。可他怎么会愿意把我带来他的这个秘密基地呢？他恨不得每天都不要见到我……”

“所以你帮铭威找到严皓，帮他脱罪，想让他感激你？”队长猜出了八九分。

“没错。事实证明奏效了。严皓……他可真是个不择手段的人……”玉凡收住对严皓的回忆，“铭威以为我想和他修复感情，可惜，他永远不是我的对手。”

玉凡从回忆中回过神，声音冷酷地问道：“你们到底是怎么知道的？”

“对铭威的头颅尸检的时候就已经发现了不对劲，虽然头颅被水泡到难以辨认切口，但是，如果真是被鲨鱼攻击，就算能留下完整的头颅，也必定伤痕累累。可铭威的头颅没有。”队长顿了顿，“铭威是淹死的，他的头是人为割掉的。尸体被你想办法分成小块，然后将尸块扔到海里去喂鱼。那个头颅漂回来也许是个意外，你的运气可不太好。”说到这里，队长的眼神变得尖锐，“说到分尸，你是没那个力气的，所以当时现场一定还有一个人。”

玉凡不置可否，试图保持镇定。

“那个人既熟悉崖邸，也清楚如何避免留下痕迹……也许，他甚至没有躲着铭威，可能还以调查的名义，问了铭威几个问题……”队长观察着玉凡的表情。

玉凡的嘴角抽动了一下，下意识地揉搓耳垂，不过今天她没有戴任何首饰。

“那个人出卖了你。”队长扬起下巴，“他大概意识到被你耍了。不过，他倒是替你数落了严皓。”

第二辑

第十三个故事

西山公园的秘密

活人的坟冢，阳光下的地狱，稚童的悲泣。

——楔子

三月，又到了TAZUKI市的郊游季，随处可见三五成群出行游玩的人们。位于城市西南角的西山公园是著名郊游胜地，每日游客络绎不绝。

西山公园位于郁郁葱葱的西山半隅，公园有三分之二的面积是山地，被森林覆盖，在森林中，修建了慢跑步道和休闲营地，很多游客都会在营地露营。站在半山腰向下看，山脚是一片美丽的湖泊，湖面时常漂着几艘天鹅造型的脚踏船。

公园的游乐设施基本都是依湖而建，孩子们喜欢的游乐堡、方便聚会的烧烤场、时不时有表演的欢乐集市、循环播放欢快乐曲的快餐厅……在阳光下，一切都是那么和谐。湖畔微风习习，岸边码头的咖啡坞，悠闲的青年人们坐在遮阳伞下聊八卦、谈恋爱，或者读一本书，享受惬意的独处时光。

他们中，有一位青年正弓着身体埋头在本子上写写画画。她留着俏皮的齐耳短发，穿着简单宽松的白色T恤，T恤下摆扎在款式复古的高腰牛仔裤里，脚蹬一双眼看就要磨破的嬉皮士风格拼接帆布鞋，她这一身行头在一众打扮精致优雅的女孩中间，像来自其他次元。

“请问，是小南吗？”一位家庭主妇打扮的女性小心翼翼地走上前问。

“啊，是风风妈妈吗？请坐。”说完，小南招呼服务生给对方倒了杯柠檬水。

“没想到您这么年轻。”风风妈妈感叹道。

小南没有接话，这句话她已经听过太多次了，她合上画本，向前探了探身子，问：“您有和每个亲戚都确认过，风风有没有去过他们那里吗？”

对方摇摇头："都确认过了，但是没有，从风风失踪到现在，没有人见过他，连朋友们也问过了……"说着，她捂住嘴，眼眶又红了起来。

她的孩子风风，五岁，两天前就在西山公园里，失踪了。警察小南负责这个案子。

"您能不能回忆一下，最后一次看到风风，是在哪个位置？还有，有没有可能想起确切的时间？"

对方不停搓着手，眼珠不安地扫视湖面，直到服务生端来柠檬水放在她面前，她才一把握住杯子，声音疲惫地说："大概下午四点一刻左右，就在山脚那个小驿站，我和风风爸爸当时正在买吃的东西，准备晚上带到山上的营地露营，当时多耽搁了一会儿，我们再一回头就发现风风不见了。我们找了很久……公园的保安也帮忙一起找，可是，山上山下都没有……"风风妈妈终于绷不住，双手捂脸痛哭起来。

周围的人纷纷侧目，小南赶忙递了张纸巾过去，一脸同情。

等到对方情绪稍微稳定些了，小南继续问："有没有问过驿站老板，在你们买东西的时候他有没有注意到孩子去哪里了？"

"没有，他甚至还说风凉话，说他只是做生意的，不是保姆……怪我们自己没有看好孩子……"说到这，又要哭起来了。

"您先别急，目前没事也是好事。"这话一出，小南就后悔了。

对方的目光慢慢移向湖面，双眼通红，嘴唇颤抖，头上的青筋若隐若现。

湖面上微风和煦，划船的人们热情洋溢。而此刻，小南也很怕，在这一片祥和之下，可怜的风风很可能已经沉尸湖底。

风风不是第一个在此失踪的孩子。短短一个月内已经有至少四个孩子在西山公园不见了踪影，年龄从三岁到六岁不等，都是和家人一起来郊游，趁父母不注意时不见的。

由于失踪时间非常集中，所以警方基本排除了孩子自己走失的可能性，一定有人把这些孩子藏到了某个地方。小南深信这几起失踪案一定相互关联。她在本子上把所有可能藏匿孩子的地方列了出来，标在园区地图上，并逐一去查看。可到目前为止，仍然没有找到任何孩子的踪迹。

孩子的失踪时间都是白天，而且并非是荒无人烟的地方。风风在山脚驿站失踪，另外三个孩子的失踪地点分别在快餐厅、欢乐堡和山上的营地。

公园的保安向警方保证这四个孩子从未走出过公园大门，调取监控核实后，发现也确实如此。这些孩子，究竟被带到哪里去了？

小南心中有一个猜想，她隐隐感觉，西山公园儿童失踪事件并不会到此为止，未来很可能还会有孩子在此消失。

距离第一个孩子失踪已经过去了半个月的时间，小南向上级申请进行水下打捞。

“你认为孩子沉尸湖底的可能性有多少？”看来，队长并不看好这个提议。

“能找的地方都找过了，没发现任何踪迹，这样的话就只剩湖里了。”小南有些无奈地摸着额头。

“公园的工作人员呢？有没有一起找找看？”

“我们的人都是和公园的人一起搜寻的，公园的工作人员比我们更熟悉公园环境，还带我们去了几个普通游客很少会去的区域，也都没有痕迹。”小南不知道该如何能才能说动她面前的这位决策者。

“我建议再找半个月，然后再考虑水下打捞。”队长慢悠悠地喝了口水，“水下打捞一定会引起恐慌，不能轻易行动。再者，你有没有想过，这类案件是单纯为了杀人的概率高，还是绑架勒索的概率高？把孩子直接扔湖里能得到什么好处？我倒觉得在湖里找到孩子的可能性很小，到时候什么都捞不到，只会更被动。”

小南揣着手望向窗外，绷着脸没有说话。

“继续推进吧，再找找。”说完，队长拿着杯子开会去了。

找，找，找，腿都快跑折了！小南把头发胡乱揉成一团。

第二天，小南又来到公园东游西荡，寻找线索。天气一如往常的好，公园里依然是一派欢乐的景象，只有小南阴沉着脸，与周围的人群格格不入。

实际上，在队长下令下水捞人之前，她已经不打算再做什么努力了。她坚定地认为，那些孩子已经被人以掩人耳目的方式带离了公园，或者就是已经悲惨地葬身湖底。公园里到处都是人，就算只是小孩子，毕竟也有一米的个头，能被藏到哪里？

百无聊赖的小南晃着晃着就来到了欢乐集市，正值午饭时间，一眼望去，小吃摊贩和街头艺人夹在熙熙攘攘的人群中，赚得盆满钵满，眉开眼笑。

“在这种地方，真的是要看紧自己的小孩啊……”胡思乱想的工夫，小南的目光被一辆餐车吸引了。那是一辆棉花糖餐车，停在喷火表演和卖烤肉的摊位之间，小南此刻很需要吃点甜食转换一下心情。

餐车上，一个小丑正手舞足蹈地在机器旁制作棉花糖，餐车前已经排起了长长的队伍。轮到小南的时候，车上这位挤眉弄眼的小丑并没有让她的心情愉快一些，相反，她有一种怪异的感觉。说不出为什么，总觉得有什么地方让她不舒服。

小丑把棉花糖递到她手上前，还故意做了几套把戏逗她开心，小南勉强扯起嘴角笑了一下，幸好排在身后的人开始催促，让她有理由一把抓过棉花糖快速离开摊位。

过了午饭时间，排队的人也越来越少。在稀少的人群中，装扮夸张的小丑看起来更显得有些突兀。他可能有些累了，手上的动作慢了下来，也不再主动给顾客表演把戏。当一对情侣要求他再表演一次抛球时，他甚至嘟囔了一句让人不愉快的话。最后，那对情侣把棉花糖一扔，赌气地走开了。

小南看到了小丑的眼神，不由得打了一个激灵。在用油彩画出的夸张面容的衬托下，那个眼神令人不寒而栗。可能是感觉到有人在看他，小丑猛地转过头来，小南一惊，赶紧侧过身去佯装看风景。

“我是不是查案查得走火入魔了，看谁都像坏人。”她觉得自己有点可笑。

小南掏出她的记事本和公园地图，盯了好一会儿，最后还是垂头丧气地放回包里。她现在满脑子都是那个湖，在开展水下打捞前，她提不起任何斗志，经历一番思想斗争，小南还是拿着瓶可乐，在公园闲晃了一下午。

距离晚餐还有段时间，她便早早来到欢乐集市物色晚餐，中午没吃饭的她早已饥肠辘辘。此时，那个烤肉摊位中滋滋作响的人间美味正热情地向她招着手。就在小南走上前的工夫，她的目光突然被另一处场景吸引住了，就是那辆棉花糖餐车。

这种厢式餐车大同小异，驾驶舱不大，后面连着向外打开的出餐窗口，再后面是储藏厢，根据经营食物种类的区别而大小不同。以小南的经验，这辆棉花糖餐车的储藏厢也未免太大了，甚至比对面卖汉堡餐车的储藏厢还要大。

再看正在出餐口准备迎接晚餐高峰的小丑，嘴里像是在嘀咕什么，那个用油彩画成大笑模样的嘴看上去如此诡异，而且小丑总是歪着头，往储藏厢的方向看。

小南不知道是不是自己眼花，有那么一瞬间，她觉得储藏厢的门好像动了几下，就像是有人从里面用力推。小南的目光上下扫视着储藏厢的门，直到和小丑四目相对，他直勾勾地看着小南。这让小南想起了一部恐怖电影，她一把捂住嘴，低下头去。当她再次抬起头时，小丑咬着牙，正在用一把刀切割糖。大块的麦芽糖，在锋利的利刃下粉身碎骨。

“他会不会觉得我很可疑？”小南这样想着，细密的汗湿透了后背，T恤紧紧贴在身上，难受极了。

你这个胆量，干不了警察——这是队长的原话，当时小南还很不服气。

她买了一大杯草莓特饮，坐在离棉花糖餐车不远的地方，小心翼翼地观察。很快，天快要黑了，今天不是周末，集市再过半小时就要散场。

眼见着排在棉花糖车前的顾客越来越少，小南的心跳也越来越快。在悄悄观察的这段时间里，她不只一次看到储藏厢的门隐隐地震动。虽然她很害怕，但她还是下定决心要搞清楚，这辆可疑的餐车里到底装了什么。浓重的油彩背后，那个小丑到底是什么样子。

天彻底黑下来了，小南躲在一根柱子后，观察着准备收摊的小丑。她紧张得手心出汗，来回摩挲着裤管，她不确定这个正在慢条斯理擦拭牛刀的“笑面人”，万一发现自己的存在和意图，会做出什么可怕的事来。关键的时刻到了，小丑抱着一箱整理好的物料，准备打开储藏厢上那把巨大的挂锁，小南屏住呼吸，目不转睛地盯着那个方向。

小丑块头很大，在狭小的空间里动作显得有些笨拙，他一边用肩头抵住开了一条缝的门边，一边用箱子角卡住门框，然后用力把箱子往里面挤，唯恐门缝多敞开一毫米。

小南不自觉地往前走了几步，想看得更清楚些。昏黄的路灯下，门缝里黑洞洞的，小南很难看清里面的情况。就在一瞬间，那道深不可测的缝隙中，出现了一个光点。

那不是一个光源发出的光，它太暗淡了。应该是路灯或别的光源，照射到了里面后出现的一个反光。正在小南思索的时候，光点又多了一个。两个光点几乎在一条直线上，会反光的光点，在一片黑暗中若隐若现，就像人的眼睛。

小南倏地双手捂嘴，以防自己叫出声来。我是该赶紧联系队长吗？还是先抓他个现形再说？可是怎么抓啊？小南的脑子飞速运转，没有纠结出答案。

眼见箱子被放进储藏厢，门缝开始逐渐收拢，那两个小光点，也只能看到一个了，小南仍站在原地。

小丑打开驾驶室的门，一只脚正要踏进去。这时，小南看到他脸上的油彩已经被刚才一通忙活留下的汗渍化掉了一片。虽然离得有些远，但已经足以显示出他的面部轮廓：宽大的下巴，肥厚的梨形脸中央镶着大大的鹰钩鼻，极厚的嘴唇，眼睛很圆，被一圈粗糙如墨水的眼线包围，就像惊悚小说里会扭断人脖子的木偶的眼睛。

小南站在电线杆的影子里踌躇不前，腿又开始打晃了。就在她出神的工夫，一位公园清洁工正在打扫，一个没注意，把小南撞了一个趔趄。

小南跌出了阴影的保护，由于动作幅度太大，小丑看到了她，并且他似乎认出了小南——那个一整天都在自己餐车周围晃荡的短发假小子。小丑把已经迈进驾驶室的脚抽了回来，转过头，一动不动地盯着小南。

幸好清洁工撞了她一下后，自己也没站稳，小南借扶他的机会，背过身去，然后和清洁工并肩向不远处的休息区走去。清洁工大爷此时也看出了点什么，凑近她问："姑娘，你是不是遭了什么事？躲人呢？"

远远地，还可以看到棉花糖餐车并没有发动，小南快速点了点头。

"要不我先把你送出去吧，你打个车回家。"

天快黑透了，公园里的人越来越少，要宿营的人都往山上去了，山中步道沿线逐渐燃起一堆堆篝火。西山公园很大，如果自己走出去，小南怕是要吓到腿软，她想了想，决定放弃对那辆棉花糖车的追踪，先回去，把线索上报。

清洁工大爷把小南送上出租车才离开。

"想想当初自己信誓旦旦跟队长说，可以独立查案。可眼前刚出现一条线索，还没追到什么有效信息，自己就已经吓成了这个样子。"小南有些自责。

回到家，小南洗了个澡。闭上眼睛洗头时，她一直怕一睁眼就有一个脸上油彩已经糊成一团的小丑以几乎脸贴脸的距离冲着自己笑。

她把家里的灯部打开，电视调到喜剧频道，又给自己做了一大杯桃子冰沙，才坐到沙发上暂时放松下来。

到底该不该跟队长说呢……在公园时还相当笃定的她，现在开始有些怀疑自己是不是想多了，搞错了，毕竟自己连一丁点有说服力的证据都没采到，小南决定明天再去看一看那辆棉花糖车。

"这次要更主动才行！至少要拍到确凿的证据。"她暗下决心。

小南一夜都没有休息好，连做了两个噩梦。

还有十分钟就到了，小南拿出镜子，然后就在一瞬间，她像个泄气的皮球一样长叹了一口气。我为什么还要穿着昨天那套衣服，这简直就是在告诉小丑"我又来了"，小南扬起手照着自己脑门上一通狂拍。最后，她还是打算硬着头皮上，这可太是她的风格了。

今天是周末，公园人如潮涌，这多少给了小南一点安慰，她没有昨天那么怕了。

她现在唯一担心的是，如果昨天已经打草惊蛇，今天小丑不再出现了怎么办？小南忧心忡忡地向集市的方向走去。路上，小南看到不远处的保安岗亭前，一对夫妇正对着保安手舞足蹈说着什么，满面焦虑。职业习惯让小南快步凑了上去，打算听个明白。

“我的两个孩子一个这么高，一个这么高，昨晚我们在山上露营，今天一大早让他们两个来集市买早饭，两个小时了都没回来！我们来找也没找到……他们不是会乱跑的孩子呀……”

“孩子多大了？男孩女孩？”保安问。

“一个六岁，一个八岁，都是男孩，他们平时可乖了，去哪里都会和我们说的……”那名女士抽泣道。

一大早又有儿童失踪了！不过，到底是失踪案还是只是孩子调皮跑到公园其他地方去玩，还不能这么快就下定论。小南没有在这里继续纠结，反而转身加速向集市的方向快步走去。

远远看去，艳阳下，集市人头攒动，摊位比昨天又增加了一些，小南只一门心思想找到那辆棉花糖餐车。已经闻到烤肉的香味了。昨天，棉花糖餐车就在烤肉摊的隔壁，旁边不远处还有一个电线杆。

小南加快了脚步，心跳越来越快，嗓子发干。经过一众摊位后，她猛地刹住，立在原地。昨天棉花糖餐车的位置，此刻空空荡荡，显得极其突兀，像缺了一颗牙。

据了解，集市入驻的商家以周为单位承包摊位，也就是说，在合约期内，商家的位置是不会变的。如果棉花糖餐车只是合约到期，为什么没有下一个商家顶上呢？这在周末几乎是不可能发生的事情。

他一定是发现我了，小南低下头，沮丧又害怕。经历了头脑的短暂空白，她决定先给队长打个电话。

“昨天的事你今天给我打电话？”队长吼道。

“昨天我不确定他是不是有问题。”

“你可真行，要真是他，现在准跑没影儿了，还在原地等着你抓吗？真是服了你……”

“可是……”

“可是什么可是！我告诉你，你就不适合干这行，敏感度差、胆子小，当初就不该同意你这个小毛丫头自己调查这个案子……”队长气急败坏的声音大到小南赶紧把手机往外移了移。

看来队长今天心情很差，不知道谁又惹到他了。刚开始小南也被队长吃了枪药似的质问唬住了，不过没一会儿就激起了她积郁已久的怨气。

“要是昨天就给你打电话，你又要质问我确不确定，不确定的话又要怪我为什么一点破线索都要拿来跟你说！确定的话又要说我太自大，万一线索不正确又要全怪在我头上！我怎么做都是错！”说完，小南挂断了电话。

但是没过五秒她就后悔了，没有队长的支援，自己能做什么呢……唉。小南喘着粗气，找了个花坛坐下。刚才那堆简短而无意义的发泄，都被一个和她近在咫尺的人看在眼里，这才是小南现在最应该担心的，可她浑然不知。

小南绕出集市，穿过游乐区，向山上走去。西山的山体形状很有意思，如果做个比喻的话，它就像一个横向被埋了半截的大葫芦，一个小山包连着一个大山包。小山包的山顶有一个吊桥，连接至大山包的三分之一高处。大部分人会先爬上小山，再走过吊桥去大山包露营，大山包吊桥以下的山路则鲜有人走，要冷清很多。小南倒是走过多次了，为了找那几个孩子。

现在她耷拉着脑袋，了无生趣地沿着山脚的小路来到两个山包相接的山谷地带。虽然是盛夏，但由于没有阳光照射，此时的山谷仍然凉风习习，这里的植被也比其他地方茂密得多，一阵风吹过，会有经树叶摩擦发出的仿若海浪般的沙沙声。在一片竹林间有一个石桌和几个石凳，小南手一撑，坐到了石桌上。清新的空气让小南的心境平和了很多，小丑的面孔依旧在她的脑海中挥之不去。

风吹树叶的声音越来越大，就在这愈发混乱的风声中，不知从哪个方向突然传来了几声不易察觉的动静，像是小兽的呜咽，又有点像闷闷的……

小南把耳朵竖起来，认真辨声音的方位，但声响却停止了。

是我的错觉吗？最好是吧……在这人烟稀少、阳光罕至的谷底，任何声音都会撩拨人紧绷的神经，引人胡思乱想。

不一会儿，那个声音又出现了。这次持续的时间比刚才要长，很好辨认，小南看向路边一丛灌木，好奇心驱使她往前走了几步。这下声音更清楚了，像是孩子的哭声，只是更闷一些，这让小南顿生警觉。

直至走近小南才发现，那丛高草后面有一条幽闭的小径，声音正是由小径的深处传来。小南的腿开始发抖，嗓子像堵了一块石头，她深吸了口气，向小径深处走去。

小南不记得自己来过这里，在之前的调查中，这里被漏掉了。大约前行了十几米后，透过一片竹林隐约可见一个小木屋。此时，“呜呜”声近在咫尺。

小南的心已经提到了嗓子眼儿。正当她终于鼓起勇气，打算上前一探究竟时，身后传来了“哗哗”声，像是有人走动，衣物划到草木的声音。

小南连滚带爬地躲到了一大丛箭竹后面，只见一个人影从密林深处向这边走来，小南屏住呼吸，从细小的缝隙中窥向那人。

直到对方走近，小南才看清，他身着橙色工作服，手拿一柄大号的园丁剪，拎着一个大竹篓，原来是公园的园丁。小南怕自己就这样出来吓到他，索性继续躲着不出声。但眼看对方距离木屋越来越近，小南感到不对劲。

木屋里的声音没有停止，可眼前这人却对屋内的声音没有任何反应。小南后背发凉，那人即将拉开木屋的门，他手里巨大的园丁剪寒光隐隐。小南害怕地捂住嘴，瞪眼看着。

随着门被打开，“呜呜”声戛然而止，片刻后爆发出比刚才更瘆人的哭泣。小南看到园丁剪高高扬起，又重重砸下，哭声再次停止了。

“住手！”小南瞬间忘记了恐惧，几步蹿到木屋前。

地上倒着一个七八岁的孩子，肩膀被砸破了。孩子旁边的“园丁”，眼中的怒火还未消退，以一种不可思议的表情注视着小南。

刚刚还热血上头、挺身而出的小南，此刻面对着像是要吃人的“园丁”，腿已经软了。那把巨大的园丁剪依然在对方手中，尖端沾了一抹血渍，小南不由自主地看向它。

“唔……唔……”被砸倒的男孩逐渐恢复了意识，奋力撑起身体向后躲闪，小南这才看清，他的嘴被黑胶带封住，双手和脚踝捆在一起。孩子抬头看看小南，又看了看“园丁”，死命地想往小南身边靠。看着孩子求助的眼神，小南的勇气瞬间又回来了，她一步过去把孩子护在身后，虽然她手无寸铁，但眼神却坚毅无比。

出乎意料的是，“园丁”并没有对他们采取任何行动，而是拔腿就跑。小南一时不知是该先解救孩子，还是应该先追上去。两秒钟后，小南意识到这就是她要找的线索，这就是她的机会。她把男孩留在原地飞奔而去。

那人朝着密林深处跑去，随着地形越来越复杂，光线也越来越昏暗，在高大树木之间穿梭，小南逐渐失去了方向感，耳边只传来两个人的脚步声和她粗重的喘息声。此刻，她既希望能够抓住那个“园丁”，又怕对方突然停下来……

小南被引到一处洼地，地上到处是大大小小的岩石，稍不留神就会被绊倒，小南的脚被硌得生疼，但是她知道一定要抓到那个人，必须证明自己。“园丁”也放慢了速度，小南不知道他是体力不支，还是故意为之。

现在，小南听不到丝毫外界的声音，她开始感觉到头皮发紧。她担心的事终于发生了，“园丁”慢慢减速，然后站定，缓缓转过身来。

小南的双腿不听使唤，受惯性的带动又拖着跑了几步，半跪到地上。

“中计了！那人就是要将自己带到这个更偏僻的地方。”小南心中暗叫道。

“园丁”慢慢向她靠近，小南开始后悔追了过来，她没有力气站起来，只能以爬行的姿势慢慢向后移动。

对方越靠越近，就在一瞬间小南听到不远处似乎有脚步声，她迅速看向声音的方向，一片密林后，似乎有人影在动。

“喂——喂——”小南使出全身力气呼喊，那个人影瞬间停住了，似乎正在找呼喊的人。

“帮帮我！帮帮我！”小南快要哭出来了。

幸运的是，那人向这边小跑过来。“园丁”脚下慌乱地倒腾了一阵，随后又逃走了。

此时，小南才看清了回应自己呼救的人，正是昨天晚上把自己送上出租车的清洁工大爷。

“大爷……你帮我追那个人，求……求你了！帮帮我！”小南仍瘫在地上，无力地求助。

清洁工大爷的表情充满不解，不过还是听小南的话追了上去，他可能以为小南是被抢劫了。过了一会儿，小南恢复了一些体力，她费力地站起来跟了过去。

“啊！”前面传来一声惨叫。

小南加快脚步追了上去，只见清洁工大爷直挺挺地站在不远处的荒草中，缓缓转过身来，声音颤抖地说：“他……他掉下去了……”

小南快步上前查看，可没走几步，她就瞄到前方似乎没有路了，树林到这里戛然而止了，前面是悬崖。

那个“园丁”应该是跑得太快，没来得及观察路况，一个没刹住跌落下去了。

“这里有多高？”小南心虚地问。

清洁工大爷没说话，眼睛瞪得很大，满脸恐慌。

小南迅速拨通了公园管理处的电话求助：“有人摔下悬崖了！”又问清洁工大爷，“这是哪里？”

“34……35号区。”

“这是什么意思？”

“他们应该……懂的。”

小南向电话那头报出编号，对方立刻明白了，答复她：“我们马上到，你在原地不要动。”

刚挂断电话，清洁工大爷就连拱手带作揖：“姑娘，你可得给我作证，我是听了你的话才去追他的，是他自己不小心掉下去的！你可要给我作证啊，姑娘！”大爷害怕极了。

“放心吧，你是帮我。”

大爷听到这话算是稍稍安心，点了点头。

“那个……大爷，你能不能陪我去那边看一下？”

“去哪里？姑娘，你可别害我……”

“刚才那个人，他绑架了一个男孩，孩子还被困在木屋里。”

“木屋？是山谷里的工具棚吗？”

小南点了点头，说着就要拉着大爷往来路走，大爷抽回手臂，问她：“刚才电话里不是说要在这里等吗？现在走了，管理处来人该找不到我们了。”

小南咬着下嘴唇，她心里放不下刚才那个孩子。

“我还以为你是被打劫了呢……你要是真担心那孩子，我替你回去看看，你在这等着。”

“可是……”

“要不你过去，我在这儿等着？就怕你会迷路，这一路过来七扭八拐的，没个正经路，你要是迷路了，我还得带人去找你。”

小南忖度了一会，觉得大爷说得有道理，便同意了他的提议。大爷的背影消失在密林中，一股寒意再次浮上小南的心头。足足等了二十分钟，管理处的人才赶到，小南像抓住救命稻草一般，赶忙给人家指认“园丁”掉下去的位置，管理处派人到悬崖下去查看，那个人已经没气了。

“他怎么摔下去的？”

“我们追他，他没看清路，掉下去了。”

“你们？还有谁？”

“我，还有一位清洁工大爷，是他帮我追的那个人。”

“你们追他干什么？”

小南跟对方说了来龙去脉。

“绑架？”管理处的人吓了一跳，“到底是什么情况，还要等查明了才能下定论。”

“他绑的那个男孩就在那边那个小木屋里，我让清洁工大爷去看了，我带你们一起过去吧。”

管理处的几个人将信将疑地跟着她去了，走到半路，清洁工大爷气喘吁吁地迎面跑来，“姑……姑娘，那个工具房里，没人呀！”

小南一脸惊愕，会不会是大爷找错地方了……

“老秦，带我们过去看看！”管理处的人扬了扬下巴，示意清洁工带路。

路上，小南忍不住问：“掉落悬崖的那个园丁，在这里工作多久了？”

“他不是我们公园的人！”管理处的人把手机拿到小南面前，上面是保安传回的死者照片。

小南急的心快提到嗓子眼，来到小木屋后，她几个箭步冲了过去，可木屋里确实什么都没有，孩子不见了。

“不可能……”小南愣在原地。

那个假冒园丁的人逃走时，男孩还坐在地上，手脚都被绑着。木屋内没有发现绳索和胶带，没有一丁点男孩留下的痕迹。

“你不是说这里有个孩子吗？”管理处的人开始怀疑小南。

小南一声不吭。

“我们先去处理坠崖的尸体，你留个电话吧，一会儿警察来了，你也去做个笔录。”

“我就是警察。”小南说这话的时候有点心虚。

管理处的人面露惊讶：“警察？你来我们公园度假还是？”

小南不想让人知道自己把事办成这样，便僵硬地点了点头。

“哦，我就说他们也不会派个黄毛丫头出来办事。”说完，几个人一起回到主路，管理处的人直接走了，把小南和老秦留在原地。

“那……我就继续干活去了。”知道小南的身份后，老秦比刚才拘谨了很多。

小南冲他微微弯腰鞠了个躬，说：“谢谢您，今天多亏了您帮我。”

老秦没回话，只摆了摆手。

小南望着对方的背影叹了口气，她还以为抓到那个人，案子就能了结了，队长也会对自己刮目相看，没想到事情变得更复杂了。

“我果然不是干这行的料。”想到这儿，小南恨不得马上打个电话辞职。

她心灰意冷地四处乱晃，不知不觉来到了湖边，她点了杯咖啡坐下来，不自觉地想起那天坐在对面，忧心忡忡的风风妈妈，还有今天早上看到的那对焦虑的夫妇，他们的眼神就像蜂刺一样刺痛了小南的心。

还有木屋里的男孩，那个一看见自己，满眼绝望瞬间烟消云散的男孩，他曾经把所有希望寄托在自己身上……湖面清凉的风吹过，小南冷静了许多。

她拨通了队长的电话，把今天发生的事原原本本复述了一遍，不出所料，听筒里传来了雷霆怒吼。

“你把那孩子留在原地？是不是傻！我跟你说万一那孩子……哎，我就问你心里受不受得住！”

小南把反驳的话咽了下去，用不同以往的平静语气说：“我觉得有可能是有同谋，趁我去追的时候，把孩子带走了。”

对方沉默了一阵，声音缓和了很多：“如果查案中遇到危险，要马上打电话求助，我叫几个人在公园里假扮游客待命。”

“好的。”这次小南没有逞强。

小南重新掏出笔记本和地图，之前她只把目光锁定在有道路连接的地方，现在是时候扩大搜寻范围了。这时，电话响了，是公园管理处的人：“目前看来这只是一场意外，我们不打算联系警察了。”

小南对此没做回应，而是说：“我现在要求你们严查公园出入口，所有背着袋子、提箱子、抱着孩子的人都要过问，还有，让门卫查一下监控，从三个小时前到现在，有没有刚才说的这几类人进出，查好了请尽快给我回复。”

“你不是……”对方十分困惑。

“公园有儿童失踪案，有异常请及时和我联系，如果我们有需求我也会联系你们，到时请配合。”

“可是……”

“刚才的事情已经打草惊蛇了，现在最重要的就是把出入口看好，检查监控。我等你们回复。”挂了电话，小南的心扑通扑通跳个不停，这是她入行以来，第一次像个警察一样说话。

现在，该好好想想自己的下一步行动了。虽说那人的同伙有逃离公园的可能性，但带着个孩子，总归是惹人耳目。以此看来，有两种可能性最大，一是同伙和孩子还躲在公园的某处，二是尝试带孩子出园失败，自己逃之夭夭了。在管理处反馈前，要继续找人，越快越好。那个男孩的眼神，一刻也未曾从小南的心头消失。

“这份地图不够。”这样想着，她快步往公园管理处走去，“我需要一份园区的工作地图，不要游览图，要标清地形和所有设施的具体位置。”小南找到管理处负责人，把证件往桌上一拍，说道。

负责人没多话，直接从抽屉里拿了七张详图出来。

小南一时气得上头，这一看就知道他们已经和队长联系过了，队长猜到她的行动，提前和管理处打了招呼。在她眼中，这是队长对自己的不信任。不过，此时的她也清楚自己没有反驳不信任的资本。

小南接过地图，拨通了队长的电话，她还没开口，队长就先说了话：“其他人已经到管理处门外了。”

小南走到窗口看见门口果然有几名同事，她把地图分发给六位同事，又把整个公园划分成了七个区域，每人负责一片。

“随时保持联系，辛苦了。”说完，小南朝着自己负责的区域快步走去，这次，她在腰后插了一把匕首，以防万一。

她选择了大山包与小山包之间的幽暗谷地，发现男孩的木屋也在这个范围内。公园的主要管理用房大部分都分布在这个人迹罕至的谷地里，就连离游览线路最近的一号木屋也隐藏在高草之后，且远离游览线路的尽头。

这条谷地比小南想象的还要长很多，此时已接近黄昏，森林里的光线愈加昏暗，周围偶尔会有一声寒栗的鸦鸣，飞鼠在树与树之间跳跃，发出“哗啦哗啦”的声响。不过，小南不再害怕了。

谷地里有十个管理用房，基本都是不足四平方米的小木屋，发现被绑男孩的那木屋位于谷地的东端，小南以此为起点，拿着指南针，向西走去。就在小南走到第三个木屋附近的时候，身后传来了脚步声。

“谁！”小南猛地回头，手搭到了腰后的匕首上，左右巡视。

一丛巨大的芒草沙沙作响，从中慢慢挪出一个人影。

“怎么又是你？”没等小南说话，对方先开口了。

小南定睛一看，才发现对方竟是老秦，她松了口气，手也松开了匕首，问道：“您怎么在这儿？”

“我过来放工具箱、收拾一下，说话我就该下班了。”

小南觉得有些奇怪，她刚从三号木屋出来的时候，里面明明没有人，而二号和四号木屋距离三号都很远，老秦这是要把工具箱放到哪里？

“您每天下班都要把工具箱送过来吗？”小南尽量维持声音平稳。

老秦没有直接回答，自顾自地说道：“我说你胆子也够大的，这离中午出事那地方可不远。你这又是在找什么，找线索？”

小南也没有正面回答，继续问：“您这工具箱要放到哪里？要不要我帮忙？”

“这边。”老秦往芒草深处努了努下巴。

“那您快忙吧，我……我在这等我同事，他们马上就来了。”看着混沌一片的芒草深处，小南还是有些紧张。

老秦看了看她，没说话，无奈地摇了摇头走了。小南没有动，就站在他身后默默看着，手机里已调出了同事的号码，随时准备呼救。

“老秦出现的次数太多了，公园那么多清洁工，怎么就他总是能赶上我办案。”老秦往草丛深处走时，小南的头脑飞速运转。

坠崖的那个人到底是自己掉下去，还是被人推下去的？当时和他在一起的只有老秦，有没有可能就是老秦下的狠手？小南接触过一些案子，同伙怕对方供出自己，于是就在他被抓之前将其灭口。

这个老秦，真的是今天中午才知道我的警察身份吗？

“吱呀——”

远处竟然真的传来木门的开门声，随后“嘭”的一声，应该是工具箱落到地上的声音，紧接着，门被关上了。

原来这里真的有个木屋。

老秦从那条不易察觉的小径原路返回，他只对小南说了一句：“眼看天就黑了，你自己小心点，这下面地形你不熟，别迷路了。”说完，快步走了。

“我果然是太敏感了。”小南在心里暗暗自责，“不过，这里真的有一个木屋吗？这份地图上并没有木屋的标记。”

小南决定过去看看，她向那个方向慢慢前进。走了不到十米远，果然，一个和其他管理用房一样的小木屋出现在眼前。虽然这个木屋新一点，但建材和结构都和其他木屋无异。也许，这个木屋是在地图绘制还以后才建成的，所以地图上并没有这个标记。

小南透过木门的缝隙里瞧了瞧，地上放着老秦刚才拿在手里的工具箱。

“哎，真是浪费时间了，我怎么就总是想不到点子上呢？”小南挠挠头，别无他法，只能继续向既定路线行进。

这会是唯一一个漏标的点吗？先把图上有的查完再说。

小南走到八号木屋时，天已经接近暮色，需要聚精会神才能看清稍远处的光景。八号木屋更偏僻一些，大概位于谷地的最低点，周围是高大的杉树林，地面布满厚实的苔藓，空气中充满潮湿的味道。

和其他木屋不一样，八号木屋的门上并没有大铁锁，甚至门都没有关严，半掩着。

就像一号木屋，那个男孩被园丁剪砸倒的位置。

小南心中涌上一股不祥的预感。她的深一脚浅一脚踏在苔藓上，周围寂静，耳中只有此刻自己沉重的呼吸声。

最后一缕夕阳离开了森林，谷地起了雾。

就在小南离木屋还有三五步远时，她脚下一滑，猛地摔坐在地上。

“啊，好痛。”她坐在地上，以一个刁钻的角度窥见了木屋里的景象，屋内依稀有一个影子，影子的轮廓看起来像地上坐了一个人。小南在原地愣坐了几秒钟，她用力睁大双眼，试图看得更清楚一些。

那的确是一个人，不过骨架要小很多，那是一个孩子！又一个孩子！

小南缓缓起身，心里默默祈祷希望他还活着，手向木门伸去。

“啊！”

地上的孩子虽然被蒙住眼睛，嘴里被塞了东西，但她还是一眼就认出了他，正是不久前刚刚失踪的风风。小南喊他，他没有任何反应，小南颤抖着伸手去探他的鼻息。

还活着！

小南松了口气，开始查看风风的情况。

风风的手被反绑在身后，膝盖被牢牢绑在胸前，眼睛被麻布缠住，嘴里……小南仔细看了看，是旧报纸。她把那团巨大的报纸球从风风的嘴里掏了出来，盖在眼睛上的麻布被系了死结，小南的指甲已经抠得生疼也还是没办法解开，怕风风突然醒来被割伤，所以小南不敢用匕首割开麻布，于是决定先拆背后绑手的麻绳，还好背后绑的是活扣。

这时候，小南突然想到应该先跟同事们联系，好有个帮手。就在她摸出手机的一刹那，“哐”的一声，本就昏暗的屋内更是陷入了黑暗。

门被关上了！门外的人此刻正用一把大铁锁将门反锁。直至此刻，小南都还以为是工作人员没有仔细检查便例行公事关了门。

“里面有人！有人！”她赶紧大叫。

门外的人没有停手的意思，金属锁“哐啷哐啷”敲击着木门。

小南这才反应过来。此时此刻，在人迹罕至、昏暗的森林谷底，门外正有一个人企图把自己锁在这间木屋里。小南看不清门外的情况，只能勉强看清有个人形在晃动，身高体型则很难判断。

小南弹了起来，用力向外推门，可惜门锁已经扣住了，木门只是在她一次次发力时发出令人焦躁的吱嘎声，两扇木门间却难以打开超过三厘米。

“开门！开门！”小南不甘心地继续推搡，这时门外的人影不见了。

打电话求助！这里是……八号管理用房。

然而，小南的手机此时没有信号，她在屋内来回走动试图找到一丝信号，然而都是徒劳。一直以来西山的信号就不是很好，谷地区域更甚。

门外的人影又出现了，依旧没有说话，但是小南勉强可以听到不均匀的喘息。

“唰——”

一道寒光涌入，小南浑身一抖。她定睛细看，一根小指般粗细的铁棍横在眼前，距离鼻梁不过几厘米远，铁棍上布满铁锈，散发令人不舒服的腥气。就在小南的眼神顺着铁棍看向另一端时，铁棍被猛地抽出了。

就在一瞬间，小南看到了铁棍的尽头被磨得尖锐而锋利，毫无锈迹，反射着令人不安的寒光。没等小南反应过来，那根铁棍再次从缝隙中刺了进来，这次，锋利的尖端划破了小南的脸，在她脸上留下一道血痕。

“啊！”小南捂住脸颊，瘫在地上。

门外，那个人正手持铁棍一次次地向木屋里手无寸铁的小南发起攻击。

小南浑身发抖，她意识到刚刚以为自己要被锁在这里，现在看来这种想法未免太乐观了，她要面对的一个更令人胆寒的现实。

门外的人是想把她的尸体锁在这里！

小南用力掐了一把虎口，试图集中精力让自己保持清醒，同时透过门缝观察对方的动向。在对方发起下一次进攻前，小南把风风推到了墙角确保他的安全。木屋只有正门的缝隙可以容许外物穿入，其他三面几乎没有缝隙。

伴随那刺耳的刮擦声，铁棍再次刺了进来，小南压低身体以求不被刺到。铁棍抽出又刺进来的频率越来越快，小南转过身把风风护在怀里，自己则低着头，不敢再看门的方向。

天眼看就要黑了，在雾气笼罩下，周围的一切更是显得混沌不堪。原本空灵的谷地此时只有尖利又不停歇的铁棍刺入声。

“快来人吧……”

小南醒来的时候，四周一片漆黑。

这是过去多久了……头好痛……我……还在木屋里吗？

她屏住气，尝试倾听周围的动静。鸦雀无声，那个人应该已经走了。小南拿出手机，借着光亮查看环境，还在木屋里，但是门开了！

小南把手往身后摸，蓦地一惊，风风不见了！

小南手足无措，在原地愣了好一会儿，一天之内，已经有两个孩子从即将获救的边缘，再次堕入可怕的未知。此刻，懊悔和焦虑已经填满了小南的心，她感受不到丝毫的恐惧。

手机依然没有信号，小南打开手机的手电查看缓存地图，发现不必折返，继续向九、十号管理用房方向前进的话，很快就可以回到游览线路上。

尽管小南身处这个城市最受市民欢迎的公园，却仿佛置身野兽巡行的荒野，随时有被生吞活剥的风险。

一路上，小南的脑子飞速运转，刚才为什么会睡着？在她模糊的记忆中，似乎……有一根细细的管子伸了进来，好像有烟雾喷出。现在想来，应该就是这个烟雾让自己昏迷了。

他们到底有几个人？今天柴门外的人会不会是小丑？线索太少，而危险已经逼近。不过，经过今天的事，小南清醒地意识到自己的身份已经暴露。只要她还在公园里，那个人或那几个人就会像幽灵一样暗中埋伏，伺机而动。

“今天，他（们）不想要我的命，否则我早就死了，他（们）只是想吓退我。”小南明白了，继续行动下去，他（们）很可能就会在不知道什么时候置自己于死地。小南咬紧牙关，大步向前走去。

八号门距离游览路线比较远，加上路滑难行，小南走了将近二十分钟。才远远地看见路灯，手机就有好几条信息进来，终于有信号了！

“小南，我们这边已经查完了，在哪里集合？”

“小南，你在哪？要不要我们去找你？”

“小南，你的手机打不通，看到信息请尽快回电话。”

都是同事发来的信息，她赶紧给一个同事回了电话。

“喂，小南！你在哪！我们到处找不到你！”

“我，我刚从山谷这边出来，现在……唉，我们找个地方集合吧！去湖边咖啡坞吧！”

“好，我们现在就过去，有两个人去找你了，我打电话让他们回来一起集合。”

挂断电话，屏幕上显示已经晚上八点多了。小南回身望着黑洞洞的山谷，眼神坚毅。走到湖边，她已经筋疲力尽了。

“怎么到处都不见你？”一个同事问。

“我在山谷。”

“山谷？是这个吗？”对方拿着地图指着问。

小南点点头。

“还以为这么晚了，你不会往那么僻静的地方走……”

小南摆摆手：“没事。不过，我还真的遇险了。”

她把下午分头搜查后发生的一切告诉了大家，大家都有些自责。不过，最终话题还是回到查案上。

“你们有什么发现没有？”小南问。

大家摇摇头，表示别说是小孩，连可疑的作案人都没发现。

“各位今天估计要辛苦一下，那个孩子，或者那两个孩子，很可能都还在公园里，我们要连夜找人。”小南语气坚定。

这时，她的电话响起，是公园管理处。

“喂？监控排查完了，你们要不要过来看一下？”

“有什么发现吗？”小南声音透着焦虑。

“你们还是直接来看吧。”

“您先告诉我有没有可疑的人带孩子出入。”

“目前看来是……没有，不过，你们得来个人签字，不然我说没有，最后要再出事了，我可没能耐负责。”管理处的人态度很消极。

不过，至少现在得到了一个信息：这两个孩子大概率还在公园里。

看来要分头行动了，她对组里年龄较长的那位同事说：“要不，您去看监控结果吧，有什么问题及时联系。公园的人并不是很积极，还是得我们自己细心一点儿。”

对方点点头，起身去了。

“你们两位，跟我去山谷继续找，你们三个，扩大刚才的搜寻范围，在山谷以外的地方继续找，凡是看到可疑的棚子、工具房、帐篷，都要仔细查看。”

大家就就此分头行动，小南加快脚步，她心中只有一个念头：要尽快找到两个孩子，晚一天，他们就要忍受更长时间的恐惧，甚至……死亡的威胁。

想到这儿，她回头对另两个同事说：“我们今天可能要通宵找人了。”

两人并未吭声，但是能明显感觉到他们的抵触情绪。

小南想了想，继续解释：“今天两起事件都发生在山谷里，说明这个谷底很可能有重要线索，甚至不排除他们把之前失踪的孩子也藏在这里的可能。所以我们要在这里多花心思。”

那个人交换了一下眼神，依然没说话。

三人来到山谷口，一眼望去，黑洞洞的。

“我们走吧。”幸好，一个同事带了手电筒，虽然能见度依然有限，却总比手机照明好多了。

“你今天真的在这里见到了两个孩子吗？”其中一个同事问。

“为什么会找到了又失踪呢？”另一个同事问。

小南一时间不知如何作答，她知道同事们在埋怨自己。

“我们抓紧时间吧，现在每秒钟都很宝贵。”小南稳住自己的情绪。

“你觉得能在这找到孩子的概率有多大？”同事的声音明显有些不耐烦了。

毕竟，除了小南没人见过那两个孩子，他们做不到同她一样迫切。

小南深呼吸了一下，尽管她的心绪被同事的质疑所影响，但尽量保持语气和善，重复着刚才在湖边已经说过的事实：“我是把孩子护在身后的，但我被迷晕了，醒来后人就不见了。不过，如果我们坚持找，也许还有希望。”

“那第一个呢？中午那个？”对方穷追不舍。

“我去追人，回来才发现孩子不见了。”说出这句话时，小南更是自责，她想起队长的话，万一孩子有不测，自己真的难以承受内心的折磨。

“你的经历总是那么特别。”另一个同事说。

“我说的是实话。”小南咬着牙，“还是少说话吧，以免打草惊蛇。”

“今天你才是在打草惊蛇！躲在暗处的人，搞不好就是因为被你激怒了，才会躲在你调查的路上，利用第二个孩子，那个……风风，把他当作诱饵引你进入木屋，然后企图吓退你。”

小南听明白了他的意思了。

“你现在只能祈祷他不会把对你的怒气转移到风风身上。”他补了一句。

听见这话，小南再也绷不住了，她吼道：“我没想让风风陷入危险！中午我把第一个孩子留在原地，的确是我做错了。可是难道我不该去追那个绑了孩子的人吗？我没有想到暗中还有另一个人！如果我知道，怎么可能让一个七八岁的小孩子独自留在那么偏僻的地方！我曾经离他那么近……”说着，小南的眼泪快掉下来了。

“可你还是把那个孩子留在了原地，不是吗？”

小南没有再回应，她泪流满面，深一脚、浅一脚走在比白天更加湿滑的苔藓路上。

“算了，后面我自己看吧，你们给我留一个手电。”小南说。

同事给她一支手电筒，转身原路返回了。小南抓起袖口用力把眼泪擦干，继续向前走去。

前面就是八号木屋了，小南远远地就用手电筒照着它。这次，小南把重点放到了木屋后方伸向谷地两翼的深处。这里完全没有路的，被高草覆盖，无比荒凉。

晚上湿气很重，她的脚下不停打滑，有时脚下一滑，一个不小心手电筒就会脱手。黑暗中，小南觉得好像有一双眼睛在直勾勾地盯着自己，她脊背发凉出了一身冷汗。

小南逐一检查每一个经过的木屋，用手电筒从门缝往里照，她期望能有所发现，又害怕有所发现。检查完木屋内，她就绕到木屋后面，向山麓的方向走，走到步行能够到达的极限，确保自己没有落下任何一个区域。

此时，小南已经深入五号木屋后方，就在难以继续前行的时候，她的右脸感觉到了异样的气流，她哆嗦着向气流来的方向举起手电筒。

不远处竟然有一个山洞！气流就是从山洞中涌出来的。洞口有两米高，很窄，约一米宽。

一个角落都不能放过！小南咬紧牙关，走向山洞。

和想象的不同，洞内虽然阴冷却很干燥，逼仄的岩壁从两边胁迫挤来，人夹在中间有呼吸困难的错觉。目前为止，手电筒能照到的地方看起来都还算正常。手机依然没有信号，不知道另外三位同事搜寻得怎么样了，真希望他们找到了孩子……

走着走着，小南觉得洞内似乎宽敞了些，脚下也不再是坚硬的岩石，而变成了松软的沙土地。气温越来越低，小南刚刚平复的心情，因为一阵不知从哪儿吹来的风激起一身鸡皮疙瘩。

"啊！"

一个没留神，小南被一块石块绊了一个趔趄，崴到了脚，幸好不严重。严重的是，手电筒掉在地上，摔坏了。

洞里的黑暗和山谷中的黑暗不同。在露天的谷底，小南觉得暗中有一双眼睛在看着自己。而在山洞中，她觉得那双眼睛的主人就紧贴在自己身后，仅一个指头的距离。

在伸手不见五指的洞穴深处，小南几乎要窒息了。小丑、拿着尖利铁棍的神秘人，还有那双似乎总在暗处观察自己的眼睛，一瞬间涌进了脑海。

小南蹲在原地，不敢动弹。十几分钟后，小南才抬起僵硬的手臂，伸出冰凉的手指，一寸一寸地摸索地面。

在这样密闭幽黑的空间里，人的感官会出现问题。小南的动作突然停下了，她觉得己摩挲沙土地面的同时，还有其他人或什么东西也在轻微地摩擦着地面。只是那声音太轻微了，难以确定是真的存在，还是自己出现了幻听。

细细分辨，那个声音也不像是摩擦，更像是有什么物体在一下一下地按压着地面。可是，再仔细一听，又好像什么声音。

小南继续摩挲。一瞬间，她突然汗毛倒竖。

刚刚是不是有什么东西碰到了我的衣角？那种感觉如此真实……怎么可能是错觉！小南张开双臂，在空中乱抓，一无所获。

黑暗的密闭空间……真的是错觉的温床。

小南濒临崩溃，可她知道不应该在这里浪费时间，她准备往回走，放弃这里去别处寻找。可是，她已经搞不清哪个方向是洞口。小南缓缓站起身，靠在岩壁上，眼睛直勾勾望向虚无。

不知过了多久，她决定不再思考，随便挑一个方向，走下去。她摸着岩壁，开始前行。只走两千步，两千步后如果还是一片漆黑，那么就掉头走。没有光源，不仅危险，更意味着有可能错过线索。

进洞多久了？至少半个小时吧。黑暗中，除了视觉外，各种感官都更敏感了。不过，在接下来的两千步里，小南再也没听到、感觉到任何异常。

走着走着，她感觉脚下的土突然无比松软，松软得就像是刚刚被松过。

一种可怕的猜想瞬间划过小南的脑海，小南缓缓蹲下，来回抚弄着脚下松软的沙土。她用右手定准一个点，然后一捧一捧往外掏土。忽然，小南感觉碰到了什么带有一点点弹性的东西。

触感变了，是布料。沙土下埋着布料。布料下呢？

小南不需揭开，单靠按压就知道，布料下是人的皮肉，不同寻常的是那皮肉还是温热的。小南用双手快速刨土，刨到一半，巨大的悲伤涌遍全身，这是一个孩子！

她加紧了手上的速度，心里默念：活的、活的、活的……

小南摸到孩子的脑袋，她把手搭到孩子的颈动脉上，孩子没有了脉搏，痛苦像白蚁啃噬小南的骨头。

这个孩子是谁？不管怎样都要带他出去。小南把孩子背在背上，原路折返。此时的她，恐惧早已消逝，绝望是抹杀恐惧的利器。

不知过了多久，小南踢到了一个坚硬的东西，声音脆而通透，像踢在塞满东西的易拉罐上。小南猜是刚才她摔坏的手电筒。小南丧气不已，甩起脚把它踢飞了。

隐约能够看到洞口的时候，小南全身已经湿透了。但她不觉得累，甚至加快了脚步，她迫切地想知道背上这个孩子到底是谁。

终于，她走出了山洞，呼吸到了清新的空气。刚才还面目可怖的山谷，对于刚从洞里惊魂一游的小南来说显得那么恬静。

她把孩子轻轻放下，借着微弱的月光，观察孩子的脸。待看清的那一刻，小南的泪水决堤般奔涌而出。她记得这个面孔，是今天第一次在木屋中遇到的那个孩子。

最后，竟是这种结果……小南背着孩子，一步一滑地向山谷外走。走了一会儿，小南的手机响了，是去公园管理处核对监控的那位年纪偏大的同事。

“喂……”小南显得有气无力。

“终于打通了。监控没什么问题，门卫那里也查得严。孩子应该不会有被带出公园的可能。负责调查山谷外的人已经回去了，他们让我转告你，没什么发现。”

小南张张嘴，欲言又止。

“现在大家有点怀疑你的话了，包括你说看见了两个孩子和后来的遭遇，唉，说白了，他们觉得你……”

“在编故事，想引起大家的关注，对吗？”

“倒也不能这么说……”

“现在不必再猜疑了，我找到中午见到的那个男孩了。”

“啊？”

“不过，他已经没有呼吸了。”

电话那头沉默了一阵，说道：“我打电话叫组里派车来。还有……”对方又顿了顿，“恐怕你没办法再继续参与调查了。”

负责此案的警察们围着孩子的尸体，面色凝重。

“孩子死于窒息。”尸检员面无表情地说，“不过不是被活埋，是有人捂住其口鼻导致的窒息。死亡时间在两个小时以内。”

大家的脸同时转向小南，推算下来，小南发现孩子的时候，孩子很可能刚刚咽气。

小南一阵晕眩，几乎要站不住了，被旁边的同事一把扶住，架到椅子上坐下。她低着头，双手把头发抓得生疼，她不是因为同事们无声的怪罪而无地自容，只有她自己知道在山洞中发生了什么，也许刚踏进洞口的时候，孩子还活着，如果手电筒没有坏，也许还能救孩子一命，就差那么一点……

孩子死了，这比毫无踪迹更让人感到绝望。

“你有很大的责任。”队长语气沉重。

小南把头抬起了一些，小幅度地点了点头。

队长长叹了口气，说：“你的粗心、鲁莽，让本有很大机会获救的受害者频频陷于危险，一次又一次错过最佳时机。你并没有能力调查这个案子，我也有责任，不该那么信任你，任由你一个人去调查，即使后面给你补充了人手也于事无补。”

小南木然地点了点头，没有说话。

“预计什么时候可以核实孩子的身份，联系到他的家长？”

“今天公园上报了一起儿童失踪案，说是一家四口在山上露营，让两个孩子下山到公园集市买东西，结果两个孩子走丢了。这个孩子和家长提供的大孩子的照片是一个人，我现在就去打电话。”

听到这，小南心里咯噔一下，会不会就是今天上午去集市寻找小丑时，路上遇到的那对夫妇？

大家陷入了漫长的沉默，队长像是下了很大的决心，对小南说：“你不要再负责这个案子了，回去吧。”

小南愣了一下，怔怔地看向队长，然后一改刚才快要虚脱的状态，厉声道：“别！我想参与这个案子的调查！”

另一个同事开口了：“就算队长还让你继续调查这个案子，家长也不会同意的。一个月了，在今天以前，你几乎没有查到任何有价值的线索，再说今天，一天之中，你就出现了三次重大失误，其中一次……”他看了看孩子的尸体，没有继续说下去。

“你继续参与这个案子，只会让事情变得阻力重重。”队长语重心长。

小南别过头去，眼泪止不住地流。

“啪！”

小南的左脸一阵火辣。

“是你害死了我儿子！”对方哀号着痛骂道。

一切发生得太过突然，小南不知所措，她惊惶地看着面前这个人，是今天上午在集市碰到的那对寻找孩子的夫妻中的妻子。

没等小南作出任何回应，她已经趴到孩子尸体上号啕不止。

小南膝盖打战，手足无措。她的丈夫随后赶到，双眼通红，不停地抚摸孩子的面颊，以仇恨的目光刺向小南。

现在想来，她在集市看到这对夫妻后不到一个小时，就遇到了他们被绑架的孩子。如果中午他们在山谷寻找的话，事情可能就会是另一个结局，要是没有摔坏手电筒的话……现在想这些，除了徒增懊悔，别无他用。

如果孩子的家长知道了这个细节，此刻应该会立刻将自己活埋吧。突然，一段恐怖的回忆闪过小南的脑海。如果孩子是被捂住口鼻窒息而死，自己赶到的时候孩子刚咽气不久……犯罪嫌疑人又是怎么逃走的？

小南想起了一种声音和一种感觉。这时，队长过来拍了拍她的肩膀，示意她出去。小南无声地垂着头走出了房间。

漫长、疲劳、心碎的一天。头顶的月光不似平日般皎洁，看起来让人发冷。小南坐到公安局对面银行的台阶上，头痛欲裂。每每想起现在已经变成冰冷尸体的男孩，曾用祈盼的目光看着自己，小南心如刀绞。

还有风风，他的处境会是什么样？我不能停止调查，风风还在等着我。小南目光坚定地看着前方。

几十分钟后，她再次出现在公园门口。园区已经关闭，进出都需要登记。门卫不知道她已被勒令退出案件的调查，所以开门放她进去了，小南向门卫要了一个手电筒。

深夜的西山公园是一副完全不同的面貌。起风了，黑色的湖水混乱地涌动，像是隐藏着什么秘密。山上，露营的人们入睡了，失去了点点灯光，山体化为一个巨大的黑影，似要将人吞噬。园路上只有小南一个人，她把脖子深深锁进衣领，用力咬住不停颤抖的嘴唇。

风风，你在哪里……

小南的双腿不由自主地再次向山谷快速迈进，还有四个木屋没有查，还有半个山谷的深处没有探。这个看似寻常的山谷中，到底还有多少不为人知的山洞，风风此刻会不会就被困在其中一个山洞中……还有，那个至今躲在暗处的恶魔，到底身在何处？小南既想找到他，又怕找到他。或者说，是怕他找到自己。想到这里，小南用力攥了一下口袋里的的电击棒。

不知不觉间，小南穿过了已然空荡荡的集市场地，走过前面那一长段林荫景观道，很快就要到山谷的入口了。

夜间，景观道的路灯每隔两盏才开一盏，人在其中快步走仿佛是从一个昏黄的光圈快速穿梭到另一个，其间会经过一段昏暗模糊的空间。小南从小就怕走夜路，每次走在回家路上，就会感觉前面的电话亭里、身后的树影下总有人虎视眈眈。

其实，小南并不是天生就这样，她怕黑是从一次事件开始的。小南的妈妈去世得早，爸爸工作又忙，所以小南一直以来只能自己上下学。学校距离家并不远，有一阵平时走的大路在维修，其中一段路只能走一条偏僻的胡同。胡同大约只有三米多宽，两侧是联排的民房，但没什么人住，很多家庭都搬去了新区楼房，这里的空置平房只等着拆迁，到了晚上更是死气沉沉。

一天放学小南做完值日，天已经黑透了，那时候胡同只有两头的路口才有路灯，整条胡同基本上是漆黑一片。天黑后，偶尔有人出来倒水也是打着自家的手电筒。小南的爸爸也给她准备了一个手电筒，专门用来应对这条胡同。

那天小南和平时一样，耳朵里塞着耳机，脑子里想着当天班里发生的新鲜事，步伐轻快。想到开心处，她还会晃动手电筒，让光柱在墙面、地上有节奏地跳跃。就在她沉浸在自己的世界时，脑后突然传来一阵剧痛。紧接着，一股巨大的力量拽住了她的马尾辫猛地往后拖。小南刚要尖叫，一个粗糙厚重的手掌就用力捂住了她的嘴。那手掌上的铁锈味，她到现在都忘不了。逼仄的胡同仿佛一潭死水，把小南的恐惧和困惑死死困在里面。

小南的鞋子在对方粗暴的拖行中蹬掉了，脖子被那人狠狠勒着，尽管拼命喘息，都感觉快要窒息了。混乱中，手电筒摔在地上，熄灭了。她被拖进了路边一个年久失修的公厕，连一丁点月光都照不进来，一片漆黑。那人的脸几乎快要贴到她的脸上，她却无法看清对方的面容，只有难闻的气味随着他粗重的喘息不断喷出，令人作呕。

小南的手脚被扳得生疼，但还是死命拽住自己的衣服和裤子，用指甲抠对方的肩膀，用牙齿狠咬对方的手臂，那人边骂边给了她好几个耳光。很快，小南的力气就要用尽了，她的眼泪爬满了脸颊，只能断断续续地呼救。在这封闭的地狱般的空间，这种呼救近乎无用。

就在那人即将制服她时，小南感觉压迫自己的力量突然减小了，随之而来的是门外一连串的咳嗽声。趁对方不备，小南疯狂抓挠对方的脸。暴徒阵脚大乱，夺门而逃。

虽然侥幸逃过一劫，可那段公厕里令人绝望的经历，让小南直至今日都对漆黑的逼仄空间有切肤之恐惧。令小南难以释怀的另外一件事是，如果当时门外没有人经过该怎么办。如果那个暴徒过于狂妄，对咳嗽声并没有产生畏惧，又该怎么办……

当时的小南，根本不敢奢望突然出现一个英雄去拯救十岁的自己。而每每想到随时可能有孩子在经历和自己一样的噩梦，她就痛苦不已。所以虽然小南胆小怕黑，但她也要成为保护孩子的英雄，这成了小南的理想。

眼前的林荫景观道把小南拉回到了十岁那年的胡同路。只不过这次，她是拯救孩子的英雄。

“小南，不要怕。”她对自己这样说着，脚步更加坚定。

等一下……前面……是看错了吗？两盏路灯之间的一棵法桐树下，似乎有一个人影。小南放慢脚步，用力瞪着眼睛观察。那似乎不只是一个人影，那个影子的形状有些怪异，尤其是下半部分。

小南没有时间瞻前顾后，依旧向前走着。直到离那个“人影”还有几米远，她才发现阴影里是一个牵着狗的男人，那只狗很大，呼哧呼哧喷着粗气。虽然他们站在路灯照不到的阴影里，但小南仍能感受到那个人、还有狗，正在注视着自己。

小南抬手看了眼时间，凌晨一点半。但是小南没有多想，连一丁点害怕的想法都没有，她一心急着去山谷找风风。走出一段路，小南才觉得有些不对劲，刚才那人虽然看不清面目，但身影似乎有些眼熟，好像在哪里见过，却又一时想不起来。

眼前已是山谷入口，小南来不及多想，她紧握着手电筒，再次确认了一下兜里的电击棒，快步向发现尸体的山洞进发。

风风，如果你在，请你等着我！

小南再一次踏进了山洞，这次的脚步快，没走多久就看到了之前摔坏的那支手电筒，她捡了起来，稳稳地塞在腰后。当她走到挖出那孩子的地方，眼泪夺眶而出。这个小小坟冢，就位于这洞的末尾，前面再没有路了。

原路折返时，小南仔细盯着地面，一寸一寸地寻找是否有其他埋葬的痕迹，但最终一无所获。只是除了她的脚印外，还有些模糊不清的其他印迹。

风风没有在这个洞里，不知是好事还是坏事。小南深吸一口气，出了洞口，继续沿着谷地往前找。她没有察觉到，洞口不远处，那个牵着狗的男人就站在树影下。

山谷中的湿气越来越重，冰凉的雾和温热的汗混在一起，小南的T恤已经紧紧贴在了皮肤上。小南拂去已经粘在额头上的发丝，集中精力搜索着。

剩下的半段山谷，地形要简单得多，没有太多沟壑，也鲜有延伸到山麓深处的岔路。一路上，没有再出现任何山洞、松动的土堆这类可疑的东西，那些作为管理用房的木屋也没有任何异常。小南很快就查完了，她不知是该长出一口气，还是为一无所获而揪心。

差一刻就凌晨三点了，天地彻底进入了黎明前的黑暗。

小南来到中午心灰意冷时闲坐的平台，坐在石凳上苦思冥想，犯罪嫌疑人会把孩子藏到哪里？在此之前还有一个更重要的问题，犯罪嫌疑人为什么要抓那些孩子？

如果是拐卖，目前已经有好几个孩子失踪，但却未见有孩子被运出，所以这个可能性极小。如果是性犯罪，一般会威胁孩子“保守秘密”，再把他们放回到家长身边，或者直接杀人灭口。如果是后者的话，总要有个尸体吧？

小南使劲甩了甩头，避免自己脑中不停浮现“尸体”的想法。可是，风风还活着的概率能有多少？下午在木屋遇险时，风风已经昏迷了，五岁的孩子，也只能是任人摆布。

犯罪嫌疑人的动机，这是目前最大的谜题。也许可以在那孩子的尸体上找到一些答案。

小南快速走出山谷，到了有信号的地方。她掏出手机，花了点时间调整呼吸，最后像突破了多大心理障碍一样，拨通了队长的电话。

结果没响两声，对方就挂断了。小南不肯放弃，重新拨过去。在吃了不知几次“闭门羹”后，对方终于接起了电话。

“我在忙。”显然队长的情绪很不好。

“别挂！我只有一个问题……”

“现在上面正在讨论对你的处置，被害人因警察的疏忽导致死亡，属于重大事故。目前看来，运气好的话你会被直接辞退，运气不好的话你会被起诉，很可能坐牢。”

“我想问，死者身上有没有被性侵或被虐待痕迹？”小南的语气冷静而坚定。

“你清楚自己现在已经不在这个案子上了对吧？”

“队长，人命关天，你帮帮我……求你了。”

听筒里一阵沉默。

“没有，没有性侵或虐待痕迹，只有肩膀上有一处轻伤。”对方停顿了一下，接着说，“从现在开始不要再打电话，如果我再接你的电话算违规。”

电话挂断了，小南保持着打电话的姿势怔在原地。一直被压抑的疲倦感一股脑地涌了上来，小南失神地坐回长椅，低头盯着双手，心上仿佛开了一个大洞。

她无意识地翻着手机，手指在屏幕上划来划去，直到风风的照片映入眼帘，小南的眼神重新凝聚了起来。她用力揉了揉眼睛，清空了一切无用的想法，重新把注意力集中在找人上。

没有性侵或虐待的痕迹……那为什么要杀他呢？犯罪嫌疑人会是以杀害孩子为乐的变态吗？小丑那张诡异的面孔再次浮现在小南的脑海……

继续找吧！晚一分钟，风风或者其他失踪的孩子，就有可能像今天那个可怜的男孩一样，因自己行动不力而丧命魔爪。

小南把搜索范围扩大到整个公园。欢乐堡、烧烤场地、集市……所有活动区域，都没放过。然而最终仍然一无所获。时间一分一秒地过去，小南就快要沉不住气了。

她无望地望向湖面，那是一幅与白天和煦阳光下截然不同的冷酷景象。她依然没有察觉到，那个牵着狗的男人正在暗处远远望着她。

小南突然想到公园的大多数地方都没有藏尸的条件，如果是活人就更容易被发现。公园里人来人往，除了那个山谷就没有可称得上“私密”的地方，风风大概率还在山谷里。可是，山谷几乎被翻了个底朝天，还是不见风风的踪影。

小南把目光放到湖边的一个垂钓亭上。垂钓亭分为水上和水下两个部分，水面以上是一个约四平方米的小木平台，四周有三面围着木板，头顶立着一把固定遮阳伞，类似于缺了一面墙的小屋。小木平台中有一块木板像一个盖子可以翻开，打开盖子，那里有一个用细细钢丝网围起来的鱼笼，是方便垂钓者暂存钓上来的鱼的，以尽最大可能保持鱼的新鲜度。

湖边的垂钓亭和山谷的木屋，看起来还真的有些像呢……小南激灵了一下，起身快步往山谷走去。那个牵着狗的男人，紧随其后。

站在山谷的入口看过去，远处漆黑一片，天空乌云密布，小南打开手电筒，向山谷深处走去。十号木屋没有上锁，小南蹲在地上，用钥匙使劲刮擦地面。不一会儿，疏松的沙土间出现了一道刮沟，约一厘米深，小南继续用力，可再也刮不动了，而且手感出现了变化，阻力变得很大。

小南把脸凑近，借着手电筒的光仔细观察。和她想的一样，在沙土的表面下，是厚重的木板地面。她站起身，一把抓过立在一旁的大号消防斧，劈向地面。

一下，接着一下。一时间，沙土飞扬，很快，密密麻麻的斧痕布满地面，沙土和木屑的混合物下，木板地面逐渐露出真容。

小南先是趴在地上，在木板表面仔细寻找缝隙。可惜表面已经磨损过度，加上光线太过昏黄很难辨认。小南只好握紧消防斧，用尽全身力气重重劈向地面，紧接着，她尽力劈下第二斧、第三斧……

汗水和刘海的发丝粘在额头上，她的眉心拧作一团，手指的关节暴凸，白色的筋膜若隐若现，单薄却十分有力。直到把木板劈穿，斧头砍在了硬邦邦的水泥台基上，发出截然不同的声响。

十号木屋下面没有其他空间。小南拖着斧子，向九号房走去。

“铛！哗啦。”老旧的门锁被斧头一击即破，应声坠地。

同样一番操作，很遗憾，同样的结果。九号木屋下面也只是水泥台基，没有其他空间。

“快，下一个！”小南心里一个沉着的声音说道。

可惜的是，八号、七号、六号、五号房也是一样，都只是普普通通的小木屋而已。小南的手指已经被震到麻木，水泡冒了出来。

四号，三号……

小南的体力几乎接近极限，每一次扬起斧头的时候，肩膀和大臂就像是火烧一样。每一次从木板中抽离斧头，都要靠全身后坐才能完成。几次向后栽倒，裤子已经被尖利的砾石划破了好几道口子，鲜血顺着这些口子渗了出来，而她似乎完全意识不到。小南的双手连着手臂止不住地打战，她不知道自己还能坚持多久。斧子拖在地上，发出令人心烦的摩擦声。

向二号木屋进发。只剩两个了，最后的两个希望。

等一下，三号房的不远处，那丛巨大的芒草背后，还有一个外表与其他木屋并无二致，仅仅是有点新的木屋。

小南仿佛充了电一般，快步冲向那个地图上不存在的木屋。站在门前，她直直地看着应该是门锁的位置，门是锁着的，但却没看到锁头，这说明门是从里面锁上的。她上次来，并没有注意到这个细节。

与此同时，小南想起一个声音，工具箱落在地上的声音，清洁工老秦的工具箱。她现在才反应过来，那落地声是多么值得留意，而当时的自己是多么的粗心。老秦的工具箱是木质的，掉在沙土地面上还是掉在木板材质的地面上，声音是迥然不同的。

小南确信，那天落地的声音绝对是后者。她用手电筒抵着门，观察里面的情况，工具箱已经不见了，地面很空旷。空旷的木板地面，内围有一圈明显的缝隙，就像是……一个盖子。

小南一刻也没犹豫，举起斧子向木门劈了过去。木门很结实，但还是出现了一道裂痕，再来！

“咣！咣！咣！咣！”

一下又一下，直到木门支离破碎，小南用力扯下残破的木门扔到一边，走进去检查，内围像盖子的部分果然是活动的。小南把斧子立在墙边，用指甲仔细摸索着那圈缝隙。在木板一角，有一粒小小的凸起，摸起来好像还有点弹性。小南尝试着按动它，稍一用力，那粒小小的凸起就反弹而起，升到足以能被当成把手的长度。小南拽着这个把手，向上用力，木板纹丝不动。

难道还有一道锁吗？小南皱紧眉头。

可是这木板上完全找不到其他锁头或者暗锁，小南决定还是直接用斧子劈开。不过这次她要加十倍小心，这个木屋下方的空间很有可能藏匿着孩子。

小南的心跳得发狂，她努力克制着，砍劈下去。

“锵！”

一声清脆的金属撞击声。小南感受到了一股震颤的力道，斧子劈在了一块金属板上。这说明，她是无法直接砸穿木板，伤害到里面的人。想到这儿，小南加大了力度和速度。

她的手已经不受自己控制，只是机械地重复着动作。

十几分钟后，木板几乎被砸成碎片，下面的金属板逐渐显露了出来，那是一个略有锈渍的铁板。铁板中央有一个小凹槽，里面折叠着一个细窄的抓手，小南将它抠出来，用力向上提。

“咔嗒。”

铁板打开了一条缝。再用力，盖子异常顺利地翻了起来，倒向一边，一阵湿冷的空气扑面而来。

和小南想象的不同，下面可不是类似“鱼笼”之类的小空间，而是一条垂直的通道伸向更远的黑暗。“井”壁上，有一列用细铁棍制作的简易蹬梯，小南勉强看清，离她最近的两级蹬梯上面似乎沾着点泥土。

虽然有所心理准备，但眼前这完全不合常理的场景还是震惊了小南。小南在原地镇定了一会儿，深吸一口气，把手电筒咬在嘴里，手脚并用，沿着蹬梯，慢慢向下深入。

此时，东方已泛起鱼肚白。地面上，长柄斧还立在墙边。大概几分钟后，这把斧子就到了那个牵狗的男人手里。

地平面以下，冰冷的湿气渗透了小南的T恤和帆布鞋，她的牙齿止不住地打战，脸颊紧绷，指尖发麻。这个蹬梯似乎经常被踩踏，表面无比光滑，上面还布满密集细小的水珠，体力已经迫近极限的小南几乎难以抓紧这些光滑的细铁棍，脚下不停打滑，每一步都如履薄冰。

小南不知道这个“井”有多深，逼仄的空间、未知的“井”底情况，让她无法抑制地开始胡思乱想。

小南忍不住伸手去抓兜里的电击棒，就在刚握住的一瞬间，她的身体失去平衡，双脚和右手一齐滑脱，只剩左手还勉强挂在随时有可能失去着力点的蹬梯上。巨大的下坠力仿佛要把她吸入黑暗深处，她慌忙挣扎着抓回蹬梯，一阵慌乱中，电击棒脱手掉了下去。

大约两秒钟后，她听到了略显虚无的坠落声。看来，这“井”也不是深不可测，而且下面没有水。随着向下深入，小南的呼吸也渐渐变得不自在。突然，有一样东西出现在小南眼前，瞬间令她浑身僵硬。

那是一条儿童用的吸汗巾挂在一处凸起的岩石上，这种吸汗巾是幼儿园的孩子们比较常用，两截式棉纱布巾，下面的一截长一些，垫在后背与外套之间吸汗，这样就不会导致汗水贴在孩子的后背上不舒服，上面一截短一些，从后领伸出来搭在外面用做固定。

这条吸汗巾，短一些的那半截的边缘，绣着一个名字——风风。

往好处想的话，这里确实有风风的踪迹，但以小南的办案经验，她是绝对不希望在寻找孩子过程中，看到孩子的衣物的。于是她加快了手脚的速度，总共下行了有三十多米，小南的脚终于踩在了踏实的地面上。当她站稳，向四周环顾的一刹那，小南惊呆了。

“井”底的环境和她预想的狭小不同，她的面前有一片开阔场地，这片开阔场地大概有十米宽，向前方延伸。这完全不是一口井，刚才经历的漫长的垂直下降通道只是一个巨大洞穴的入口，未知的探险才刚刚开始。

小南看到了她的电击棒，不过，它被卡在了一个裂缝里。裂缝很窄，电击棒卡的位置又很深，是不可能取出来了。小南努力维持自己的心态不要崩坏，时间最重要，先别管这个劳什子了。小南握紧手电筒，向前迈进。

这个洞穴不像是人工凿出来的，两侧墙面是裸露的岩石，地面也是一样，没有明显的人工铺设痕迹。周围不时传来滴水声，回音久久不散，在山洞中来回穿梭。

小南逐渐感觉到山洞变窄了，且开始出现了不易察觉的转弯。不知是不是因为在黑暗中待的时间太久而出现了幻听，她总觉得从远处传来了若有若无的……人的声音？但是更杂乱一些，像是哭声或是动物的叫声，断断续续的，但也不排除是洞穴中空气流动形成的声音。

路越来越窄，头顶的空间也在压缩，压抑感渐渐笼罩了下来。就这样，小南在黑暗中靠着一把手电筒的光束，一边搜寻一边前进着。

一条岔路出现了，小南选择了那条稍宽一些的路，用钥匙在岩石壁上刻了标记，以防迷路。这条路似乎一直在上行，且在快速变窄，大约十几分钟后路就只有大约半米宽了，再走几步，小南不得不半侧着身体前行。最后，无论她怎么缩紧身体，也没办法再前进一步。

这条路不通。不过，小南似乎可以隐约听到一些声音，先是铁架弯曲“吱嘎吱嘎”的声音，然后“哐”的一声，如重物砸向地面。最近每天在公园游荡的小南对这个声音再熟悉不过了，这是清洁车在清理垃圾桶。铁架把垃圾桶抓到半空，倾斜，把垃圾倒入清洁车的后厢，然后在半机械半重力的作用下，空垃圾桶被“摔”回地面。

小南关掉手电筒，用力眨了眨眼睛，发现四周不再是伸手不见五指，前方有微光散射进来，给岩壁镀上了灰蒙蒙的粗糙光泽。

“这不是个密闭的地下洞穴，我很可能正身处在某个山体内。”小南这样想着，转身往岔路口返回。没出几步，黑暗再次笼罩，她不得不再次打开手电筒。

清晨的低温让露水加速凝结，地面变得更滑了。跌了两跤后，小南总算走回了岔路口，确认了一下标记，向另一个方向走去。转身的一瞬间，小南的心仿佛失重一般，她不确定自己刚才有没有看错。手电筒扫过来路的方向，有两个几乎在一条直线上会反光的光点，在一片黑暗中若隐若现。这个景象似曾相识，棉花糖车、小丑、牛刀、储藏箱、暗淡的光点，就像人的眼睛。

一瞬间，小南如芒在背，一动也不敢动。她用力做了两次深呼吸，慢慢抬起手电筒，重新向来路的方向照去。这次，手电筒的光线被黑暗完全吞噬了，光点不见了踪影。

“可能是空气不流通，出现了幻觉。”小南摇摇头。

没走几步，小南再次僵在原地，那两个光点，她似乎不止在棉花糖餐车的储藏厢看到过。还在哪里看到过呢？怎么一时……啊……小南不由得发出一声短促的惊呼。

那两个光点，就在昨晚，林荫景观道，法桐树下，奇怪的人影，牵了条狗。

无论是昨晚林荫路上，还是前天的棉花糖餐车储藏厢，或是此刻依靠手电筒照明的漆黑山洞，光线都算不上充足，甚至可以说是微弱，人的眼睛是无法在这种条件下反光的，但是狗却可以。

想到这儿，小南再次举起手电筒，向来时的方向走了一段路，这次仍然没有再看到所谓的光点。在这个可以称得上是巨大密室的山洞里，小南不知是自己的判断力出现了问题，总之，她对自己即将面对的一无所知，她只能强打精神，继续向山洞深处走去。

和刚刚的路一样，眼前这条路越走越窄，远处那种暧昧不清的嗥叫声感觉越来越近。就在路窄得几乎难以继续通行的时候，小南走到了尽头，手电筒的光不再投向未知的黑暗，而是被迎面而来的岩壁阻挡住了。

小南一时间失望无比，如果这一行再次扑空，新的一天已然来临，风风必定凶多吉少。她不甘心地上前查看尽头的岩壁，在上面不停摸索敲打。在这个过程中，她发现有一个区域一直有刮手的感觉。

她停下来，定睛细看，那是一条很长的缝隙，从上贯穿而下。小南稍一用力，那条缝隙两侧的石板就会微微晃动，如果向两侧加码施力，那条缝似乎变宽了一点点。眼前并不是什么岩壁，而是一道对开石门。

小南把耳朵贴在缝隙上屏息倾听，那令人不舒服的声音愈发清晰了。她加大了手上的力度，企图凭一己之力打开石门。石门的缝隙在稍微变宽一点点后，就再也没有任何进展，看来可能有个控制机关。

小南凑近将眼睛贴近石板，举起手电筒一寸寸观察，检查是否有任何看起来能够将门开启的装置。她持续按压着、抠抓着，唯恐放过一处。

石板并不高，两米左右，小南从上到下、左左右右地毯式检查了一遍，并没有发现任何机关。小南往后退了几步，重新观察起面前这个奇怪的石门。它的表面没有任何突起和凹陷，如果不是中间的缝隙，看起来真的就是个普通石板。

就在手电筒光柱来回扫视的过程中，一个东西吸引了小南的注意。这个小东西不在石板上，而在离石板有一小段距离的“天花板”上，那是一个馒头状的岩突，位于头顶的岩壁上。它的形状看起来太规则了，不像是天然的东西。

小南伸长胳膊去摸，在触碰到那个突起的瞬间，她体验到了一种奇妙的手感。

这个“岩突”似乎略有弹性，好像有点软？小南用力按了按，那个“岩突”竟然就变形了。与此同时，门缝居然变宽了半寸。小南又按了一下，门缝就又打开了半寸。

这就是打开门的机关，一个气压制动机关。小南加快了按动的速度，两扇石门就随着她按动的节奏，一下、一下向两侧退去。直到展开至足以让自己通过的程度，小南才停手。

此刻，从已经敞开三十厘米宽的门缝中，竟散发出蒙蒙光芒。和光芒同时倾泻弥漫的，是一股令人迷惑的气味。臭味？不完全是。香味吗？有一点，但是……

就在踏进石门的一瞬间，那种气味浓度骤增，不管那究竟是什么气味，它的确令人作呕。这是一间约一百多平方米的未经雕琢的天然岩穴，有很多角落隐藏在阴影里。这里的照明来源于墙上稀疏的几支火把，岩壁缝隙的穿堂风吹过，火光摇曳，整个岩穴像是有生命一般。

一面岩壁前似乎有什么东西，小南走近去看。虽然已经亲眼见过很多疯狂的罪案现场，但在看清的刹那，小南还是下意识后退了几步，险些坐在地上。

那是一个……雕塑？

材质是……人体。

一具已经呈现干尸形态的人体被扭曲成不可思议的形状。从骨骼大小判断，这是一具不到十五岁少年的干尸。

就在小南处于震惊状的时候，一个身影出现在了她的右后方。那个身影缓缓靠近，小南的余光感知到时，已经距她不到五米远。

小南一个激灵，满脸惊恐，她不敢相信自己的眼睛，是清洁工老秦。

"我以为你已经得到了足够的警示。"老秦面无表情地说。

小南一时还没反应过来，似乎没听清对方在说什么。

"你还真是不达目的誓不罢休啊！"老秦摇摇头，表情微微变化，隐约浮现出一种嫌弃的神态，"怎么，昨天没被铁棍刺穿，觉得自己很幸运，所以更加肆无忌惮是吗？"他的嘴角浮现出一丝略显得意的笑容。

小南回过神来，明白了自己的遭遇是缘为何故，一时间震惊、愤怒、恐惧一并在心头爆发。

"风风在哪？！"她一扫之前的不安，眼神坚定。

"风风？你是说昨天下午陪着你受罪的小男孩？"他仰起头，似乎在寻找什么，"他很好，很好。他在这里会得到最好的照顾，会得到……很多很多的爱，会被重视。"

小南不再继续与他纠缠，开始在厅堂里快步穿梭，寻找可能藏匿孩子的地方。

突然有人扑上来，是老秦。小南往右一晃，躲开了进击的铁刺，他猛地拽住小南的头发，一把将她拖倒在地，整个人压在她身上，捂住她的口鼻。

粗糙的手掌、手上独特的铁锈味、令人窒息的口气和身体的感受，似曾相识。

少年放学时漆黑胡同里那一幕，再次降临了。十几年过去，小南还是一下子就确认，一定是他！

他用铁刺抵住小南的尾椎，一阵钻心的疼。就在即将刺入的一瞬间，入口传来了一阵惊心的犬吠。那是一只凶猛健硕的大狗，旁边站着他的主人。

老秦吓坏了，立马从小南身上滚了下去，缩成一团，抖如筛糠。

小南认出了他们，这几天不时出现在自己视线中的人影。这次，她终于看清了那人的脸。虽然没有夸张的油彩涂面，也没有小丑服的奇异打扮，但小南记得他的眼神……幽灵一般。

小丑，和他的狗。他一直跟着我，就是为了找到这里？他来这儿干什么？还没等小南反应过来，小丑从身后拎出一把斧头，正是小南落在井口的那把消防斧。

"你是谁？"老秦大吼。

对方没有接话，慢慢环视四周。当他的视线停在关着一个六岁孩子的铁笼上时，抬手指了指，声音低沉地说："我得把他带走，他是我儿子。"

那孩子果然动了动嘴唇，呢喃道："爸爸……"

小丑一脸凶恶地走向老秦，斧头拖在地上"噌噌"作响。老秦瞅准机会往门小丑一脸凶恶地走向老秦，斧头拖在地上“噌噌”作响。老秦瞅准机会往门口飞蹿，眼看还差两步就要到门前，小丑猛地甩出斧头。

“啊！”

飞出的斧头砸中他的脊柱，老秦应声倒地，昏了过去。

小丑似乎没有继续大开杀戒的意图，捡回斧头，看了看小南，没有说话，径直走向关着他儿子的那个笼子。

小南趁老秦还没醒，赶忙过去把他腰上的钥匙串解了下来，逐一打开关着孩子们的笼子。被关在笼子里的孩子们，无一不是面露恐惧，惊慌失措，看得出来他们还没有被“训练”过。

小丑早已用斧头劈开了他儿子的那把锁，只是孩子仍然站在笼子里，表情复杂地看着他。

小南把其他孩子带到门口，从墙上拿了根火把给他们，让他们赶快离开这里，不许回头。还特别叮嘱遇到岔路的时候，要注意看岩壁上的记号。

“风风，你妈妈在湖边，去找她！”说完，又塞了一支火把在他手里，然后看着他们的背影和火光消失在洞穴远处。

大约十分钟后，小南按动按钮，地窖的盖子缓缓关上了，一切尘埃落定。

一周后，一个风和日丽的上午，惬意的湖边咖啡坞。

“多亏了你小南，要是没有你……真的……”风风妈妈和小南面对面坐着，说起这段时间的事情。

小南看了看几米外正在写生的风风的背影，笑道：“孩子没事就好。”

“这次该给你晋升了吧？立了这么大一功。”

小南笑咖啡里连放了好几块糖，说道：“当初想要做警察，以为自己是想做个保护者，现在看来……我想做的事情已经完成了。”小南端起杯子抿了口咖啡，笑了笑。

“对了，听说之前在山谷的一个小山洞里，有个孩子遇难了，是吗？”

“那个孩子本来是被一个伪装成工作人员的人贩子临时放在山谷木屋中的，我发现时，他们正要把他打晕装到麻袋里带走。当时老秦在附近，我就叫他帮我抓人。后来的追逐中，那人贩子坠崖了。现在想来，当时他应该不是自己跳下去的，而是老秦推下去的。”

“为什么呢？”

“老秦想把人贩子拐的孩子据为己有。”小南又抿了口咖啡，“孩子的尸体是我发现的。我看到他时，他刚刚停止呼吸，刚刚停止。现在想来，当时犯罪嫌疑人应该是和我一起在洞里的。”

“刚咽气，又是那么窄的洞，应该会狭路相逢呀？怎么可能没发现呢？”风风妈妈不解地问道。

小南搓了搓手，说：“我和犯罪嫌疑人的确狭路相逢了。只不过，虽然空间逼仄，但他没有穿鞋，应该是屏住呼吸从我旁边轻飘飘溜了过去。我记得那个反常的感觉，唉，不过也是后知后觉。”

风风妈妈一哆嗦：“这个你都查到了？这么详细？”

“我猜的。”小南顽皮地笑笑。

“下一步有什么打算吗？可以好好陪陪家人了吧。”风风妈妈招手让风风过来，快到午饭时间了。

“我只有我自己。”

第三辑

第十四个故事

仓库炼狱

四月，几场春雨过后，TAZUKI市的天气愈发怡人，整个城市沉浸在清新祥和的氛围里，微风平叙，无虑岁月。

直到一个周四的下午，一场突如其来的火灾打破了这片和煦盎然。滚滚浓烟直冲天空，给城市蒙上了一层阴影。更加令人不安的是，火扑灭后，在现场发现了六具烧焦的尸体。

起火点是一座位于城西老工业区的仓库，这座仓库之前一直用于储存工业配件，约四千平方米，随着这片老工业区的没落而逐渐被弃用。仓库老板在城东的新兴工业区投了新项目，慢慢也就懒得再管这个既没人租、又卖不上价的老仓库。据周边的居民说，这两年里面堆的都是些没人要的生产废料，有时，周围的民众也会临时在这里存放些杂物。

看门的保安三天打鱼两天晒网，就算来了也只是走个形式，主要是赶一赶偶尔在此借宿的流浪汉。有时，附近一些学校的学生也会溜出来到这里聚会玩闹。遇上这种情况，保安就要负责打扫他们留下的垃圾，为此他常叫苦不迭，甚至会把他们弄得一地狼藉的照片发到网络上抱怨一番。

现场发现的六具尸体，正是生前就读于铂文学院的六名学生。

铂文学院坐落在两个街区以外，步行二十分钟就可以到达仓库。这是一所远近闻名的私立学校，由于入学考评标准多元化，且不设硬性分数线，所以生源成分复杂，既有商贾名流之后，也有寒门之子。

这次罹难的学生也是一样，无论从学习成绩还是家境水平看来，都是天壤之别。

赶到现场的家长们失声痛哭，有两三位母亲已经哭晕在地。为了避免家长们看到尸体导致现场失控，工作人员只允许家长们在门口等候，待工作人员将尸体装入尸袋，一一抬到灵车上，由灵车运往医院停尸处，再由家长们领回各自孩子的尸体。家长们紧随灵车而去，撕心裂肺的哭喊依然响彻云霄。

经辨认和调查，火灾罹难者基本信息如下：

死者一：林东宇，男，二十一岁，三班学生，成绩中上。父亲早逝，母亲经营洗衣店，生意很好，家庭条件比一般工薪家庭要好一些。在班里很有威望，朋友很多，但本人算不上开朗爱笑的性格，因为外貌出众而很受女生欢迎。

死者二：尤然，女，二十一岁，三班学生，成绩中等。父母均为企业职工，属于常见的工薪家庭。人长得漂亮，被誉为“校花”，能歌善舞，性格开朗大方，很受男同学欢迎，女性朋友很少。

死者三：邹子昂，男，二十岁，四班学生，学霸，成绩一直名列榜首。父母均是某纺织厂职工，工薪家庭。为人内敛，平时沉默寡言，除了学习以外，没有其他爱好，是老师们常挂在嘴边的掌中宝。

死者四：吕健，男，二十一岁，四班学生，留级学渣。他是学校里众所周知的“坏孩子”，经常旷课，隔三差五带着一身伤来学校。父母经营小店，对他不太上心，接连几天不回家也不会过问。

死者五：张以彤，女，二十岁，三班学生，成绩中下。父亲系某商贸集团总裁，家境殷实，母亲和父亲一起打理公司。家里还有一个妹妹，在同校低一级读书。张以彤脾气暴躁，但是考虑到各种原因，大家都尽量不去惹她，甚至有些人会主动讨好她。据同学反映，她和另一名死者尤然是彼此为数不多的好朋友，至少表面上是。

死者六：甘泽，男，二十一岁，四班学生，成绩中等。他的父母和邹子昂父母是纺织厂同事，两人家庭条件相似。甘泽为人热情，乐于助人，人缘很好。运动天赋高，常代表学校参加各类田径比赛，名列前茅。

以上是来自于六名死者的同学和老师口述。

之所以在确认遗体身份后第一时间扩充调查了死者基本信息，是因为家长们迫切地一致要求单独立案，他们不相信这只是一起随机的意外事件，几个来此游玩的健康年轻人，不可能这么轻易地集体葬身火海，一定是另有隐情。

“不可以让他们死得不明不白。”这是甘泽的父亲甘义伟的原话。其他家长对此自然是力挺，无论如何，他们都不接受“意外死亡”这个说法。

仓库周围很快被封闭，进入调查阶段。

仓库是石材墙体，铁皮大门，墙体上没有布置窗子，只有接近顶棚、距地面大约十米的位置有通风口，日间采光依靠头顶的天窗，所以从外面几乎无法得知内部的状况。加上事发时是周四，周围的居民大多出门上班去了，所以，当外面的人发现仓库着火时，实际上火已经在内部燃烧很久了。

现在，仓库墙体内外被完全烧黑，铁门几乎被烧化了。内部堆放的物品全部付之一炬，只剩下残渣，暂时无法判断这里曾储存过些什么，也无法用肉眼看出这些罹难的年轻人们当时随身携带了哪些物品，这都需要等检测结果。

第一批进入现场的消防人员，扑灭火再出来时，个个脸色铁青。有好事的居民上前探头去看，也吓得半天说不出话。据说，里面的景象凄惨骇人，六个青年的尸体以极其奇怪的姿势散布在各处。警方第一时间拍摄了现场的照片。

“就算家长们不要求单独立案，我们也会把这个案件当作特殊案子去查。”警察阿罗说。

“为什么？”

“我刚才问了负责破门的消防员，他确定地告诉我，在他们破门时，铁门虽然已经烧得有些变形，但门是锁着的。”

打了好几次电话，保安老刘才姗姗来迟，他满头大汗，看起来吓得不轻。

阿罗在事故仓库对面的街边等着他。

“怎么这么长时间，你去哪了？”阿罗直奔正题。

“我今天在城东工业区那边，电瓶车骑到一半没电了，我、我跑过来的！”老刘擦着汗，一脸不耐烦地喘着粗气。

“你在那边干什么？”

“厂里做工啊，我这请假出来的，又要扣钱了，你们真是会挑时候……”

对面就是被烧得漆黑一片的仓库，可这个一肚子怨气的保安连看都不看一眼。

“你同时做着好几份工？”

“这不是……这不是这边也没啥事嘛，仓库老板又不正经给我发钱，我能给他好好干？现在还欠着我俩月工钱，我还能有事没事过来看看已经算够意思了。”老刘摇晃着脑袋。

“你今天来过没有？”阿罗追问。

“今天没有。”老刘脱口而出。

“真没有？”阿罗试探。

“真没有！”对方一口咬定。

“你最近一次来，是什么时候？”

“昨天吧……前天？”老刘挠着后脑勺，眼神开始飘忽不定。

“昨天前天都分不清啊？”阿罗眯起眼睛质疑道。

“我……昨天来过。”对方盯着鞋尖，身体不自如地左右摆动。

“上午下午？”阿罗的语气严厉了很多。

“上……下，下午，对，是下午。”

“你知道这里发生了什么吧？”

“我知道，着火了，里面没什么值钱东西，再说……”

“再说什么？”

“啊，没什么，本来也不关我事，我也没那么多时间跟你们这耗。你们给我打电话的那个人，说事情好严重，搞得我手忙脚乱的……我跟你们说，没那么严重！估计人家老板都不急，你们跟着瞎操什么心？”

“老板不急？什么意思？”就算再没生意，这种规模的仓库也是笔不小的钱。

“反正你们也会去查，我就直接告诉你们算了，你们别把我卖了就行。”老刘咳嗽了一下，“这个仓库早就买了保险了，以往生意好的时候另算，像现在这个破败德行，还是一把火烧了拿赔偿金最划算！”

“你是说，你们老板想要赔偿金，所以……”

“这你可别乱说啊，我可啥都没说，我就是一打工的，脑筋不能和人家大老板比。再说，你们直接找他不就完了吗？老拽着我问啥，我啥都不知道，不知道。”老刘摆摆手，把身子往旁边转了转。

实际上，仓库老板郭涛到现在还联系不上，手机一直是关机状态。

“我说，我能不能走了啊？我就请了两小时假，你看，这都快超时了！”老刘急得左顾右盼。

不远处，另一个警察正在询问一位老年女性，是附近居民。阿罗无意间扫了一眼，发现那位女性正冲自己的方向指指点点。

老刘也看到了这一幕，心虚地别过脸转向另一面，脚磨蹭着地面，嘴里“有完没完，我得走了”地叨咕个没完。

显然，那位女性指的就是老刘。阿罗和那位同事对视了一下，脸瞬间冷了下来，对老刘说：“你先别走了，这一时半会儿问不完，你打个电话请假吧。”

“这……工钱没了你们赔我啊？”

“钱钱钱，死人了你知道吧！”阿罗实在受不了他了，咆哮道。

“死人？”老刘怔了一下，指了指烧焦的仓库，“你说……这里头……烧死人了？”

阿罗绷着脸，不说话。

老刘腿一软，歪着坐到地上，声音颤抖地问：“今天……今天烧死的？”

“是，几个小时前。”阿罗瞪着他。

同时，不远处那个正在接受问询的老年女性也在瞪着他。

“这……这是怎么搞的，怎么会呢……”老刘不受控制地抓着头发。

阿罗上下打量了他一番，蹲下来，贴近他的脸问：“你是不是知道点什么？”

老刘坐在地上，猛摇头，失魂落魄。

“你今天，到底来没来过仓库，嗯？说实话，人命关天，六条人命。”

老刘浑身猛地一颤，难以置信地问：“六，六个？”

不远处的警察问完话，走了过来，和阿罗耳语了一番，阿罗盯着瑟瑟发抖的老刘，一脸怒气。

“回去！”他气势汹汹地一把扶起老刘。

一片巨大的乌云飘来，似乎很快就会有一场暴雨来袭。

暮色中，阴云笼罩下的仓库散发出焦烂的残忍气息，孤零零立在早已显出破败之相的工业区边缘，宛若一个漆黑、巨大的死亡之匣，把下午发生的惨剧牢牢锁在里面。彼时，里面一定充满了绝望而惨烈的呼救声，却又马上被淹没在滚滚浓烟之中。

老刘脸色惨白地坐在阿罗对面。

“我问你最后一遍，你今天到底有没有去过仓库？”

白炽灯下，老刘抖得厉害，手不自觉地搓来搓去。

“我能这么问你，说明我已经有谱儿了，你要是不说，让我们查出来的话，到时候证据确凿……”

“我去过！去过！”老刘急了，一跺脚，崩溃大喊。

阿罗往前倾了倾身体：“什么时候？”

“上午，上午十点多，去过。”

“十点多？你确定？”

“要么，就是十一点多？记、记不清了，不过肯定是在午饭之前。”老罗整个人像是要缩成一团。

阿罗皱眉和一旁的警察对视了一下。

“下午一点半左右你在哪里？”阿罗接着问。

“一点半？我当时在东边那个工厂，一点就开工了。”

阿罗把身体靠回椅背，两臂交叉揣在胸前，斜眼打量着面前这个不停咽着唾沫的保安。

“你们不信的话，我们有打卡记录的，我一点半的时候确实在那边，我工友也能为我作证。”老刘似乎是看出了点端倪，脸上表情放松了很多，声音也比之前稳定了些。

门外，一个工作人员探头进来：“阿罗，仓库老板联系上了。”

“人在哪里？”阿罗问。

“说是白天手机没电了，这会儿刚到家充上电，现在正往这里赶来。”

阿罗让他先去核实老刘的供词。

“怎么样？没我事儿是不是？时间对不上！”老刘已经彻底搞清楚状况，完全放松了下来。

的确，根据调查，起火时间在一点半左右。如果真如老刘所言，他当时正在工厂做工，他的确没有作案条件，除非……

“你今天去仓库做什么？”阿罗并没有放松，继续问话。

“这你们也管？我就是去看看，打扫打扫，毕竟仓库老板还没把我辞退不是？”

“你平时都是下午去，为什么这次是上午？”阿罗眼神凌厉。

“我……我有自己的时间安排，我说，你们是不是管得太宽了啊？”老刘身体往前靠了靠，眉头一皱，那股子混不吝的劲儿就又上来了。

阿罗把手肘放在桌上，身体前探，盯着对方的眼睛，问道：“上个月隔壁NADIE市出了一起纵火案，罪犯使用香火和火柴，实现了延时纵火，这个新闻，你肯定看到了，对吧？”

“什么意思？你们觉得我学那人作这孽？你别张口就来啊，你们办案靠猜的吗？我放火干什么，又不是我买的保险，仓库烧了赔偿金又不归我！”老刘的手指不安分地在桌上敲着。

有那么几分钟，阿罗抿着嘴看着对方，一言不发。老刘也放弃了回工厂的念头，叹了口气，像没骨头一样堆坐在椅子上。

“阿罗，仓库老板郭涛来了。”警察探头进来。

老刘也抻着脖子朝门外瞧。

“你先去隔壁待着，一会儿叫你。”阿罗起身，双手交叉抱在胸前。

老刘一脸不情愿，跟着门口的警察出去了。

不一会儿，进来了一位四十几岁的男性，身着藏蓝色暗纹衬衫，外搭灰色针织外套，搭配黑色直筒裤，脚上是一双造型简约的深棕色设计师厂牌皮鞋。他的皮肤状态和他的年龄并不相符，白皙细致，长度适中的短发修剪得简约而富有层次感，和印象中的厂区老板看起来完全不同，气质干净内敛。

“你好，我是郭涛。”对方语调深沉，伸出右手。

阿罗不由自主地也伸出手握了上去，他以前从未和即将接受问询的人握过手。直到坐下，阿罗才发现对方的眉宇间有一丝忧郁。

“首先，对你的损失表示遗憾。”阿罗开口道，“对于这次失火，你怎么看？”

郭涛十指交叉，将手腕撑在桌上，语气悲凉：“我听说有几个年轻人……”

“没错，所以这个事情不能作为普通失火事件处理。”

“我有个疑惑……”郭涛清了清嗓子，“他们是怎么进去的？”

“平时门是锁着的？”

“对，之前周围居民在里面堆了很多杂物，有火灾隐患，所以从上周开始就把门锁上了。”

“保安有钥匙吗？”

“你说老刘吗？有的，一共两把，另一把在我这里。”

“其实，加锁也有另一个原因，我前一阵子运了一宗物料过来，因为比较贵重，所以……”

“嗯，了解了。”阿罗点点头。

“所以，他们是怎么进去的呢？”郭涛以为警方已经有所发现。

“实际上，据消防部门反映，火灾发生时，门仍然是锁着的。”

“这么说，火是从里面燃起来的吗？”

“目前来看是这样，但是具体起火原因还在调查。”阿罗探了探身子，“这起火灾非同寻常，所以，你这边有没有什么线索？”

“我一直都在东部工业区新厂那边，这边仓库实在是很少来。”

“冒昧地问一下，仓库是不是上了一笔巨额保险？”阿罗尽量保持表情友善。

对方脸上明显掠过一丝不快，但还是保持风度，平静地答道：“是的。”

“你今天有没有来过仓库这边？”阿罗还是决定直接问。

“没有。”郭涛脸色冰冷。

“你今天电话一直关机。”

“这个我之前已经和你们的警察说过了，确实是手机没电了。”

阿罗抿着嘴，盯着对方的眼睛，他在等对方更有信服力的解释，而郭涛并不吃这一套。

“那么请问你今天去哪了？”阿罗更进一步。

“这是我的隐私，如果你们需要知道的话，请在不打扰我的情况下，亲自去查。”郭涛的声音清冷了很多，“请问还有什么别的问题吗？”

“你知道说假话和隐瞒的后果吗？”阿罗也拉下脸来。

“我为我说的每一句话负责，我可以确保自己和仓库起火没有一丁点关系。其他的，无可奉告。”说完，起身离去。

阿罗看着他的背影，皱起了眉头。

“阿罗，就这么让他走吗？”等在门口的同事进来问。

“他是业主，也是第一损失人，没有理由强留他。”

“不是说有可能是为骗赔偿金，自己放的火吗？”

“这只是猜测，没有证据支撑，先继续询问那个保安吧。”阿罗摇了摇头。

老刘再次进入问询室时比刚才自在了很多，没等阿罗开口就一脸神秘地问：“怎么样？是他自己放的火吧？”

“你别管别人，我问你，你当时进仓库了吧？”

“对啊，走形式也不能太敷衍，你说对不对。”老刘歪歪脑袋。

“你走的时候锁门了没有？”

“走的时候……锁了，肯定锁了。”

“郭涛在仓库里存了些什么？”

老刘眼睛往旁边瞟了瞟，有些含混地回答：“就是些工业材料。”

阿罗有怀疑的事情，但他不想明问，只说：“你在仓库待了多久？”

老刘愣住了，没有立刻回答，把衣服的拉链头拽在手里滑来滑去。

“看都看了，发现什么异常没有？”阿罗接着问。

老刘蜷起脚尖，脑门上渗出大颗大颗的汗珠。

“只有你和郭涛有仓库钥匙，那几个人怎么进去的，还用说吗？不是你就是他，你要是说不清楚你这边的事儿，就是把自己往死里坑你知道吗？！”阿罗把桌子敲得梆梆响。

老刘咂咂嘴，使劲揉了揉后脖颈，下了好大决心一样。

“那我说了，你们别告诉郭涛，行吗？”

“你先说。”阿罗板着脸。

“我……唉，你们也别猜我为什么以前下午去，而这次上午去了，我这次去就是……就是去拉点东西出来。”老刘脸颊发烫，看着桌面。

“郭涛存在库里面的货？”阿罗扬了扬下巴。

老刘使劲点点头，差点磕着桌子，接着说：“我就来回搬了几趟，不到半小时吧，就走了。”

“来回搬了几趟……”

“我这么干也是因为他欠我钱，欠得太久了，你别看他打扮的人五人六的，实际上鬼心思多得很！”老刘一脸不屑。

“你偷东西这事儿单算，我问你，你有没有跟其他人说起过你要来搬东西？”

“这又不是什么好事，我还到处跟人嚷嚷，怎么可能呢。”老刘不好意思地抓了抓后脑勺。

“你搬东西的时候，有没有看到什么人？”

“没有，我上午来就是因为上午人少，不然我就下午来了，也不会引你们怀疑，摊上这倒霉事，唉。”

阿罗忖度了一下，问：“你刚才说郭涛心思鬼，什么意思？”

“他这个人不地道。”

“怎么个不地道？除了欠你钱的事。”

“这个……这个就不好说了吧，跟失火这事本来也没关系，都是私事。不过，就算是他干出放火骗钱这种事，我是一点都不意外。”老刘用脚尖在地上画起弧。

“万一最后查明了跟失火有关，你麻烦更大。还是那句话，就你们俩有仓库钥匙，你自己掂量着办。”

老刘一会抓抓胳膊，一会又搓搓后脖颈，最后一拍大腿：“他、他有外遇！”

这个阿罗倒不意外，郭涛这个人的确是挺有魅力的，虽然外遇这种事情着实令人不齿。

“你能为你说的话负责吗？”阿罗问。

“你看，我说我不说，说了你又让我负责……真的是……”老刘两只手在裤子上磨个不停。

“你怎么知道这事儿的？”

“我见过他跟那个女的约会。”

“你认识对方是谁吗？”

“具体叫什么我是不知道，但要是让我再看到她的话，我肯定还能认出来。”老刘身体坐得笔直，“我说，这事儿和失火也风马牛不相及啊，不过，确实能看出这人人品不行是不是，他这种没底线的人，骗赔偿金估计眼睛都不眨。”

“今天先到这，最近你先别离开本市，随时会再找你。”

“别介啊，要是还需要什么证明我没罪的我都能配合，你来这么一下子，也不告诉我结果，我这心老悬着，睡不踏实觉啊……”

“那你是想睡在这里是不是？”阿罗板着脸。

老刘无可奈何地点了点头，悻悻转身走了。

“手机保持通畅！”阿罗起身对着走廊喊了一句，又坐回桌前，拿着一支笔，对着摊开的本子开始发呆。

过了一阵，一个警察表情无奈地快步进来：“阿罗，刚接了个电话，那几个年轻人的家属要来公安局，听语气挺急的。”

阿罗看了眼表，已经快十点半了，他想了想，说：“说不定有什么线索。”

“估计就是想泄愤吧。”那位同事抓了抓头皮。

“不能这么想，人家也是想给死去的家人要个说法。你想想，遇难的都是二十出头、有着大好未来的年轻人，哪个至亲经得起这种打击。”

“就怕跟之前那案子一样，一群家属莫名其妙地来讹钱……”

“打住打住，现在说这些都没用。今天太晚了，人容易激动，我也得梳理梳理想法。这样，告诉他们明天来吧，明天上午九点，就在公安局小会议室。”

“估计他们不能答应啊，你不知道电话里那阵势，我是怕了。”

“你就跟他们说，今天来也说不出什么有用的，还耽误我们查案，明早再过来的话，到时候失火原因有可能就出来了。”

“行吧，我试试看。”

过了好一会儿，那位同事才回来，一脸疲惫，他自顾自地倒了杯水，一饮而尽，坐到阿罗对面：“阿罗，你感觉是郭涛放的火，为了骗赔偿金吗？”

阿罗轻轻摇头：“这个不好说。他囤了一批挺贵重的货在里面，要是为了骗赔偿金，他又何苦搭进去一批货呢？不过，他也可能就是为了掩盖自己骗保的意图，故意这样演给别人看也未可知。”

“那老刘呢？我看他挺贫的，还偷拿郭涛的货了？”

“他对郭涛意见挺大，不过他看起来没有放火的胆量，不至于为了点工钱，或者为了掩盖偷拿了人家货的事，就一把火把仓库点了。除非他和郭涛还有别的什么恩怨。”

“我倒感觉没准就是个意外，有可能是几个年轻人贪玩，用那种攀岩用的工具爬上房顶，从仓库那一圈通风口顺下去，后来不小心引发火灾，没来得及再爬上来，就……”

“有这个可能性，不过，也是经不起推敲。”

“唉，线索还是太少。”那位同事挠挠头。

“要不怎么说，人家家人愿意来说道说道是好事呢，肯定会得到点有效信息的。另外，你改改你那垂头丧气的毛病，这才刚开始调查，你怎么就这么丧呢。”

那位同事打了个哈欠，耷拉着眼皮，问：“阿罗，我看你是觉得这不是个意外？”

“至少我们不能先入为主觉得这是个意外，因为从现有线索看来，意外失火的可能性并不比故意纵火的概率高。”说完，阿罗不再理他，低头在本子上写写画画起来。

和阿罗预料的一样，第二天一早不到八点，离约定时间还有一个多小时，人就都到齐了。基本上并没有父母同来的，家里总要留一个料理后事的人。

那位同事把大家安顿到会议室，来办公室叫阿罗。两人快要走到会议室门口的时候，那位同事拦住阿罗，把他拖到会议室后门窗户那里，小声说：“我先跟你简单介绍一下这些人，你好有个准备。”

“怎么还有个年轻人坐在里面？”阿罗指着桌边一个低头刷着手机，二十出头的女性，面露惊讶。

“那是张以彤的妹妹，张以凝，说是父母不便出面，怕有什么阴谋，他们这类人的脑回路真是搞不懂。”

“那个是吕健的父亲，对吧？”阿罗又指了指坐在窗边的彪形大汉，天气还没转热，他就拿着条白毛巾不停地揩着光头上的汗。

“没错，吕大平，他们家开肉铺的，小本买卖，老板是他，切肉的也是他。”说完，他指了指一位气质出众、穿着一件面料考究的酒红色高领羊绒衫、看起来比实际年龄要年轻很多的女性，“那是李东宇的母亲，洗衣店老板娘。”

“那个呢？”阿罗下巴往房间角落努了努，指的是房间角落里一位戴眼镜，很瘦的中年男性。

“那是邹子昂的父亲，邹俊，秋叶纺织厂的职工，他妈也是那个厂的。”

“看着不像啊，文绉绉的。”

“人家本来就是厂里的文员，年轻的时候是个状元，后来好像是家里有什么事情吧，本有个出去深造的好机会，还是回来了。儿子继承了老爸基因，成绩好得很，是‘别人家的孩子’。”

“那是甘义伟，甘泽的父亲，我见过，昨天在现场印象比较深。那个一看就是尤然的母亲，他们娘儿俩简直一个模子刻出来的……”说完，阿罗抬脚往屋里走去。

会议室的人大多面露愁容，眼眶发红，一脸疲惫。阿罗本以为大家一见他就会团团围住，哭天抹泪。实际却并非如此，大家只是气氛凝重地坐在桌前。

“首先，对大家痛失挚爱表示深深的遗憾，请节哀。”阿罗说完，拉了把椅子坐下。

“我们要听听你们调查的最新进展，为什么仓库会着火？”说话的是甘义伟，虽然刚哭过一通，但还是中气十足，带着质问的口气。

“对，这个仓库到底是怎么回事？相关人肯定要负责任的。”邹俊补充道。

“各位先别着急……”阿罗示意那位同事先给大家倒好水，“现在，失火原因还在调查，我们……”

“还在调查？这都多长时间了，还没个说法？”吕大平声如洪钟，一把扯下搭在脖子上的毛巾，拍在桌上。

“因为当时在现场的人都已经不幸遇难了，我们只能从现场物证上查找原因，物证检验需要些时间，请各位多担待。”阿罗表情深带歉意。

“不对吧，我听说那个仓库的保安昨天是去过仓库的。再者，仓库的负责人怎么说？是不是叫郭涛，他肯定要负责任的吧？”邹俊推了推眼镜，哽咽道。

阿罗千叮咛万嘱咐，那位同事还是把这些信息透露给了遇难者家属，他压着怒气解释：“是这样，目前还不能确定起火时，仓库的负责人郭涛一定在仓库，我们会对郭涛进行深入调查。请大家放心，我们不会放过任何一种可能。”

“磨叽！你们这群人办事是真磨叽！”吕大平脑袋使劲晃了晃，眼睛使劲往上翻了几下，把眼泪憋了回去。

“他们不是死于意外，一定是因为有人疏忽大意，或者是……或者是丧心病狂……这个你们能，能认同吧？”尤玉兰，尤然的母亲，眼泪已经在脸上流成了两条线，刚说完，就又把脸埋进了手里。

阿罗没有回答，沉默了一会，十指交叉放在桌面。尤玉兰猛地把脸抬起来，用通红的、不可思议的眼神盯着他。

“你们不会真把这事当意外处理吧？”甘义伟撑着桌子站了起来。

其他人也坐不住了，也不再克制。追责，是他们对这次不幸后续处理的接受底线。

“那叫我们今天来这里干什么？”邹俊提高了声调，带了些哭腔，没了之前的书卷气。

“你们这么干对得起死去的孩子们吗？”尤玉兰下巴发抖，一把扯住阿罗的袖子。

阿罗没有闪躲，大声解释：“我能理解各位的悲痛！也请大家明白，我们和大家一样，不希望孩子们枉死，也非常急迫地在寻求事故原因，但是这都需要时间，在这种悲痛的时刻我们还坐在这里，是想问大家几个问题，几个能帮我们找出这次悲剧原因的问题。不管是什么原因，只要涉及到人为事故……”

“事故？万一是有人就是要害死他们呢？那就不叫事故！那叫杀人！”吕大平瞪着牛眼打断阿罗，呼哧呼哧喘着粗气。

“如果真的有人蓄意谋杀，我们也一定会调查清楚，以告慰孩子们的在天之灵。”阿罗顿了顿，拿了盒纸巾放在桌上，可惜没人去拿，都在拼命用手抹着眼泪。

待大家情绪稍微平稳一点，阿罗问：“据各位所知，你们的孩子平时经常去仓库玩吗？”

一阵沉默。

“孩子们平时关系怎么样？”

又一阵沉默。

“邹俊，甘义伟，你们是同事，邹子昂和甘泽平时经常在一起吗？”

两个人对视了一下，都点点头。

“我们了解到，张以彤和尤然是好朋友，对吧？”

张以凝听到姐姐的名字，把眼睛从手机上移开，斜眼看了看阿罗，貌似无奈地摇了摇头，又把眼睛移回手机上。

“她们是经常在一起。这、这跟破案有关系吗？”尤玉兰不解。

阿罗没有马上回答她，继续问：“孩子们有没有结交什么新朋友？校外的朋友。”说这话时，他看向吕大平，其他的家长们也都顺着他的目光看了过去。

吕大平暴跳如雷：“你什么意思？我儿子被人害死了，还揪着这个问？”

“你儿子平时不太着调，确实也有些奇怪的朋友……”尤玉兰小声嘀咕。

吕大平瞪了她一眼：“大家都遭了一样的事，你……”

“你儿子本来就容易惹事，搞不好就是他惹上了什么人，害得大家给他陪……”邹俊说到一半，及时刹住了。

“我看最近李东宇和邹子昂也没少跟吕健在一起。”甘义伟狐疑地扫着几个人。

“就你儿子清白！”吕大平吼了他一嗓子。

趁场面失控前，阿罗赶紧出来制止争吵：“大家别吵，我们只是争取多掌握一些信息，并不是说一定有谁引来别人报复或其他什么。”他顿了顿，“我们现在需要抓紧搞清楚的是，这六个年轻人为什么凑在一起，又为什么一起来仓库，另外，又是怎么进去的。”

在场的各位彼此对视了一番，逐渐平静下来。

“平时也没怎么见过这几个孩子一个不落全凑在一起。”尤玉兰低声嘀咕。

“对，我儿子也是最近才总被李东宇拉着，和吕健一起玩的。”邹俊看了看东丽君。

吕大平再次很不满地剜了他一眼。东丽君一直坐在原地，此时也抬头看着邹俊，嘴开开合合几下，又闭上了，一语不发。

“李东宇、邹子昂、吕健平时都去哪里，请问谁知道吗？”阿罗恳切地望着大家，尤其是三位当事人家长。

吕大平连儿子平时不回家都不管，更别说问他儿子去哪。邹俊欲言又止。

东丽君终于开口了：“最近……东宇确实会去仓库玩，和朋友们一起。不过，也不是只去仓库……”

不用说，朋友们至少包含邹子昂和吕健。

“我姐是李东宇女朋友。”张以凝头也没抬地说，眼睛没离开手机。

这个信息阿罗倒是第一次听说。东丽君深深低下头，看起来是知道这件事的。倒是尤玉兰，一脸惊讶地看了看东丽君，又看了看张以凝。

“怎么，您有什么疑问吗？”阿罗察觉后问道。

“没、没有……”尤玉兰扶着额头，视线回到手里的杯子上。

“现在看来，几个人是最近才聚在一起的……”阿罗盯着面前的本子，“邹子昂和甘泽一直就比较熟，李东宇最近拉着邹子昂和吕健一起玩，这样就不排除甘泽有时可能会参与，张以彤是李东宇的女朋友，应该会常在一起，尤然和张以彤是好朋友，这种情况，一般也会跟着一起玩。几个人大概是这么个关系，凑在一起并不奇怪。作为一起玩的朋友，来仓库聚会玩乐也是很正常的事。”

大家没有表示异议，但是表情都不太好。

“想进仓库的话，只能从门或者从墙顶的通风口进入。”

“那么高，他们怎么爬得上去，也就你儿子有那个本事……”尤玉兰眼神怀疑地对着甘义伟说。

趁甘义伟没接话，阿罗赶紧把话接过来：“如果有攀岩工具，十米的石头墙，年轻人都是可以翻进去的。”

那位同事伏在阿罗耳边小声说：“今早那边来电话，说没有发现攀墙的痕迹……”

阿罗狠瞪了对方一眼，脸上写着“你怎么不早说”六个大字。

“我听见了！根本就没有攀岩痕迹！”吕大平耳朵尖，一拍桌子，使劲往椅背上一靠，椅子发出快要散架似的一声惨叫。

“你们是不是一直在把事故责任往孩子们自己身上推？”邹俊气得满脸通红。

阿罗一口气憋在胸口，赶忙抓过杯子灌了口水压一压。

“我也是刚知道这个消息……”

“什么效率……”说话的是甘义伟。

阿罗没解释，继续说明：“既然确认是由门进入，就有三种可能。第一种，门忘记锁了，是开着的；第二种，他们拿到了钥匙，开门进去的；第三种，他们自己或者另有其人把门撬开了，不过最后这种可能性基本可以排除，因为着火时，门是锁着的。”

“这才扯到正题上，是不是那个保安忘记锁门，孩子们才能进去，才……”邹俊说得像是看到了一样。

“保安亲口说他锁好了……”警察插嘴解释道。

“他说什么你们就信什么？要我看，没准就是他因为被孩子们冒犯过，一气之下作的恶。”甘义伟愤愤地端起水杯敲着桌子，水溅在地上，却为交谈加了一把火。

“还有那个叫郭什么的，他是仓库老板，他必须解释清楚，我们这几个孩子是怎么进去的，他是不是堆放了什么易燃的货物又没按规定做防火处理，这都得追查！”吕大平自己开店，对消防责任这一块门儿清。

张以凝总也不说话，阿罗问她：“你怎么看？”

张以凝头也不抬地说：“比起研究他们是怎么进去的，我觉得搞清着火时门为什么被锁住了，是谁把门锁住了，更重要。”她的声音很平静。

短暂的沉默。

“有道理，你怎么不早说！”吕大平一拍大腿。

大家也都陷入了沉思，悲痛真是容易蒙蔽人的双眼。

“那门就只有一把从外面锁住的锁头，对吧？”尤玉兰问。

阿罗点点头。

“你们必须把那个锁门的恶魔揪出来！”邹俊再次激动起来。

“没错！”其他人目光如炬。

场面再次进入充斥着猜忌、埋怨、不解与鞭策的激烈交流中。

会面结束后，这些痛失至亲的人们再度沉浸到了无以名状的悲痛中，阿罗安排其他几个同事把大家一一送走。

“唉，真是太难应付了……”那位同事坐在位子上使劲搓着太阳穴。

“还好意思说，我最后跟你强调一遍，以后别把我们掌握的信息随便跟外人透露！这才哪儿到哪儿，没经调查的线索披露出去就是在给自己找事！”

“我错了、我错了。”他赶紧给阿罗倒了杯水，接着说，“你不是说跟他们见个面能找出点新信息吗？我看这一顿讨论下来的东西，还不就是咱们分析出来的那些个？没用，徒增烦恼。”

“没有信息？”阿罗的手指弓起来，在他那鬼画符的本子上轻轻敲了几下，“有一个家长根本没主动说过话，就说过一句话，还是被问到的，你发现了没有？”

他琢磨了一小下：“噢！东丽君！”

东丽君，李东宇的母亲，在过去的一个多小时里，自始至终，她一直地盯着桌面，眼泪不时滴到手上，全程只说过一句话。

“她说什么来着？”阿罗盯着警察。

“说……他们几个平时有时候会去仓库玩？”

“还有呢？”

“我记得就这句呀。”

“你换位想想，如果是你，在这个时候，会不会说什么废话？”

“废话？”

“一般人，也就说些和仓库相关的事情，再不然抱怨几句。”

“啊，我想起来了！她还说‘也不只在仓库玩’。可是她可能是因为太过悲痛，所以想到什么说什么吧。”

“一般这种情况难道不是像别的家长一样揪着仓库不放，或不断怀疑他人吗？”

“一共说了一句话，还有半句是废话，确实不太正常。今天说的可是关乎她刚刚死去的儿子的事啊！”警察摇摇头。

“依我看，未必是废话。”阿罗斜眼看着对方，“这句话更像是强调，不一定与仓库有关。这和其他家长的思路背道而驰，不是常规的‘必须有人负责’的反应。”

“她为什么这么说呢？”

“我服了你……动动脑子吧！”阿罗把杯里的水一饮而尽，开始收拾他的本子。

那位同事挠挠头，眯眼盯着天花板若有所思了好一会儿，一拍脑袋说：“没那么巧吧！”

“她强调与仓库无关，非常不合常理，但我宁愿相信她不是为了帮谁脱责，毕竟死的是她亲儿子。”阿罗摸着下巴。

“她只是真心觉得某人不会做某种事情。比如，帮他们把门打开又把他们锁在里面。”阿罗意味深长地看了他一眼。

“郭涛？老刘？”

阿罗无奈地捂住脸。这时，电话响了。

“喂，那个……我是东丽君，李东宇的妈妈。”话筒里的声音无论疲惫还是温柔，都是极致。

居然是东丽君，阿罗轻轻按下录音键。

“您好。”他克制住心中的“喜悦”。

“我想确认一下，起火时，老刘真的不在仓库吗？”

“起火直至火被熄灭，他都不在。请问是有什么疑问吗？”

“没有，没有。”对方的声音更加虚弱了。

“到目前为止，我们认为嫌疑最大的是仓库老板郭涛。”阿罗专门提高声音说了这么一句。旁边的同事用“你居然跟她说这个”的眼神盯着他，被他瞪了回去。

电话那头的声音陷入长达十几秒的空白。

“确定……确定是他吗？”虚弱的声音里加了一丝颤抖。

“目前嫌疑很大。”

“可是，可是……”东丽君再次欲言又止。

“如果您有什么线索，尽管说出来，我们都会保密。”阿罗的笔在本子上敲得“嗒嗒”响。

“不是老刘吗？我听说有人会延迟放火什么的……”

“这个我们不便透露。”

“不、不是郭涛。”这是她说的最清晰的一句。

“为什么这么说？”阿罗尽量保持平静，以免对方听出自己的猜测。

“他……他昨天从上午，到，到大家赶到现场的时候，他……”

阿罗没接话，只一直“嗯”着，鼓励她继续说下去。

对面挂断了。

“快打回去！”同事推搡阿罗，阿罗把食指放在嘴唇上，让他闭嘴。

不出阿罗所料，电话再次响起。这次他先开口了。

“喂，刚才是不是信号不太好？”

“嗯……可能是吧。我想告诉你们一件事，但是你们千万不要和别人讲，可以吗？”

“您放心，就和刚才和您说的一样，所有信息我们只用于办案，不会和无关人员提起。”

“郭涛他、他昨天一直和我在一起。”电话里的声音透着明显的难为情。

昨天，东丽君赶到火灾现场时已经很晚了，似乎是家长中的最后一个，阿罗和警察对视了一下，挑了挑眉毛。

“如果他确实一直和我在一起，是不是就不会放火？还是说，依然有别的可能性？”东丽君的声音多了些焦急。

“这个还要继续调查，谢谢您提供这个信息，我们会作为调查的重要考量。”

“哦……那你们先忙。”说完，电话挂了。

那位同事一脸不可思议地盯着阿罗：“还真让你猜着了！真有这么巧的事儿。不过，你真相信她的话？”

“没有不相信的理由，她一个中年单身女性，又是丧子之痛，她不会替任何嫌疑人作证，哪怕是她的情人。”阿罗看了看手上写有此次罹难学生名字和基本信息的几张纸，接着说，“另外，与其说她是在解除郭涛的嫌疑，不如说她在帮我们尽快找准方向，少浪费时间。”

“这个信息一来，事情不就变得更麻烦了吗？”

阿罗没有理他，继续盯着手里的材料。半晌后，他抬起头说：“下午去趟他们学校。”

铂文学院很大，两人连问带找了好一会儿才找到约定好的地点，是一处比较偏僻的办公室，接受问询的是这几个学生的辅导员。

“有什么问题你们可以直接问，一会儿我还有个会要开，我们尽量快点吧。”辅导员是一名比学生大不了几岁的年轻女性，戴着时下流行款式的眼镜，头发高高梳成马尾。

“这六个学生最近经常在一起，这个情况您清楚吗？”

对方点点头，面无表情：“没错。”

“您知道他们平时聚一起都干什么吗？”

“只要不违反学校条例，我们也无权干涉他们的私下生活，一般不会多打听。”

“这个，对破案会比较重要，还请你多和我们透露一些。”阿罗对眼前这个人有点不满意。

“就是一起玩吧，正是爱玩的年纪，可能兴趣爱好一致，就经常聚在一起了。”

“会是什么兴趣爱好呢？”

“这个不好说，可能性太多了，追星、游戏，还有书友会什么的。”

听到“书友会”三个字，阿罗心里翻了个白眼。

“可是，这几个学生无论从学习成绩，还是日常生活方面似乎都差别很大。”

“学生之间相处没有那么复杂，喜欢在一起玩，和各自家庭条件、学习能力水平关系并不大。”

阿罗觉得眼前这个人真是很难搞，如果说是为了维护学校名誉而字斟句酌，尚可理解，可是就她这个说话套路，这种毫无营养的对话，简直就是在推卸责任。

就在阿罗马上要失去问下去的兴趣时，有人推门进来了，是张以凝，张以彤的妹妹。

辅导员表的情紧张了起来，疑惑地看着这位“不速之客”。张以凝没有看她，径直走到阿罗面前，语气和昨天一样冷冰冰毫无血色：“我还知道一件事，可以说吧。”

辅导员抬起手想拍拍她，最终还是僵在半空。

“你说。”阿罗知道如何和这类年轻人打交道——自己说得越少，对方说得越多。

“尤然一直想和李东宇在一起。”

辅导员的手轻轻拉了拉她的衣角，张以凝扭了一下就甩开了，接着说：“她接近我姐就是为了接近李东宇。我姐让她做什么她就做什么，什么都可以，就是为了有朝一日给她一刀。”她再次甩开辅导员已经抓上她胳膊的手，“我说的可不是什么暗喻，就是字面意思，她想替代我姐成为李东宇的女朋友，就这么简单。”

辅导员放弃干预，看了看阿罗和他的同事，眼睛无神地望向窗外。

阿罗眼睛睁得老大。尤然？生前照片看着挺温柔的那个女孩。

阿罗没急着下定论，静静等着她继续说。看得出来，张以凝很希望面前这两个警察追问点什么的，在等了十秒钟后仍然没有回响，她忍不住继续道来。

“尤然和看起来完全不一样。她为了自己想要的东西，什么事都做得出来，根本没那么阳光。我姐就是傻，才天天把她带在身边，我跟她说什么她都不信。”说到这，张以凝第一次红了眼眶。

“你觉得这和六个人的死有什么必然联系吗？”阿罗不想听情绪化的猜测，决定直接发问。

“他们六个昨天不是一起去的仓库，尤然拉着我姐先去的。我当时就在我姐旁边，她被尤然一个电话叫走了。”

“所以呢？”

“你听不明白吗？尤然单独叫我姐去仓库干什么？又不是像往常一样，好几个人相约去玩桌游！”

辅导员像是看不下去的样子，推推眼镜插嘴道：“两个人就没什么好玩了吗？这有什么奇怪的，以凝你会不会太敏感了？”

张以凝没有理会，甚至看都没看她一眼，接着说：“有件事我爸不让我说，但是我觉得应该告诉你们。”

阿罗来了兴致，虽然表面波澜不惊，但心里的小人却已经开始兴奋地敲锣打鼓。

“我姐尸体上有刀伤……”她的表情依旧冷冰冰，但眉头蹙了起来。如果说一直以来她的表情就像是戴了一张面具，此刻她的面容终于开始有血有肉。

这句话就像一颗重磅沉默弹，炸得其余三个人呆若木鸡，场面陷入奇怪的沉默。

阿罗拨通了在事故现场同事的电话：“现场组，请仔细查看仓库里是否有一把刀。”挂了电话，又转头问张以凝，“你觉得刀是尤然的？然后呢？”

“然后其他人刚好也去仓库玩，撞见了她的恶行，尤然临时起意，大家同归于尽。”

“那你怎么解释门是从外面锁上的？墙上没有任何攀爬痕迹，这个你很清楚的，对吧。尤然杀了人，把好几个人关在仓库里，同时在内部放火，这个概率，你觉得有吗？”

张以凝无话可说，她没有想这么多，她一门心思都在揭发尤然上。

没过多久，阿罗的电话响了，他听对方说了一段话，“嗯”了一声，挂断了电话。

“你说的情况，我们会去核实调查。如果没有别的信息，我们先告辞了。”阿罗此刻摆出了和张以凝一样的扑克脸。

“我觉得就是尤然杀人放火，至于她怎么做到的，那是你们应该完成的工作！”张以凝急得破音了。

阿罗没有继续和她纠缠，走了。他们感受到张以凝像蜇刺一般尖锐的眼神。

“现在怎么办？情况好像有点复杂。”还没等走远，那位同事就无奈地嘀咕起来。

阿罗没理他这话，交代他：“你去想办法让那些家属都同意尸检。”说完，阿罗没再理对方，自顾自地快走几步甩掉他，又拨起了电话。

“你好，请问是尤然母亲吗？”他的声音小心而轻柔。

“是我，你是？”

“我是负责火灾案的警察阿罗，今天上午我们见过面。”

话筒里一段沉默。

“如果方便，可不可以请您来一趟？”

“有什么话可以在电话里讲。”对方一改刚才的柔弱，变得防御起来。

“来这里可能会……”

“还是在电话里讲。”对方语气十分坚定，不容置疑。

阿罗稍停了一会儿，组织了一下语言：“您女儿和张以彤，经常玩在一起。”

“没错。”

“她们的关系真的像看起来一样好吗？尤然平时会和你谈起张以彤吗？”

“我女儿和我无话不谈，她和张以彤关系很好。”尤玉兰顿了顿，“你们是有什么新发现是不是？”

“虽然还没有查明，但是，尤然可能，仅仅是可能，和张以彤的死有关。”

“什么意思？我女儿也是被害人啊，你们在搞什么？我女儿怎么可能和谁的死有关，你们应该找出谁和我女儿的死有关！”说到这，尤玉兰痛哭失声。

阿罗一时不知如何是好，支吾着不知该不该继续说下去。

阿罗身后的同事不知什么时候赶了上来，他一把抓过阿罗手里的电话，对着话筒机械地说：“你女儿涉嫌刺伤张以彤，如果能把这件事调查明白，会对火灾案的调查有很大帮助。您也不想女儿顶着这个嫌疑离世，我们也不想……”

天知道这小子还会说出什么不着调的，阿罗赶紧把电话夺了回来。电话那边的哭声停止了，阿罗隔着电话信号都能感受到那头的盛怒。出乎意料的是，对方没有挂断电话，阿罗仔细听着动静，手心沁出一层汗。

至少过了一分钟之久，电话那边才又传来了声音。

“然然……然然她不会那样对待以彤的。”尤玉兰的声音再次回归疲惫，“你们不清楚，她们两个的关系。”

“她们的关系？什么意思？”阿罗有点听不明白了。

对方沉默了一阵，深叹了一口气，语气虚弱：“我们还是约一个地方见面说吧，可以不去公安局吗？”

“好的，地点您来定。”

“那……就城南路的双花面馆吧。”

“好，时间呢？我希望是越早越好。”

“就这会儿吧，我这就出门。”尤玉兰低声道。

“好，那么一会见。”阿罗尽量保持声音平稳。

电话刚挂断，阿罗身旁跟着的同事又开始叨咕：“你说，我们这样是不是太残忍了？人家刚刚经历丧女之痛，咱们就……”

“不懂就把嘴闭上。”这个“可爱”的同事几乎磨没了阿罗的耐性，阿罗没那个心情再陪他了，“你快去张罗尸检的事情。快，再晚人家都去火化了。”

阿罗开着车在城南路附近的小巷绕来绕去，半小时后，阿罗穿过一条弄堂，终于出现在双花面馆门前。这是一间非常小的门店，窗子开得也不大，门上遮着布帘，从外面很难看清里面的情形。

阿罗匆匆推门而入，虽然还未近黄昏，店里已经点起一盏昏暗的小灯，基本把店里照了个七七八八，桌面显得黑乎乎的，很油腻。

屋里共三个人，倚在后厨门框上刷着手机、昏昏欲睡的老板娘，坐在较远靠墙边满面愁容的尤玉兰，还有刚刚才适应了屋内暗淡环境的阿罗。

“对不起，我离得有点远，让您久等了。”阿罗坐到尤玉兰对面，点了两碗阳春面，算交个茶位费。

尤玉兰微微点了点头，上午在他们那里时仅存的一丝精气神已经消逝，整个人颓丧地靠在桌边。

“您愿意聊聊尤然和张以彤的情况吗？”

“她们的关系……比好朋友，还要好一些。”尤玉兰低头看着桌面。

阿罗眼珠子瞟来瞟去，他还是没弄明白。

“然然不能没有张以彤，你明白吗？”

明白了，怪不得上午开会的时候听到张以彤是李东宇女朋友的时候，尤玉兰表情那么不自然。

“我没理解错吧？”阿罗小心翼翼地发问，唯恐冒犯对方。

“就是那个意思。”

“张以彤知道吗？”

“然然她们是相互的关系。”说到这，尤玉兰把脸埋进双手。

“您女儿很信任您，您这个母亲一定做得非常好。”阿罗倒了杯热茶，推到尤玉兰的面前。

尤玉兰抬起脸的时候，手指用力揩掉了眼角几颗泪珠。

“然然不会做对张以彤不利的事情，她对张以彤很上心，所有的事都会和对方分享。”她继续强调着。

阿罗缓缓点着头：“那是挺难得的。”

“总之，如果有人要对张以彤不利，然然只会拼力阻止，就更别说她主动去做伤害张以彤的事了，不可能的。”

“怎么，您也觉得如果有其他人对张以彤抱有很大意见，甚至做出什么举动，是不足为奇的吗？”

“我不是这个意思……”尤玉兰的声音还是一样的小，但是语气显然没刚才那般坚定。

阿罗维持着温和的语气，问道：“在您眼里，张以彤是个怎样的人？”

“她是然然的朋友，关于她，我只关心和然然有关的部分。”尤玉兰还是不可避免地防御起来。

“那么，您觉得张以彤对您女儿怎么样？”

“挺好的。”

“她平时会去您家里吗？”

尤玉兰没有回答，嘴角耷拉着，双手蜷起放回腿上。

“要不，您先吃点东西？”阿罗去厨房门口端来了面条，往对方面前推了推。

尤玉兰身体没动，不过嘴角不由自主地动了动。

阿罗见状一脸诚恳地说：“尤姐，现在这种情况，大家都是失无所失的状态，尽快查清死因，就是对孩子最大的告慰，也是对家人最好的交代，您说是不是？”

尤玉兰的手指一寸一寸地摸着碗沿。

在阿罗想进一步套话前，尤玉兰先开了口：“我并不是很赞同她们交往。”

阿罗从落座到现在，他一直以为尤玉兰是一个先锋妈妈，不然为什么对他解释了两个女孩子的关系呢？

“我不是不理解孩子的情感选择，我是对……”

“对张以彤有顾虑，是吗？”

尤玉兰点头的幅度小到几乎令人难以察觉，同时用细小的嗓音说：“她……过于蛮横了。”

阿罗认可这个说法，他第一眼看到张以彤的照片时，就很有一种“这个女孩不好惹”的感觉，见了她妹妹张以凝之后，这种感觉更坚定了。不过，像这种富裕家庭的女儿，或多或少都会有点这样的个性，阿罗对此并不意外。

“她有时会撺掇然然对别人做一些出格的举动，比较……过分的行为。对象一般都是张以彤不太喜欢的人。一直以来，然然的性格都很好，很少与人争执，但是自从和张以彤经常在一起后，她的心性也变得越来越难捉摸了。”

阿罗大概听出个六七分，确认道：“有时会有比较……鲁莽……”

“她会做出粗鲁的行为，有时是语言上，有时是行为上，这都是张以彤带的。那些粗鲁的行为会给她伤害过的年轻人带来很大的心理阴影，然然有几次心里受不住，还回来跟我哭诉，说她不愿意去干那些事。”

“是不是……出了什么事？”这方面，阿罗很敏锐。

尤玉兰眨着眼，像是在回忆什么，突然眼眶一红，眼泪就流成了两道线。阿罗赶紧递上纸巾，此时，他心里已经有个大概了。

“有一个女孩子，在和张以彤起冲突后不久自杀了。”

“自杀了？也是铂文学院的吗？”

尤玉兰微微颔首：“是的，事情过去也有一年了，她一般只找铂文学院的。”

阿罗若有所思：“她一个人吗？”

“就是她拉上的然然啊！”对方带着哭腔。

“如果是这样，在某种程度上，尤然也是加害人了……”阿罗边说，边小心观察对方的脸色。

尤玉兰深深叹了口气，道：“我早该阻止的，应该早点劝然然离开张以彤那个坏了心肠的人……”

“她们还一起做过什么事？或者，你只说张以彤做过的也可以。”

“作弄、奚落、威胁别人……还有更过分的，不过然然不是主谋。”尤玉兰始终处于一种既想和盘托出，又想保护自己女儿的矛盾状态。不过阿罗也不敢深究，就怕她什么都不肯说了。

“我再冒昧问一句……那个自杀的女孩生前都遭受了什么，您能再说具体点吗？”

“我刚才说的都有，也许还有别的。”

“别的？什么意思？”

尤玉兰没有接茬。

“这里面不只有尤然和张以彤，对不对？”阿罗似乎对罹难的六个人常在一起的原因有了一种更合理、更具体的猜测。

对方抿紧嘴唇，像是要把话锁住。

阿罗劝道："尤姐，虽然在之前那些事上，尤然是加害者，但现在她已然是被害人。走到今天这步，不排除和之前那些事情有关。要是能多了解她周围的人，以及他们到底做过些什么，说不定能找出纵火案发生的原因。"

尤玉兰没有接茬，转而说："怀疑然然对张以彤不利这件事，是她妹妹和你讲的，对不对？"

阿罗不置可否。

"她妹妹不喜欢然然，也经常阻止她姐姐和然然在一起，有时甚至会用比较激烈的方式，这方面她和她姐姐很像，然然和我抱怨过。她和你们说的应该是，然然是要通过她姐姐进一步接触其他男孩子，对吧？她明知道她姐姐和然然的关系，还那样讲。不知道现在的孩子们都怎么了。"她顿了顿，"那个张以凝不断煽风点火，导致很多女生都对然然颇有微词，背地里说她和那几个男生都……"说到这，尤玉兰恼怨地摇了摇头，"然然，她不是别人认为的那种随便的女孩子。"

这个可怜的母亲，一方面要对外隐瞒女儿的情感状况，另一方面又要看着女儿承受来自外界的羞辱。事故发生后，她又在尝试保全她女儿的"名声"。可惜事到如今，在"名声"与真相之间，她必须有所选择。

阿罗深表理解地点点头，也算是认可了对方的那番话，接着问："那些男孩子，他们也会参与张以彤伤害其他人的行为，对吗？"

"这个我不能确定。"

"尤姐……"

"这个东丽君比我更了解。"

"您的意思是……"

"张以彤不是他们中做主的那个人。"

"李东宇？"

尤玉兰用眼神回答了阿罗，把眼前那碗凉透了的阳春面往前一推，转身出了门。此时，阿罗电话响了，是在现场勘察的人打来的。

"确实找到了一把刀，但是已经烧得不成样子了。"那边听起来很嘈杂。

"先送检吧，试试看，要是能检出来点什么，事情就容易多了。"阿罗嘴里叮嘱，一边从筷笼里抽出一双筷子。

现场有刀，起码说明张以凝说的她姐姐生前被刺伤并不是乱说。

阿罗匆匆吃了几口，结账离开了，然后他拨通了东丽君的电话。

"我不同意尸检。"东丽君声音冰冷，"你们的人已经联系过我了，我和他说得很清楚。”

“我打电话来，是想再问一下有关令郎的事情。”阿罗的语气比较平和。

“东宇……人死了都不让安生吗……”

“我想问的是，您知不知道，大约一年前，铂文学院有一个女生自杀了？”

电话那边沉默了一阵后，居然挂断了电话。

阿罗又拨了过去。挂断。阿罗不死心，又打，这次对方终于接起来了。

“东宇和那个女孩的死没有任何关系！都是吕健那个孩子做的！”话音刚落，电话又挂断了。

阿罗知道他再问不出什么了，也不忍再问下去。不过，至少确认了吕健也是其中一份子。对于这个结果，阿罗倒也不意外。

要去找吕健的父亲吗？不过十有八九问不出什么。还剩谁？甘泽、邹子昂。阿罗决定，先去找甘泽的父亲聊聊。甘义伟没有任何犹豫，接受了阿罗的邀约。见面的地点又是一间难找至极的小店。阿罗赶到的时候，天已经黑了。

令他没想到的是，桌前坐的不止甘义伟一人，邹子昂的爸爸邹俊也在。阿罗想好的问题，看来得改一改了。

“甘泽和邹子昂，从小就一起玩吗？”

“没错。”甘义伟答道。

“他们是从什么时候开始和吕健他们一起玩的？”

“邹子昂早一些，我儿子晚一些。”开口的仍然是甘义伟。

邹俊听他这样讲，有些不悦，但也没有辩驳，只说：“他们几个有时候会让子昂替他们做功课。”

“哪几个？”

“李东宇就不用说了，吕健也是肯定的，别的不清楚。”

“甘泽有没有提起平时他们在一起的情况？”阿罗看向甘义伟。

“他不怎么和我说这些事。”甘义伟仰起头，长叹了一口气，邹俊拍了拍他的肩膀，自己也禁不住掩面而泣。

“那个……自从和他们玩在一起后，孩子有没有什么变化？”

“话变得有些少了吧。”甘义伟清清嗓子，缓和了一下情绪。

“邹子昂也一样吗？”

“子昂这孩子本来话也不多。不好意思，我接个电话。”邹俊说着，皱着眉头拿着手机离开座位。

甘义伟看他出门去了，迅速往前倾了倾身子，盯着阿罗的眼睛，小声说：

“我儿子是最近才被邹子昂带着和他们一起玩的。”

“这个意思您之前已经表达过了……”

“邹子昂早就和那几个人走在一起了。他们几个人，以李东宇和张以彤这对情侣为核心，平时欺负人的事干了不少，别看吕健那孩子整天不着调，他其实也就是李东宇的跟班，李东宇不愿意做的、不方便做的，就让他去做。”说到这儿，他警惕地往门口看了看，又说，“他们里面有个叫尤然的女孩子对吧？邹子昂对她挺有好感的，根本不是李东宇他们非拽着他一起玩的，他就是自己乐意，那样就能天天见到尤然了，就是这么回事。”

“那邹子昂是因为什么又把甘泽拉进去的呢？”阿罗表情不解。

“我怀疑就是为了拉上我儿子帮他们办事。”

“哦？办什么事呢？”

“说不好，他们那帮孩子，能有什么好事。甘泽平时也不太和我说，我只能自己琢磨。”说完，甘义伟快速低下头。

“你怀疑自己儿子被人利用，你还不管不问，事到如今你怪谁。”阿罗把这话憋在了心里。

邹俊接完电话，走了进来。坐下后，他也没说，幽幽地看着桌面，阿罗开始有些看不懂他为什么要跟来了。

“请问两位，还有没有什么你们觉得和这次事件有关的，或者说反常的、可疑的信息，可以告诉我？”

对面两人都没有说话，都是一副有气无力的样子。

过了半晌，邹俊像是想起什么来，问了一句让阿罗完全意想不到的问题：“怎么一直不见你们去找邱家瑞的家长？”

“邱什么？”阿罗眼睛瞪大，抻着脖子，这个名字他从来没有听过。

“他也去仓库了，和甘泽、邹子昂一起，他们约着一起去的。”甘义伟补充道。

“他是谁？”阿罗惊了。

甘义伟和邹俊两人以一种难以置信的表情看着他。

“你们……你们不会到现在都还没弄明白尸……罹难孩子们的身份吧……”邹俊眉头紧蹙，说不上是惊诧还是责难。

李东宇、张以彤、尤然、吕健、甘泽、邹子昂，这有什么问题吗？阿罗彻底蒙了。

“请稍等。”阿罗拿上电话出去了。

他从没自己想过会问现场的同事这样一个问题：“你们再核对一下，现场究竟几具尸体。”

电话那端沉默了一阵才回答：“……好。”

阿罗可以想象对面愣住的样子，他回到座位上时，两位父亲已经起身要走了，他们毫不掩饰地让阿罗看到自己的失望与痛心，这何止是工作纰漏，简直毫无专业可言。

“有可能我们现场工作出了问题……”

“就这样还联系我们说什么尸检……有几个人需要尸检你们都没弄明白！”甘义伟说罢，两人愤愤离去。

阿罗此刻相当困惑。昨天下午自己也参与了现场调查，怎么可能会漏掉呢？

邱家瑞……不管怎么说，先联系上他的家人吧。且慢，还是先去现场吧，阿罗觉得这事太蹊跷了。

天已经黑透，没有星星，云朵遮住了月亮的光辉。深海般的苍穹下，仓库宛若沉在海底的巨大黑色盒子，让人感觉一旦走进去，就再也出不来了。

昨天下午，就在这个恐怖的盒子里，无望的哀号声被大火吞没，宛如人间炼狱，逃无可逃。不难想象几个年轻人在里面经历了怎样的害怕与绝望。

思索间，阿罗站在了那扇炼狱之门前。仓库内部电力系统已经被烧毁，现场工作人员在里面支起一盏大灯，用发电机保持照明。现场还有两三个同事在忙活着。

忽然，某个身影让阿罗十分反感。仓库老板郭涛，这个人在这儿干什么？怎么把他放进来的！

还没等他开口，郭涛就向他走来，说道：“我来帮忙的。这间仓库是我的资产，我在这里无可厚非。有人在我的仓库里遇难，我必须知道正在发生什么。”

“你在这里，得不到什么有用的消息。”阿罗看都不看对方一眼。

“哦？是吗？如果不是有什么新线索的话，你这么晚来干什么呢？”

这话把阿罗噎住了，不过他没空和对方掰扯，他四处查看了起来。

“有什么我能帮忙的吗？”郭涛跟在他的身后。

阿罗没有理他。

“保安老刘，你们打算拿他怎么办？”郭涛继续问道。

老刘，这个怎么看都不像纵火犯的家伙，又几乎找不到他与那几个年轻人有什么摩擦。一没有动机，二有不在场证明，短时间内想判定出什么都是妄谈。

“你们有考虑过延时纵火吗？”郭涛自顾自地发出第三问。

阿罗回过头去，意味深长地看着他，说：“你开始走保险了没有？”

“你们这边初步调查结果没出来，保险公司是不会启动程序的。”

阿罗做出一个夸张的“恍然大悟”表情，说：“原来如此。”

“我这边的事都可以以后再说。”郭涛没有尝试解释什么，“关于老刘，我觉得他不可能放火，倒是有可能粗心办坏事。”

阿罗把目光从地上一个漆黑的人形痕迹上挪开，问：“粗心？”

“你有没有想过，门也许并不是在起火时才锁上的？”郭涛认真地看着阿罗的眼睛。

阿罗等着他继续往下说。

“也许那几个年轻人早就在里面了，起火只是后来的事情。”郭涛表情很认真。

“你说清楚点。”

“老刘这个人耳朵有点背。”

郭涛的意思是老刘没注意到那几个年轻人在里面，就锁了门。可是，那可是六个精力旺盛的成年人啊，老刘只是耳背，难道眼睛也有问题？

郭涛接着说：“老刘不到十一点就到了仓库，他里里外外忙着搬着货，也许几个年轻人就是趁他不注意，溜了进去。”

他们并不是一起进入的，以目前得到的信息来看，至少分了三拨，第一拨是尤然叫上了张以彤，第二拨是李东宇和吕健，如果邹俊和甘义伟的说法没错，第三拨就是邹子昂、甘泽，还有……邱家瑞？这个邱家瑞真是个谜。

三拨人如果分批进入，集中精力搬东西的老刘就有可能没有注意到他们。

如果按照这种假设，那他们就是自愿进去的？也未必，可以通过别的方法无声强迫。可是，谁有能力一下子强迫六……七个人呢？讲不通。

“老刘锁门的时候，他们也许还在里面藏着，根本没想着出去。”郭涛继续着自己的猜测。

“何必呢，难道他们想被锁在里面？”阿罗并不认同。

“你实在不了解现在的年轻人，他们在仓库通宵玩乐也不是第一次了，就算早晨在仓库见到烂醉的他们也没必要大惊小怪。”郭涛说着，点了两根烟，分了阿罗一根。

阿罗接过来，掐灭烟头，插到耳朵后面，他不吸烟。

“你对我有什么想法无所谓，现在，搞清楚事实才是最重要的。如果你后面还有什么事要帮忙，要我提供什么信息，可以直接打我电话。”说完，郭涛转身向出口走去。

阿罗开始仔细思忖郭涛的猜测。说得简单一点，就是学生们是主动选择被误锁在仓库里的。然后呢？火是怎么着起来的？可能只是几个年轻人不小心引发的火灾吗？阿罗摸了摸耳朵上的烟。要真是那样，那可就简单多了，如果张以彤身上没有检出刀伤的话。

"怎么样，几具尸体？"阿罗凑到今天接电话的同事旁边问。

对方皱着眉，用关爱弱势群体一样的眼神看着他："你不会是认真的吧？我以为你电话里是为了敷衍旁边的什么人。尸体数量还能搞错？你拿我们当吃干饭的吗！"

阿罗的表情像吃了一颗过期的松果，他决定做一件很丢脸却必须马上去做的事情，他拨通了邹俊的电话。

"你有没有邱家瑞家长的电话？"

"你们真是……不知道说你们什么好！"邹俊的态度完全可以理解，这事未免太过离谱。

阿罗只有闭嘴的份。

"我没有他家长电话，这几个家长都没有他家长电话，不然我们早就联系了。你应该去问他们的辅导员！"对方语气里的无奈和嘲讽像蛇一样穿过电波咬在阿罗耳朵上，让他一时脸红耳赤。

"打扰……"没等阿罗说完最后一个字，那边就挂了电话。

算了，问辅导员就问辅导员。

"你问他家长电话有什么事？邱家瑞和这事有什么关系吗？"辅导员听起来对问号码这件事十分不解。

阿罗都不知从何说起，还没等他组织好语言，对方接着说："如果你们确实有事，能不能等明天他来学校，我转告他，再让他去找你们。"

"可是……"

"噢，我想起来了，今天邱家瑞看起来确实是有点魂不守舍的感觉……也许真的可能和这事有关……"

阿罗的嘴瞬间张得可以吞下话筒，他尽量让自己的声音听起来没有那么机械："好，那明天上午我再去一下学院里吧。"

阿罗站在仓库中央那盏巨大的临时照明灯下，觉得自己像一个闹剧演员。

邱家瑞和其他人一起去了仓库，邱家瑞今天出现在学院里。如果这两件事同时发生，那可真是太有意思了。阿罗继续在现场走动观察，他并非担心现场调查人员有所遗漏，他只是在寻迹，企图证实自己内心一种悲凄的猜测。这个猜测他在上午和张以凝对话时，就有了雏形。不过目前证据链缺损严重，他决定闭口不言，慢慢求证。

烧焦后留下的人形黑迹分散在仓库内各处。阿罗拿出第一现场照片，一处处查看起来。

两处趴在门口，呈现出正匍匐着奋力向外爬的状态，不难想象她们的手在触到烧得通红的铁门时那幅绝望惨象，尖叫声伴随着呛入烟霾后剧烈的咳嗽，仿佛就在耳旁。这两人分别是张以彤和尤然。

第三处蜷缩在仓库中央，说是蜷缩，是因为那形状看起来就像被扎了一针的毛毛虫，一米八三的男子，团成一个小小的环，双手紧紧蜷在胸前，他死前经历了什么？那是李东宇。

第四处和李东宇的尸体相隔不远，呈现出焚烧后典型的四肢屈曲的“斗拳姿势”，在几具尸体中看起来相对常规，那是吕健。

第五处有两具尸体。把两具尸体归为一处，是因为他们的距离实在是太近了，有多近呢？他们抱在一起。昨天下午分开他们的时候，着实费了一番力气，工作人员没有敢告知他们的家人。他们是邹子昂和甘泽。

六具尸体，年轻的生命。凡是去过现场的人，从最开始就不会觉得这是一场意外事故，也绝不会忘记几具尸体怪异的布局。

时至深夜，他们就要撤离，只留两人在门口把守现场。

阿罗最后一个走出这个巨大的黑色盒子。他心中的猜想愈发清晰，他仍在等待他期盼的消息。今夜也只是无数个不眠之夜中的一个，他迫不及待地期待明天见到邱家瑞。

第二天一早，天气陡然转阴，大风把礼堂尖顶上的风信标吹得飞速打转。昨天和煦的阳光荡然无存，TAZUKI市被裹挟在一种阴郁而不可言说的氛围中。

阿罗昨夜只睡了两个小时。学院第一堂课将于早晨八点钟开始，他等在某个教室门口，打算一看到邱家瑞就把他请到操场上问个明白。从照片上看，这个邱家瑞和邹子昂长得有些像，双眼皮，瘦瘦的，脸颊略微凹陷，利落的发型。不同的是，后者眼中有光，而邱家瑞本人的则要涣散一些，眼镜片很厚。

还没等到要等的人，张以凝倒是从楼梯角拐过来了。

“你怎么又来了？我上次跟你说的尤然的事情，怎么样了？你们查了没有？”她歪着头连珠炮似的发问，蓬松的梨花卷发，定过型的发梢随着她抑扬顿挫的谈吐有节奏地弹动。

“还在调查。”阿罗今天没有心情多问她几句，他的注意力不在她身上。

“效率真是够低的……我姐死前被刺一刀，你们又怎么说？”张以凝挑了挑眉毛。

阿罗眉头蹙了一下，懒得理她，转而问：“你有没有其他新信息可以提供了？”

张以凝瞪了他一眼，走掉了。

虽然她上次提供的张以彤尸体有刺伤的信息很有价值，但是她的其他说法都太难以证实了，搞不好还与事实相反。

再有十分钟就上课了，学生们在走廊里快速穿梭起来，阿罗等得着急。就在这个节骨眼，电话响了，他心里骂了一句，别是又出了什么乱子，拜托来点有用的消息吧。

实际上，这个消息可算得上是“好消息”。电话是组里的警察打来的，他的声音透着兴奋：“家属都同意尸检了，我们这边已经派车去挨个接了！”

阿罗从一早起来就开始发直的眼神，终于闪现了一丝光亮。

“你小子终于干了件人事。”

“怎么说话呢，你在哪儿？用我去找你吗？”

“别来！你直接去公安局吧，安排好尸检的事情。”阿罗怕他又节外生枝。

电话刚挂，邱家瑞就走进了阿罗的视线。容貌比照片上看起来要憔悴很多，肤色蜡黄，眼睛不只是涣散，简直有些迷离。头发更长，显得乱糟糟。最令阿罗感到意外的，他比自己想象的要矮很多，只有一米六的样子。

他怕吓到这个哆哆嗦嗦的可怜人，直到他走近时，阿罗才缓缓靠近，用平缓随和的声音问：“请问，你是邱家瑞吧？”

邱家瑞刚才一直在低头走路，听到自己的名字，猛地一激灵，抬起头看着阿罗，眼中的防备和恐慌一览无余。

没有说话，就这么看着自己。

“如果你是邱家瑞的话，方不方便我们聊聊？”

“什，什么事……”对方再度把头低下，用蚊子般细小的声音问。

阿罗压低声音：“想问你几个问题……”

还没等阿罗说完，邱家瑞拔腿就跑，直冲走廊尽头的防火楼梯而去。

“喂！”阿罗短暂地愣了一下，追了上去。睡眠不足加上没吃早饭，让他的太阳穴随着脚步的颠簸一抖一抖地跳着痛，有那么一瞬间，差点晕眩。

上课铃打响的时候，阿罗追上了邱家瑞，他们站在林荫道的一个垃圾桶旁。邱家瑞无力再逃，低头站在他的面前，脖子缩得紧紧的。

“你跑什么啊！”阿罗双手扶膝，弓着腰呼哧带喘。

对方又想跑，被阿罗一把拽住胳膊，邱家瑞仍然在发抖。旁边经过几个学院的学生，冲他们看过来，他们眼中没有一丝惊慌异常，甚至有几个女孩子还遮住嘴笑。

两人终于喘匀了气，阿罗开门见山：“你前天下午有没有和甘泽他们去仓库？”

邱家瑞的喉结上下翻动，不肯说话。

“你不说我当你默认，主动和不主动是两种性质我告诉你！”阿罗提高声音。

“没……没有。”他的声音依旧微弱，比起刚才更加没有底气。

一看就是假的，慌都不会撒。

“说实话！”阿罗声音更厉了，旁边又有几个学生掩嘴而过。

邱家瑞竟然哭了，他双眼紧闭，嘴干巴巴地咧着，哭得悄无声息，口水丝也垂了下来，这哪像一个二十出头、本应意气风发的年轻人！

阿罗一时间有些不知所措，他扶着邱家瑞坐到一旁的长椅上，递给他纸巾，拍着他的后背，安慰道：“有什么事说就行了，没什么可怕的。我不是来定罪的，就是来找你了解点情况。”

如果说在看照片时，阿罗还觉得这个邱家瑞有可能是个深藏不露的斯文败类，但今天一见面，他难以将眼前这个脆弱的人和可能会做出伤天害理的事联系起来。

邱家瑞抽搭了几下，微微抬头，偷偷瞟着阿罗。

“我去了。可是我和那事没关系！我什么都没参与！”

“你慢慢说，别急。你是和甘泽、邹子昂一起去的吗？”

邱家瑞点点头。

“你们去那儿干什么？”

“他们叫我去的，我就去了。”

“谁叫的你？”这种挤牙膏式的问答也在阿罗的预料之中。

“邹子昂。”

“你们大概几点到的？”

“十点多……应该不到十一点，具体记不清了。”

“门是锁着的，你们怎么进去的？是不是李东宇有钥匙？”阿罗趁机求证自己的一个猜想。

邱家瑞摇头，说．“保安正在搬东西，趁他不注意我们溜进去的。”

“你是不是先走了？”

“嗯……甘泽让我去取他落在学院的钱夹，挺着急的，我就去了。”

“你大概什么时候走的？”

“进去也就二十分钟，他就让我走了。”

“你们这次去那里干什么呢？”阿罗又问了一遍。

“就，玩嘛，玩。”邱家瑞说着，扯了扯领子。有那么一瞬间，阿罗发现了他后脖颈下方触目惊心的瘀伤痕迹。

“你这怎么弄的？”阿罗凑近看。

邱家瑞使劲往上拉了拉领子，躲躲闪闪。

“你跟我回公安局。”阿罗皱眉盯着他看，语气强硬。

“不去，我不去，我什么都没做。”邱家瑞一直往后缩，眼神飘忽不定。

阿罗继续给他施压：“你没做过什么，但你一定看到过什么。如果你不希望你的朋友们枉死，就去公安局配合我们做一些调查。”

“朋友……哼……”邱家瑞喃喃自语，有那么半秒钟，他的表情扭曲，神态异常。

阿罗看着他突然浮现又瞬间消失的凶恶相，几天来内心深处的猜想愈加清晰。

“有什么话，到公安局说。这不代表你有嫌疑，别那么紧张。”阿罗扬了扬下巴。

已经恢复衰弱相的邱家瑞佝偻着后背，走在阿罗一旁，两人一同往公安局去了。

原本已经很阴郁的天空中，又一大片黑压压的乌云倾压下来，明明天已大亮，看起来却像混沌的凌晨。远处，闪电猛地轰向地表，半边的天大亮了一下又再次归于沉寂，看来一场暴雨将至。

昏暗惊悚的天气吓得邱家瑞一愣一愣的。一路上，邱家瑞就没停止过哆嗦。这个人身上有什么故事，阿罗已经猜到了八九分。

问询室的白炽灯嗡嗡作响。

“你挨欺负多久了？”阿罗声音冷酷，笃定的态度让对方的头快要缩进领子里，大气也不敢出，“说话。”阿罗对眼前这个瘦小的倒霉蛋毫无怜悯之心。

邱家瑞抬起头时，把阿罗吓了一跳。青筋在太阳穴隐隐跳动，轻微凸起的眼球多了密密麻麻的红血丝，一边的嘴角尖锐而突兀地下垂，和刚才完全不是一个人。十几秒后，他的嘴终于微微张开，挤出几个字：“他们要下地狱。”

“下地狱？什么意思？”

邱家瑞没说话，开始一颗一颗地解开衬衫扣子，每解开一颗，就有一道触目惊心的疤痕出现在阿罗眼前。有的是割伤，有的是烫伤，有的是淤痕。

阿罗看看这些伤口，又看看对方麻木的脸色，他判断自己猜得没错，这几个学生可不是简单的在一起玩儿的关系。

"从什么时候开始的？"阿罗问。

"半年前吧。"邱家瑞又逐一将扣子扣了起来，脸上恢复了无奈的神态。

"为什么？"

"他们要是有理由、讲道理的话，我也不至于现在这个德行。"

"你一定很恨他们。"

"废话。"邱家瑞把脑袋偏向一边，眼皮耷拉着。

现在，阿罗才感觉到自己是在和一个活生生的人对话。

"你有没有想过……"阿罗开始引导他。

"每天都想，无时无刻不在想。"

"那……"

"我知道你在套我话，但是我告诉你，纵火这事和我没有关系。不过，如果早知道一把火可以达到现在这个效果，我非常希望是自己放的火。"

"现在的效果？让他们惨死吗？"

邱家瑞眼睛发直，使劲点了点头："如果是你，你也会想这么做吧。"

阿罗没有接他的话，把话题重新引回到前天案件现场上来。

"回学院取完东西，你什么时候回去的？"

"记不太清了，取了钱夹，又去吃了点东西……应该几十分钟，不到一个小时吧。"

"你回到仓库，大家在干什么？你为什么又走了？"阿罗终于问到了自己最好奇的点。

对方的眼神突然凝固了，怔怔地盯着虚空，嘴唇动作的幅度极小，声音像是从他脑子里飘出来一样："是火，着火了。"

阿罗伸出手，在他面前上下晃了几下。

邱家瑞轻轻推开他的手，眼神明亮却气若游丝地说："我就知道，报应一定会来的。显灵了，显灵了。"

一个常年饱受欺凌的年轻人，直挺挺杵在充满白炽灯冷峻光线的狭小房间中央，像一根冻僵的芦苇。

"然后你就走了？为什么没报案？"阿罗刚问出口就觉得自己很蠢，他怎么会希望火被扑灭呢……

邱家瑞眼中疯狂的光彩渐渐暗淡下来，像自言自语一样嘟囔："我去了……我站在那个门前……里面……"

里面？门开着？

阿罗像被雷劈了一道，他脑子发蒙。

门开着，这个信息像一个突然闪现的幽灵，一股寒风穿过他的脊背。

"炼狱……红色的魔鬼，黑暗深处……抓住了，抓住了……"邱家瑞语无伦次，瞳孔中仿佛在上演着一幕残忍荒诞剧。

阿罗尝试理解他的意思，但未免太过抽象。邱家瑞不再说话，整个人摔进椅子，头重重垂下。

阿罗待他缓和一点，才轻声问："你是说，门是开着的？"

对方没抬头，向更低处点了点。

"你不会……"

"不会什么？"

"你应该知道，门是从外面锁住的吧？"

邱家瑞轻轻抖动了一下，没有说话。

"门是怎么锁上的？"阿罗察觉到异常。眼前这个和上锁的门之间一定有关系。

邱家瑞回以沉默。

"我问你怎么锁上的？"阿罗冲上去，双手狠狠揪住对方的领子，几乎要把他整个提起来。

邱家瑞突然抱着脑袋，呜咽着不停摇头，声音像被捕兽夹钳住的猎物，怪异又悲惨。

"你看到什么了？"阿罗根本抑制不住内心的急迫，趁势追问。他突然觉得，解开谜题的关键，就在眼前这个将要失去理智的人身上。

不料，邱家瑞口中的呜咽逐渐变成爆发性的咝吼。几秒钟后，他突然猛烈地用头撞墙。阿罗赶忙把他拽到身边。

这个年轻人精神崩溃了，问询只能告一段落，阿罗把他安排到其他房间休息，他的大脑飞速运转着回想这一切。他猜到了这个邱家瑞是"受害者"，猜到了他十有八九知道现场发生的真相。但没猜到着火时，门是开着的。

阿罗觉得有些骇人，他静静地盯着桌面，在脑中梳理案发前后的过程。过了一会儿，他拨通了老刘的电话，只响了一声，那边就接了起来。

"喂？"声音短促且颤抖。

"我再问你一遍，你那天几点到的仓库？"阿罗的语气不容诡辩。

"十点半。厂区街上几乎没什么人。"老刘吐字清晰，就是语气有点虚。看来自上次问询之后，老刘捋顺了自己那天的行踪。

"你那天几点离开仓库的？"

"应该是十二点之前。"

"搬东西进出了几次？"

"六七次吧。"

"中间有没有看到有人溜进仓库？"

"这个，这个还真的不好说，我把车停到仓库后面了，绕来绕去的，门也没关……"

阿罗苦笑了一下："你还挺有心眼儿。"

案发当天上午十点半，老刘打开了仓库的门，开始进进出出搬东西，进出的空档，年轻人们分批依次溜了进去。邱家瑞在十点半到十一点之间到达仓库，二十分钟后又离开仓库回学院取东西，往返用了几十分钟，不到一个小时，也就是在十一点二十分到十二点二十分之间返回了仓库。这时，仓库已经起火了，门是开着的。结合老刘所说的十二点前锁门走人，那么起火时间应该是在十二点到十二点二十之间。

可是，根据消防部门的调查，起火的最早时间是一点半。这和阿罗推断的起火时间相差了一个小时，问题出在了哪里？

阿罗做了一个决定，他对电话那边的老刘说："麻烦你现在来一下公安局。"

"好的，好的。"听声音都能猜出来，老刘在电话那头点头如捣蒜。

挂断电话后，已快到午饭时间，阿罗去买了份饭给邱家瑞带去，顺便查看他的状态。阿罗站在门口，厚重的窗帘把原本就黯淡的光线和暴雨声挡在另一个世界。屋内昏暗无比，依稀可见折叠床上，邱家瑞身上搭了一条毛毯，一动不动。

睡着了吗？阿罗踮脚走上前，手刚搭上毯子，邱家瑞就像被烧到的毛毛虫一样，蜷成一团，紧紧抱住头，全身僵硬。

"别怕，我就是来给你送些吃的。"说完，晃了晃手里的饭盒，鸡腿饭的香气顿时弥漫开来。

大概是刚才的经历消耗了邱家瑞不少精力，他缓缓坐了起来。阿罗看着他狼吞虎咽，琢磨着该不该这时候发问。

"你有，你有什么问题，就，就问吧。"邱家瑞一边大口吃饭，一边断断续续和阿罗说话。这顿午饭似乎让他恢复了一些活力，抑或是当人类最基本的需求得到满足时，就很容易放下戒备吧。

“那我就问了，你可以回答，也可以拒绝回答，但是不能说谎，行吗？”

“行。”邱家瑞咽了一大口饭，费力地说。

“你早上跟我说的那些有关你行踪的时间，你能确定吗？”

“不会差太多。”

“有没有可能，其实你回到仓库的时候已经一点半了呢？”阿罗还是决定问得明白一点。

邱家瑞的腮帮子被食物填满，口齿不清地回应：“不、不可能，我中午还去学院对面那个排骨店，吃饭了。”

阿罗觉得这并不能证明什么。

邱家瑞接着说：“那个排骨店的生意非常好，一般中午一点就会卖完关门的。”

这还说得过去。

“那他是怎么看到着火的呢？有没有可能是消防部门的起火时间分析有误呢？”阿罗摇摇头，清醒了许多，怎么能因为一个满怀愤恨、偶有神志不清的年轻人的几句话，就去怀疑专业机构的判断。再说，搞不好这个愣头小子就是纵火犯本人。

阿罗递给他一瓶水，继续问：“你说的‘红色的魔鬼’是什么意思？”阿罗觉得是火，想得再恐怖点，可能是……燃烧的人体。

邱家瑞不接话，沉默不答。嘴里的咀嚼声明显变大了。

阿罗就坐在一旁，看他吃完一整份饭，又把剩下那半瓶矿泉水一饮而尽。

“老刘来了。”那位同事探进头来。

“一起过去吧。”阿罗的语气比之前强硬了一些，眼神中也多了一丝命令感。邱家瑞出奇地配合，跟在他身后，再次走进问询室。老刘已经端坐在那里，看起来比上次来时要一本正经很多，穿得也板正。

“他真的是怕我们把他定为嫌疑人，这个人。”阿罗无奈地摇摇头。

老刘的眼神划过他们两个人的一瞬间，表情明显有一瞬间的僵硬，被阿罗敏锐地捕捉到了。

“你认识他？”他直接向老刘发问。

老刘先是愣了一下，紧接着马上摇了摇头：“不认识，不认识。”

反观邱家瑞，倒是没什么反应。

“找你来是想当面再确认几个事情，你如实回答，希望你经过这两三天，头脑已经清醒多了。”

老刘自然是一通狂点头。

“郭涛有没有得罪什么人？”

老刘想了想，轻轻摇头：“他这人挺油的，认识他的人都挺信任他的。要说结仇，应该是没有。”

“你见没见过他女朋友的儿子？”阿罗问的是李东宇，但是不打算挑明，以免老刘又鬼扯起桃色八卦。

老刘的眼珠子在阿罗和邱家瑞的脸上来回晃了晃，支支吾吾地说：“见……见过。”

“他同学，是不是？”阿罗一脸看穿一切的表情。

老刘有点不好意思，点点头。

“她儿子和郭涛关系怎么样？”

“那孩子可怜。唉，他不知道郭涛和他妈那档子事。”

“你还说不认识我他吗？”阿罗挑了下眉毛，声音冷冷的，手指向邱家瑞的方向。

老刘瞬间闭紧嘴唇，眼神从邱家瑞的脸上慢慢下移到桌面，眉头不自然地皱了一下。

“你为什么撒谎？”阿罗弯起中指“砰砰”地敲着桌子。

老刘咂着嘴不回答，阿罗转问邱家瑞：“你见过他吧？”

“见过很多次了。”邱家瑞一扫刚才的面无表情，歪着头，用戏谑的眼神看着老刘，而老刘却在回避他。

“说说看，你们之间有什么故事。”阿罗扬了扬下巴。

邱家瑞的眼神没有移开，嘴角浮现一丝冷笑，老刘的额头渗出一层汗珠。

“懦夫。”邱家瑞从牙缝挤出这两个字，把脸别向一旁。

老刘依旧不言语。

“有什么话就在这儿说明白，你面前的这个就是嫌疑人之一。”阿罗碰了碰邱家瑞的胳膊。

邱家瑞猛地转回头，死盯着老刘，目光如炬。不过，几秒钟后，他眼中的火光逐渐暗淡下来，苦笑道：“他没这个本事，他不敢。”

“你为什么说他是懦夫？”阿罗问。

“你问他自己。真不知道他每天是怎么睡着的。”邱家瑞把脸转向老刘，“这一年，你睡得好吗？”

老刘的嘴唇哆嗦起来，神经质地啃起指甲，眼珠滴溜溜左右晃动。阿罗第一次见这个中年人如此狼狈。

“小柔有没有找过你？”邱家瑞身上柔弱的气息一扫而光，他探着身子，直逼对面的老刘。

小柔？

“对，对不起……”老刘终于开口了，唯唯诺诺，狼狈如丧家之犬。此刻，这两人的风格颠倒过来。

“小柔是谁？”阿罗问邱家瑞。

“我女朋友……我曾经的女朋友……”说到这，邱家瑞的声音柔软了很多，又充满了悲伤。阿罗觉得自己听出了一丝哭腔。

“他对小柔……他做了什么对不起你的事？”阿罗心里有了点儿数，他尽量小心措辞，避免刺激到邱家瑞。

“让他自己说！你敢吗？你敢说出来吗？！邱家瑞声音突然拔高，拍着桌子站起来，眼睛充血。阿罗急忙一把把他按回座位上。

“我也没有办法啊，他们，他们好几个人……”老刘几乎说不出完整的话来。

“他们是谁？”阿罗盯着老刘。

“就是，就是……”老刘哽咽着说不出话。

“你见死不救！见死不救！”邱家瑞的情绪渐渐难以控制。

“我不知道她后来会自杀！要是知道我那天拼了老命也要进去管！”老刘大声辩解着。

阿罗在脑海中把这个故事串了起来，尤玉兰说一年前有一个女孩自杀了，原因是与张以彤起冲突，自杀就是在那不久后的事情。刚才老刘和邱家瑞的对话证实了，一年前，邱家瑞当时的女朋友小柔因故自杀了，他们说的应该是同一个人吧。

邱家瑞的头歪着，不由自主地颤抖起来。阿罗明白，两人继续对峙，也说不出个所以然，他决定单独和他们聊。

他让那位同事把邱家瑞带去休息，自己和老刘单谈。

“把你们刚才云里雾里的话，原原本本说清楚，来龙去脉，时间、地点、人物、事件，一个都不能少。”阿罗顿了顿，“这也许就是你撇清自己的机会。”

老刘面色凝重，喝了好几口水，清了清嗓子，才下了好大决心一样开了口，说到：“那个小柔，全名叫柯小柔，也是铂文学院的。这女孩和她男朋友，就是刚才那个小邱，一个脾气，几乎就是谁逮着谁都要欺负欺负。其实这女孩人挺好的，不知出了什么事，就惹着人家大小姐了……”老刘干咳了两下，“咱也不知道为什么，有一天，就差不多一年前吧，几个人……”

“是不是这几个？”阿罗把火灾中丧生的几个年轻人生前照片在老刘面前排成一排。

老刘仔细看着，点点头。

“你说的大小姐，是这个吗？”阿罗指着张以彤。

老罗又点了点头。

“你继续说。”

“那阵子仓库生意已经开始不大好了，门时关时开，那帮孩子隔三差五就过来玩，基本上就是照片上那些人吧。”

“他们都干什么？”

“说说笑笑，唱唱歌，谈谈恋爱什么的吧。”

“除了刚才那几张照片上的人，还有别人吗？”

“那我可真说不好，我都避免和他们几个打照面，反正他们对仓库里那点破东西也没兴趣。先不说有没有别人，就这几张照片，我能认出来、记得清的也就三四个。”

“有一天他们就把柯小柔带过来了？”阿罗接着问。

老刘眼睛往上翻了翻，嘴唇紧紧抿着，像是在回忆一段他试图忘却的负面记忆。

“他们对她做什么了？”

老刘摆摆手，不肯说，他不忍心。

“邱家瑞怎么知道你当时在现场？”

老刘慢慢抬起头：“因为……他也在。”

他也在？

“那他为什么……”阿罗想要追问。

“为什么没出手救她女朋友？”说到这，老刘摇了摇头，“你觉得小邱那个体格，那个性子，能做什么？再说，他当时的处境，比他女朋友可好不到哪去。”

阿罗想象着那个画面，眼皮无力地垂下。即便只是想象，他还是被那充斥着耻辱、暴怒与残酷的场景所震恸。

“我……我当时就在仓库门外不到十米的地方，小邱看见了我……我对不起他们……”老刘突然爆发出难以自制的痛哭，他似乎回到了那天的场景中，正被小邱如炬的视线灼烧。

阿罗一时不知眼前的人，是可恶还是可怜。

“柯小柔自杀，和这事有关吗？”

“我求求你放过我吧，事都明摆着，你就别问了……”老刘哀求道，阿罗的每次发问都再一次挑拨起他的记忆神经，让他重新感受一遍彻骨的自怨。

阿罗转而求证起另一个令他疑心的事。

“起初，我找你的时候，你把事情全往郭涛身上赖，仅仅是为了脱罪吗？”阿罗的眼神恢复了审视的状态。

老刘用袖子胡乱抹了抹脸，又使劲抽了抽鼻子，双手交叉搭在胸前：“我这个猜测算是有道理吧？我肯定没干那事，别人还能有谁？小邱报仇？那不可能的。”

“你怎么知道不可能？”

“他要想，会等上一年吗？要下手早下手了。”老刘愤愤道。

老刘主观地认为有不在场证明的郭涛很可能是犯罪嫌疑人，反而对已经确定案发时在场的邱家瑞，做出不可能犯罪的判断。从第一次见面开始，老刘的态度看起来很市井，俗气又小肚鸡肠，但细想一下，他的反应既情有可原，却又偏执得很是无厘头。

阿罗一直以为老刘是在尽快为自己摆脱嫌疑，而现在……阿罗怀疑老刘在试图保护邱家瑞。为自己曾经的袖手旁观感到愧疚，而以包庇的方式“赎罪”？

“我最后问你一遍，起火案发当天，你到底看到什么了？”阿罗的语气平静但坚定，听不出任何威胁，但不容回避。

老刘的嘴紧闭着，脸上的悲伤在减退，逐渐浮现出令人难以琢磨的内敛神态。难以想象，这种神态竟然出现在一向混不吝的老刘脸上。老刘的眼神不露痕迹地躲闪，最终还是与阿罗对视，他眼中似有一种祈求，祈求对方不要再追问。

现场陷入了沉重而漫长的沉默。当老刘眼底再次变得模糊时，阿罗知道自己可能猜对了。

“我不知道和这件事有没有关系。”老刘说得克制而平静。

阿罗没有马上回应，只冲他微微颔首，鼓励他说下去。

“那天在仓库，我装完最后一车正准备离开时，看到一个人，那人我认得，但他可能并不认识我。”老刘声音很小，却吐字清晰。

他在包庇的竟然不是邱家瑞。

“你看到谁了？”阿罗小心翼翼地引导着。

“柯小柔……”老刘声音越来越小。

阿罗使劲往前探着身子。柯小柔？不是自杀了吗？

老刘用蚊子叫细小的声音重复了一遍：“柯小柔的父亲。”

阿罗脑中立刻浮现出一个女儿惨死后，铤而走险，不惜杀人为女报仇的愤怒父亲形象。

“你看到他的时候，他在干什么？”

“就是，晃悠，躲躲闪闪是肯定的。”老刘眼睛发直，“我当时根本没有多想，只怕他看到我偷运东西，去找郭涛告状……”

“柯小柔的父亲认识郭涛？”

“是。他在郭涛的一个厂里干过，郭涛还挺看得起他，他本来是个工人，但郭涛也让他管过一阵子账。”

“后来呢？两人还联系？”

“我撞见过他俩一起喝酒。”

“你为什么不早说看到过柯小柔父亲的事情？”

老刘低下头，手紧紧攥起膝盖上的布料，好一会儿，又缓缓松开：“一开始的时候，我是真没有反应过来他有可能和火灾有关……不，其实到现在，我也不能就说他和火灾有关！”

阿罗皱眉看着他。

老刘的声音越来越大：“也许他就是偶然路过呢？或者他就是发现我偷运了郭涛的货物，想多看一会儿确认一下呢！再说，本来他就在不远的一个厂做工，路过这里也是很正常的事情吧！”

“那你还拖到现在才说！”阿罗狠拍了下桌子，“柯小柔的父亲叫什么！？”

老刘立马委顿下来，垂着眼说道：“柯斌。”

阿罗马上叫来一个警察让他立刻联系柯斌。

“你们就这么见不得恶有恶报吗？”老刘半眯缝着眼，微微低头，一脸苦涩。

阿罗没接他的茬，被误解也不是一次两次了，没什么好解释的。

“你们哪……”老刘又要絮叨些什么，被阿罗狠狠瞪了一眼，只得作罢，不再吭声。

阿罗则在脑中演绎起柯斌为复仇而在仓库纵火杀人的画面。当天或更早的时候，柯斌察觉到那几个年轻人会在仓库相聚，他早早蹲守在仓库附近，暗中盯着这些把自己女儿逼上绝路的人分批进入仓库。当然，他也一定看到了忙里忙外的老刘，只不过他大概不知道，老刘其实也看到了自己。

后来，他进入仓库，用刀刺伤了伤害他女儿柯小柔的主谋之一——张以彤，也许还刺伤了别人，但尸检还在进行中，并不好武断下结论。再后来，他放了一把火……

不过，这种假设有两个漏洞。

第一，他怎么进去的？如果是趁老刘不注意和其他年轻人一样溜进去，一定会被年轻人发现，而后者绝不会善罢甘休，双方也许会起冲突。如果他是在老刘走后把门撬开再进入的话，对于仓库门的那种老式锁来说，门闩也会被破坏掉，也就不可能再重新上锁了。

第二，他是如何限制住年轻人们没有逃跑，放火后他是如何又将门上锁然后安然离开仓库的？虽然柯斌确实正值壮年，但和那些年轻小伙子比起来，是完全不够用的。退一万步讲，他可以以偷袭的方式给每个人来上一刀，但那些年轻人毋庸置疑都认得他，对于这场相聚来说，他是个“外人”，突兀得根本没有偷袭的机会。

阿罗带着这些疑问，静静等待柯斌的到来。

当可疑人物一个接一个地被排除，就是接近终点的时刻。阿罗不知自己离这个终点还有多远，但他脑中的故事已经愈发清晰了，剩下的也只是逐步验证而已。

只是在他想象的故事里，柯斌这个角色可有可无。至于即将到来的会面能不能改变阿罗的预设，就拭目以待吧。

阿罗想了想，决定让老刘先回去。

“你们肯定会告诉柯斌是我把他供出来的吧？”

“不会的，你放心吧。”阿罗挥挥手。

“那我走了？我觉得不是他啊……不会是他的……”

“老刘！”阿罗打断他，“该怎么回事就是怎么回事！我不管你是出于愧疚，想包庇意图复仇的某个人，还是说你本来就恨不得有人杀了那几个‘该偿命的人’，你的想法都是错的！”

“该偿命的人……想让‘该偿命的人’偿命，还不是得靠那些枉死的！”老刘扔下这么一句，一把攥起他那已经褪色变形的破帽子，转身快步往门外走去，头也不回。

这是迄今为止，阿罗听到对方说的最硬气的一句话。他望着那个略显无奈的背影，重重叹了口气。就在那背影刚刚拐下楼梯时，那位同事气喘吁吁地拿了一沓文件从走廊尽头一路小跑过来了，脸上的表情焦急而兴奋。

“阿罗，尸检结果，出、出来了。”他上气不接下气地把报告递给阿罗。

“哪几个？”这个报告来得太是时候了，阿罗赶紧接过来，打算在柯斌到来之前多掌握一些关键情况。

“所，所有的！”

“很好！”阿罗把报告举到眼前，正要仔细端详，他突然一把抓住阿罗的手腕，“我先跟你说！”

阿罗被他吓了一跳，皱着眉甩开手：“说什么？”

“这几个人，每个都有刀伤！”

阿罗双目圆睁：“你说什么？”

“每个人，都有刀伤！”

阿罗静止在原地，脑子飞速运转。他的确感到吃惊，但绝非是因为感到意外，相反，目前的情况和他的猜测愈加贴合，唯一的瑕疵在于“每个”。在阿罗的预设里，这个情况是难以理解的。

“李东宇和甘泽死于刀伤，其他人虽然也中了刀，但死因还都是大火产生的浓烟导致的窒息。”那位同事接着说。

阿罗在脑中快速回忆着火灾后的现场。张以彤和尤然趴在门口，甘泽和邹子昂抱在一起，吕健的尸体呈斗拳姿态，李东宇几乎团成一个团。这样看，李东宇很可能是因为刀伤过深，在受伤后倒地，因极度疼痛而弓起身体，之后因失血过多死亡，后来的大火把他的身体进一步烧卷，最后团成一团。

张以彤、尤然、吕健的死前状态也比较好理解，在浓烟中逐渐窒息，最后死亡。奇怪的是甘泽和邹子昂，他们为什么会抱在一起呢？

阿罗正思考着，门外又响起了急匆匆的脚步声。

“来了！柯斌来了！”这个冒冒失失的小伙子，总是改不了自己的大嗓门。

阿罗无奈地摇摇头，瞪了他一眼。

十几秒后，柯斌走进问询室，阿罗已经在桌前正襟危坐，眼神如利剑。和他想象的一样，柯斌神态低迷，皮肤粗糙，头发枯黄，人极度消瘦，一身工装布满褶皱还磨破了好几处，宽大得就像是挂在身上，一只脚的鞋带开了。

看得出来，时至今日，一年所前经历的悲惨过往仍阴魂不散地围绕在他周围。

柯斌的视线停在阿罗的脚尖，眼神涣散无光，他就那么直挺挺站在原地，嘴唇微张。

“今天请你过来，是想了解一下……”

“着火的事……”没等阿罗说完，柯斌的嘴唇就细微地动了动，飘出这么几个字。

“那天……”

“我路过了那个仓库。”他的脑袋依然有气无力地耷拉着，声音虚弱到几乎快听不清。

“你看到老刘了吗？”

“看见了，看见他在偷东西。”柯斌对这件事满不在乎。

“火灾导致了几个年轻人的死亡，这事你知道吧？”

“听说了，铂文学院的。”

阿罗点点头，盯着对方的脸：“你可能认识。”

柯斌的头抬起了几度，目光慢慢上移。阿罗看到了他的反应，这也一定程度上印证了他的一部分猜测，柯斌大概率与此事无关。

“铂文学院的学生，你总会认得几个吧？”阿罗接着说。

柯斌不知道阿罗要说的，和自己猜测的是不是一回事，因此，他没有接话，眼神里多了一丝迟疑，还有……期盼。

阿罗从抽屉里拿出六位死者的照片，一张一张地抽出，又一张一张地将它们一字排开放在桌面上。随着一张张照片的出现，柯斌的眼睛逐渐睁大，眼球渐渐不受控制地小幅度晃动。他的手开始颤抖，汗珠在他鼻尖上汇聚起来。

柯斌猛地抬头，眼睛紧紧盯着阿罗，说：“他们……”

他的声音依然没有中气，但很明显，从进门到现在，他第一次对眼前发生的一切产生了有效反应。阿罗紧闭双唇，他要逼着对方继续说点什么。

“他们……和火灾有关？”柯斌在试探。

阿罗轻轻点头，目光一动未动。

“是……放火？”柯斌问完话，嘴还是微张着。看得出来，他情绪中的“期盼”明显占了上风，他是真心期盼自己嘴里说出的这个“礼节性”疑问，能够得到一个否定的答案。

阿罗告诉他：“不是放火。”

柯斌的身体快速前倾，脑袋又更侧了几度，眯起眼睛。

“他们死于火灾。”阿罗面无表情。

得到答案的柯斌看似无任何波澜，他像一尊雕像一样一动不动。但阿罗清楚地发现了他眼中熊熊燃烧的愤恨之火。那火里带着一种呼之欲出的东西，是狂喜，是一种震惊之余又大仇得报的情绪。

阿罗望着静默中的柯斌，竟不知该问他些什么。长达一分钟的沉默过后，柯斌开口了。

“我听说，不是意外，是谋杀，对吗？”他小心翼翼地问。

“目前看来是这样。”阿罗双肘撑在桌子上，“现在，我想问你一个问题……”

没等阿罗说完，柯斌再次“抢答”：“我在附近的时候，仓库还没有着火。”

“你什么时候离开的？”

“我看到老刘锁门，就差不多那个时候走的。”

“你去仓库那里干什么？”

“路过，只是路过。”柯斌的表情诚恳极了。

“你去哪里会路过仓库？有证人没有？”如果有证人的话，阿罗就能彻底放心了，他是希望柯斌能有证人的。

“我有，有好几个。”柯斌木讷地眨眨眼，“我那天是去给我老婆送饭，她也在那个厂区里的一个工厂干活，他们工厂吃午饭就二十分钟的时间，十二点二十到十二点四十，我为了卡点，就在仓库附近多逗留了一会……”

阿罗明白他选择在仓库附近等时间的意义。有些人，会一辈子避免再去到自己的伤心地，而有些人，会不时到曾改变自己一生的绝望之地游荡，缅怀曾经。

柯斌揉了揉眼睛，接着说：“就是那段时间吧，我看见老刘了，不过，我不是管闲事的人，看见他锁了门，时间也差不多了，我就去送饭了。我十二点从仓库那里出发，十五分钟正好能走到我老婆的工厂，我们厂给我们手机里都装了考勤软件，它能证明我那段时间的行动轨迹。我到的时候他们厂的门卫、她的几个同事都看见我了。送完饭出来，我就回我厂里上班了，从他们厂到我们厂就十分钟，也有行动记录，我们厂的门卫也可以证明……”

“好了，清楚了。”阿罗点点头，双手交叉放在桌面上。转而他又想起了那个蹊跷的问题：消防部门认为起火时间在一点半，但根据老刘、邱家瑞、郭涛三人的供词推断，起火时间在十二点到十二点二十之间。

不过，不论是哪个时间段，柯斌都没有作案的可能。在想通这点后，他松了一口气。

阿罗抬眼看了看柯斌的表情，那是一种不可言说的期待。他知道，眼前这个男人，此刻比自己更想知道真凶的身份。当然，在对方眼中，那不是“犯罪嫌疑人”，而是“英雄”。

“我知道你和这几个年轻人的纠葛。”阿罗尽量放平语气。

“纠葛……”柯斌脑袋歪向一侧，喃喃自语，“你觉得，只是纠葛吗？”

“很抱歉提起你的伤心事，我知道，这种事，没有人能感同身受。但我真的没有逼问你的意思……”

“你放心问，我没什么可隐瞒的。”话说到这，柯斌的颓废感褪去了一些，整个人平静了很多。

“就你个人而言，我没有什么要问的。我只想知道，当你了解了这件事的来龙去脉后，有什么想法？”

“纵火导致死亡吗？如果我说我不难过，你应该会觉得我冷血吧。”柯斌眨了眨眼，冷冷看着桌面的杯子。

“不，情理之中。”阿罗还是简短地表露了自己的真实想法，尽管这并不符合他的身份。

“没错，我不仅不难过，我还觉得是老天开眼。”

“那么，你心中有这个‘老天’的人选吗？”

“你是说，实施纵火的人吗？别说我现在拿不准，就算我心里真有那么个人选，你觉得我会告诉你吗？”柯斌眼里没有丝毫挑衅，他十分真诚。

阿罗重重点了点头，进一步问道：“关于死去的那几个年轻人，你都了解些什么？”

柯斌沉吟了一会儿，答道：“不管怎么样，他们已经死了，我没必要再说什么。除了罪有应得，我没有其他想法。”

“不，不是让你历数他们的罪行，我是希望你能告诉我一些……一些有关死者个人的情况，比如他们之间的关系，有没有哪个人曾发生过值得关注的事情。”

“你是不是有什么……和目前的调查情况不太一样的……发现？”柯斌有些困惑，他不太明白阿罗的真实意图。

阿罗思忖了一番，还是决定和柯斌探讨一下自己的推测，柯斌应当比任何人都更渴望知道那个“英雄”的身份。

“你知道邱家瑞这个名字吗？”阿罗问得小心翼翼，但也做好了面对风暴的准备。

柯斌眼底一瞬间蹿起愤怒的火焰，牙齿咬得咯咯响。不过，这种状态只持续了几秒钟，他像想起什么一样，眼中的火焰渐渐熄灭，眉头慢慢蹙了起来。

“你是说，他可能……”

“不，没可能。”阿罗斩钉截铁。

柯斌的怒火眼看又要燃起，阿罗赶紧补充：“不过，他可能看见了纵火的人。”

“可能？”

“因为有些细节对不上。”

“什么意思？”

“消防部门的调查结果是起火时间是当天下午一点半，我们也问过保安老刘和仓库老板郭涛，也对几个年轻人陆续进入仓库的时间进行了核实，到此为止都还没有任何问题，直到……”

“直到你们询问了邱家瑞。”柯斌很快抓住了阿罗的困惑。

阿罗点点头。

“如果是我，我不会相信邱家瑞的供词，至少不会全信。”

“哦？怎么讲？”

“那个人，他有妄想症。”柯斌的表情非常认真。

阿罗感到很意外，这种可能他还真是没有考虑到。他伸出左手，示意对方继续讲下去。

“小柔她……”提到女儿的名字，柯斌的语气渐渐柔软起来，“她和我说过她的男……这个邱家瑞，有时候会凭空幻想一些事情，常常自己编着编着连自己都信了。所以，他的话并不十分可信。”

“他有妄想症，这事还有谁知道？”

“不清楚。不过据我所知，他有在做心理辅导，尤其是我女儿去世以后，他对心理辅导的依赖更重了。”看来，柯斌至今仍默默地关注着邱家瑞。

如果柯斌说得没错，那这个邱家瑞的话还真是值得仔细推敲。阿罗在脑中过了一遍邱家瑞的供词，思考着哪个环节不能为外界所证实呢？

那些曾经发生过画面和邱家瑞的话，在阿罗脑中快速闪回，互相碰撞……那两句话，对，就是那两句话！

“我去了……我站在那个门前……里面……”

“炼狱……红色的魔鬼，黑暗深处……抓住了，抓住了……”

这两句引起阿罗不适的供词，曾让阿罗误以为在邱家瑞取完钱夹，吃过午饭，于十二点二十分返回仓库时，门是开着的。而其实在那之前，老刘已经把门上了锁。

现在回想起来，他在向邱家瑞求证他返回时，门是否上锁的的情况时，对方从未给过他正面回应。阿罗不免想起了另外几个细节，当邱家瑞得知起火后门是锁着的以后，他的身体发生了轻微的抖动。现在看来，不排除他是意识到了自己的话与事实的矛盾之处，而感到后怕。

从邱家瑞暗示阿罗，他曾看到火灾发生时仓库内的惨状后，他就一直没有再回答任何与此相关的问题。种种迹象表明，邱家瑞有可能在说谎，他所叙述的内容很可能只是他的想象。

这样的话，他看到锁着的门，难道不会觉得蹊跷？一种可怕的想法涌上阿罗的脑海。

阿罗吩咐一旁的同事："你去想办法弄到邱家瑞心理医生的联系方式。"

柯斌看出了阿罗的焦虑，他给阿罗提供了一个非常关键的信息："邱家瑞有在本子上记录臆想的习惯，有些很可怕。"

这一定又是柯小柔告诉他的。阿罗真的不理解，柯斌为什么不阻止自己女儿和这样一位心理难说健全的人发展关系。柯斌好像也看出了阿罗的疑问，他的嘴角向上扯了一小下，主动说道："我女儿是个内向的人，从小不爱笑，也不爱说话，只有邱家瑞能让她笑出声。"

阿罗微微颔首，没有让话题发展下去。他现在对邱家瑞的本子很感兴趣。

此时的问询室仿若处于真空状态，气压很低，没有人讲话，但每个人的大脑都在飞速转动，思考着不同的问题。

阿罗满脑子都是邱家瑞那本"心理笔记"，他隐隐感觉到，揭开谜底的关键很可能就隐藏……不，写在那本笔记里，就等着他去看。

柯斌的心态则要复杂很多。一方面，他因"大仇得报"而感到欣慰，另一方面，他既想知道那个"为民除害"的对象是谁，又不想让警方将其绳之以法。犯下纵火杀害多人的大案，命是保不住的。"英雄"获罪殒命，是柯斌不愿意看到的结果。

"过来了！过来了！"又是那个冒冒失失的同事一路小跑冲到门口。

这么快？阿罗不禁起身向门口张望。

"是邱家瑞过来了，他问还有没有其他事。"这个人不仅冒失，而且有大喘气的毛病。

不能让他和柯斌照面，搞不好两个人都会失控。

"让他走。"阿罗迅速做了判断。

"啊？不问了？"

"快，拦住他，别让他进来。"

柯斌脸上没什么表情。实际上，他也不想见邱家瑞徒增悲愤。

"还有，你送他从侧门走，别碰上他的心理医生。"

"哦，好吧。"警察摸着后脑勺，一脸不解地出去了。

阿罗看了看柯斌，又看了看表，默默祈祷那个心理医生尽快赶到。

"如果那个本子上没有有用的线索，你打算怎么办？"柯斌直接发问。

"实不相瞒，我心里有人选。就算这个本子没能佐证我的判断，我也会想尽一切办法，找到足够的证据。"阿罗目光坚定。

柯斌知道，自己不能撼动对方的想法。同样，他的内心同样不免动摇。

“你再仔细看一下这几张照片，有没有什么人让你觉得意外或者不对劲？”阿罗又开始求证自己的推测。

柯斌没有直接看照片，而是盯着阿罗的脸，猜他的意图。几秒种后，他的目光才又慢慢转移到桌面的照片上。

阿罗紧盯着他的表情。

第一张的李东宇，让柯斌的眼中有了怒意，他很快调整自己，继续往下看。

第二张是尤然，他只是皱了皱眉。

第三张邹子昂，他轻轻摇了摇头。

任是谁，对于邹子昂这种“别人家的孩子”却与这些人在一起狼狈为奸，都会感到分外无奈吧。

第四张张以彤，柯斌的目光刚一触到照片，他的眉头就拧到了一起。

这个反应在阿罗的意料之中。据尤玉兰所述，正是因为惹到了张以彤，柯小柔才会被盯上。这个情况就算柯小柔没有告诉柯斌，柯斌也肯定在事后想方设法弄明白了。

第五张是吕健，柯斌的眼睛突然瞪大，牙咬得咯咯响。他下意识逃避着，把自己的视线迅速移开了。

如果柯斌是因为弄清楚了吕健在一年前那起事件中扮演的角色，从而做出这样的反应，那么这个吕健真的是下流之辈。

第六张是甘泽。

阿罗等的就是这个，他的猜测，他从未和任何人透露过。

柯斌仔细端详了一番，表情逐渐放松下来。

“这个……”他点着照片上甘泽的脸，歪了歪头，“这个年轻人我见过，也是铂文学院的，但是，我并不认识他。”

“你是说，相较于其他人？”

“对。”

这说明甘泽与那起导致柯小柔自杀的事件无关，阿罗微微笑了一下，只是这个微笑里带有悲悯的意味。

“那现在这种情况，他和其他人一起丧命火海，你有什么想法？”阿罗接着问。

柯斌仰起头，沉思了片刻，然后以不可思议的表情盯着阿罗，说：“真是个可怜人。”

“不瞒你说，我问询过每一个死者的家人，只有这个甘泽，没人提供任何有效信息，表明他在这起事件中到底是个什么角色，包括他的父亲。”

“也就是说，他被误杀了？命真的苦。”柯斌摇摇头，眼眶发红，他又想起他更苦命的女儿。

阿罗沉吟了片刻，没有接话。他只认同柯斌的一部分发言，另一部分，他还在观望。这就是为什么，他那么期待邱家瑞的笔记本。

“阿罗！来了来了！”同事风风火火推门而入。

“心理医生吗？”阿罗确认着。

“他不肯上来，但是给了我一本这个，我们想要的就是这个，对吧？”他手上拿着一个破破烂烂的本子。

“你就让他走了？”

“我也不能不让他走呀。”他一脸无辜。

阿罗抑制住了想要给他一拳的冲动。不过，让阿罗没想到的是，这个本子竟然在邱家瑞的心理医生这里。

柯斌看出了对方的想法，说：“我跟你说过，邱家瑞很依赖他这个心理医生。”

阿罗手上的动作很快，翻阅着邱家瑞笔记本。本子内的字迹凌乱而琐碎，看得出来，写字的人的精神状态真的不太稳定。在那些潦草的文字之间，还夹杂着令人感到不适的涂鸦。字迹五彩斑斓，但是涂鸦都是黑色。

让任何一个了解此案大致情况的人快速翻阅一下这个笔记本，都很容易让人产生这个笔记本的主人就是纵火犯的错觉。

阿罗草草地翻过了一遍后，他重新翻到第一页，认真地看了起来。

他正走进这个谜底的核心地带。

笔记本的第一页，上面用歪歪扭扭的笔触写着：家瑞、小柔，旁边画了一张女孩子的笑脸，几处干涸的泪渍依稀可见，看痕迹，像又用手指抹开了几道。

刚才柯斌说，邱家瑞是少有的能让柯小柔笑起来的人，从这页纸看来，不论邱家瑞是否正常，两人彼此在意对方的心意是可以确认的。

后面十几页，画着一些或唯美或暴烈的场面，那是邱家瑞的幻想世界。中间时而穿插着他与柯小柔相处的记录，每到此时，画面必定温馨，颜色也相当柔和。

笔记本中间出现了多达十几页的空白，上面有像是用指甲挠出的痕迹。终于，可疑的页面出现了。

张以彤、吕健、李东宇、邹子昂、尤然。五个用红色马克笔并排写着的名字，写字人的力道之大，划破了后面的好几张纸。每个名字上，又用黑色毛笔各打上了一个巨大的、触目惊心的叉。

咦，没有甘泽。

阿罗微微抬了抬眉毛，扯了扯嘴角，继续往下翻。

想必很多人都见过与十八层地狱相关的壁画或其绘画作品，接下来的十几页，图文并茂，都是诸如这类的内容，令人胆寒。不过，与一般地狱刑罚主题的画作不同的是，邱家瑞笔记本里遭受惩罚的人，面目非常清晰，除了一眼可见的痛苦表情外，人物形态各异，面部细节刻画细致，栩栩如生。

邱家瑞异乎常人的想象力，让他笔下的这些人物的痛苦“异彩纷呈”，难以想象在他看似柔弱甚至略显懦弱的外表下，隐藏着如此这般残忍的创造力。

在一系列的复杂机关对身体与心理的双重折磨后，在“地狱系列图”的最后一页，刑罚突然变得简单直接，图画所展现的正是五名男女葬身火海，奔逃哀号，痛不欲生的景象。

五名年轻人，其中两名女性、三名男性。熟悉他们的人，一眼就能看出他们的身份。没错，就是除了甘泽以外的五名死者。

柯斌瞥到了这个页面，皱眉道：“难道……”

阿罗抬了一下手，示意他别急，然后他又翻到下一页。这一页，作者用简笔画的方式绘制了一幅……选一个最精确的词的话，那应该是“行动指南”。

画面简洁明了，五个黑色的简笔画小人挤在一扇门前，他们与门之间隔着一个红色的简笔画小人。这个红色的小人张开双臂，腿叉开，牢牢把住门框，黑色小人的手布满他的四周，像是要把他掀开。而他岿然不动，将门堵住，这样其他人便出不去了。

在这组人物旁边有一段距离外，又有一个红色小人左手举起一支装有黄色液体的瓶子，右手被一圈黄色的光晕包围。

阿罗又翻了一页，画面和前一页大致相同，唯有独自站在一旁的小红人右手的光晕不见了，上一页还在左手中的瓶子已经摔破在地，化为布满全身的黄斑，与此同时，他的周身被数条红色的发散曲线包围。

阿罗叹了口气，翻到下一页。

满眼都是红色，红色的油蜡笔触涂满了整个页面。之前那些黑色小人的躯干都变成了颤抖的曲线，嘴张得老大，仿佛能听见他们撕心裂肺的哀鸣声。两个红色小人融进了红色背景，只剩两张嘴，他们的嘴也张得巨大，不过与黑色小人不同，他们两个的嘴角是上翘的，如果这是一部动画，那么应该能够听到他们不羁的狂笑。

看到这里，在场的各位几乎都明白是怎么回事了，以上内容正是这起案件的“策划书”。

“可是，这人数有点乱，这里只有五个死者，应该是六个呀，甘泽去哪里了？”警察说出了他的疑惑。

阿罗用笔敲着其中一个简笔画红色小人，歪头思考着。半晌，他再次拿起尸检报告，眼睛在几位死者所中刀伤之间来回扫视着。

阿罗发现了一个问题，这个问题几乎让真相呼之欲出。有一个人的刀伤和位置与其他人的截然不同。没错，就是甘泽。其他人的刀伤都是刺伤，唯独他的伤口是划伤，伤口深度要浅得多。而且，其他人的伤口都偏向身体的左半边，而甘泽身上的伤口却位于身体右侧，这种情况很少见，一般……

“那个李东宇，他是个左撇子。”同事突然智商上线，提醒阿罗，“我之前劝东丽君给李东宇做尸检的时候，她无意中透露给我的。”

“你汇报得可真早！”阿罗给了对方一拳。

甘泽身上的伤口很可能并不来自纵火杀人犯，而是来自于李东宇。

“他是双重受害者？既是李东宇和其他人欺负的对象，又是纵火案的被害人！”警察瞪大眼睛。

阿罗的视线再次回到笔记上，他的手指轻轻摩挲着两个小红人。

“你觉得，这两个人是谁？”他抬头发问。

“纵火杀人犯啊！”

“邱家瑞的笔记本上为什么会有纵火计划？”

“说明邱家瑞有重大嫌疑啊！”

“这倒是没错，那你说，另一个犯罪嫌疑人是谁？”阿罗在引导着在场的各位接近真相。

“另一个……”警察又开始挠头了。

此时，阿罗的电话响了，是消防部门打来的。

他对着电话应了两下，表情严肃。在场的其他人屏息凝神地等待。

挂断电话后，阿罗沉默坐了好几秒钟，才慢慢开口说道：“火是从甘泽身上着起来的，媒介是汽油。”

“甘泽就是那个燃烧的红色小人！”那位同事打破沉寂，惊呼道。

阿罗则毫不意外，眼神低垂，紧闭双唇。

最后的猜想被印证了，阿罗的脑海中，案发过程像放电影一般上演着。

几乎所有人，从一开始就以为甘泽也是他们常态化聚会中的一员。当然，从某种角度看来，也的确如此。

但是，他的角色与其他人不同。如果其他人是“主动者”的角色——即对他们所不能容忍或让他们不高兴的人进行欺凌。那么，甘泽就是一个“被动者”的角色——他就是那个遭受欺辱的人。他和柯小柔、邱家瑞并无二致，不同的是，他实施了最后的“审判”。

这就是为什么，从头至尾没有人提过甘泽，也没有人对他有任何负面评价。就连邹子昂这种“别人家的孩子”，都会有人说他是为了博得尤然的好感而和这些人聚在一起。而甘泽在一众人中，是如此“格格不入”，却又毫无存在感，那是因为他原本就不属于这里。

回忆着搜集到的信息，手里拿着火灾后仓库现场的惨况照片，一部悲惨的电影在阿罗的头脑中上演着。阿罗没有当众说出他已经串起的故事。

施暴者，原本就只有五个人：李东宇、张以彤、尤然、吕健和邹子昂。

张以彤和李东宇是情侣关系，一个是骄傲的富家女，一个是心思敏感、来自单亲家庭的年轻男子。从张以彤的妹妹张以凝的态度，以及其父母甚至都不出席问询会的做法可以看出，张以彤家庭的情感关系并不紧密，在这种家族环境中成长的孩子，形成暴戾冷血性格的概率更高。

李东宇的单亲家庭背景，更是加重了他的自我怀疑，他需要求证自己内心的强大，但这种求证渐渐驶向一个不可控的方向，即以暴力和发号施令的形式，去“保护”自己身边的人。这个身边人，无疑就是张以彤，只要张以彤有需求，李东宇都会尽全力满足，可大部分时候这些需求都与加害他人相关。由于他本人有一定的个人魅力，外加行事果断残忍，这为他吸引了不少随从，因此他常常不必亲自出马，自会有人替他出手解决。

就这样，张以彤和李东宇成为了核心。

吕健，无底线的无赖，李东宇的完美帮手。凡令人不齿的行为，必定是他的“杰作”。按照他这种人的逻辑推导下来，为李东宇卖命，只为钱。李东宇没钱，但是张以彤有。

尤然，正如其母亲尤玉兰所坦白的，是张以彤的仰慕者。张以彤是否知情尚未可知，但既然在外人眼里两人可称为“好友”，那么她必定是会为张以彤做很多事，才会被后者接纳。张以彤对尤然，更多的是利用。那些关于尤然的无稽之谈，至少有一半都是出自张以彤之口。

当然，尤然也达到了可以经常陪在张以彤身边的目的。捉弄那些老实的男孩子，而后留存把柄，再进一步威胁、羞辱，都是尤然来完成的。

邹子昂，曾经就是“老实男孩子”中的一员，率先出手的自然是尤然。与其他人不同的是，其他被耍过的受害者，一声不吭地吞下这段不堪，或活在阴影中，或远离这段记忆。而邹子昂迎难而上、乐在其中——他对尤然动了真情，根本不打算放手。他有非凡的承受力和偏执，耻辱这种东西，因为无用所以无所谓。经历一长串考验后，他如愿以偿，成了他们当中的一员。

柯小柔无意间触怒了张以彤，张以彤不肯放过她。在几次刁难后，柯小柔的软弱退让，让张以彤更加肆无忌惮，最后发生了一年前的那场仓库惨剧。

那场让邱家瑞痛不欲生，让老刘对自己的袖手旁观懊悔不迭的惨剧，最终变成一根绳索，将柯小柔绞死。

如果到此为止，嫌疑最大的肯定是邱家瑞。为女友复仇，动机非常明确，加上手段的极端决绝，和他的精神状态非常匹配。不过，阿罗对甘泽也有所怀疑，正如他对柯斌所说——我心中有人选。就算这个本子没能佐证我的判断，我也会想尽一切办法，找到足够的证据。

邱家瑞作为柯小柔的男友，恐怕遭受欺辱的时间也不短。在这期间，他认识了甘泽。

甘泽是什么时候惹上那位的，暂时不得而知，但一个令人心寒的事实是，屡次把他带到仓库的人，竟然是从小和他一起玩到大的同伴邹子昂。这是邹子昂向尤然表达忠心的一个重要手段。

在一次次的侵害中，甘泽和邱家瑞常常一同鼻青脸肿地从仓库出来，顶着冷酷的月色向家走去。想象那个画面，简直可以听到拖沓的脚步声，和手指关节咔咔的声响。

直至柯小柔不堪受辱而自杀，隐忍的愤怒之声终于逐渐演变成为一个血色计划。邱家瑞笔记本里那的两个红色小人，就是这个血色计划的两个复仇者——甘泽和邱家瑞。

案发当天，几个人陆续来到仓库，他们选择这一天，就是因为李东宇“无意间”听到她母亲东丽君的“男朋友”郭涛说，最近在仓库里放了一批贵重的货物。以他对老刘品性的了解，他十分确定，这几天老刘一定会来偷。几个人正苦于郭涛不久前给仓库装了锁，让他们再无法随意出入这个“聚会天堂”。这回，李东宇让吕健暗中盯着，一旦老刘现身，大家就趁他不注意，溜进去“作乐”。

终于到了这一天。

在老刘偷搬出第一波货物绕到仓库后面装车时，张以彤和尤然趁着这个空档，跑进了仓库，躲了起来。在老刘第二次搬运货物装车时，李东宇和吕健溜进去躲了起来。后面，邹子昂、甘泽、邱家瑞陆续乘机进入。

一切进行得非常顺利，除了邱家瑞和甘泽两人，其他人都以为这只不过是和过去一样的一次“欢乐行动”。

其他人会对柯小柔的自杀怀有有任何恻隐或恐惧之心吗？当然没有，柯小柔的死亡，在他们眼中，无非是因为柯小柔自己的脆弱。毕竟，他们没有站在她身后亲手把她推下楼。

甚至，他们还会把小柔的自决看作是对他们这一方无声的挑战，这种想法无疑使他们更加愤怒和嚣张。因此，邱家瑞在小柔去世之后不但没有等到他们的愧疚和收敛，他们反而把那股怒气一股脑倾泻在邱家瑞的头上。

这种刺激最终让邱家瑞拉上另一个受害者甘泽拟定了纵火计划，带把大家引入这间仓库炼狱。当所有人聚齐后，老刘仍在忙里忙外地搬着东西，丝毫没有意识到周围有人的存在。

从现有信息看来，这时间，不知甘泽出于何种考虑让邱家瑞去帮自己取钱夹。阿罗曾经猜测，甘泽是想让邱家瑞退出，以一己之力面对接下来的一切，直至同归于尽。但由于邱家瑞不肯说，所以阿罗的猜测无法被证实。

邱家瑞肯同意去取钱夹，这是阿罗能够想通的，倒不是因为他的精神问题，而是接触下来，这个人的胆小与软弱已经摆在桌面上了。

阿罗曾将柯小柔死后，邱家瑞却还继续忍受他们的欺负解读为忍辱负重，是在为报复计划积蓄能量。但后来阿罗越想越觉得，这人只是在本子上随便画画，出出气而已。邱家瑞对柯小柔的深情是真，复仇之怒是真，令人难过的是，他的怕事软弱也是真。

甘泽这个“盟友”的出现也并非偶然，甘泽能够成为这些人欺负的对象，并不是因为他是被施暴者选中的。

而是邱家瑞在自己深陷被虐待的痛苦之际，他适时地“引荐”了甘泽这位与过去的纠葛毫无关联的受害者。在把甘泽引入这个圈子的过程中，他利用了邹子昂。

在邱家瑞的计划中，复仇者共两人，而实际只有一人，是甘泽把他支走的吗？现在谁还会相信他是被支走的？邱家瑞是自己逃走的。

经过接近一整年的“共患难”与“结盟”，邱家瑞毫不怀疑甘泽可以独自完成计划。他把汽油和打火机都留给了甘泽。他原本充当的是堵门的角色，现在仓库有了锁，他也就不必在场了。

而最终，甘泽没有令他失望。而不明情况的老刘用一把铁锁，把门从外面锁住了。至此，直到火被扑灭，这扇门都没有再被打开过。

至于后来，邱家瑞是否再回过仓库，没有人能证实。他的疯言疯语——“炼狱……红色的魔鬼，黑暗深处……抓住了，抓住了……”，那只是他的计划，并不是他的亲眼所见。

常有人问，为什么一直以来，邱家瑞、甘泽、柯小柔，乃至更多受害者都乖乖跟着他们来到仓库，任其胡作非为呢？

不要苛求完美的受害者。如果他们不表现出自愿跟来的样子，激怒施暴者，等待他们的有可能是更加难以承受的后果。按照这几个人的行事风格，一定有人曾踩过他们的红线，他们也曾真的“杀鸡儆猴”。制止他们，不能靠受害人。

如果非要深究柯小柔自杀的具体原因，恐怕除了身心无法承受的伤害之重外，她是否曾因表现出一点不配合而被“提醒”即将到来的进一步毁灭，都是未可知的。

邱家瑞的出逃，激怒了最核心的那三个人，他们决定把这口气撒在甘泽身上。在经过一番辱骂和“教训”后，左撇子李东宇掏出一把匕首，划破了甘泽的右侧身体。令他万万没有想到的是，一向顺从的甘泽一把夺过匕首，刺向了他的胸膛。

匕首扎破心脏，李东宇瞬间失去了行动能力，也说不出话来。

刀伤非常深，仅此一处，便是致命伤。其他人看呆了，这个场景，远超出他们的可控范围。李东宇在众目睽睽下，一头栽倒在地，痛苦地蜷作一团，不出一会儿便一命呜呼了。

在大家仍未缓过神来的时候，甘泽冲到李东宇的尸体前拔出匕首，刺向离他最近、也是对他最有威胁的吕健。

一瞬间，还不等吕健反应过来，匕首就已经刺入了他的腹部。和李东宇一样，他随之倒地，失去了反抗能力。此时，张以彤和尤然尖叫着跑向门口。

阿罗跳出脑中的场景，翻看了一下手中的尸检报告，张以彤和尤然的刀伤果然位于背部。

她们尖叫着狂奔到门口，猛拍门呼救。这一切在这个半废弃、几乎无人会来的厂区，显得毫无意义，不会有人听到她们撕心裂肺的哪喊。

甘泽几步跟上去，一刻也没犹豫，将匕首刺入两人的后背。根据尸检结果，两人此时还未殒命。一直僵立在原地的邹子昂，眼睁睁看着眼前的屠杀，他吓傻了，直到尤然倒下，他才从呆滞中惊醒。

此时的甘泽，正握着刀柄，双眼通红地注视着自己。邹子昂一边慢慢向后退去，一边四处搜寻可供与对方对抗的武器。然而，甘泽并没有像他想象一般跟上来。甘泽立在原地，把匕首塞进口袋，又从腰间拿出一瓶黄色液体，和一个打火机。

邹子昂的脸因恐惧而扭曲。就在甘泽的手指搭上打火轮的瞬间，邹子昂一跃而上，手脚并用企图把打火机打掉。

众所周知，甘泽是有名的体育特长生，身材健壮，身手敏捷。瘦弱的邹子昂根本不是他的对手。如果角色互换，也许甘泽早已被对方扑倒。但此刻，他们只是僵持在原地。甘泽的双手高高举起，邹子昂几乎是半吊在他身上，场面看上去甚至有点可笑。

逐渐失去耐性的甘泽将一只手腾出来，摸到腰间那把带着其他四人鲜血的匕首，猛地扎入对方的腹部，邹子昂因剧痛而痛苦地蹲踞下去，手紧紧抓着甘泽的裤脚。

甘泽将打火机和汽油重新攥在手里，紧邻一旁的是堆积成山的易燃工业货物。邹子昂跪着抓住甘泽的裤脚哀号着，也许有一丝忏悔的成分，但此刻他只担心自己的性命。不知是死是活的吕健，眼睛直勾勾地盯着甘泽手里的打火机。趴在门口的张以彤和尤然，没完没了地嘶吼和哭喊着。

甘泽在仓库中四处走动起来，他先是把汽油撒在李东宇、吕健、张以彤和尤然身上，随后在货物上也撒了汽油，一瓶用光后，他又从仓库的角落拿出一大桶汽油来，那是邱家瑞不久前就藏在那里的。他陆续在仓库各处倾洒着汽油，空气中飘浮着汽油蒸发的细密油雾，到处散发着令人头晕目眩的不安气味。

邹子昂拼命想阻止他，然而，身负刀伤的他体力不支，他像被刺了一针的毛毛虫般挣扎着不肯放弃。邹子昂跪在甘泽面前，紧紧抱着他的腿，苦苦哀求着。

邱家瑞笔记本中的炼狱篇章，即将上演。

只听一声清脆的金属滚轮摩擦声，火光从甘泽高举的左手中燃起，火舌随着右手汽油桶里剩下的汽油汩汩涌出而向下倾泻，甘泽顷刻烧成一根火柱。跪在他面前的邹子昂，也一并被点燃了。

火顺着汽油的痕迹蔓延，如地狱领主的猎犬，一处都不放过。先是周围地面的汽油被引燃，紧接着是货物，仓库陷入可怖的高温，浓烟四溢，无处可逃。

原本晦暗的仓库，顷刻间被滚烫的红色光照得宛如狂欢节的中心舞台。李东宇和吕健相继被引燃，成了两个火人。火烧到门口时，尖叫的张以彤和尤然依旧疯狂地抓着门，滚烫到一触就要令人皮开肉绽的铁门，身上灼烧的极度剧痛，是她们对人间的最后记忆。

邹子昂至死前一刻，都还抱着甘泽的腿，甘泽已没有力气挣脱，尸体也随着火焰的高温逐渐蜷缩，最后，两人死成抱在一起的样子。

万物俱燃，没有窗子、只有顶层有一圈狭窄通风口的仓库宛如一个炼化炉。静默的烈火，无尽的黑烟，将一切过往销毁在这个巨大的盒子里。再后来，就是消防部门扑灭火灾破门而入，呈现在众人面前的惊骇炼狱之相。

阿罗脑中的画面定格在此刻，他长叹了一口气，平复一番后回归现实。一抬眼，时间竟然只是过去了几分钟而已，周围的警察和柯斌还沉浸在思索中，看来，他们也正各自拼凑着千奇百怪的推理片段。

阿罗忍不住多想了一些，他记得第一次见到甘泽父亲时，对方说的第一句话就是："不能让孩子们死得不明不白。"现在再想起这句话，着实令人怅然，不知是讽刺，还是迟到的预言。

在这整件事情中，有人抱着同归于尽的心态行凶，以求大仇得报，那是甘泽。有人从殿堂之上的统治者堕为深陷炼狱的无赦罪人，受尽折磨，命丧火海，那是霸凌者。有人披着"别人的家孩子"的外衣，为了一己私欲甘当恶人的喽啰，出卖老友，最终引火上身，那是邹子昂。

也有人，为自己曾经的软弱而自责，多次企图隐藏、保护这次出现的复仇者，比如老刘。虽然直到现在，老刘也没弄明白，复仇者到底是谁。倒是被邱家瑞这个他见到就要低头绕开的"老相识"，又狠狠奚落了一番，不过，也许他的心里会因此得到一些解脱。

当然，还有设计了复仇计划却又临阵脱逃，且毫无勇气承认的人，那是邱家瑞。不过，阿罗现在更倾向于认为他原本就没打算完成两人的复仇计划，而是把甘泽当作自己的复仇工具。

现在，阿罗还有一个疑问，那是一个事关真相的终极疑问——是什么原因让甘泽在同谋不在的情况下，仍然坚持独自完成计划，直至付出生命的代价？

因为义气吗？还是说，他的仇恨已经太深？

就目前的信息看来，和邱家瑞、柯小柔不同，甘泽所受到的伤害几乎没有对他的日常生活构成什么实质性的影响，实在是没有到值得他不顾一切、付出生命也要报复对方的程度。

阿罗再次翻开笔记本，看到两个人复仇计划的画作部分。他盯着这几张图，联想到了另外一种可能性。这种可能性让甘泽单枪匹马的行动变得合理起来。或许，原本就没有什么两个人的行动计划，这些画只是幻想，甚至只是一个障眼法。

这不是甘泽所知的计划，甘泽所知的计划本来就只有他一个人的行动。那么，甘泽是如何接受自己去搏命复仇的计划呢？

阿罗不记得在哪里看到过，催眠是心理医生的基本技能。他们可以通过极强的心理暗示，把人引向某种发展方向，激发出他的极端情绪，做出自己原本并没有意图去做的事情。有些情况下，可以用来帮助人克服心理障碍，有的时候……

邱家瑞有精神疾病，这是谁的诊断？邱家瑞的同谋，到底是谁？

阿罗拿出和事件相关的人员名单，一个一个读了起来。最后，他环视了一遍屋内，目光逐渐聚焦。

第四辑

第十五个故事

庄园游戏

从有记忆开始，我就和姐姐一起生活，一直以来，家里只有我们两个人相依为命。

我们住在北郊的一幢公寓的顶楼，一下雨就漏水。墙上到处分布着像水生植物根须一样蔓延的裂缝。冬天，南下的北风会从中鱼贯而入，声音像毒蛇吐信，让人脖子里冷冷的。每到家里湿冷到令人难以忍耐的时候，姐姐就会把我紧紧抱在怀里，我们两个就不停喝热水取暖。

姐姐白天常常出去做工，我就在家里做些其他可以赚钱的小活计。由于几乎不出门，所以我也不需要什么新衣服，小了的衣服都可以缝上新布料将其改大继续穿，打几个补丁，少洗几次，我可以穿三年。

虽然生活极度拮据，也没吃过什么好吃的，但我能感到姐姐对我很深的爱。挨饿受冻时，每当我想到为什么不干脆直接去死的时候，总会想起她抱着我的感觉，暖融融的，像温热柔软的棉花，给予我慰藉，以此，我便可以再忍耐一阵子。一阵子接一阵子，就这样过下去。

在忍耐和温馨之间摇摆着前进，我十岁了。姐姐比我大十六岁，她今年二十六岁。在我的印象中，她从来没有过男朋友。至少，当我趴在窗台上等她下工回家时，她总是形单影只地出现在胡同尽头的拐角，从来没有其他人曾送她回家。她也没有说起过关于男朋友的事，我亦没有主动问起过，因为我也很不希望有人分享姐姐对我的爱。她最好永远都不要有男朋友。

可一天早晨，我刚从一个白色的梦境中舒展醒来，才睁开眼，就看到姐姐坐在旁边，她的嘴动了动，她告诉我，她要结婚了。

天哪！我真想回到梦境中。

幸好是夏天的早晨，空气中还飘浮着窗外树木的芳香。如果是冬天，空气中都是城市烟煤燃烧的焦味，那我的心情可是要立刻崩溃了。

姐姐的表情太温和了，我根本没办法暴怒。或者说，我根本没有反应过来，这可真是太突然了。从来没听说过有男朋友，怎么就要结婚了呢？

我要怎么和她的丈夫相处呢？她的丈夫会把我当作自己的亲妹妹一样看待吗？还没等我抚平这些担忧，又一个坏消息接踵而至，把空气中的芳香冲得一干二净。

“安娜，姐姐要去他的家里生活。”姐姐说得小心翼翼。

“那么，我会有自己的房间吗？”现在想起来，真是可笑，我居然还在抱有这种幻想。

姐姐摸了摸我的头，苦笑着往我嘴里塞了一个橘子味棒棒糖。

她接下来说的话彻底把我撕裂了，她说：“安娜，我们从此要在不同的地方生活了。”

五雷轰顶！我的头皮像是被一柄冰做的利刃划开了，好痛……嘴里的棒棒糖像被世界上最苦的海水浸泡过，令人作呕。

这比我能想到的最糟的情况还要糟，姐姐决定把我寄养到一个相熟的阿姨家。更可怕的是，她明天就要出发了。

姐姐不要我了……

“阿姨是谁？我见过吗？”我在姐姐眼中看到了从未有过的坚定，知道事情已无法改变，我用我那尚存的理性，想尽可能多问清一些事情。

“是咱们妈妈的表姐，一个很好的阿姨。”她扶着我的双肩，温柔地和我对视着，轻声说。

“妈妈的表姐？我怎么没听说过？”妈妈在我脑海中一直是个模糊的影子，更不要说她的表姐。我恐惧一切陌生的东西，这实在是太令人不安了。

姐姐静静地看着我，没有回答。她今天看起来真的好陌生啊……

这时，窗外突然下起雨来。雨水砸在铁皮屋顶上，叮叮当当，姐姐像往常一样起身去拿水盆，放在几处漏雨的地方，屋里的雨点敲击声更加杂乱了。

“今天，我们出去好好玩玩吧，我们去海边那个最大的游乐场！”姐姐嘴角向上，笑了一下。

还是孩子的我，听了这个提议还是不可避免地开心了起来。奔下床去洗漱，洗脸的时候，凉丝丝的水扑在脸上，嘴角有些咸意。

雨在中午前停了，我们煮了些清水挂面当午饭，草草吃过后，便一起出门去了。姐姐骑着单车，我坐在后座上，雨后的道路被冲刷得干净清爽，树也格外的绿。

我们开心地玩了一整天，比以往任何一次游玩都要更尽兴。我们花了几百块钱，这是以前从未有过的铺张。

我欢喜极了，也就忘了即将到来的分离。这么快乐的时光，当然很快就过去了。天就要黑的时候，我们离开了游乐园，姐姐带我去一个大名鼎鼎的火锅店美美地饱餐了一顿。

姐姐为什么不哭呢？她难道不会舍不得我吗……想到这儿，我更难受了。不过，午餐肉总是好吃的，可以用来堵住我想问出口的嘴。

到家时，我已经累到抬不起腿，一头栽在床上昏睡了过去。深夜，我做了一个噩梦，惊醒过来。姐姐紧紧搂住我，叹了口气。她的发梢有好闻的洗发水香气，一想到以后不能常常闻到，我又伤心起来。

几个小时后，屋子里窸窣的脚步声唤醒了我。姐姐已经开始忙碌了，她在收拾我的行李，这一刻还是来了。

我想问问她能不能不把我送走，话到嘴边又咽了下去。

"安娜醒了，来吃东西。"天哪，她居然像没事一样。

桌上有一颗水煮蛋，一碗粥。我拖沓地吃着饭，姐姐没有催我，她只是把我的皮箱放在门边，坐在床上静静地看着我。

我最终还是不情愿地放下了碗筷。一切都那么流畅，空气中流淌着我不为人知的哀伤。姐姐一手搭着我的肩，一手提着箱子，带我往楼下走去。我没有再回头看一眼我们一起生活已久的地方。

"阿姨家是一座很大的庄园，你会过得很开心的。"姐姐轻声说。

"骗人！"我这样想道。

姐姐骑着单车载着我穿过长长的老街、集市、商务区、繁华的市中心，路过了我最喜欢吃的馄饨铺，还有我最讨厌的糖果工厂。辐条的声音吱吱嘎嘎，我们终于来到了城市的最南端。

路两旁的店铺越来越少，好一会儿才能遇到一个人。远远的，在路的尽头，我看到一座很厉害的建筑，耸立在郁郁葱葱的园林之中，它们被铁栅栏包围。我隐隐觉得，那就是我接下来的"归宿"，我难过地垂下了头。

令我没有想到的是，姐姐停在离铁栅栏门至少还有两百米的地方。

我坐着没动，皱着眉磨蹭着。

"下来吧。"姐姐声音温柔一如往常，她没有回头。我能感觉到她的眼睛直视前方，正盯着那幢厉害的建筑。

我闹别扭一样抓着车座，摇起头来。

姐姐只好扶住车子，放下车撑，让车子保持平稳。她的手上是我所有的行李，一个大双肩包。

我的眼泪终于流了下来。从无声地流泪，直到放声大哭。那个要和姐姐结婚的人，简直是魔鬼！他毁了我的生活……

“别难过了，有时间姐姐就来看你。”她摸着我的头，声音里带了点哭腔。

她终于觉得舍不得了！那快带我走吧！尽管我知道这都是妄想。

“你拿着包，往前走，门口会有个人等着你。”姐姐把下巴往前努了努。

居然让我自己走过去！姐姐啊，这十年都是梦吗？你就真的这么绝情吗？我最终一言不发，从后座上一跃而下，一把扯过双肩包，头也不回地向前走去。我的眼睛像被浸泡在泪液汇流的海水中，睁得很大，却什么都看不清，又很疼。

我做了一件让自己后悔的事情，大约走了几十米后，我回头了。我以为会看到姐姐不舍，或仅仅是有些难过的目光，可我看到的只是她骑着单车离去的背影。

被抛弃了，我蹲在路边，号啕大哭起来。

再抬起头，眼睛肿得难受。没有办法，我只得向着那厉害的建筑走去。栅栏门里站着一个人，随着走近，我渐渐看清了对方的脸。

那人大概有五十多岁的样子，头发盘在脑后，脸上是慈祥的微笑。她摸了摸我的脸，说：“小姑娘，别哭了，跟我来吧。”

我唯唯诺诺地跟在她后面，铁门在我身后“吱呀……嘭”的一声关上了。眼前是一条笔直宽阔的沥青园路，两旁是修剪得极其规整、像西方皇家园林一样的奇花异草，散发着诱人香气。远处是高大茂密的树林，林中偶尔传来布谷鸟的歌声，在我听来是如此悲凉。

我们慢慢走着，路过巨大的喷泉池、雕塑林，不时可以看到大路两侧的通幽小径，我的悲伤逐渐被好奇所取代。

那座厉害的建筑，终于出现在我的眼前。

我实在想不出其他的形容词，我是见过别墅豪宅的，但眼前的建筑完全不能用“住宅”来解释。这就是为什么我只能用“厉害”来形容它。

它是一座城堡，体积庞大。高大的灰黑色石墙把空间包裹起来，建筑主体总共有四层，却像一般的八层楼公寓那么高，更不要提独立于建筑外，位于建筑东北方向那个更加高耸的钟塔。

我在这里生活了十多年却闻所未闻。我用力仰起头，仔细观察着这座“城堡”。

我打了一个激灵，就在我一个个端详那些窗户的时候，一张脸出现在四楼最西侧的那扇窗后，他正看着我。

窗子后的那张脸，应当是位男性，我看不出他的年龄。但是说实话，他可真是有些眼熟呢。他看我的眼神并没有敌意，但还是让我不舒服。

“进来吧。”带我径直走上台阶的中年妇人轻轻打开门，把我让到前面。

直到现在，我都还没有见到姐姐所说的阿姨——我们母亲的表姐，那是我所知的这宅邸里唯一一个和我有血缘关系的人。

我有些迟疑，而她依旧站在那儿，伸出右手把我引向里面。总不能这样僵持着，我便拖着我的双肩包，一小步、一小步地挪了进去。我不敢想象，眼前的场景，我只曾在中古电影中见过。八根至少十米高的石柱分为两排四列，将正堂分隔为三间，一楼大厅后部正中央是宽阔的主楼梯，直通三楼。通往二楼的楼梯不知隐藏在何处。

一楼大堂向两侧延伸的空间挂着帷幔，晦暗无比，深处似乎也有灯光，但不足以让我看清。而且，进来就四处张望显然是没有教养的表现，我迅速移开了目光。

八根石柱支撑的是三楼的楼板，二楼只能看到一圈走廊，令我感到不太寻常的是，没有一扇门，全部只是墙而已。

“那个……”我抬起头，小声地说出第一句话。

“有什么事吗？你叫我陆管家就可以了。”

管家，我终于也站在一幢有管家的房子里了。

“陆管家，我，我想上厕所。”我的声音更小了一些。

“这样啊，不如我先带你去你的房间，你的房间里就有洗手间的。”

我点点头，把双肩包甩到肩上。

她带我向主楼梯走去，我们来到了三楼。

如果说刚进入时，我还有那么一丝神秘的感觉。现在到了这里，我只能用压抑来形容我此刻的感受。三楼的楼梯正对着一个小厅，这个厅的面积与这幢楼完全不成比例，它就像一间普通人家的客厅一般大，地上铺着灰黑色格子地毯，脚踏在上面没有声音。

以这个近乎正方形的小厅为原点，向前、左、右三个方向各有一条很窄的走廊。这些走廊并不是笔直而是曲折的，让人猜不透这层的布局结构。

陆管家带着我走向左边的走廊。走廊两侧是房间和墙壁，所以见不到一点阳光，只有一些昏黄的壁灯。每隔几米就会有一扇门，比我想象的更加密集，这样看来，每个房间的面积也不会太大。

走过两扇门后，我们向左拐，又走过两扇门，再向右拐，再是两扇门，又向左拐。在我即将被绕晕时，陆管家终于停在了一扇门前。她从腰间拿出一串钥匙，打开门锁。

“请进。”她撑着门，对我微笑着。

我能有什么选择呢，就在我站在门前的一瞬，一股刺鼻的霉味迎面扑来，我忍不住打了一个喷嚏。

室内昏暗无比，几乎看不出屋子的真实样貌。陆管家伸出左手在门左侧的墙上摸了摸，“咔嗒”一声，眼前终于亮了起来，但也并没有明亮多少。光源是墙上一盏西式壁灯，光色晦暗。在这种光影下，陆管家的脸也变得与刚刚不同，更像电影里阴暗诡谲的坏姨婆。

可她很快就摆出一个微笑：“这是你的房间，安娜小姐，如果有事，就拉动那个铃柄，我可以听到。”她指了指床头那根带着一颗重力球的金属细链说道。

我看了看那根金属线，它的另一端离地面大概两米，从墙面的一个小孔穿出，我记得福尔摩斯有个故事，好像就和这种呼叫的线绳有关。所以，那真是让我有些反感，偏偏它还就在床头的位置。

她没关注我的感受，自顾自地继续说：“下午三点会有一场下午茶会，其他人也会在场，大家也算第一次见面，到时我会来叫你的，请安娜小姐穿着衣柜里的衣服前往。”

其他人？大家？什么情况？我不是只是寄养在阿姨家里吗？还有，我为什么不能穿自己的衣服？一堆问题卡在我的嗓子里。

“另外……”陆管家抓着门把手，人不知何时已经站在门外，当门关到只剩一个十厘米的窄缝时，她用比方才更加笃定的语气说道，“考虑到小姐的安全，我会把门锁上。”说完，便快速消失在门后。

紧接着，我听到钥匙反锁的声音。其实我从刚进入宅邸时就有种感觉，那种感觉和好奇相交织。我当时并不清楚那种感觉是什么，现在明白了，是恐惧。

陆管家刚才说了半天，一句话也没有提到我的阿姨，我为什么不主动问呢？说实话，在这样一个陌生甚至有些奇幻的环境中，我只想赶快隐身。

门外的脚步声渐行渐远，我开始仔细观察起这个房间。房间不大，只有二十多平方米，几乎是一个正方形。单人床在进门的左手边，上面是洁白的粗布床品，手摸上去，似乎绣有暗花，床垫很厚，枕头很高，真是扫兴。黑色床头柜上空空如也，我翻了一遍抽屉，也是一样，像宾馆仅供人临时居住的样子。进门右手边是衣柜和写字台，看起来都是很厚重的木质。我可是第一次拥有自己的写字台，该不该高兴呢？

说到衣柜，陆管家刚才说衣柜里有衣服，要我下午茶的时候穿上。想到这儿，我迫不及待地打开了柜门。

我一直以为下午茶是一项很高雅的活动，衣柜里就算不是什么高端定制公主裙，起码也是精美的套装吧，我甚至还幻想过一顶嵌有羽毛的贵妇檐帽。

事实证明我想多了，硕大的衣柜里，那件衣服显得如此突兀——一件白色的袍子。没有任何花纹、没有任何剪裁、没有任何装饰的白袍，孤零零挂在衣架上。在它的衬托下，衣柜仿佛是一个深不见底的漆黑洞穴。

白袍旁放着一把剪刀，我一下子就猜到了它的用途。

我踮起脚，把白袍拽下来，在身上比量了一下，直接穿会拖地，我用剪刀沿着袍摆剪下一圈。我把袍子往身上一套，想找个镜子看看，可环视一圈，并没有发现任何镜子，大概洗手间里会有吧。

洗手间的门在床脚一侧。我的手刚搭上门把手，脑中突然想起四楼窗边的那个男人，他到底是谁。我不知道为什么会在这个瞬间想起那张脸，我使劲晃了晃脑袋，把注意力集中在当下的事情上。

洗手间比我预想的大很多，有浴缸、盥洗台、马桶，脚垫很厚，踩起来很舒服。与卧室主体相比，这里似乎还要更舒适一些。镜子就挂在盥洗台上方的墙上，似乎很久没人擦过，我的脸在里面显得有些模糊，这让本就消瘦的我看起来更加弱不禁风。

我的脖子突然一紧，从这个空间的某个角落传来突兀的声响。像是有东西在轻微摩擦，窸窣并不规律。我望向右上角的一个通风口。如果我没猜错，声音应该就是从那里传出来的。我很想爬上去看一看是怎么回事，可那通风口实在是有点高，周围也没有什么可以垫脚的东西。

我站在通风口的正下方屏住呼吸继续听着，可那声音就此消失了。莫非我听错了？或者是风声？我后退几步，看向通风口百叶窗深处，里面很黑，我什么都看不到。就在我用力踮脚，聚精会神观察时，倏地响起了敲门声。

我一哆嗦，惊得有些生气，但还是赶忙跑过去听着动静。

“安娜小姐，您有什么需求吗？”是陆管家的声音，她一边问着一边把钥匙插进锁孔。

“没，没有。”我的声音很小。

门外沉寂了一下，响到一半的开锁声也停住了。

“那么，请好好休息。”说完，门外脚步声渐远。

可是，我没有拉动呼叫铃呀！有一种感觉驱动我马上跑回洗手间的通风口那里继续观察。我揣着既兴奋又有些不安的心，在通风口那里张望。什么也没有看到，也没有再出现任何声音。不知为什么，我竟然感到有些失望。

我把盥洗包拿来打算挂在门背后，这才发现，门背后的墙面上有一面穿衣镜，和盥洗台上的一样，这面镜子也不太干净。

我被镜中的自己吓了一跳，宽大的白袍挂在我的身上，松松垮垮的，就快要拖地了。如果把头也盖住的话，那我可就真的像一个幽灵了。我心生厌恶，一把拉开门遮住了镜子。

我的行李袋还放在床脚的地上，我执拗地不想打开它。

窗帘材质是厚重的深紫色天鹅绒，有些积灰，我忍不住咳嗽了几下。窗帘打开的一瞬，阳光顺着狭窄高耸的窗子笔直倾泻而入，灰尘在光中飞舞，令人眼花缭乱。整个长条形的窗玻璃面只有最下方有一个可以向上翻起的小窗，长宽都只有四十厘米左右，且只能打开一个拳头宽的缝隙。

我凭窗远眺，此时，我才得以看清前院的全貌。

前院大概有两个足球场的大小，很宽阔了。以往，我只在剧中看过这样的场景。整个场地被一条蜿蜒宽阔的车行主路一分为二。主路两侧又各有环路，把场地分为五个区块。郁郁葱葱的灌木和高大的乔木使各区块间相互独立又若有互通，我看不清它们之间的小路。

每一个独立区块都美极了，它们分别是一片修剪得异常规整的园林迷宫、一片放置着多组木质游乐器材的游戏场地、一片令人赏心悦目的宽阔草坪、一片密不见底的茂密森林，在森林旁，是整个前院面积最大的区块，一片湖。即使离它很远，我也能看出它的清澈。啊，真是太美了。

一时我竟产生了自己在旅游的错觉。

我的视线被吸引院中的人吸引了，在小路上、场地里、湖边，有几个人正在做事，他们从头到脚穿着统一的黑色制服，看不出男女。这么大的庄园，有一些工作人员是很正常的。令我感到不太舒服的是，我无法看清他们中任何一个人的脸——他们每个人都戴着面具。

他们的面具单调之极，既不夸张也没有任何个性，统一的白色面具，平滑没有任何花纹，鼻子的部位优雅地隆起，眼睛和嘴对应的部位镂空成自然的弧线，就像一张张面无表情的脸。他们是仆人无疑了。

我的视线再次回到室内，刚才那种惬意舒畅的感觉一扫而空，开阔的前院让我的卧室显得更加逼仄晦暗，像一间牢房。

我深深叹了口气，坐到床上。正如看上去一样，床垫真的好软啊！随即我把自己整个人摊在床上。啊，这是我有生以来躺过最舒服的床了。自然地，我的眼皮开始打架，在缺乏流动、略带霉味的空气中，我陷入柔软厚实的床垫中，缓缓进入了梦乡。

不可避免地，我梦到了姐姐，梦到了她的婚礼。我内心深处有一种感觉，比起她“抛弃”我这件事来说，我更难以接受的是她与他人组建家庭，我是不是太不懂事了？

虽然还在睡着，我也可以听到自己啜泣的声音，也能感受到泪水在脸上流淌。只是感觉……怎么说呢，我原来不知道自己可以有这么多眼泪。

过了不久，我终于进入到了深度睡眠状态，我感觉自己仿若置身云端。不知过了多久，我被一阵沉稳的敲门声唤醒。

“安娜小姐，下午茶在十五分钟后开始。”门外是陆管家的声音。

“请你准备一下，准备好了就直接出来，仆人会在门口等候带你去餐厅。”说完，她拿钥匙打开了反锁的门，和门口另一个人交代了几句，走开了。

我一骨碌滚下床，慌忙跑到镜子前整理了一下乱糟糟的头发，还有睡皱了的袍子，我又情不自禁抬头看了看通风口。

门外站着穿黑色长衣长裤、戴白色面具的仆人，要不是我刚才从前院看到过他们，此刻必定会被吓一跳。他向一侧伸出手臂，示意我跟着他走。我这时才发现，他还戴着白色手套，想必其他仆人也是如此。

再次穿过曲曲折折狭窄的走廊，我似乎听到前面不远处有其他人的脚步声。我随着仆人从主楼梯下到一楼，向左转去。穿过层层幔帐，我们拐进一条华丽无比的走廊，墙纸镶有宝石与金箔，地毯是我从未见过的材质，踩上去舒服极了。与三楼暗淡的照明不同，头顶一盏盏考究的水晶吊灯散发着梦幻雅致的光芒，把我们引向一个长方形中厅。

看得出来，这是一间餐厅，中央是一张巨大的长方形餐桌，两边各排列着九把胡桃木高背椅，配有古典花鸟丝绸椅垫。桌子两端各有一把更大的椅子，椅背要更高，椅垫要更厚，颜色要更深沉。餐厅四壁挂着一些我根本看不懂但称得上“艺术”的画，高大的展示柜上摆着我更加无法欣赏的古董，起码看样子不是什么现代货。墙上的架子上放置着众多精美的餐具，我的目光很难从它们身上挪开，不知不觉间嘴都张大了。

直到陆管家向我走过来，我才意识到自己的样子有些难堪。她把我引到餐桌前的一把椅子上坐下。如果把桌子分为左、右两侧，那么我的位子是左手边第三把，这时我才发现，桌前已经坐了两个人。

一个和我坐在桌子的同一边，和我隔了两个位子。我假装欣赏桌上的珍奇插花，一边用余光偷偷瞟着她。不得不说，我瞬间被戳到痛处。她看起来和我差不多大，穿着和我一样宽大的白袍。可就算身体几乎完全被遮住，也能看出她的体态要比我好上千百倍。再看面容，她的眼睛像林间小鹿般明艳动人，眼尾微微上扬，眉毛颜色淡淡的，但是清晰婉约。嘴唇绯红，完美点缀在她精巧的下巴上，她拥有超越她年龄的魅力。

再看我，干枯的头发、粗糙的皮肤、平庸的五官、含胸驼背……别说和美丽不沾边，连清爽利落都算不上。对方没有想看我一眼的意思，大概我刚进入餐厅时就已经把她腻歪到了吧……

另一个人坐在对面，在离我最远的第九把椅子上，是一名大概刚成年的青年。他的眼睛不大，嘴唇很厚，是很常见的长相，个子貌似也不是很高。现在他正微笑地看着我，我没有回应，慌忙低下头。他看起来似乎很憨厚，他的穿着和我们不同的黑色袍子。

就在我思考的工夫，仆人给我端来一杯茶，我不知是否该用手接，对方体贴地帮我放在桌上，示意我慢用。我盯着雅致精美的茶杯，没有伸出手。这个地方，真是太让人感到局促和吃力了！

我们三个人就这样静坐了几分钟。后来，门口出现了一位高大俊美的少年，看样子不会超过十六岁，在我的认知里，他惊为天人。

他皮肤白皙，眼窝深邃，脸颊紧致瘦削，眼睛的轮廓让我想起童话书中的王子，眸子更是如世界上最清澈的湖水般深邃怡人。他和桌对面的男子一样，穿着一袭黑袍，可是这根本掩盖不住他修长挺拔的身型和非凡的气质。

他只身前来，仆人远远看到他便迎了上去，陆管家却步伐稳健而迅速地走到了他的身侧，把他请到桌边。我这才赶快收回自己的目光，心脏一阵狂跳。失态了，失态了。

“少爷，请坐。”陆管家贴心地拉开位于桌子右侧的第一把椅子，也就是离那位憨厚青年最远的一把，要服侍他坐下。俊美少年却没有坐她拉出的椅子，而是自顾自地、坚定地坐到一旁的主椅上。就算是我也知道，桌端的主椅一般都是主人就座的。不过，陆管家刚才称呼他为“少爷”，那么，他有可能是这里的主人之一？不过，也未免太年轻了些。

陆管家没有介意，转身倒茶去了。

他刚落座没一会儿，两位年龄相仿的女性同时走进了餐厅。看起来，都在三十五岁以上的样子。我猜测，其中一个应该就是我的阿姨了，我仔细观察着。

其中，高个子、长直发、丹凤眼的女性穿着黑色袍子，她径自走到我对面的椅子坐下了。我紧张得直冒汗，把手掖到了袍子里，紧紧攥着，她的目光实在是有些冷厉。

另一位齐耳卷发、樱桃小口的女性扫视了在座的每个人，礼貌地微笑着。直到她看到坐在主椅上的男子，眼中流露出一丝藏不住的厌恶，而她自己从容地坐到了对侧的主椅上。

现在，坐在左侧桌边的有两个人：第三座的我，第六座的那位佳人，我们两个人都穿着白袍。桌子右侧也是两个人，第三座的长直发丹凤眼女士，还有第九座的憨厚青年，他们都穿着黑袍。另一位穿着黑袍的俊美少年，则坐在离我较近一侧的桌端主椅上，对侧主椅是卷发樱桃小口女士。

待各位面前都摆上一道茶后，樱桃小口女士再次扫视了一下全场，似乎要开口说话了。

看来，人到齐了。

我应当特别说明一下卷发樱桃小口女性的穿着，她穿着剪裁和布料相当考究的紫色高领及膝连衣裙，腰间束着墨蓝色丝绸腰带，脚上是一双造型简约的紫色羊皮中跟鞋。比一众穿着黑白袍的人更加夺目，这是女主人的装束。我默默祈祷自己的阿姨就是这位女主人。

她沉稳到有些威严，我怯生生地看着她画着精致玫瑰色唇膏的嘴唇张开了。

“各位，老爷过世已有两年，按照他的遗愿，遗嘱现在可以公之于众了。”说着她向旁边一位西装革履的人点了点头。

一直低着头的我这才发觉这个人的存在。他站在女主人身旁，戴着鼻夹眼镜，手里拿着一个牛皮纸信封，看着有四十多岁，举手投足间的动作很老派。

“大家好，我是薛先生的遗产律师，依他的要求，我须在他过世两年后，公开宣读、执行他的遗嘱。”

这是薛宅。遗嘱又是怎么回事？我的思维还停留在“寄养”这件事上，现在发生的一切让我应接不暇。

薛先生拿出小刀，将手中的信封慢慢划开，拿出里面的几页遗嘱。我很怕听冗长的文字，那令我头疼。不过幸好，他没有通读全文。

“在此，我仅把与各位有关的信息公布出来，也就是此次大家聚集在此的原因。首先，先确认一下大家的身份。”他摸了摸眼镜边，“有资格参与此次遗产继承的人有，薛先生的遗孀钱女士。”律师看向桌端的女主人，对方低着头，表情凝重。

“薛先生的妹妹，薛薇女士。”

长直发丹凤眼女士微微颔首，用手帕点了点眼角的泪花。

“薛先生与前夫人之子，萨沙。”

坐在另一头桌端的俊美少年高傲地昂了昂头。

怪不得钱女士看他的眼神不对，原来是会抢遗产的继子。

“薛先生的侄子，戈登。”

憨厚青年站起身，表情局促地点点头。

讲到这，律师清了清嗓子，继续说：“按照继承规则，钱女士的一支近亲也有继承权。”

刚才点名的几个人，除钱女士以外，全部步调一致地看着桌面，紧闭嘴唇。

“钱女士的外甥女，伊茜。”

和我坐在同一边那明艳动人的女孩轻轻站起身起来，很有仪态地笑着，又很从容地落座。

“钱女士的另一个外甥女，安娜。”

“真的是我！女主人果然是我的阿姨！我就要过上有钱人的生活了！”想到这儿，我忍不住窃喜。

慌乱站起来的过程中，我打翻了面前的茶杯。旁边的人们一定正以嫌弃的眼光看着我，我当然不敢抬头，只是匆匆鞠了一躬，又赶紧坐下，好丢人。

“我没有见过她。”薛薇用疑惑的眼神盯着我，很不满。

律师开口道：“有关亲属的拟定安排，薛先生生前都是知情的。不过，以防万一，我们稍后会做一个鉴定，确保每个人身份都没有问题，这也是薛先生遗嘱中的指示。”

律师喝了口水，接着说：“遗产的继承并不按常规操作。接下来的一周，大家将在薛宅生活，在此过程中，我会按照薛先生定下的秘密规则观察、考验大家，最终通过考验的人将独自继承全部遗产。”

钱女士眉头紧锁，其他人的情绪也都出现了明显的波动。

唯独我，震惊到大脑一片空白。

一个人继承全部遗产？这个宅邸足以让我感受到主人的惊人财富，他的遗产也一定相当可观。在场没有人追问遗产究竟有多少，我更是没资格开口。

“规则？什么规则？我从未听父亲提起过。”萨沙眉头微蹙，情绪明显不满。

“规则都详细列在遗嘱中，我现在还不能公开，不过各位放心，我一定严格秉持薛先生遗嘱中的所有内容，完全按照他的规则执行。”律师表情严肃坚定，不容任何质疑。

钱女士，也就是我的阿姨，看起来则是有些担心的样子，她对我这个外甥女似乎毫不关心。薛薇女士倒是紧盯着我，她之前也明确表示过对我的怀疑，说是从未见过我。而我隐隐感觉，似乎我的存在打乱了她的某些既定计划，她的目光里没有丝毫善意。

“这样的话，我……我可不可以拒绝参与遗产继承资格？”说话的是戈登，说出这样的话，令我十分意外，谁不知道财富的妙处呢？

薛薇马上移开在我身上的目光，侧脸看向他，眼中充满不解。

“按照薛先生的规定，任何一个人都没有自愿退出的权力，每个人都要参加这次继承权争夺游戏。”律师用非常平静的语气，说出了这段听起来略显魔幻的话。

听到“争夺游戏”这个词，真是令人紧张。还有那个秘而不宣的规则，更令人生疑。

“我看你就别装了吧，现在你还要继续装好人吗？蒙蔽我父亲，让他和我疏远，不就是你从中作梗？”萨沙激动起来，俊美的脸庞立刻变得狰狞。

戈登没有接他的话，只是低着脑袋，不再说话。

“那么，我们就正常生活，一切自有安排，是这样吗？”这声音甜美极了，像熟透的樱桃树，芬芳而富有层次。它超越了我对同龄女性的认识，有一种成熟水蜜桃的美。是伊茜在说话。

“没错，各位正常生活就可以，我会根据薛先生拟定的规则不差分毫地观察考核，直至确定优胜人选。”律师答道。

“优胜人选……”薛薇捋了捋鬓角的碎发，“遗产这么严肃的事情，居然搞得和游戏一样。话说，兄嫂参与遗产继承也就罢了，她那边这两个女孩也要参与进来可就太……”她在说出难听话之前住了嘴。

“父亲的遗产，儿子继承，天经地义。”萨沙恢复平静后，怒气不减地说，“要不是戈登横插一脚，我爸早就把所有一切都留给我了！”

“萨沙，真的不是你想的那样……”戈登想反驳些什么，不过气势也太弱了些。

“戈登确实为你爸做了不少事，你做什么了？就知道花他的钱搞乱七八糟的事情。”薛薇探出身子，看着萨沙的眼睛说道。

“姑姑！你也向着戈登吗？！”萨沙拍案而起，几乎暴怒。

“什么叫向着戈登，明明就……”

“好了别吵了！”钱女士打断薛薇的话，手扶着额头，像是有些头痛，面容苦恼地说，“律师说得够明白了，老爷的遗产，自然是老爷自己说了算，我这个未亡人还没说什么，你们……”

“呵。”全场都听见了萨沙这声无法忽视的、轻蔑的笑。他对这位继母的不满简直是摆在台面上的。

“大家少安毋躁，我们先采血，确保身份无误。”律师按部就班继续执行流程。

“现在，就已经进入考验过程了吗？”

“没错，伊茜小姐。”律师郑重回答。

在场的人，纷纷收敛起来。

门口传来轮子“哗啦哗啦”的响声，伴随几个人的脚步声，把大家的目光吸引到餐厅入口。

穿着白大褂的医生和两名护士推着哗啦作响的医疗器械车向桌子这边走来。我偷偷瞄了一眼，在场的人除了萨沙，每个人脸上都浮现出一种难掩的嫌弃神情。如果不是为了巨额遗产，我真想当场拔腿就跑。

从桌子这端的萨沙开始，一个人一个人地扎过来。

抽血，好像也没有那么痛了，可能是被财富麻痹了神经。

等到钱女士，也就是我的阿姨抽完血后，医生和护士重新认真检查了血液样本的编号，放进恒温箱。看起来，这个薛先生的遗嘱，还真的是万无一失。

等他们走后，屋内再次剩下桌边的五个人陆管家和律师，还有离餐桌远一点的地方，站着几个戴面具的仆人。

陆管家示意他们端点心过来。大家都默不作声，像是唯恐触犯什么规则。确实，律师像柱子一样杵在一旁，像个监视器。

点心上桌后，钱女士终于拿出了一点点女主人的样子，说道：“大家不要客气，尽情享用吧，都是今天刚做的点心。”

我根本按耐不住，再说也早就饿透了，拿起一块饼干就往嘴里塞。香！太香了！好正宗的奶油味！连吃了三块饼干后，我才发觉周围的人都在看着我，我赶紧抹了抹嘴角的糖渣，手脚局促地往内缩，太丢人了！我看起来就像个笑话吧？

“钱虹，这就是你外甥女？从来没见过，怎么跟要饭的一样。”薛薇轻蔑地瞟了我一眼，皮笑肉不笑地微微晃了晃脑袋。原来阿姨叫钱虹，那我妈妈叫什么呢？

我的眉头扭到一起，敢怒不敢言。有一半原因是她的确说到了我的痛处，我一直以来确实过着和要饭差别不大的日子。

“实际上，我本来也不知道有这么个外甥女。”阿姨并没有被她激怒，而是从容自若地说，“我有一个妹妹很早就去世了，我并不知道她早年诞下了这么个孩子，老爷临走前有人找上我，说这是我妹妹留下的孤儿，让我照料。”

“哦？那你就信了？你怎么不把街上所有要饭的孩子都收养了呢？”薛薇讥笑道。

“我愿意相信，是因为把她托付给我的那人，说了很多关于我妹妹的细节，让人不能不信。就算有问题，今天不也验了血吗？一试便知。”

大家看我的眼神都起了变化。

“真是什么乱七八糟的人都能来争父亲的遗产。”萨沙说道。

这位贵公子，真是让人恼火，这么一看，他和他的毒舌姑母还真是像得很。不过，我知道他特指的并不是我，我只是他挑起这回事的一个由头而已。他针对的人，不止有他口中插在他和父亲之间的堂兄戈登，更包含了他年轻的继母。

没有人接他的话。我隐隐觉得，一定有人在心里正盘算着什么，那个薛薇尤其可疑。还有我旁边的美少女伊茜，她怎么也不说话？我的阿姨女主人的气场也太弱了！陆管家和阿姨的关系似乎也不太好？

总之，这些人怪怪的。

当仆人再次端上几碟点心时，我闻到了一丝熟悉的气味，那不是食物的气味。在哪里闻过呢？我觉得自己出现了错觉。

接下来的时间，除了钱女士偶尔招待大家说几句客套话，便没有人再说话了。那些仆人更是如一潭死水般，机械地倒茶、更换点心碟，无声无息地在桌边穿梭。他们的鞋底似乎软到不行，像幽灵一样飘来飘去。

就在空气凝固、尴尬的时间难以为继时，始终站在一旁的律师终于开口了：“今晚的晚餐七点半开始，请大家如期赴约，下面大家就先各自回房间吧。”

钱女士的嘴干巴巴地张了张，像是想要说什么，最终还是作罢。我猜，这个律师的入驻，正逐渐让她女主人的地位变得模糊。

按理来说，钱女士应当不必和其他人一同竞争才是。她是薛先生的妻子，有第一顺位继承权。可这个薛先生，却安排她和大家一起参与遗产继承游戏，这将导致她有一定概率得不到一分遗产。是对她不够信任和重视吗？可是，如果真的不重视，也大可不必让我和伊茜这两个她的亲戚也来参加。

“等一下，那个……我想问问各位，你们的房门也是锁着的吗？”戈登微微颔首，询问大家。

“我的门是锁着的，我是今天一早住进来的。”伊茜长长的睫毛随着她樱花瓣一样的嘴唇轻轻开合而微微颤动着。

其他人也表示默认。

“能不能告诉我们，为什么一定要把我们的门锁上？”薛薇一本正经。

“就是，我是父亲唯一的儿子，一直就住在这里，父亲遗嘱里怎么会安排把我的门也锁上？我看，律师你不会是被谁收买了吧？！”萨沙拍桌子站起身，横眉对律师道。

“萨沙少爷你大可以放心，绝对没有。而且，各位，我最后重申一遍，我所做的每一件事，都是严格按照薛先生遗嘱来的，不会存在徇私舞弊的情况，请大家放心。”律师明显有些恼火，双手紧握住文件夹，尽力压制情绪。

“老爷的安排，一定有老爷的道理，我们遵守便是了。”又是我那看起来过分温和的阿姨钱女士。如果我有她这样的地位，绝对不会就这么罢休，任人安排。全场的人都怪，可她是最令我不解的。

话音落下，陆管家马上走到萨沙旁边，周到地引他上楼回房，其余人则在仆人的陪伴下回到各自的房间。至此，我都还没和阿姨正面说上一句话，那就晚上吃饭时找机会试试看吧，在场的能把我当成个人的，也就只有她吧。或许，她也没有。我对自己被寄养在这里的概念愈发模糊，只感觉一场刺激的阴谋正要上演。

回房的路上我才发现，只有我和伊茜住在三楼，其他人都住在二楼。走到二楼楼梯口时，我探着脖子看了看，二楼的环境与灰蒙蒙的三楼完全不同，入口厅的装修和餐厅类似，雍容雅致，这让我心里很不舒服。

再次回到如牢房一样的卧室，锁门声消失后，周围回归死寂。我猛地想起刚进宅邸时，四楼窗边的那个人影。这个人并没有出现在下午茶会上呀……

难道他是……我当时确实看不出他的年龄，距离太远了。不过，无论他的身份如何，我敢肯定他和这次所谓的遗产游戏有关。这房子里的每个人，都像是对我们的测试者，承担着各种各样的使命。

这个念头并没有持续多久，便陡然消散了。转移我注意力的，又是那个通风口。我再次听到那边发出窸窸窣窣的细微声响。我赶忙小跑到洗手间，直勾勾地瞪着通风口暗黑的深处，竖起耳朵。

那声音还在，像是在刮挠，又像是在啃噬。我轻手轻脚往前挪了几步，生怕弄出一丁点动静“吓跑”这个声音。

与我预想的不同，声音竟然近了一些，我既害怕又兴奋，可接下来发生的让我大失所望。

黑暗中，几个依稀可见的小光点向通风口的盖网靠近，等到这些光点几乎暴露在室内昏暗灯光的笼罩下时我才看清，是几只老鼠而已。

老鼠我可是见多了，和姐姐住的破房子里，老鼠无孔不入，管道、沙发后的洞、漏雨的顶棚……我并不怕老鼠，但还是看到它们就头痛。一旦食物没有收好，这些小偷就会瞅准时机下手，让我们饿肚子。

我顺手抄起一旁的马桶刷，用力向通风口甩去。那几只小畜生尖叫着逃跑了，重新回到通风管道阴暗的深处。

终于安静了。我决定先收拾行李，事到如今，留下是肯定的。一方面，这宅邸的人想必也不会轻易放我走，另一方面，谁在无可估量的巨额遗产面前，会有收手的想法呢？留下就有机会。

姐姐在那个双肩包里给我放了几套换洗衣服，几包我爱吃的零食，一些洗漱用品。别的……我就找不到什么了。

这个房间，会不会有什么好玩的呢？或者说游戏的线索？

我知道有一种游戏叫密室逃脱，会在房间各处布下各种用于逃离密室的工具或提示，玩家整理线索，揭开谜题，采取行动。只要逃出就可以获得胜利。

这个遗产游戏，会不会也是如此呢？想到这里，我兴奋地搓搓手，打算开始探索这间朴实无华的房间。

从哪里开始呢？我的目光被床下的空间吸引住了，床下是惊悚电影中的神秘地带，总是充满各种未知。我轻轻走过去，缓慢地，将头一点一点探下去，就在布满厚重灰尘、光照不可到达的黑暗床底世界即将进入我的眼帘时——

“啊——”

一声尖厉的女性叫声，吓得我一个趔趄坐到地上。那声音从宅邸的某个地方传来，却有着极强的穿透力。我匆匆跑到窗边，在园子里工作的仆人们正纷纷回到房子中。很快，我房间的门响起了开锁的声音。

“小姐，请即刻随仆人来大厅。”陆管家抛下这一句，又快步走开了，似乎是赶着去开别的门。

门口的仆人看着我坐在地上的窘态，微微颔首。我赶忙胡乱整理了一下，随他而去。我没有忍住内心的疑惑，向仆人发问：“发、发生什么事了？”

对方摇摇头，没有回答我。

弯弯绕绕穿过几条华丽的走廊和小厅，踏过那些雍容的楼梯，我们来到了大厅，在门厅的另一侧。庞大的水晶灯、整幅手绘油画墙纸、熊皮地毯、巨大沉重的乌木圆桌，关于这个大厅，我只记住了这些。

我到的时候，除了钱女士和伊茜、陆管家，其他人都在，或坐在桌边或站在窗边。然后，陆管家带着伊茜同时出现在大厅门口。奇怪的是，陆管家没有等女主人到来，便做出了要开始讲话的样子，她的嘴唇开合很小，似乎在努力克制声音的颤抖："钱女士，她死了。"

这个消息仿佛一枚深水炸弹。

"什么！"律师瞪大双眼，身体前倾，手里的文件夹应声落地。

戈登紧皱眉头，眼神在每个人脸上游移。

"确定吗？"萨沙在短暂的沉默后，用他特有的傲慢语气质问陆管家。

后者微微颔首："是、是的，少爷。"

薛薇则气定神闲，略仰起头，掏出她那古董雕花羊脂玉烟嘴，点上一支女士檀香烟，吞云吐雾起来，浓妆的眼睛逐渐眯成一条线。

伊茜低下头，轻轻啜泣起来。

我的第一感觉自然不用说了，这座宅邸里唯一一位和我有血缘关系长辈陡然离世，把我还有伊茜一同推向了孤绝的边境，一种不安涌上心头。

"这个事情，需要找医务人员确认。"律师闭上大张的嘴，重新回归理智状态后，斩钉截铁地说道。

"医务人员是清楚的……"陆管家瞟了一眼不知什么时候出现在门口的医生，"自从老爷去世后，钱女士便查出了心脏疾病，偶有发作，有几次还险些危及生命。这次，就是……"

"心脏病发？"律师看了看陆管家，又看了看那个白大褂。

后者谨慎地点了点头。

"那……尸体在哪里？"

"就在钱女士的房间。"

"怎么发现她死了？"律师追问道。

"当时，仆人要进钱女士的房间给她送头疼药，我打开门后，就看到她脸朝下倒在桌边，我们走近看时，她已经没气了。医生看过后，也认为是心脏病发作。"

白大褂再次点点头。

"我去看一下。"律师说完，由陆管家带路前往钱女士的房间去了。

“房间有其他医务人员在看守，所以，您不必紧张。”陆管家低声说。

律师用奇怪的眼神看了她一眼。

现在，大厅里只剩下我、伊茜、已故薛先生的妹妹薛薇、骄傲的萨沙、老实的戈登，还有一些仆人。薛薇的烟还没有掐灭，她半个身子倚在沙发扶手上，盯着天花板，轻轻咬着下嘴唇。

萨沙轻蔑地看着他的姑姑，嘴歪了歪：“佩服。”

“你说什么？”薛薇全身绷紧坐正。

“没什么，我得谢谢您。”

“不着调的话少说！怪不得你爸看不上你！我看你是张狂得很呀！”薛薇将烟头使劲摁灭，狠狠瞪了她的侄子一眼。

萨沙脾气立刻就上来了，他照着桌面猛捶了一记，又无可奈何地喘着粗气。

“萨沙，你是觉得，钱女士不是死于心脏病吗？”戈登小心翼翼地发问。

“你觉得呢？怎么会这么巧？”萨沙歪着头，转念想了想，又接着说，“我看你也脱不了干系。”

戈登便没再说话。

伊茜坐在窗边的读书椅上，默默地望着窗外的天空。仿佛这里发生的一切都与她无关。

墙角的落地钟“咔嗒咔嗒”走着，提醒人们时间的流逝。当整点钟声响起时，律师、陆管家、医生一脸铁青地回来了。

律师不停地在用手帕擦汗，眉头再也舒展不开了。大家都紧张地望着他，想听他嘴里会说些什么。他喝了好大一口水，才神色凝重地说：“钱女士已经确认死亡，现在，我要宣布一件事情。”

所有人紧盯着他的脸。

“根据遗嘱，如果宅邸主人因病或其他不可抗力缺席时，将由继任主人主持家中各项事务，担负主人日常责任，以保证宅邸日常生活，以及遗产继承计划的有序进行。”

这种事都想到了？十几秒后，在场的人们似乎稍稍消化了眼前的既定事实。

“这个继任主人，怎么确定？”萨沙既跃跃欲试，又有点不那么自信。

“这个，实际上，薛先生已经在遗嘱中注明了。”律师回答。

“谁！”萨沙侧头，两眼放光。

与此同时，我发现戈登的眼底也出现了那么一丝丝渴望之光。

“薛先生指定的继任主人并不在这个房间里。”律师说话时环视各人。

此刻，有人愤怒，有人不解，有人无所谓。

薛薇眼睛向天花板一瞟，露出一抹嫌弃的笑，小声嘟囔了一句："还真是别出心裁……"说完她斜眼瞄着律师。

"还是先将钱女士安置后，我们再说后续主人的事情。"律师想了一下，收了收手里的几张纸。

"这有什么可卖关子的！直接说！"萨沙明显沉不住气了。

"你急什么，和你又没关系。"薛薇皮笑肉不笑。

"怎么，难道你不好奇吗？"萨沙连句姑姑都不喊，每每都是直接问话。

"我心里有数。"薛薇歪了歪身子，往嘴里塞了个葡萄。

我不敢去看阿姨的死亡现场。再看见时，她已经被安放在一樽沉重的棺材里。我躲得远远的，伊茜倒是在周围人低垂的目光下，盯着棺材里的钱女士，落了几滴泪，又轻轻鞠了三个躬。

如此看来，我是有些可耻的。其他人看我的眼神，必是更加轻蔑了。

根据传统，钱女士的尸体要先在地下室停尸若干天。地下室的告别仪式是任何人都不能回避的，我也只好跟下去。

陆管家在最前面引路，之后是我和伊茜，作为钱女士的直系亲属走在棺材前面，四个仆人抬着棺材走在我们身后，再后面，依照家族社会的亲疏远近，分别是萨沙、薛薇、戈登，律师走在队伍的最后。

地下室的入口在户外，经大门而出，朝着东北方向的钟塔走大概二十米，进入园林迷宫。我原本以为这是一个好玩的地方，现在后背开始有点发凉。进入迷宫后七拐八拐，来到一个小草坛旁，陆管家在草坛上摸了摸，插入钥匙，稍一用力，草坛竟然翻了起来，原来是一个长满了草的石板盖子。

石板打开的一刻，一股潮湿温凉的风涌出洞口，陆管家气质淡定地引导我们向下走去。无论我心里如何抗拒，还是亦步亦趋，向黑暗深处行进。随着脚步声响起，墙壁上的电灯应声而亮。陡峭的楼梯盘旋而下，抬棺的仆人变得笨手笨脚，棺材磕到墙壁上，发出令人不安的声响。

大概下了两层半楼的高度，双脚终于踏上平地。陆管家打开壁灯开关，这里的光线要比楼梯上稍好一些。

这是一处约二十平方米的空间，石板地面，四周的墙壁由巨大的不规则石块垒成，石块上挂着水雾。这样尸体可不能停放太长时间吧。

房间中央有一个一米高的石台，棺材被安置在上面。大家围成一圈，向棺材三鞠躬，谁也没有说话，完事就都匆匆上去了。

府邸的女主人，在这么个平常的下午，就这样陡然去了。

我们重回地表时，天已经黑了，西方最后一抹斜阳即将消逝，我只听到风声。

大家没有回房，而是重新聚在一楼大厅，沉默仍在持续。我望着豪华的水晶吊灯，一面感叹它的美好，一面担心自己接下来的处境。不知道姐姐此刻在做些什么，有想我吗？我可是很想你啊……

“各位……”律师浑厚的男中音把我从胡思乱想中唤醒，“时间不早了，我们先去餐厅用晚餐吧。”

陆管家看了律师一眼，昂起头，向楼上走去。我跟在其他人后面，也一同前往。萨沙走在最后，他似乎和律师说了些什么，后者的脸色略显阴沉。

即使穿插了好多乱七八糟的事情，餐桌也已然布置妥当，冷盘精致无比，厨房也飘出阵阵饭菜香气。看着大家惊叹的表情，陆管家露出一丝不易察觉的骄傲笑容。

大家刚刚落座，律师便说：“晚饭开始前，我要和大家公布新的暂定主人。”

几个人不约而同地看了看桌端空置的主人座位，又故作镇定看向律师。

“根据薛先生的遗嘱，在我们目前面临的这种情况下，将由薛稷先生暂代府邸主人。”

“你说什么！”萨沙几乎咆哮，面露怒色与不解。

律师料到了他的反应，并没有理他。

萨沙把刚戴好的餐巾一扯，离开座位，快步往自己房间去了。陆管家见状赶忙跟了上去。

“我就知道，呵。”薛薇晃了晃身体，坐正，皮笑肉不笑地扫视全场。

“如果是大伯的决定，那我们一定要遵守。不过，四叔不是……”戈登道。

“虽然被‘囚禁’，但仍然是薛先生同父异母的弟弟，对府邸有合理的顺位掌管权。只不过，他没有参与遗产分配的权利。”律师解释道。

“薛先生去世前，把四楼的钥匙分别留给了陆管家和我，现在，就由我把薛稷先生请下来，与大家共进晚餐。”律师说罢便上楼去了。

留下一桌子尴尬的人。

“你们两个小姑娘，话这么少，对这个新主人不好奇吗？”薛薇双手抱在胸前，朝我和伊茜抬了抬下巴。

我不由自主地低下头。伊茜则将头稍微一侧，摆出一副愿闻其详的表情。

“这个薛稷是我哥哥同父异母的弟弟，也算是我半个弟弟吧。这个小伙子，年纪都能当我哥哥的大儿子了，性格也是冲动，小孩子一样。我们父亲死后，就把他托付给我哥哥，哥哥也没说太多就应承下来了，毕竟，他是这个府邸的继承人，责任自然也要大些。那时候，我嫂子已经去世一段时间了，钱女士也就是你们阿姨也才进门不久。

“薛稷一如既往麻烦不断，今天出去惹事，明天在府邸里作妖，没完没了，我哥哥虽然头痛不已，好在有你们阿姨好声好气劝着，倒也得过且过。有一次。薛稷把府邸里一座价值连城的古董花瓶拿出去贱卖了，我哥哥发现后差点没气背过去，幸好是你们阿姨把薛稷安顿到外面住了几天才罢，不然非被我哥哥打死才算。”薛薇喝了口水润润嗓子，“可是，后来，薛稷做出了一事，这也是他被‘囚禁’在四楼，不得出门的原因。”

我和伊茜一起不自觉向前探身。

“那次，薛稷夜不归宿，跑到市区不知道搞些什么，第二天早晨回来的时候……”

“咳咳。”律师的咳嗽打断了薛薇绘声绘色的故事会，他带着一位不到三十岁的男性站在门口，看到他，我的眼睛都直了，他不就是我刚进府邸那天，出现在四楼窗口的那个人吗?

这次，我终于看清了他的面容。瘦高的身躯，皮肤苍白，脸型峻峭，鼻梁窄而挺，嘴唇薄薄的，但仔细观察便发现他目光炯炯，略有吊梢的眼尾让他的眉宇间显得更加忧郁。

与他的倦容不相称的是，他的头发梳得一丝不苟，浅灰色棉麻衬衫干净清爽，简约的褐色长裤贴合板正。他已是青年时代的后半段，却有着仿若少年般不羁的气场。

萨沙的眼中几乎要喷出火来，他咬着牙，一言不发。薛薇则歪着头，轻轻摁灭了烟蒂，可那坚硬的岫玉烟嘴磕在大理石烟灰缸沿，发出突兀的声响。

戈登的脸上失去了之前那种从容、谦卑，又带着点想置身事外的眼神，此刻他就好像如临大敌一般，微微颔首，紧盯着薛稷的脸。伊茜和我同坐一边，我看不到她的表情，只听得一声微微的轻叹。

“好久不见。”薛薇抬起几根手指，动了动，算是打了招呼。

薛稷没有看她，他的眼神向钱女士坐过的主人位轻轻一扫，扯了扯嘴角。

律师看了看薛稷，对大家说：“从今天开始，薛稷先生就暂时作为府邸主人，负责府邸的日常。如果大家有任何生活上的需求，都可以询问薛稷先生。”

“一定要这样吗？”薛稷说话了，他的声音简直和萨沙一模一样，冷峻而有吸引力。

“这么好的差事，你不乐意？”薛薇打趣。

“看看当家的下场就知道了。”薛稷向主人位努了努下巴。

这个薛稷，不仅声音和萨沙像，连这种阴阳怪气的说话习惯也是如出一辙。我合理猜测，府邸的主人，也就是萨沙的父亲、薛稷的兄长，也差不多是一个路数。

阿姨的府邸生活一定很辛苦得够呛，我内心深表同情。

突然，我感到一双眼睛正紧紧盯着我，就是这里的某一个人。可就在我反应过来，试图寻找那双眼睛时，线索却突然溜走了。

是谁？这是我第一次在这宅邸中被关注，竟然是以这种诡异、隐秘而不舒服的方式。我使劲甩了甩脑袋，让注意力回到薛稷身上。

他不紧不慢地说道：“如果非要这样的话，那我便勉为其难吧。”

萨沙当然看不惯，开始对他冷嘲热讽：“你不过是父亲的‘囚徒’，也许父亲只不过是找个理由把你放了而已，你有什么好得意的。”

“萨沙，别说了。”戈登低着头，眉头紧皱。

“这里哪有你说话的份！”萨沙恶狠狠瞪过去，牙咬得咯咯响，“你们俩半斤八两，名不正言不顺地赖在这里，蒙蔽父亲，心里的鬼算盘打得啪啪响，都当我是傻子吗？”

“我有点饿了……”伊茜的声音很温柔，破了僵局。

“律师，不如我们先开饭吧。”陆管家建议道，顺便给了薛稷一个眼神，示意他赶快坐下。

薛稷神态自若地坐到钱女士坐过的主人位上。

陆管家张了张嘴，最终没有说话。转而给了仆人一个手势，他们便开始上菜。我早已被隐隐传来的饭菜香气迷得神魂颠倒，一道道珍馐佳肴端上桌时，我已经快抑制不住手里的刀叉了。一餐饭下来，我都在狼吞虎咽，他们在说什么，我一点兴趣都没有。

一桌人酒足饭饱后，薛薇已经有些醉了，开始胡乱讲起故事来。律师离场后，她更加肆无忌惮。其他人都是一脸厌恶之情，一个个退场了。到最后，陆管家也不再坚持，打着哈欠上楼去了。而我留到现在，就是因为我还在吃。

薛薇见周围没人听她絮叨，只得把注意力转向我。听她的意思，是要跟我抖落抖落这个家族的过往。

她又点燃一支烟，眯起眼睛看着我。我停止咀嚼嘴里那块美味的玫瑰奶糕，怯生生地与她对视，她的丹凤眼微妙地向上扬了扬：“可怜的姑娘。”

“啊？”我慌忙把食物咽下去，焦虑地搓了搓手。

“你不该来蹚这趟浑水，对你没好处……”她的手指轻点，烟灰正正好好落在烟缸里，“我没见过你，也看得出来，你对这里的事一无所知。”

我不置可否。

“你阿姨真的是个蠢人，憋憋屈屈嫁进来，什么都没捞到就撒手人寰了，说到底，偷鸡不成蚀把米。她嫁给我哥哥那年，我前嫂子刚死三年，她算是续弦吧，也没个婚礼，明眼人都明白，低调地嫁给一个比自己大十几岁的老男人，除了钱，还能是为了什么？不过，能拿下我哥哥那种古怪又固执的人，也算是她的本事。我当时以为她是怀孕了，是以此作为筹码，结果几个月过去了，一点动静也没有，这个女人在我心里就更不一般了。”说到这，她用奇怪的眼神瞟了我一眼，“你母亲既然是她的姐妹，应该也是个厉害角色，对吧？”

我使劲低下头，手指紧紧抠着已经有些脏了的白袍子，狠狠咬着牙。

“你这次来，你母亲给了你什么任务？”她依旧不识趣地笑着。

“我没有妈妈！我妈早死了！”

我的声音大到好几个仆人从餐厅外跑进来看我们的情况，薛薇挥挥手把他们赶出去了。

我浑身僵硬，耳鸣头痛。我在这诡异府邸说出的第一句话，竟然如此令人心碎。

薛薇没有预料到我的反应，怔了好一会，又讪笑道：“啊……冒犯到你，我记得……是有这么回事，我收回我的话，你别哭。”这个女人，简直把我当成没有感情的小玩意儿。

“你阿姨嫁给我哥哥刚一年，我哥哥就死了。”她又自顾自继续讲起故事来了，她停下来看了看我，说，“先不说你阿姨了，你知道戈登吧？那个傻小子。”

我脑中立刻闪过那个厚厚嘴唇，个子不高的年轻男子的相貌。

“他就是我哥哥第一任夫人去世那年来的，是我一个堂兄的儿子，堂兄死得早，戈登就算是过继到我哥哥这边吧。那年他八岁，萨沙六岁，两个小家伙算是有了个伴。那段时间，是全府邸最快乐的时光，我也经常回来玩。”薛薇眯起眼睛看着吊灯，脸上浮现出淡淡的光彩。

“可是，我看他们的关系也并不好呀……”我被她的故事吸引了，竟主动发问起来。

“人都是会妒忌的，对吧？不仅是男女之间，亲人之间也是如此，如果任何一方表现出对其他人更多的关爱和在意，那么另一方一定是不太愿意接受的。”

“你是说……”

“没错，戈登来到府邸一年后，我哥哥的注意力几乎完全转到他的身上，按他的话说，是戈登和他更像，更有潜力。于是，他花了大把时间与戈登相处，反而对于他的亲儿子，我那个不省心的侄子萨沙，渐渐冷淡下来。”

不喜欢自己的儿子，喜欢一个堂侄子，还真是少见。

“戈登确实早熟又早慧，他十岁的时候，就已经能帮我哥哥打理一些生意上的事情了，具体我也不懂，不过，他那种‘接班人’的感觉是越来越强烈。萨沙就不同了，这小鬼，不学无术，撒谎闯祸倒是厉害得很，几乎没有一天不出幺蛾子，我哥哥气急了，就骂他是逆子，甚至说他不配做自己的儿子。”

可怜又可恨的萨沙。

“萨沙当然恨戈登，他没那个心思去细想其中缘由，他只知道，眼前这位童年的好朋友正成为他人生之路上一个不可忽视的威胁。自此，他便处处找茬，用幼稚的伎俩陷害戈登，当然，这招致了他父亲更明显的偏心。这两个孩子，也渐渐都变得不像孩子了。”薛薇说得口渴，端起酒杯一饮而尽。

“这种矛盾，在我哥哥死前一年愈演愈烈，也就是钱女士嫁给我哥哥那一年，两个少年几乎不再讲话，而府里上下几乎都在心里认定了戈登将是府邸的继承人。那阵子，十岁的萨沙看起来总是像个暴躁的小老头。”薛薇轻轻摇了摇头，眼神逐渐恍惚。

我忍不住问了一个问题：“那个薛稷，是什么时候来的呢？”

薛薇恍惚的眼神轻晃了一下，斜眼看着桌上即将燃烧殆尽的蜡烛：“和你阿姨是同一年，你阿姨进门不到半年，薛稷就住进来了。总之，他刚来时候的那种风光，和后来就是天上地下。”

“薛稷被关在四楼多久了？”我追问道。

薛薇伸出左手食指戳着已然倒向一边、摇摇晃晃的脑袋，右手几个指头抽搐似的在眼前摆动着：“……四、五、六……也就六年，他被囚禁就是哥哥去世前两三个月。”

“那他，他到底犯的什么事？怎么还至于被囚禁呢？”我仔细琢磨着该如何称呼那个已经入土的老主人，最终，我把到嘴边的“姨夫”两个字咽下去，“那薛先生有没有说什么时候放他出来呢？”

“呵，我哥哥突然死亡，半个小时前陆管家还看到他在书房看报，半个小时后，人就死了，哪里顾得上那个让他头疼的同父异母弟弟？”

“那再后来，我阿姨就没想过把他放出来吗？他们俩毕竟也没有什么深仇大恨吧？”我有点刨根问底了，不知道我为什么要对薛稷这么感兴趣。实际上，我对他有种奇妙的感觉。

薛薇轻轻摇了摇头：“小姑娘，你不了解情况……要不然说你阿姨看上去精明，实际上傻傻的呢，嫁给我哥哥一年多的时间，虽然短暂，但毕竟年轻漂亮，可竟然一点话语权都没有。她有没有私房钱我不知道，可是话语权和决定权肯定是没有的，自我哥哥死后，凡有什么事一直都是一家人聚在一起商议的，要是有人不同意，她也断然不会拍板决定什么。可以说，她在这府邸里的权力，和萨沙、戈登，甚至和我相比起来，并没什么不同。她进入府邸有七年了，毫无建树。倒是那个陆管家，你看到了吧？与其说你阿姨是女主人，不如说，她们两个，一人一半女主人。”

原来是这样……

“陆管家呢，只把萨沙当作正经主人看待，你阿姨在她眼里就是个花瓶，她只认我哥哥的前妻。”

“前妻？”

“对，陆管家本来就是我哥哥前妻的家仆，随她一起过来的，日子久了，所以就算前任夫人去世了，她也照样留在府邸里，还升职了。哈哈，真是讽刺。”

“本来萨沙就是最名正言顺的继承人，对吧？”

“话是这么讲，可我哥哥他老人家可是亲口说过，戈登才更像他的儿子。血缘是一回事，掌权人的偏爱又是另一回事，萨沙并不能因为占了血缘的优势就可以高枕无忧。所以啊，你说陆管家怎么会不与她旧主的亲生骨肉站在一起呢？在她眼中，戈登就是入侵者，我呢，就更别提了，她根本就不认为我是薛家人，她觉得我是个客人。”说完，薛薇整个人瘫在椅子上，仰起头，眼睛直勾勾地盯着天花板，没有再说话。

当我想起什么，又问了她一句时，她久久没有回话，我定睛一看，发现她已经睡着了。我坐着无趣，守着一桌子残羹冷炙发了会儿呆，还是决定回房间。拖着已经有些脏污的白袍，往餐厅门口走去。

很快，一位仆人跟了上来，“陪”我去往我的房间。仆人帮我打开房间的灯，转身出去了，门在我身后关上。

没有了白天的日光，现在房内更显昏黄无比。房里非常安静，静到只能听到耳朵里毛细血管簌簌的血液飞蹿之声。我的脚步愈发沉重起来，一下子瘫倒在床上。

孤苦伶仃、孤军奋战、无依无靠、流离失所……这些词汇纷纷涌入我脑海，带着狰狞冷静的面孔。

我的失败几乎是上钉钉的事。而一旦失败，我就会被赶出去，然后就是流落街头，如果和姐姐的旧居没有其他人入住，还尚得以安身。

我已经能闻到那个顶楼房间的霉味了，空荡荡，孑然一身。我把头埋进枕头哭了几声，又疲惫地趴下，粗重的喘息逐渐变成均匀平缓的呼吸。半梦半醒间，我听到门“咔嗒”一声，大概是陆管家专门来锁门吧，不久后，我便睡着了。

一整夜，我都没有醒过一次，这太奇怪了，我是个睡眠浅的人，夜醒多次都是常事，而在这个陌生的环境，我竟然整夜安睡？大概是因为紧张和困倦？

屋子里的光线虚弱，感觉仍是梦境。袍子上还沾染着昨天晚上的饭菜气味，变得有些难闻。我艰难地爬下床，手臂有气无力地拉开窗帘，刚刚还暧昧不清的房间瞬间暴露在刺眼的阳光下。我打开窗户，一阵微风灌入，我的脑子清醒多了。

“笃笃笃”。熟悉的敲门声。

我不知是否该以现在这种邋遢的样子面对门外的来客，只是盯着门的方向看。

“安娜小姐，半小时后用早饭，你已经起床了吧？”是陆管家的声音。

因昨天薛薇告诉我薛家的过往，今天我再听到她的声音，已经没了之前的“可靠感”，更多的是深不可测，说不定今天就会把我赶走。

我咬了咬嘴唇：“我起来了。知道了。”

门锁“咔嗒”一声打开，门外的脚步声渐远。

不管怎样，我打算好好收拾一下自己。我快速但认真地洗了个澡。啊，热水，干净的热水，让我的发丝变得顺滑。我从行李袋里拿出一罐面霜，豪迈地挖出一大块，在脸和脖子上细细涂开来。接下来，我用针线把白袍略脏的地方缝成褶皱遮盖起来，袍子看起来竟还有些别致。

我不知道自己为什么这样做，冥冥之中仿佛有一种感觉在影响着我，随着这个荒唐命题故事的推动，我的命运也即将发生翻天覆地的改变。目前，我现实且悲观，自认为结果一定是相当不好，甚至是凄惨的。不过，随着生命中的“靠山”一个一个地消失，我的心倒是逐渐坚硬起来，“自我”这个概念，也比以前清晰多了。

“我不一定比所有人都差，对吧？”心中，我轻轻对着镜中的自己问道。

门外响起轻轻的敲门声，我知道那是仆人在提醒我该下楼去吃早饭了。

“我知道路的。”不习惯处处被人跟着的我，委婉地提示着在我右后方亦步亦趋的白面具仆人。对方似是不太好意思地微微低了低头，但并没有要停下的意思。

进入餐厅，除了陆管家带着两个仆人在备餐台前忙活之外，只有薛薇坐在餐桌前。考虑到昨天的“深入交谈”，我冲她微笑了一下。她也看见了，但没理我。大概是后悔昨天酒后失言，平白告诉我那么多家事吧。我没有移开视线，而她没有再看我一眼，脸上保持着冷漠，心不在焉地摆弄着她的名贵烟嘴。

“萨沙少爷，昨天睡得还好吧？”陆管家声中含笑地对大步流星走进餐厅的萨沙寒暄到。

“挺好的，陆姨，呃，陆管家。”说完，他低着头快速坐到主人位上，他也是觉得自己失言了吗？昨天薛薇已经把他和陆管家的关系交代得很清楚了，想必这也是大多数人已然知晓的事实，他又何必如此。

“可能放不下主人身段吧。傲慢又肤浅。”我心里嘀咕着。

伊茜和戈登同时进来，不知是我眼花还是怎样，有那么一瞬，我看到伊茜回身朝戈登浅浅笑了一下。那神态美极了，我看得有些入迷。

等等！你还记得刚死去不久的阿姨吗？你还清楚你身后的那位看似忠厚的青年是你的对家威胁吗？我以为她很聪明。这么看来，她也是够傻的，还不如我。

薛稷最后一个进入餐厅，坐在与萨沙相对的主人位上。大家落座后，陆管家开始张罗着上菜。菜品以类别为单位横列在餐桌旁的长条形招待桌上，如果是点心，就一件一件放在多层盘上，如果是菜肴，则盛放在精美的带着盖子的保温炉中，流质食物被盛放在一个个漂亮的银质大汤斗里。

那个布满美味佳肴的招待桌显示出了府邸的规格，一个各种腌制肉类的冷拼多层盘、一个各种蛋糕点心的甜品多层盘、一个多层奶酪盘（这是我小声问伊茜才知道的），菜肴三冷三热，其中的芦笋虾仁和鲈鱼球是闻起来最棒的。

我望着面前的餐盘，听见陆管家说：“请大家自行选择喜欢的菜品吧。”

律师依然站在招待桌旁，手里拿着几页纸，看起来他并没有一同用早饭的打算。大家依次起身去取餐，默默无言。不难看出，每个人在取餐时都是小心翼翼，尤其是隐隐察觉到律师在观察自己的时候。直到最后一个人取完餐食落座，大家才开始正式用餐。

这时，一种不和谐的高频率金属轻击声出现了，就在桌面，戈登那个方向。

我抬头望去，发现他的调羹正不停地磕在汤碗的边沿，但他不是故意的，他的手在不由自主地快速颤抖着。我盯着他的脸，他的脸色很不好，流了很多汗。最惊人的是他的表情，我从未见过，也从未想过，戈登的脸上会出现那样扭曲的表情。

现在，全桌人都在看他了。

“你怎么了？”薛薇问道。

戈登吃力地放下调羹，像是在努力克制自己的情绪，牙关咬紧，不发一语。

“有话就说出来，不要让大家担心。”薛薇依旧保持着冷静理智的语调。

其他人的表情也是一样，抻着脖子，侧着耳朵。大家实际上并不真的关心戈登有什么心事，更多的是好奇。薛稷除外，他依旧不疾不徐地品尝着美味的早饭。

“萨沙，你是不是又招惹戈登了，嗯？”薛薇作为桌面上年纪最大的长辈，还是要做做样子，维护局面。

陆管家看了薛薇一眼，咬了咬下嘴唇。

“怎么？只要戈登这小子有什么不开心，就要找我的麻烦吗？”萨沙把叉子往餐包上猛地一戳，抱着双臂靠在椅背上，不满地瞪着他的姑姑。

薛薇白了萨沙一眼，转头再次问戈登：“说出来，什么事？”

戈登的脸已经红到快要爆炸，青筋就像烈火中的柴火一般，噼噼啪啪地跳动。薛稷终于缓缓抬起了头，微微皱眉看着戈登，眼睛里全是不耐烦。戈登看到薛稷的脸色，才僵硬地启开牙关，抬手擦了擦满头的汗。

“有人要杀我。”他的声音颤抖着。

所有人瞪大眼睛，有的人脸上是震惊，有的人脸上是恐惧。

薛稷的脸部肌肉很快缓和下来：“说说看。不过，如果你是故弄玄虚的话，可是要小心后果的。”

“府邸里不可能有杀人犯。”陆管家声音镇定而愠怒。

戈登暂时压抑住情绪，一字一顿地说：“我为自己说的每个字负责。凌晨，有人试图杀我，犯罪嫌疑人就在你们当中。”

“戈登！”陆管家不再克制，“你知道自己在说什么吗？”

陆管家本来对戈登也没什么好态度，听他说出这样的无稽之谈，更是火大。

戈登被吼得再次回到内敛的状态，但仍未停止陈述：“凌晨三点半左右，有个人站在……站在我的床头，拿着一把匕首，看着我。”

“会不会是做噩梦？”说话的是伊茜，带着关怀的语气。

“不，不会。”戈登的眼神又温和了一些，“我睡得很浅，又没有拉窗帘的习惯，况且昨晚是满月，照进屋子的光线足够让我看得清楚。”

“有人要杀你，你却依然好端端地坐在这儿，你难道不觉得这瞎话编得太不到位了吗？”萨沙缓过神后，继续他那阴阳怪气的一套。

戈登脸上仅存的温和一扫而光，他直勾勾地盯着萨沙的脸，欠着身体慢慢站了起来，椅子被挤到一边，椅子腿划着地面，发出刺耳又漫长的拖动声响。接着，他一步、一步、一步，向萨沙走去，脚步坚定，拳头紧握。

“你、你要干什么……”陆管家看着他的气势，慌忙跑过来挡在两人之间，质问这个已经开始双眼充血的青年。紧接着，想要伸出双臂抓住他。然而，她的手还未来得及搭上戈登的胳膊，后者猛地一侧身，已然并不年轻的陆管家被自己的惯性带倒在地，“呼哧呼哧”喘着粗气。

戈登的手伸向自己的胸前，用力将胸口的布料抓做一团，萨沙的眼神开始慌乱，猛地起身，后退了半步，怒斥道：“戈登！”

众人大多是看戏的心态，表情看似凝重，内心恐怕都在翘首以盼接下来发生的事。

戈登手臂发力，“哗啦”一声，他胸前的布料应声裂开一个大口子。

“啊！”一个仆人没忍住，被眼前的一幕吓住，叫出了声音。

其他人闻声起身，全部绕到戈登面前，想看看他的胸前，到底有什么。说实话，第一眼，我也被吓住了。一道血红的伤口，从他的胸骨，一直蔓延到几乎左肋下，隐隐仍有血液渗出。想必之前已经沾染到他的袍子上了，只不过因为袍子是黑色的，所以不容易被发现。不过，看样子伤口并没有特别深，否则，他早就……

“这是……犯罪嫌疑人划的？”薛薇的声音略微发抖，手忙脚乱点了根烟。

戈登狠狠点点头：“我半梦半醒间感觉旁边有人，睁眼看到那个人后我猛地坐起身来，对方很慌张，忙将匕首扎向我的心脏，我一侧身，匕首只划破了我的胸前。对方要跑，我本能地去抓他，但是因为剧痛，让那个人跑了。”他懊恼地摇摇头，“我已经抓到那个人的手了，就差那么一点……”

“还真是命大……”薛稷自言自语般嘟囔了一句。

“这……一定很疼吧？”伊茜盯着他的伤口，小声喃喃道。

戈登没再说别的，只死死盯着萨沙。

“你有病啊，这么看着我干什么！”萨沙被看得很不爽。

陆管家磕磕绊绊爬起来，站到萨沙身边，脸上写满防备。

“你丢了什么东西没有？”戈登的声音像是从冰窟中传出，别说萨沙本人，就连周围的看客，也听出了彻骨的寒意。

“你什么意思……”萨沙明显底气不足。

戈登的手撩起袍子，慢慢伸入裤子口袋。

“你、你干什么！”陆管家眼睛瞪得溜圆。

“戈登！”薛薇一把抓住戈登的手腕，唯恐他做出什么危险的事情。

戈登并未停止动作，待他的手离开口袋时，掌心多了一件东西，那是一个闪闪发光、精美异常的东西。

薛薇、陆管家，以及萨沙本人的脸瞬间铁青，萨沙的嘴唇止不住颤抖。

那是一枚戒指，一枚镶有祖母绿宝石的银色戒指，看起来有些眼熟，但我实在想不起来在哪里见过了。不过，我看到那三张铁青的脸，心里也猜到了八九分。

“虽然你挣脱了，但是我拽下了你的戒指。”戈登完全褪去了温和内敛的状态，整个人像一座堡垒，炮口直指萨沙。

萨沙用力攥着右手的中指，与对方四目相对，眼中交织着愤怒和……惊慌？有那么一瞬，我觉得他有点害怕。所有人的目光，在那枚戒指和萨沙的脸之间来回游移。

律师一直保持着沉默，冷眼旁观正在发生的一切。面无表情。

“你，我……你偷了我的戒指！栽赃我！”萨沙咬牙切齿，“我早该预料到你这个杂种会用这种下三烂的招术……啊！”

一记重拳砸在他的左脸颊，当戈登抡圆了胳膊要来第二下时，陆管家挡住了他，这个中年女人，脸部逐渐扭曲。

“都停下来！”薛稷上前把这几个人分开，“萨沙，这到底是不是你的戒指？”

萨沙紧咬嘴唇没有回答。

“薛薇姐，这是不是他的戒指？”薛稷转向萨沙的姑姑，自己同父异母的姐姐。

薛薇的眼神拼命回避着。

“那就是了？”薛稷没有生气，反而像一个轻松的调停者，“萨沙，你的戒指为什么会在戈登那里？据我所知，你和他，平日避之不及，更何况，这枚戒指是你一直戴着的，对吧？”薛稷盯着萨沙右手中指那一圈明显的戒指压痕说道。

“是他害我！我没有要杀他！”萨沙怒吼。

“你凌晨在哪里？”薛稷慢条斯理地问。

“我在房间睡觉，这还用说吗？！”

“谁能证明？”

“你明知故问吧！每个人的门都是锁着的，我被锁在房间里，戈……那个杂种也被锁在他的房间里，我怎么可能能进入他的房间了？”

“陆管家，每个人的房间确定都是锁好的吗？”

陆管家赶忙使劲点头。

“不如，我们去戈登的房间看一下。”薛稷踱到招待桌，拿了一块覆盆子杯子蛋糕，咬了一大口，转头看戈登的意思，又瞟了一眼萨沙。

戈登没有异议，而萨沙因为被怀疑也不好反对。

“那么，走吧。”薛稷拿着帕子抹抹嘴，“大家都去看看，律师，你要去的吧？”

律师点点头，其他人也没有表现出不想去的意思。他们眼中不是关切，而是猎奇。

我心中的寒意越来越重，除了因为这家人之间的混乱关系与冷漠以外，我脑中还涌现出一个想法。关于我阿姨钱女士的死亡，我甚至感觉她正在宅邸的某个角落，用充满寒意的眼神，悄无声息地暗中瞪着在场的某人。

戈登的房间在二楼，从屋里的摆设来看，这应该就是他长期居住的房间。如果不了解的人，很容易误会这是这所宅邸事业有成的主人的房间。

顶到天花板的书柜、大到不实用的书桌、皮布泛着精细光泽的沙发椅——我不知道一个尚显稚嫩的青年人怎么会坐在这上面，翻看书柜里那些连名字我都读不通顺的大部头。

“去你卧室看一下？”薛稷道。

戈登伸手把他引到卧室。

“你们想进来看吗？如果不怕惹麻烦的话。”薛稷此刻依然似笑非笑地打趣。

“律师，你是不是最好跟进去？”说话的是薛薇。

“当然。”律师语气沉着。

我们几个人在待客室等待，没有声音，但我听得到各位内心的澎湃汹涌。戈登、薛稷、律师三个人在卧室里一边到处走动，一边嘟囔着诸如“不可能吧”“为什么没有痕迹”这样的话。

“我们应该进去。”萨沙愤愤道，“鬼知道他们在里面做什么手脚！”

“你不怕惹一身麻烦吗？”薛薇瞪了他一眼。

“惹麻烦？我都是嫌疑犯了我还怕什么麻烦！”

卧室里的薛稷探出头说道：“想进来就进来吧。”

萨沙大步流星进去了，薛薇对我和伊茜说：“你们也想去看看吗？我是不会进去的。”

伊茜抿抿嘴：“我就在门口站着看看。”

我站在她身旁，抻着脑袋。卧室里，阳光普照。床上被褥散乱着，床头的地上有几滴血迹，戈登说是他自己的。戈登一直死盯着萨沙，怕他会破坏什么证据。

“没有任何入口可以进来，门锁是完好的。”薛稷用力拽了拽只能打开一个拳头大小的窗框，摇了摇头，“戈登，你……”

“我没说谎！更没有做梦！”戈登咬着牙。

“那个，是……”伊茜雪白的手臂指向卧室东侧墙壁上，接近顶棚的一个通风口。

“陆管家，拿个凳子。”薛稷饶有兴趣地看着那个黑洞洞的通风口。

陆管家随手拖了把椅子给他。薛稷虽干瘦，但身体矫健，轻轻一跃跳上凳子，双手扣上通风口的铁网盖，稍一用力，铁网盖应声掉落。大家都屏住呼吸。

薛稷左瞧右瞧，说：“拿个手电筒。”

陆管家把随身携带的，平时用来查夜的手电筒递给他。

“里面有什么东西吗？”薛薇有点不耐烦了。

薛稷扫视的目光戛然而止，他手中的光束也停留在了一个固定的角度上，不再移动。他的眼神从茫然，瞬间聚合起来。

“说话呀，看见什么了？”

他的手缓缓伸进通风口的黑暗中，他必须踮起脚，用力伸直胳膊，径直伸向一个方向，直到半个头都快钻进去了——我隐约听见金属碰撞的声音，或者不是金属。总之清脆悦耳。

萨沙的眼中闪过一丝惊恐，戈登眼中的怒火越烧越旺。

待薛稷收回手臂时，手上多了个东西。那东西在太阳的照射下光彩异常，甚至有些晃眼，我眯起眼睛辨别，那是一条看起来价值连城的钻石或水晶项链，大颗的晶彩石，熠熠生辉。它们没有颜色，却拥有所有颜色。且慢，要说这条项链最出奇的，还是它的中间，坠着一颗……哦不，应该是一块……一个大块的水晶牌，大概比两寸照片还大个两圈，它微微透着蓝色的光，比其他部分更加出众，我甚至怀疑它有催眠功能。

傻傻呆望片刻后，我观察起周围人的脸色。

伊茜就在我身边，她忽闪着大眼睛，眼中难掩渴望的光芒。我觉得她比我成熟多了，总是喜欢这些大人们才会喜欢的东西，包括爱吃的饭，喜欢听的音乐，我根本找不到和她的共同语言。不知从何时开始，她似乎没那么可爱了，我甚至觉得她有一点点虚伪。对，绝不是我自卑。

薛薇歪着头，眼睛微微眯起，那原本就吊着的眼梢更加凌厉了，她在狐疑什么？我顺着她的视线，看向萨沙。

萨沙眼中的惊恐已经蔓延至他的全身，他在颤抖，额头上有汗珠滚落，一向讲究外表的他，竟然没有拿出他那矫情的帕子擦掉。

律师貌似和我差不多，搞不清楚状况，在等着别人开口。

薛稷还没跳下凳子，就摸着项链上那个水晶牌端详起来。

萨沙一个箭步向前，猛一挥手，想把那项链抢下来。薛稷反应很快，一撤手，把项链交到律师手里，律师也是心领神会，拿着项链向后退了几步。

这是萨沙的。

“小偷……”萨沙紧咬着牙关，目光如炬，和戈登四目相接，太阳穴鼓起的青筋跳动着，似乎随时都会从里面钻出一条愤怒的、会喷火的蛇。

如果不是薛稷慢慢踱到戈登身边，侧身压住他半个膀子，两人恐怕就要打起来了。薛稷的镇定没有消失，说话依旧不紧不慢：“没有别的入口，只有那个通风口，在宅邸里四通八达的通风口。现在看来，犯罪嫌疑人把自己重要的东西，落在逃跑或者前来的路上了。”

我想起第一天来时，洗手间里那曾经发出过奇怪声响的通风口，猛一哆嗦。

“不是我！”萨沙怒容更盛，声音却带了哭腔。

此刻，陆管家脸色铁青，腰间的钥匙串随着她的颤抖发出混乱的声响，众人的目光集中到她身上。

“不是，不是少爷………”听得出来，陆管家在努力克制，让自己的语气尽量平缓，可她此刻连发音都不正常，像某种动物被人掐住了咽喉，联想到她之前不苟言笑、深沉有度的仪态，显得很是滑稽。

我心里翻了个白眼，萨沙搞成这个样子，不可能和她没关系。律师此刻背对着我的方向，他背着双手，手上是那串项链。我瞪大眼睛用力盯着看，才发现，那个大水晶牌上嵌着一枚照片。照片上是一位美人，再结合萨沙看到这串项链的表情，我合理推测照片上的人就是他死去的母亲。

“证据都在这儿，萨沙，你知道我们一贯的规矩，必须把事情捂在宅邸里，起码在‘游戏’结束之前。所以，为了其他人的安全，从现在开始，你必须独处。”薛稷难得一本正经。

律师跟着点点头：“薛先生的遗嘱也是这个意思，一旦有人企图伤害或杀害别人，就要被暂时囚禁在钟塔里，直到‘游戏’结束。”

我不自觉地望了一眼窗外东北方向那个神秘的钟塔。已故的薛先生连有可能发生杀人事件这种事都预想到了？看来这家人是乱透了。

萨沙的眼睛已经充血，他咆哮道：“你害我……”他依旧朝着戈登的方向，后者的眼中逐渐褪去了一些愤怒，他很期待这个表弟即将接受惩罚。

“你害我！你害我！”萨沙词穷一般不停怒吼，明显已经失去了理智。

看来，他似乎真的被冤枉了，尤其是镶有他母亲照片的项链出现在通风口这件事，给他的震惊程度，要远大于被认为是犯罪嫌疑人这件事本身。不管怎么看，他都不像是恶行被发现后的恼羞成怒，缺了点不甘和震怒。

当然，这都是我的脑补。

不过，镶有自己母亲照片的项链必定是极私密之物，当然是要妥善保管的，更何况他母亲去世已久，这是珍贵的纪念物。如果是我，或者放在房间里最保险的地方，或者贴身带着，以保证它绝不会被别人拿走。

真相就像被藏在了一个漆黑的盒子里，而这个盒子早就锁得严严实实，留在过去的时间里，现在，没有人能辨别真相，除了萨沙自己。

“如果你想澄清自己，就必须要能证明你凌晨时分没有踏进这个房间半步。”律师公事公办，把该说的话又说了一遍。

萨沙就像没听见一样，眼睛发直。就算萨沙真的无辜，只要没有证人，他就洗不脱。我觉得他完蛋了，所有人都觉得他完蛋了。

“是……是我……”陆管家的呜咽声越来越大，直至说出这么句话。

“您是什么意思？”律师推了推眼镜。

“是我，我用钥匙打开戈登的门，想杀掉他……”陆管家不敢直视戈登的愤怒眼神，“想、想把他排除在遗产候选人以外……”

动机听起来似乎没什么问题，她一心想扶持旧主的儿子上位，自然是想除掉这个在薛先生眼中更胜亲生儿子一筹的人。

“陆管家身上有每个房间的钥匙，固然是有行凶的便利条件，但通风口里的项链，你怎么解释？”薛稷眼神平和。

“我……”

“萨沙，这个项链你平时放在哪里？”薛薇揣着手问。

“身上。”

“你什么时候发现项链不见了？”她追问。

萨沙这才缓过点神，皱眉努力开始回想。

“别挣扎了！别忘了，除了项链还有戒指呢！想要栽赃你，难道不是一个东西就够了吗？再说，戒指是我自己冒着生命危险，费了好大劲亲手从你手上拽下来的，这是你从不摘下来的戒指！”戈登连珠炮般说了一大串，接着，他又委顿下来，眼中似有泪意，“从我们认识那天起，我就把你当成亲弟弟，你处处为难我，我都没有介意，但没想到你居然要置我于死地……”

“这样吧，萨沙，你先遵守你父亲遗嘱的内容，去钟楼，如果你想起什么，就告诉我，我会和律师一起去找你。”薛稷语气和缓但坚定。

“真的是我，不是萨沙少爷……”陆管家不顾形象地哭喊起来。

“陆管家，你不必太过伤心。”律师递给她纸巾，“萨沙虽然要被隔离到钟塔，但是他并没有彻底失去继承遗产的资格，至于以后，就如府上一贯的做法，以家事为重。”

也就是说，萨沙就算有杀人嫌疑，也还没有违反竞争规则？我越来越觉得我的阿姨简直嫁给了一个老魔头。他死了，可是他的作风在这宅邸里，阴魂不散。

之后，一地鸡毛，不再赘述。总之，我只记得陆管家的痛哭，以及萨沙随仆人离开房间时，看向陆管家那哀怨至极的眼神，令人心碎。

午饭的时候，两个主人位只剩下薛稷一个人，他的表情平静，就像什么都没发生过。还有一个与以往不同的情况是，伊茜没有再坐在我这一侧，而是坐到了戈登身边，正轻言细语地安抚他。

薛薇一根烟灭，就马上再点一根，往日的潇洒做派一扫而光。那毕竟是她的亲侄子，想必她的内心很平静吧。

陆管家依然为大家服务，她大概已经恢复了沉静，只是几绺碎发搭在左额，让她难掩憔悴。当她经过戈登身边时，那个恶狠狠的眼神，让我不由打了个哆嗦。

没人有胃口吃东西，大多是拿着餐具对着食物比划着。

“戈登……”薛薇忍不住了，“萨沙一直以来都让人不省心，这是真的，我也想收拾这小子很久了，可是，像今天这种惩罚会不会太……太过了？”

“戈登没有说谎。”竟是伊茜的声音，她转过头直视薛薇，声音甜美却语气坚定，大眼睛忽闪忽闪。

戈登压根没有抬头。从凌晨到现在发生的一切，让这个最初敦厚内敛的青年，彻底换了一个人。

薛薇摆出要数落伊茜几句的派头，最终还是叹了口气，低下头。

“不如，下午我们去院子里走走。”薛稷往嘴里塞了一块菠萝，大嚼起来。

“没心情，谁爱去谁去吧。”薛薇一脸疲相，但这并没妨碍她观察周围人的脸色。

薛稷朝其他人努努嘴，看看大家的反应。其他人虽然意兴阑珊，但好歹有个放风的机会，上次走出这栋建筑，还是为了送钱女士的尸体到地下室。

“陆管家，你安排一下吧，我们午饭后各自回房休息一下，三点半再一起出来。”薛稷吩咐，后者的不快挂在脸上，但没有反驳。

“律师，这么安排应该没什么问题吧？”薛稷想起这茬，还是问了一句。

律师面无表情地摇摇头，又像是突然想起什么，说：“不过，如果要去那么大家必须一同前往，不能有人单独留在房子里。”

薛薇斜眼瞪了下律师，皱了皱眉。

剩下一桌几乎原封未动的美味佳肴，大家各自在一位仆人的陪同下，回到房间。

如各位所想，一回到房间，我的所有注意力就又集中到那个通风口上了。那里面，真的可以进去人，我不由感叹。萨沙……或是其他人的双眼是否也在凌晨时分，透过那几根锈蚀的铁棍，看着我呢？

我用力甩了甩头，这是卫生间，怎么可能看到睡在床上的我呢！不管怎样，只要是人，那就还好，比我最初幻想惧怕的情况好多了。

距离集合还有一段时间，我看着从来的那天就一直躺在墙角的背包，再次想到了姐姐。这两天我按压住思绪，拼命阻止自己想她，可她似乎总是不合时宜地出现在我周围的各处，似有似无的熟悉气味、其他人不经意的一个动作都让我有一种她时刻在身边游荡的感觉。

呵，她现在应该是在享福呢！我尝试让自己恨她。在彻底沉浸到对她的无尽想象中之前，我洗了把脸，好让自己赶快清醒起来。

下午那个游园会，又会有什么人死呢？天哪，我怎么会有这种预感。

我重新梳了头发，又在发梢上涂了些精油。我发现如果我好好打理自己，人还是漂亮的。镜子中那个人虽然肤色仍有泛黄，头发也不算光亮，但多少五官清秀，俏皮可爱。我托着下巴，脸都红了。

返回卧室时，感觉光线比刚才暗淡了不少，开了灯，屋里顿时布满混乱的光影。窗外，方才还是大晴的天色，现已逐渐黯淡下来，天边有层层叠叠的乌云压境，看来，一场暴风雨在所难免。

这栋老建筑，能不能经得住。我再次仔细观察起眼前这个西式院子。现在，有必要和大家确切描述一下院子的结构了。

府邸建筑坐北朝南，我进入府邸时，由南院门进入。与一般宅邸不同的是，院子里的主要设施、景观都集中在北院，也就是建筑的背面。我的房间窗子朝北，几乎可以看到北院子的全貌。

建筑的东北方向是萨沙被囚禁的钟塔，细细高高的，感觉岌岌可危。在建筑和钟塔之间，是墓室的所在地，在园林迷宫的伪装下，隐藏的正是这个府邸最令人胆寒的一个房间。

穿出迷宫继续向北走，是宽阔美好的草坪，平日阳光普照，如果能躺在上面睡觉就再好不过了，但此刻山雨欲来，草地被大风吹得摇晃着，失去了祥和的美感。草坪直达北院墙，偶有几处休闲桌凳，看起来似乎也没什么人使用。

继续向西，在建筑向外延伸的中轴线上，是一个有着木质游乐设施的游戏场地，它的规模超出了一般规模的游戏场地。站在游戏场地中最高的树屋里，可以眺望临近的小湖，湖水清澈见底，不知有多深。现在，湖面泛起令人不安的波澜，我幻想着，里面会不会有什么奇怪的动物。湖面延伸出一条架空栈道，我不知道那是干什么用的。湖水被森林包围，茂密的森林往南延伸，一直回到建筑的墙根。一个精美的院子，在阴霾的笼罩下，逐渐面目可憎起来。

我的预感，会不会应验？

门外传来了门锁的响声："安娜，集合时间到了。"

我整理了一下白袍子，我已经完全适应它了。随着仆人的脚步，我来到一楼大厅。律师和薛稷正站在北门口闲聊。

"请给安娜小姐拿些点心来。"薛稷示意一旁的面具人。

"不，我不用……"我不好意思地摇摇头，我发现爱吃东西在这座宅邸里可算不得什么时髦事。

"你过分拘谨了，没必要的。"薛稷的声音很温柔，眼里那种不羁的气息也淡了很多。

我抬头看了看钟塔，在某个小窗子后，一个身影若隐若现，我猜那是萨沙，也能想象出他此刻的眼神。

不一会儿，其他人也都到了。

"律师，对于玩乐的内容，遗嘱里有什么特别的要求吗？"薛稷问道。

"这个倒是没有特别说明。"

"那好，不如我们先去湖边走走？让仆人给我们在草坪准备些茶点，后续我们过去休息。"

"什么？这种天气还要玩？"薛薇双手叉腰，忧心忡忡地看着几乎完全隐匿到乌云后的太阳，"眼看就要下雨了吧？大家要被浇透的！"

"你不想去？可是，大家必须一起行动，也不好为了你一个人扫了大家的兴吧。"薛稷整理了一下领口，没有抬眼看对方。

“你们难道都想去湖边吗？我是绝对不要去的！那边连个遮雨的地方都没有，如果不让我回房间，至少不要逼着我跟你们去淋雨，好吧？”薛薇点了根烟，“律师，说是不让我们单独待在房子里，可没说都出来了还非得一起行动，对吧？我要自己选择我要去哪里。”

律师给了薛稷一个眼神，表示薛薇说得不无道理。

薛稷点点头道：“随你。”

薛薇没再管其他人，径自走向草坪，那里的休闲桌椅都配有大阳伞，随时可以打开。

“那个……我也不想去湖边……”伊茜眨着大眼睛，声音显得有些虚弱，“我头晕……”

微微颔首的伊茜我见犹怜，在乌云压境的阴霾中，娇小的身躯甚至发出微微的光，像一位小女神。她的侧脸此刻宛若神殿中的雕塑，我的眼神在她身上难以移开，不由感叹：怎么会有如此纯真又有着成熟美感的女孩子！

她可以吸引所有人，这种魅力……相当危险。

伴随而来的，是空气中令人不安的危险气息。这种危险来源于何处？又通向怎么样可怕的结果？

不知是因为来自湖面的凉风，还是从角落里投射而来的寒冷目光，我一阵哆嗦，那种诡异的预感再次降临。

“也就是说只有我们三个去湖边？”薛稷看了看我，又看了看律师。

“那个……我其实也不一定要去的。”律师推推眼镜，脸色有些奇怪，额头上布满密密麻麻的小汗珠。

薛稷张了张口，刚要开腔，只见律师突然捂着肚子往宅邸的方向跑，边跑边喊：“我不太舒服！我回去了！”

他的腿用力夹着，两条小腿像风火轮一样左右甩着，即便如此，他的速度仍然很快。哈哈，滑稽，这些人们平日里一本正经，可一旦有了自己无法控制的事情，还不是和小孩子一样可笑，哪怕是一丝不苟的律师。

“那，你呢？”薛稷冲我扬扬下巴。

“你怎么对湖边就那么着迷呢？”我心想。

一时想不出拒绝的理由，我决定跟他一起去，说不定会获得什么额外线索。我一直觉得薛稷这个人并不简单，他身上有种东西一直深深吸引着我。

我和薛稷往湖边走，伊茜在游戏场地低垂着头荡着秋千，薛薇早已消失在草坪那边，隐约可见缓缓飘散的烟雾。陆管家在返回宅邸的途中，毫不掩饰地抬头向钟塔上瞟了一眼，窗内的身影就在她的眼神停留几秒钟后，隐匿在黑暗中。

当我的额头被蒙蒙细雨覆盖时，湖面吹来沁人心脾的凉爽空气。水波搅动着，水面形成了一个个小而浅的漩涡，暴风雨前的天气搅乱了这里的小气候。这时我意识到，有一个人不见了。不知什么时候，这个人无声无息地离开了大家。他回房子里了吗?

雨丝越织越密，湖面像起了烟。

“我喜欢这样的天气。”薛稷灵活地跳上矮堤，蹲了下来，往湖里丢了一颗石子。

“喜欢被雨浇？”我站在他右后方，低声咕哝。

“小姑娘，这么刻薄可不太好。”他回过头，眼睛发亮。

我心跳有些快了。然而，他又很快回过头去，似乎在躲避我的观察。

滚滚乌云压境，庄园笼罩在雨水洗刷的细密声音之中，时间仿佛静止了。

薛稷不知从哪里变出一把伞，他举着伞缓缓走向我，我僵在原地。最终，我们并排站在伞下，没再说话。

我的心跳“嗵嗵嗵”跳个没完，那不是紧张，更不是害怕，是一种……感应?

大概半个小时后，暴风雨终于来了。狂乱的凉风卷杂着树叶和透着腥气的雨点，湖面涌动，越发不安分。

“来，我背你，回去吧。”薛稷把伞递到我手上，蹲了下来。

“啊……”我下意识退了半步，险些被一个石块绊倒，幸好他快步上来扶住了我。他的手非常有力，也比我想象的要温暖许多，这感觉有点熟悉。

就在走神的一瞬间，我已经攀在了他的背上。他虽瘦，但脚下和呼吸都分外地稳，我从未有过这种安全感。

我们抵达建筑前的甬道时，戴着面具的仆人们才举着伞匆匆往外跑，其中一个身形像女性的人，把伞举过我的头顶。薛稷放慢了脚步，我们三个在瓢泼大雨中，不疾不徐地走向建筑。

律师站在门口眺望着，他的旁边站着伊茜，几绺碎发贴在太阳穴上，眼神却依旧镇定。我们出现的时候，律师眉间的沟壑似被填平了一些。

这时，传来一阵急促的高跟鞋踩踏石板台阶的声音。

“我就说这种天气还跑出去干什么！真是有病，看吧！”风雨把薛薇蓬松的头发吹散，湿答答贴在头皮上、脸颊上，眼睛周围也出现了一圈黑黑的晕染。听她的语气，搞不懂她究竟是在生气，还是为自己的先见之明感到洋洋得意。

瞪了薛稷一眼后，她忙不迭地朝楼上走去。转角时，正赶上陆管家从楼上下来，两人狼狈地撞了个满怀，又匆匆分开。

“大家都回来了吗？”陆管家拢了拢耳后略显杂乱的头发，尽量放平声音，一边问薛稷，一边探头向我们身后看。

薛稷放下我，让仆人带我回房换衣服，转头对陆管家说：“雨下得太突然，除了薛薇跑进去，我没看到别人。”他拭去了额头上的雨珠，“戈登一直都在房间休息吗？”

陆管家摇摇头。

“怎么，戈登没在房间？”说话的是律师，不知何时，他出现在陆管家身后。

“如果有人回房，会有仆人转告我，我要去锁门的。”陆管家神态笃定。

“我们在大厅集合的时候，他还在的。”律师回忆着，“这是规则。”

“后来他又去哪里了？我们商量不必集体去湖边，可以各自行动时，他去哪儿了？”薛稷看着律师。

“我……我当时肚子不太舒服，只顾着往回跑了，没有注意……”

“他会不会趁乱回房间了？是仆人没看到。”

“先去他房间看一下。”律师说着，就往楼上走去。

陆管家的嘴角紧闭，向下耷拉着。作为一名训练有素、经验丰富的管家，眼下的情况显然是在质疑她的业务能力。

戈登并没有在房间，所有人找遍建筑的各个角落，都没有找到他。他去哪儿了？

“怎么样？现在去院子里找吗？”陆管家问。

薛稷看了看窗外更加肆虐的风雨，摇了摇头，说：“他一个成年人，不会出什么事，现在风雨交加，大家一起出去找反而容易发生不必要的损耗。”接着，他看向律师，“律师，这么做没问题吧？”

“倒是没有原则性问题，只是……”

“那就这样吧。”

我想，在这房间中，没有人会真的在意戈登的去向。甚至，巴不得他消失才好，这样的话，竞争对手便越来越少……

我在想些什么啊……我不禁为自己的恶毒打了个寒战。

大雨将停之时，拘谨的阳光在乌云后若隐若现。

离晚饭时间也近了，大家聚集在餐厅，除了戈登。直到现在，都未见他的踪影。

餐桌边，我、薛稷、薛薇、伊茜默契地看着眼前的餐盘，一言不发，我闻着备菜间飘出的食物香气，猜测着主菜会是羊肉还是鱼。

“律师，验血结果该出来了吧？我们这些人的身份到底有没有问题？”薛薇打破沉默，看向律师。但我看得清楚，她看向律师前，明明先斜眼看了看我和伊茜。

“没有任何问题。”律师站在餐桌不远处，推了推眼镜。

“什么时候知道的？难道不该第一时间通报我们吗？”她的眉头拧了拧，眉间的川字纹更深了。看起来，这位脾气暴躁的女士还曾寄希望于我和伊茜因身份原因出局啊！

“那我们现在就上菜了。”陆管家提议。

“戈登找到了没有？”薛稷问。

陆管家的眼皮微微垂着，没有回答。

“外面的雨小了，让仆人们辛苦一下再去院子里找找。有人失踪，这可不是小事。”薛稷的语气有些不快，“晚饭不着急，人要找到。”

他这是冲陆管家，还是说他真的很重视他这临时主人的身份，分外负责呢？实际上，从下午在湖边开始，我就隐隐感觉到眼前这个瘦削苍白的男人，像换了一个灵魂。

陆管家面色铁青地安排起来，很快，餐厅只剩下一位仆人待命，其他人的都出去找人了。站在窗口俯视，一把把黑色的雨伞逐渐分散到院落各处，像某种诡异的巨型虫。

餐厅再次陷入沉寂，饭菜的香气依然停留在备菜间。

除了薛稷依然站在窗口观察着，其他人都留在座位上。围坐在餐桌边的人越来越少了，我心中那个谜团却越来越复杂。

雨渐渐停了。

头疼。真想把律师手里的文件夹抢过来，看看里面到底都是些什么东西。有点想姐姐，想离开这里，想那间漏水的屋子。可我没有退路，眼前又是虚无。

恍惚间，可能是幻觉？我闻到姐姐的气味……

我的注意力被伊茜那边传来的声音吸引，她的指尖轻捏着咖啡匙的尾部，“叮，叮，叮”地敲着骨碟。那声音如此清亮，她的手指弧度那么优美，手腕柔软，臂膀白得透光。

我仿佛被她催眠一般，入了神。直到院子里传来慌乱的喊叫声，还有纷乱地跑向房子的脚步声。

很快，陆管家出现在了餐厅，她的脚踝貌似扭伤了，走路略微有些瘸。她没像往常一样，等气息平稳了再开口，她的声音充满了惊诧和恐惧。

“戈……戈登……”

啊，我的那个预感。

“戈登他……”

“在哪里？”薛稷看着对方的表情，难以再沉住气。

“尸体……戈登的尸体……”

啊，没错了。

“尸体？”薛薇站了起来，手捂住胸口，摇晃着。

薛稷微张着嘴，依旧立在窗前，身体绷得笔直。

“尸……尸体……迷宫……”陆管家双手胡乱摆着，门口的仆人们戴着面具，看不清他们的脸色，但他们的腿在发抖。

戈登死了。

“你没有看错？”薛稷眉头紧蹙，目光如炬。

陆管家像抽筋一样拼命摇着头：“是戈登，是戈登！”

“在迷宫发现的尸体吗？”

陆管家刹车一般停住脑袋，又重重点了好几下头，看了看就在手边的椅子，还是踉跄了几步，靠着墙瘫下去。

“律师，我们去看一下。”薛稷看向律师。

两人又叫上两个男仆人，向外走去。

“怎么会……”薛薇的嘴仍微张着，眼神涣散。

伊茜袍子上的褶皱细密地颤动。

果然，戈登躲过第一劫，没躲过第二个，他命数到了。

大概一个小时后，薛稷和律师一前一后回到餐厅，律师表情凝重：“戈登已经确认死亡，暂时安置在地下墓室，各位请节哀。”

“真死了？”薛薇尖着嗓子，看向薛稷。

薛稷点点头。

所有人的目光集中在律师身上。

“戈登属于不可抗力失去遗产继承权，各位请继续在府邸生活。”律师的声音相当平静。

没人回应，但这不妨碍我听到大家心中有块石头落地的快感。

陆管家此刻恢复了理智，说：“那么，萨沙是无辜的，对吧？是不是可以把他放出来了？毕竟他被冤枉意图谋害戈登，不是吗？”

“戈登是自杀。”薛稷回应。

“自杀？”

“非常明确的中毒特征，随身的水杯就在身边，毒药就下在水里，没有扭打痕迹，水是他自己喝的，他服毒自尽了。戈登身上没有外伤，胸口那条浅刀伤并没有到致死的程度。”薛稷顿了顿，“自杀身亡，和之前的预谋杀人是两回事，所以，萨沙的嫌疑还无法洗脱。”

“说不定之前胸口那伤也是他自己弄的，他自己不想活了，死前还要陷害萨沙。”陆管家一直在为萨沙开脱。

“他有什么不想活的？”薛稷有点不耐烦了。

“你怎么总是替外人说话？”陆管家嗔怒。

“外人？我觉得我们没必要讨论这两个字。”薛稷转过身，不打算再跟她对话，“上菜吧，开饭。”

陆管家愣了一下，转身忙活去了。

很好，现在只剩那个烟瘾很大的大婶，还有那个关在塔里的、看上去只会坏事的蠢少爷。我看了看伊茜，发现她也正盯着薛薇。

心情大好，加上主菜是鱼。这一餐，我吃了很多。

次日早晨，阳光明媚，这所阴郁的宅邸，总算有了点温度。

直到我的目光缓缓移向钟楼，那扇模糊的窗子，我昨天观察过好几次的。

那扇窗子……好像有点奇怪？里面……那是什么？像是钟摆？一根圆柱体，有节奏的，摆来摆去。不对，钟摆依然悬挂在顶层的那个大“亭子”中，于大铜钟里若隐若现。那么，关着萨沙的小黑屋怎么会有……

我一骨碌蹿上床，拼命扯呼叫仆人的那根绳子。几分钟后，陆管家不紧不慢地探头问：“有什么事吗？”

“你快来看！”我把她拽到窗前，“你看！”

陆管家的视线顺着我的手看向囚禁萨沙的房间，她的不耐烦全都显露在脸上，直到她的瞳孔捕捉到那个骇人的惨状，额头的褶子瞬间挤作一团。

“啊——”

随着拉着长音怪叫，陆管家一个趔趄坐到地上。

十分钟后，所有人在一楼集合。

“又是什么事，这么急匆匆的？”薛薇还穿着睡袍，睡眼惺忪。

“钟楼上好像有情况。”薛稷扫视了一圈。

刚刚还处在迷糊状态中的薛薇望向面色如土的陆管家，猛地清醒了。

“钟楼？怎么会？”她手上的半支烟应声滚落在地。

“总之，先一起去看看。”

一行人忧心忡忡地向钟楼出发，金黄的阳光却把人的脸色映得惨白。

“笃笃笃。”

“萨沙？”律师还保持着冷静。

没人回应。

“萨沙，你在里面吗？”

“笃笃笃。”

门的那一侧不但没有人回应，也听不到任何声音，一片寂静。

陆管家用力砸了几下门，转头对薛稷吼道：“快开门啊！”

薛稷缓缓掏出钥匙，左右转费了好大劲，才打开那把锈迹斑斑的大铁锁。

意料之中的死寂，直到一种微妙的声音在空气中弥散开来。窸窣又……略带韵律感，像钟摆在摆动，但毫无生气。

即便薛稷和律师挡在众人面前，也无法阻挡那半空中的惨象。

萨沙，那挺拔的身躯，现在直挺挺的。他的脖子上套着绳环，另一端系在粗大的实木房梁上，身体像根系在绳上的棍子一样晃荡、摆动。

绳子摩擦房梁，发出规律的摩擦音。他不可能还活着。

“啊……”伊茜迅速转身，双手蒙脸，身体轻微抖动着。

薛薇手里的名贵烟嘴落地，不知滚到哪个角落去了。

萨沙尸体的脖子上有深深的索痕，到耳朵后面渐渐减淡，直到消失。他的尸体也被匆匆抬到地下墓室中停放。

这么想来，地下墓室已经放了三个人了，可真够挤的。

大家又重新聚到大厅。

“我不想回房间了。”薛薇浑身上下摸了一圈，颤巍巍地掏出香烟点上，哆哆嗦嗦吸了一口，“三个，这才两天的工夫，不正常！有人在害我们！”

“现在这个事态确实不简单……”律师面色凝重地摇了摇头。

薛稷的扫视了一下在场的众人，哆嗦着吸烟的薛薇，把自己深深裹进长袍里的伊茜，依然止不住眼泪的陆管家，蹙眉的律师，面色麻木的我，还有几个被面具遮得严严实实的仆人。

三个人的死亡让这所宅邸仿佛厄运附体一般，人人自危。

接下来一整天，大家形成了默契，不再各自回房，而是聚集在大厅中，以防自己出什么“意外”。只是两餐饭时，还会像完成任务一般去到餐厅，摆弄摆弄餐具，谁也没心情多吃一口，我亦如是。

显然，怀疑他们的死亡有疑点的人不止我一个。我的预感一个个应验了，仿佛有人操控一般，大家像提线木偶，身上拉扯的细线随时都要被暗中伸出的利刃剪断。

大厅那座豪华的落地钟显示着，时间已来到夜里十一点。大家杯子里的茶早就凉透了，精美碟子里的小食纹丝未动。大家盯着落地钟的表盘，刻意回避着就寝时间的话题。

“不管怎样，总要休息的。睡在这里搞不好要生病。”薛稷端着酒杯晃了晃，然后转向律师，“我的建议是，大家还是各自回房，每人房门口都留一个仆人把守，走廊和院子里另派一些仆人轮流巡逻，如果有问题马上通报。另外，下午的时候我已经安排工人把各房间的通风口焊死了，大家也不用担心有人从通风口潜入。”

律师慢慢点点头。

“必须回房间吗？”薛薇皱眉。

“这也是为了大家的健康考虑……”薛稷尽量耐心地回答。

“如果有问题的是仆人怎么办？这岂不是在给他们创造条件？”她提出了其他人心里的顾虑，大家下意识地看了看周围戴着面具的仆人们，又低头看向自己的脚尖。

薛稷抿抿嘴，没有回答。

“我们有选择在哪里过夜的权利，对吧？”薛薇说着看向律师。

律师依旧没有明确的态度：“这个没有明确规定，全凭主人安排。”

场面重归沉寂，即便薛稷尽可能做出了令人略感安心的安排，但大家也都不愿意回到自己的房间。

“行吧，你们随意。”薛稷将手里的酒一饮而尽，深深陷回沙发里。

“你就不怕你那酒里有毒？”薛薇戏谑着吓唬他。

薛稷无奈地摇摇头：“这里要是有个侦探就好了。”

凌晨一点半，陆管家打开播放器，为大家放上悠扬的古典音乐，在场的仆人们开始哈欠连天。

“你们去睡吧，不用一直守着了。”薛稷对他们做出一个向外赶的手势，“看来，也没人要回房，原计划的安排就算了。”

陆管家微微点头，仆人三三两两地退了出去。

“啊，等一下……”薛稷拍了下脑门，“还是轮流执勤吧，包括院子里，全撤了也怪不安全的，听说仆人里也有害怕不敢睡觉的，是吧？”

陆管家点点头。

“就让不敢睡觉的，三四个人一组，每两小时轮流在院子里巡逻吧，大厅里留两个仆人即可。”

陆管家听了便去安排了。

“这边……还有什么事吗？”陆管家毕竟从早忙到晚，撑到此刻，已然睡眼惺忪。

“可以给我一杯热牛奶吗？”伊茜把袍子紧了紧，屋子里的气温确实有些低了。

陆管家给她端了杯热牛奶来，便和大家打个招呼，离开了大厅。

百无聊赖的大厅，灯光暗淡，两个仆人蜷在角落的凳子上打着瞌睡，伊茜耷拉着眼皮，小口喝着牛奶，薛稷又用冰苏打给自己兑了一杯白朗姆，薛薇眯着眼睛半卧在躺椅里，不知她是睡是醒。律师早就睡得像死人一般。

我心中暗暗为萨沙和戈登感到惋惜，更为自己的处境感到不安。

在我就快睡过去的时候，从眼睛的缝隙中看到一个仆人轻轻走到薛薇身边，递给她一个白白小小的东西，看上去是一张纸条，然后仆人便转身走了。

虽然薛薇佯装镇定，但我还是从她脸上捕捉到了罕见的严肃神情。她侧过身去，很认真地读了两遍纸条上的字，然后把纸条揣进兜里，长叹了口气，正了正身体。

除了我，没人注意到她这一串小动作。

贪婪的人啊，不要冒险，你的食指动一动，厄运就会在你头顶开始盘旋。

几分钟后，薛薇起身整理了一下袍子，便往大门外走去，她阻止了一个惊醒后匆忙跟上来的仆人。

我盯着她的背影，黑色的袍子掩护着她，帮助她融入漆黑的夜色之中，很快不见了踪影。我依旧以假寐的状态眯着眼睛观察四周，伊茜和薛稷似乎也已经睡过去了。

钟表的指针“咔嗒咔嗒”行进着，我盯着表盘，终于渐渐进入梦乡。在梦里，我又一次见到了姐姐，她的表情与我想象的不同，她笑着慢慢走向我，她第一次在梦里跟我说了话，她说：“安娜，就快好了……就快好了……”

什么就快好了？我不由自主地靠近她，可我无论怎样靠近，都触碰不到她的衣襟，我想拉她的手，可是她的手藏在袖口里，我看不到。

大门台阶外响起了令人不安的脚步声，伴随着刻意压抑的喘息，这是现实中的声音。前两天我都睡得很沉，可是今天，我却被如此轻微的声音吵醒了。

“大家快去湖边！”是一位男性仆人大喊道，他没有顾及大家尚在休息，声音穿过面具显得更加紧迫。

“怎么回事？”薛稷翻身惊醒，皱着眉。

“薛夫人好像、好像出事了！”对方上气不接下气，“她落水了！”

四个人瞬间清醒，盯着那个男仆人的面具发愣。

还是薛稷反应快，回神后赶忙披上衣服，让对方带路，并催促道：“律师，你快点！”

律师笨拙地提上鞋子，一蹦一跳地跟在他们身后。

屋子里只剩我和伊茜了。

“你害怕吗？”她小声问我。

我摇摇头。不知道为什么，我是真的没有任何恐惧的感觉。

薛稷、律师和几名仆人返回时，钟表指向四点。

“薛薇溺死了。”薛稷对着我们俩宣布，声音疲惫。

不知是因为对这个和我们毫无血缘关系的女性完全没有感觉，还是这三天收到的此类“通知”过多，我和伊茜几乎毫无反应。

律师摇摇头。在没人追问的情况下，薛稷自顾自地说：“在院子里巡逻的仆人行至湖畔时，听到了呼救声，他们赶过去时，薛薇已经发不出呼救声了，只剩半个脑袋还在水面上起起伏伏，很快便沉下去了。据仆人说，当时已经来不及了。”

律师重重叹了口气，点点头。

嘿嘿。谁在笑？是我心里发出的声音吗？那可真是太失礼了。

不知不觉间，天边泛起鱼肚白，空气更清冷了。

陆管家不知从哪里冒了出来，听到薛薇死亡的消息时，她用力叹了口气，没多说什么。

“早饭开始准备了吗？”经过一夜折腾，薛稷瘦削的脸上终于多了些憔悴的神色，有气无力地问陆管家。

“这就去准备。”说罢，便悄然退下了。

我们几个人像没有意识的幽灵一样，缓步走向餐厅。

大家不再拘泥于之前的座次，随意坐到餐桌边，互相之间都离得很远。

“律师，你也坐过来一起吃吧，就这么几个人了。”薛稷朝律师招招手。

对方先是摇摇头，忖度了片刻，最终无可奈何地在餐桌上寻了一个角落，坐了下来。

今天的早餐一如既往很丰盛，大家依次拿餐盘取餐，回到各自的座位就餐。

“不管怎么样，饭还是要吃的。”薛稷叉起一个面包，佯装无事地大快朵颐起来。

我们三人却没有动手，谁知道食物里有没有什么蹊跷，没人敢冒这个险。三个人都如稗草一般，倚靠在椅背上若有所思。

“陆管家，可以给我倒点茶吗？”说话的是伊茜。在此之前，我不记得她有在餐桌上主动提过什么要求。

陆管家原地迟疑了一下，毕竟早餐是自助式，包括饮品也都是自取的。但看着伊茜理所当然的表情和不容置疑的神态，她还是端起精美的茶壶，来到伊茜身边，热气腾腾的茶水从壶嘴里缓缓流出。

“啊！”伊茜发出一声尖叫。

“这……”陆管家慌忙放下茶壶，从身上抽出一条手帕，在伊茜和自己身上快速擦拭起来。与此同时，伊茜也用袖口胡乱擦着身前的袍子。

一个小事故，大概是倒茶时一个不小心，滚烫的茶水溅到两人身上，起的一系列连锁反应。

两个人擦着擦着，伊茜宽大的白色袍子和陆管家熨得平整的白色围裙缠在了一起，场面一度十分混乱。其他的仆人赶忙上去帮忙，我则静静看戏。

“好烫……好烫……”伊茜手上的动作未停，嘴里也叨咕着。

陆管家的眉头又皱作一团，但手上的动作依然利索：“你们起开吧，起开吧。”

就在两个仆人向两边退去的瞬间，大家都听到了“噔”的一声脆响，某种石质物品敲击大理石地面的声音。

眼睛，滴溜溜地，顺着声音寻找。

啊……竟然是那个东西！我怎么不感觉意外呢？

就在陆管家脚边，那似能吞噬万物的黑褐色大理石地面上，一个约有少女小拇指粗细、泛着润泽光辉、精巧华美的白色小圆柱静静躺在那里。

由于大家的注意力一直在她们两个身上，所以谁都看见了，那漂亮的东西是从陆管家围裙兜里掉出来的。

众人围上去看，那是薛薇的古董雕花羊脂玉烟嘴。

最后一次见到薛薇的这个心头好，还是在萨沙缢亡的钟楼。自那以后，薛薇几次抽烟都没有用到这个烟嘴，这也导致她后来的烟量骤减。现在，薛薇已经死了，而这个遗失的心爱之物竟然再次出现，还是在陆管家的身上！

即便周围的仆人戴着面具，我也能猜到他们鄙夷的表情。毕竟，偷东西是仆人的大忌，更不要说陆管家可是在这个行业中堪称标杆的人物。不过从薛稷的表情看来，可不只偷窃那么简单。

“怎么会在你身上？”他逼近她。

“我……我不知道……”陆管家的指甲深深抠进手心。

“烟嘴不会自己长腿跑，你最好解释清楚。”

“可能……可能是谁趁我不注意……”

“不注意？恐怕陆管家你可不是那么不注意的人吧？”薛稷继续轻飘飘地说，“如果我没记错，上次萨沙的东西，你也说是别人不小心落在你那里的，对吧？这会不会太巧了？”

“我服务府邸这么多年，问心无愧！”陆管家强挺起后背，眼神终于坚定了点。

“不是说你偷东西……”

“那什么意思？”

“薛薇落水死亡，可没人能说明她是怎么落水的，不是吗？”

“你……怀疑……”好不容易稍微重整旗鼓的陆管家再次震惊不已。

“凌晨的时候，所有人都在大厅，仆人们也没有单独行动，唯有你，陆管家，你在离开大厅后，和谁在一起？”

“我……”

“而且，你有主楼里所有房间钥匙，包括厨房后门的，对吗？”

陆管家怔住了，其他人眼中也透出了惊恐。

这个在宅邸中来去自如、安排着大家的饮食起居、颇有威信、可靠稳重的中年女性，竟然会……回忆起前几天我初来府邸，她一脸慈祥的笑，把我迎进来的场景，我不禁有些后怕。

“你完全有可能偷偷从厨房的后门溜出去，绕到湖边把她推下水。这个烟嘴，很可能就是推搡中，她塞进你兜里的，以此标记真凶。”薛稷目光如炬。

陆管家的眼球惶恐地震颤，嘴唇苍白。突然，她像想起了什么，质疑道：“可是我怎么知道她在湖边！更不可能知道她是什么时候出去的，难道我提前等在那里吗？”

“你当然不用等在那里，你把她叫出去就行了。”薛稷说着，扫视了一圈仆人们。

仆人们下意识地互相拉开了距离。

“可我直到凌晨去大厅之前，一直都待在我的房间里，根本没和仆人打过照面！”陆管家着急地解释。

陆管家的房间在三楼，仆人们都住在这一层。我和伊茜也是。

“空口无凭，然而烟嘴却是你与薛薇之死有关的实证。”薛稷道。

“且慢……”律师有自己的想法，“如果是薛薇临死前标记犯罪嫌疑人，那围裙上至少应该有那么点拖拽的痕迹，对吧？”

大家觉得很有道理。

“陆管家，你是否愿意先把围裙取下来，让我们查看一下？”律师慎重地对陆管家说，同时小心翼翼地瞟着薛稷。

薛稷眼神坚定，望向陆管家。

陆管家当然不情愿，这种检查多少有些羞辱的意味，让人很不舒服。

“需不需要找个女佣帮忙？”

当然没人敢上前一步，陆管家的眼圈有些红，她动作粗暴地解下了围裙，像是企图丢掉一个大麻烦。然而围裙上并没有明显的拖拽痕迹，当然也可能是因为这围裙的布料是上乘货。

“啊……”协同薛稷翻找围裙的律师轻声惊叹。

在他手中有一样令人十分不适的物品。与其说是物品，不如说是……碎片。

那是一个指甲碎片，呈现出不规则的形状。但这不是重点，毕竟，陆管家作为日理万机的大管家，每天里里外外，免不了因动作过快导致指甲折断。

可是，她并不是这个指甲的主人。这个指甲碎片和那个羊脂玉烟嘴一样，颇具华丽感。

薛薇每次吸烟，她那做了梅子色美甲的白皙手指都很难让人忽视，她是这宅邸里唯一一个做了美甲的人。

我盯着眼前这个涂着梅子色指甲油的碎甲片，略微出神。

陆管家一时没站住，扶着桌沿，摇摇欲坠，喉咙里发出几声干涩的“呃呃”的声。

“陆管家，你难道有收藏薛薇贴身物品的嗜好吗？”薛稷此时竟仍冷酷无理地打趣道。

“有人……是有人想陷……”陆管家焦躁的喘气声让听的人都感到窒息。

“又是陷害？到底是谁在陷害？我一直觉得戈登的死很不寻常。”薛稷猛地转身，逼近陆管家的脸。

陆管家吓了一跳，终于瘫坐在椅子上。她的眼中除了恐惧惊慌，还充盈着对他面前这位私生子的痛恨与轻蔑。薛稷则以更加轻蔑的表情回应她。

“薛稷，你是说陆管家和其他人的死也有关系？”律师谨慎地问。

“没错。”

“你凭什么这么说？！”陆管家怒吼，身子起到一半，就又栽倒下去。

“你想要财产啊。”薛稷歪歪脑袋。

“你在说什么呀！咳咳……咳咳……”陆管家开始剧烈咳嗽。这位五十几岁的女性，眼看就要被眼前这毫不负责、令人蒙羞的指控摧垮了。

“陆管家，你一定很想你的妹妹吧？如果她还活着就好了……”薛稷摆弄着怀表，语气依然平稳。

妹妹？有意思了。

陆管家的咳嗽声戛然而止：“你什么意思……”

“萨沙是你的亲外甥，这事我知道。当然，你可能以为这是个无人知道的秘密。”

这么一想，陆管家和萨沙这两个人，确实有着超乎主仆的亲密。

陆管家脸色顿时煞白，彻底失了血色。这大概可以印证薛稷的话是真的。

薛稷继续说道：“你和老先生的前妻是同母异父的姐妹。”薛稷点了支烟，“你和你妹妹相依为命长大，从未分离，所以，在她要和别人结婚的时候，你就想了一个办法，为了能和她继续生活在一处，生活在一个宅邸里，于是你做了你妹妹夫家的管家。”

我听得入迷，竟产生了代入感。

“你……你是怎么……”陆管家声音颤抖。

“不止我知道，实际上，我哥哥薛老先生也知道。你妹妹早就告诉他了，他在临死前把这事告诉了我。”

陆管家的眼睛瞪得老大。

“我不想伤你的心，但是……你的妹妹似乎并不喜欢你啊，她似乎总是在忍耐。而让她想方设法嫁给薛老先生的人，恐怕就是你吧，你过强的控制欲，从小又当姐姐又当母亲的强硬做派，早就压得她难以呼吸。更何况，你的妹妹恐怕只是你追名逐利的工具。真是……少见比我更冷血的人啊……”

“这不是真的……”

“当然，这是你妹妹的一面之词……”

“我和我妹妹……”

“好，至少她是你妹妹这事你当着大家的面承认了。”

陆管家眼睛瞪得溜圆，由惊慌瞬间转为愤怒，牙齿“咯咯”响。

“可以说，你妹妹婚后相当幸福，老先生让她重生，我想，如果没有你一直跟着她，让她从薛家拿走更多的利益，她会更轻松更幸福的。”薛稷停止踱步，转身用责怪又怨恨的眼神盯着陆管家。

“你妹妹的死，确实给了你很大的打击。但是你不甘心，对吧？至少她的儿子，你的外甥还活着，只要与你有关的血脉还活着，你就还有一丝分得一部分家产的希望。所以，在老先生弥留之际，你欣喜若狂。难为你忍得这么辛苦……”

“你胡说！一派胡言！”然而她没有更多的辩解之词，只得任由薛稷倒豆子一般说下去。

“你的计划是除掉其他人，让萨沙成为唯一的继承人，这样，不管遗嘱中的继承规则是什么，萨沙都会赢。当然，你也就能得到你梦寐以求的那一份。”

在场的每个人一直都沉浸在薛稷所述的隐秘故事之中，此刻才猛然回神，怔怔地盯着陆管家。

陆管家不可思议地瞪着薛稷喊道：“你这个恶毒的魔鬼！你是想弄死我！你……你到底要干什么？”

“别抵抗了，你推薛薇入水证据确凿……”

“可是……”律师插话道，“那个指甲片，还有烟嘴，会不会是早些时候两人起争执，推搡中留下的？”

“陆管家每天都会更换新的围裙，对吧？”薛稷提醒道。

“啊……对！”律师拍了下脑门。

指甲片和烟嘴只会是今天不久前才落到陆管家围裙里的，而薛薇于今日凌晨落水。

“我要是真杀了人，难道不知道把围裙换掉再来大厅吗？”陆管家争辩。

“这很简单，也许你根本没意识到她往你围裙里塞了东西，在那种心境下，你没法镇定地认真检查，尤其是在围裙表面没有蹭脏、拖拽痕迹的情况下。”薛稷冷笑，“你真该再换个围裙再下楼的。”

陆管家说不出话，在周围一圈如针芒般惊讶恐惧的眼神中，她崩溃了。

“按照规矩，请你先去钟楼吧。”规矩不容置疑，薛稷语气坚定。

戈登，甚至我阿姨钱女士的死也是她干的吗？我不确定，没人能确定。这个已然瘫软无力的可怜人已经被人架着扶去了钟楼。

我以为就快到了尘埃落定的时刻，直到宅邸里又一起命案发生。而此时的陆管家，仍以半疯的状态立在钟楼窗前。

这个人的死亡，彻底把我推进了冰窟。

现在是上午八点的早餐时间，除了薛稷，没有人吃过东西。

律师扶着额头，弓着腰坐在角落的紫色天鹅绒沙发椅里，眼神空洞，每每像是想起什么要说出来，话到嘴边又都咽了下去。他似乎在承受着什么难以应付的压力和不可告人的秘密。他明明知晓一切，却要闭口不提。

伊茜、我、薛稷，三脸疲相，百无聊赖，不知做点什么好，也不知该到哪里去。陆管家虽被关了起来，可仍让人感到不安。

敢问诸位，你们觉得我是回房间，还是去到宅邸其他地方逛一逛？抑或是留在原地坐上一整天？

可能，你们想看热闹。

但我选择坐在原地。

我不太相信陆管家是杀薛薇的犯罪嫌疑人，尤其是在薛稷绘声绘色讲了那一通似乎环环相扣的故事后。

所以我哪儿都不去，就这样。

薛薇的死，那是排在陆管家的外甥萨沙钟楼缢死后的事情。萨沙已死亡，她就算杀了薛薇，取得遗产的机会也没有那么大了。除非有另一个人，知道并且愿意证明她的身份。

薛稷滔滔不绝时，为什么没人揭发他的逻辑漏洞呢？不合常理的地方越来越多，有东西藏在深处。

我必须活到最后，纵使最终没有得到遗产，我也要看看到底谁是那个幸运儿。胡思乱想间，我趴在桌子上睡着了，模糊的意识出现了一个画面：阴郁的湖中，三条巨大的、斑斓的、悄无声息的水蟒在吞噬了几条巨大的黑鱼后，幽幽沉游下去，身影消失在墨黑的湖底。我也身处水中，努力想追寻它们的踪迹。就在我尝试用力摆动手脚时，却发现自己的手脚不见了，我慌乱地扭动起来，拼命回头想看清自己的身体，啊，哪有什么身体，我只看到如一根粗壮绳索般，覆盖着泛着漆黑光泽鳞片的躯尾……耳边仿佛有断断续续的低吟。实际上，那种低吟声，似乎从进入府邸的第一天起就没断过，总在我脑海和耳边盘旋。头也昏昏沉沉的，大概是空气不畅的缘故，自从进入府邸，我的神志总是有些茫然，打不起精神，睡眠虽比在破烂顶楼时更长，但却更浅。

我盯着湖底深处，不由自主向那里游去，水并不冷甚至有些温热，耳畔的低吟越来越清晰，伴着混沌的水涡声，竟让我产生了一种既不安又舒适的奇妙感受，那感觉如此真实。

一股穿堂冷风爬上我的脊柱，把我唤醒，屋内已空无一人。我用力揉搓眼睛直到感到疼痛，确认自己真的醒了，绝非什么梦境。

真的，空无一人，连个仆人都没有了。

座钟显示距离十二点还差十分钟。那么，这已经快到午饭时间了吧？

“喂！”我喊道，期待地望向门口。

可并没有人出现。

“喂！”我再次喊道，边向门外跑去，险些摔倒。

经过华丽的长廊时，我早已没有平时的猎奇心态，没心情左顾右盼。对于当时的我来说，孤单一人处在这已经死了好几个人的大型宅邸中，内心全是恐惧。现在想来，还真是有些可笑……

总之，我拼命跑，十几秒的时间，感觉像是几个小时。终于到了大厅，同样没有人，一个人都没有。

正当我犹豫去往哪个方向时，发现大门是洞开的。阳光如此不真实地涌入这座阴冷的建筑，像另一个世界。我匆忙跑出去，心里想着，拜托，大家聚集在院子里吧……

如果当时我知道自己会看到什么，肯定不会许这种愿望的。

刚跑出门不久，渐渐听见略显嘈杂的人声，那声音从草坪远处的游戏场地传来，就是伊茜昨天荡秋千的地方。

根本不需要什么预感，这宅子里就没发生过好事。我放慢脚步，向游戏场地的方向走去。

被风雨洗刷过的草地在今日明媚的阳光下显得明晃晃，泛着刺眼的嫩绿，我揉揉眼睛，脚步僵硬地走向游戏场，却像走向冰窟。

我大概听到了薛稷的声音，或许还有律师。所谓的嘈杂，只是他们两个在大声争论而已。隔着绿篱矮墙，我依稀看到人头攒动，事情会不会如我所预料？我顿了顿，依然向前走去。

“安娜，你回房子里去！”薛稷远远看到我，冲我摆手。

可我没有停步。

“不要过来！”薛稷的声音略显急促。

他的话音刚落，一位仆人朝我的方向碎步跑来，跑近时微微颔首，大概是拜托我不要让她为难。我自知就算冲过去，也会被她拦下来，只得停住了脚步。

一阵风袭来，我再次闻到一股熟悉的味道。每次闻到那种气味，总让我眼眶发红。我心中早有猜想，可那未免太离奇了。

“是不是出什么事了？房子里的人都去哪儿了？”我歪过脑袋，凝神望向那几个人。

仆人没有回复，他们总是少言寡语，甚至有些根本就不曾说话。

一、二、三、四、五……算上眼前的仆人，在场只有五个人，没有她。这、这也来得太快了……虽早有心理准备，此刻也双腿发软。

“你过来一下。”薛稷见我已经被稳住，便又把这个仆人招呼了过去。

薛稷和刚刚拦住我的仆人在场地那边忙活了一阵，搬起一个白色的圆柱状东西，往更远处迷宫的方向去了。

律师和其他两个仆人走上甬道，没有理我，径直向房子走去。

我伫立在原地，风停了。很快，周围空无一人。

我走向游戏场。他们刚刚应该就是围在滑梯附近，秋千诡异地微微晃动，让我想起她。那个今天唯一不在场的主角，那个香香的、动人的、有着超越年龄的魅力的伊茜。

我低头看看自己的白袍，回忆起刚刚薛稷和仆人抬起的白色圆柱，那大概就是伊茜。

隐约听到迷宫那边地下墓室铁门的“哐当”声，我头也不回地跑回房子。

“安娜小姐，请你来这边坐吧。”一进门，律师低沉的声音吓了我一跳，他坐在大厅的长沙发一端，脸色发白。

我怔怔地望着他：“你们刚才在那里做什么？”

屋子里冷清异常，那两个仆人也不见了。

“仆人呢？”我追问。

“薛稷回来会解释一切。”律师沉着的声音有些不易察觉的发抖。

“你在害怕吗？”我依旧一动不动地站在原地。

律师惊讶于我的问题，嘴半张半合了好几下，没有回答我，机械地抽了几张纸巾，用力擦拭额头上细密的汗珠。

楼梯那边响起“咚咚咚”的脚步声，走来了两个看上去很普通的年轻人，各自提了手提箱，脚步匆忙，神色紧张地从楼上下来，似是要离开。

律师像没看到他们一般，默默把纸巾揉成一团，扔进烟灰缸。

那两人从我身旁经过，迅速消失在门外。

他们没戴面具，可直觉告诉我，他们就是刚刚和律师一同回到房子的那两个仆人，他们这是要离开了。整个宅邸寂静如深林，他们不是第一批离开的仆人。

“现在房子里只有我们两个人。”律师目光涣散，并没有看我。

我选择了离他较远的读书椅，颓然坐下。

大概半小时后，薛稷和那个仆人回来了。仆人还是戴着面具，薛稷脸色疲惫又麻木。他看了看律师，又转向我说：“伊茜死了。”

这个我早已经猜到的事实，却还是像一个巨大的石头把我的意识世界砸了个乱七八糟。我根本没有力气问死因，实际上，我也不在乎了。

不，我是不敢。

“我睡着后，究竟发生了什么？”我太好奇了。

薛稷晃悠到单人沙发坐下，沉吟了一小会儿，故弄玄虚似的说：“你睡着了，这是好事。”

“仆人们都走了吗？怎么回事？”我换了个问题。

“对，走了，上午早饭后，就把他们遣散了，府邸里最近发生太多事，他们也害怕，再一个，也避免人太杂。最后还剩了三个留下，其中两个刚刚也走了，你应该看到他们了对吧。”

“都放走了……难道就不怕犯罪嫌疑人就在他们当中吗？”

“犯罪嫌疑人？想什么呢！”薛稷耸耸肩，“犯罪嫌疑人已经被锁在塔上了，安娜，你是不是睡傻了？”他指的是陆管家。

他接着说：“也许她并非所有命案的犯罪嫌疑人，但同一时间，同一地点，存在两个杀人犯罪嫌疑人的概率未免太低，其他的我认为更可能是意外。”

特别不对劲，我拼命转着脑子，总觉得哪里对不上，又梳理不出头绪。

“你得告诉我伊茜是怎么死的。”我眼神坚定。

“从滑梯上跌落，头着地，被发现时已经没有呼吸了。”

“有没有可能就是放出去的那些仆人做的？”

“你看，你又来了，不要再怀疑什么仆人了，”他皱着眉，“那些仆人，杀人做什么呢？临走又要把一个小姑娘杀掉，有什么意义？走的那些，他们和府邸毫无瓜葛，当初都是做过周密的背景调查的，真是……”

我转问律师：“你们怎么发现伊茜尸体的？”

律师先是看了眼薛稷，对方微微点了点头后，他才清了清嗓子说：“早饭后不久，大部分仆人被遣散，当时安娜小姐你已经睡了，不知道这事，我送他们出了大门，又把大门锁好……”

“为什么是你锁门？陆管家关起来了，不应该是主人掌管钥匙了吗？”我打断他，看着薛稷。

薛稷不自在地看了我一眼，似乎对我突然间变得话多有些意外。

律师尴尬地顿了一下，接着说：“最近这些事发生后，薛先生觉得钥匙放在我这里会比在他那里更安全……总之我把他们送走后，打算回房，进来时，正赶上薛先生走出来，说是想透透气，我们就一起在院子里走了一会儿……”

“当时，伊茜还在不在餐厅？”我想问清每一个关键线索。

“这……我并不清楚……”律师边支吾回应着，边做出努力回想的样子。

“喂！”薛稷歪过头，眯缝着眼睛盯着我，“你是不是唯恐天下不乱，你少说两句好不好，听我的，少说两句，对你有好处。”

我把视线转向窗外，翻了个白眼。枝头有乌鸦在叫，让我因伊茜死亡而恍惚的神经紧绷起来。

不过，刹那间我意识到一个事实，一个令我狂喜的事实，遗嘱上只有我一个人活着了。

且慢，如果遗嘱中没有特别要求，按照常理，继承人死亡，他的亲属是要继承这个人的遗产的。不过，在这个“游戏”中，已死的人怎么满足继承条件呢？唉，对于能草拟这么诡异遗嘱的老主人来说，没什么是不可能的。

我到底是不是唯一活着的继承人……那个神秘遗嘱里面的继承条件究竟是什么……不管了，事到如今，不如直接问。

“现在遗嘱上的继承人只剩我一个了，我们在等什么？”我向律师走了一步，不希望他糊弄我的问题。

律师还是没有直接回答我，而是看向薛稷，问：“现在马上执行吗？”

我内心狂喜。

薛稷毫不迟疑地点了点头，这大大出乎我的意料。

律师深吸一口气，吸了吸鼻子：“根据遗嘱的要求，继承人中谁最后活着，谁就将继承薛老先生的全部遗产……”

“死了的人就完全没有继承权了对不对？”我紧紧追问。

“是。”

“只有名单上的人才有继承权，对不对？”

律师点点头。

什么是人生翻盘！什么是天降洪福！我甚至懒得掩藏自己的狂喜，现在想想，我当时脸上的表情就像小兔子掉进胡萝卜堆。

“但是……”律师面露难色。

我和薛稷不约而同疑惑地看着他。

“还有些手续要进行，我需要整理一下文件，包括事件过程，然后……”

“这些不是早就该做好吗？你每天空闲的时候在干什么？”薛稷十分不满，语气充满责怪。

薛稷居然替我着急起来？他是想从我这里分一杯羹吗？他想太多了。

“实在没办法，这些手续文件，不像你们想得那么简单……”

“行吧，行吧，大概需要多久？我们也不希望事情拖太久，尽快结束吧。”薛稷一本正经，又有点……跃跃欲试。

我们？一旦我继承了财产，这宅邸都是我的，你以为我会留你在这里吗？原来你偶尔对我的善意都是为了留后路啊，看我是小孩子就打我的主意……

唯一的仆人端来了茶，我和薛稷一饮而尽，律师并没有端起杯子。

我很喜欢这个仆人，她总给我一种亲切感，虽然没见过真容，但靠外形我也大概能分清，日常里她是对我最照顾的那个。

“这个……办完手续我会马上离开，现在我需要一点时间处理，您两位也请自便。”

“现在房子里空荡荡的，你想在哪里办公都可以。”薛稷说话仍旧带着点埋怨。

“我回自己的房间，必要的办公用具和文件都在那里。”说罢，律师自顾自上楼去了。

这里是凶宅，不知道这律师心里是怎么想的，又回房间，他不怕吗？大抵是见过了太多人比鬼更可惧的事情。留下我和薛稷两个人，薛稷看着楼上的方向，叹了口气。

仆人准备了午饭，饭菜的口味好极了。

不想和他待在一起，已经胜利在望的我，不知是受了什么蛊惑还是头脑发昏，竟不由自主地向游戏场走去。现在想来，真是添乱！本来尘埃落定的……

我是个孩子，我有自己的好奇。

（未完待续）